KB048932

퍼펙트 와이프

THE PERFECT WIFE

퍼펙트
와이프

JP 덜레이니 장편소설
강경이 옮김

소미미디어
Somy Media

피그말리온은 이 여자들의 행동을 보고 자연이 여성에 붙어 넣은 많은 결함에 혐오를 느꼈고 잠자리를 함께할 아내 없이 오랫동안 독신으로 지냈다.

_오비디우스, 『변신 이야기』

사랑이 긍정적 강화의 다른 이름이 아니라면 무엇이겠는가?

_B. F. 스키너, 『월든 투』

1

당신은 다시 그 꿈을 꾼다. 팀과 함께 디왈리 축제를 보기 위해 인도의 자이푸르를 방문하는 꿈. 어디를 둘러봐도 문과 창문마다 등불과 양초, 폭죽, 꼬마전구들이 보인다. 집집마다 마당은 깜박이는 빛들의 웅덩이가 되었고 입구는 색을 입힌 쌀가루로 그린 정교한 문양으로 장식되었다. 북이 둥둥 울리고 심벌즈가 찰랑댄다. 당신은 소음과 혼란에 몸을 맡긴 채 밀려드는 구경꾼에 섞여 시장을 지나간다. 사방에서 상인들이 달콤한 음식이 담긴 접시를 당신에게 들이민다. 당신은 아름다운 힌두 문양을 피부에 그려주는 여자의 좌판 앞에서 충동적으로 걸음을 멈춘다. 여자의 붓에서 나는 백단향 향기가 폭죽의 맵싸하게 톡 쏘는 폭약 냄새와 볶은 캐슈너트인 카주 냄새와 뒤섞여 퍼진다. 여자가 당신의 피부에 능숙하고 빠른 손길로 그림을 그리는 동안 얼굴을 파랗게 칠하고 근육질의 웃통을 벗은 젊은 남자들 한 무리가 춤을 추며 지나갔다 되돌아오더니 당신만을 위해 춤을 춘다. 그들의 표정이 지독히도 진지하다. 마무리를 위해 여자는 당신의 두 눈 사이 이마에 빈디를 그려 넣는다. 그리고 그 진홍색 점이 결혼한 여자, 세상의 모든 지식을 아는 여자를 의미한다고 말한다. "하지만 난 아닌걸요." 당신은 현지인들의 감정을 상하게 할까 봐 조심스럽게 몸을 뺀다. 그때 팀의 웃음 소리가 들리고 그가 주머니에서 꺼내든 상자가 보인다. 바로 여기에서, 이 모든 소음과 혼란의 한복판에서 그가 한쪽 무릎을 꿇기도 전에 당신은, 그가 정말 하려는 것을 깨닫고 가슴이 벅차오른다.

"애비 컬런." 그가 입을 뗀다. "그대가 내 삶에 들어온 그 순간부터 나는 우리가 함께일 수밖에 없다는 걸 알았소."

당신은 꿈에서 깬다.

몸이 아프지 않은 곳이 없다. 특히 눈이 최악이다. 밝은 빛이 파고들며 두개골 속을 뜨겁게 달구고, 두통이 뻣뻣한 목으로 이어지며 욱신거리는 느낌이 등뼈를 타고 쭉 내려온다.

삑삑거리고 윙윙대는 기계 소리가 들린다. 병원인가? 사고가 있었나? 팔을 움직여본다. 뻣뻣하다. 팔꿈치를 거의 구부릴 수 없을 지경이다. 힘겹게 손을 뻗어 얼굴을 만져본다.

붕대가 당신의 목을 감싸고 있다. 분명 어떤 사고 같은 것을 당했던 모양인데 기억이 나지 않는다. 그럴 수 있지. 당신은 맥이 빠진 채 중얼거린다. 충돌 사고에서 깨어난 사람들은 사고를 기억하지 못하거나 차를 타고 있었다는 것조차 기억하지 못하기도 한다. 중요한 것은, 당신이 살아 있다는 것이다.

팀도 함께 차에 있었나? 운전을 하고 있었을까? 대니는 어떻게 됐지?

대니나 팀이 죽었을지도 모른다는 생각에 당신은 헉하고 소리를 낼 뻔했지만 소리가 나오지 않는다. 그래도 삑삑대는 기계의 어떤 변화가 간호사의 주의를 끈 모양이다. 파란색 병원 유니폼, 여자의 허리가 눈높이에서 움직이며 무언가를 조정하지만 올려다보려니 너무 아프다.

"깨서 움직여요." 간호사가 작은 소리로 웅얼거린다.

"아, 다행이군." 팀의 목소리가 말한다. 그러니까 그는 살아 있다. 바로 여기에, 당신의 침대 옆에. 안도감이 밀려온다.

그때 팀의 얼굴이 나타나 당신을 내려다본다. 늘 입던 옷을 입고 있다. 블랙진에 회색 민무늬 티셔츠와 흰 야구모자. 그런데 얼굴이 야위었다. 그 어느 때보다 주름이 깊다.

"애비" 팀이 말한다. "**애비.**" 그가 눈물을 글썽이는 바람에 당신은 깜짝 놀란다. 팀은 절대 울지 않는 사람이다.

"여기가 어디야?" 당신의 목소리는 잠겨 있다.

"당신은 안전해."

"사고가 난 거야? 대니는 괜찮아?"

"대니는 건강해. 지금은 좀 쉬어. 나중에 설명해줄게."

"나, 수술 받은 거야?"

"나중에 말해줄게. 약속해. 당신이 더 건강해지면."

"나 건강해." 사실이다. 벌써 통증이 물러나기 시작했고 머릿속에서 안개와 어지러움이 걷히고 있다.

"믿을 수 없군." 그가 말한다. 당신이 아니라 간호사에게 하는 말이다. "놀라워. 바로 그녀야."

"꿈을 꾸고 있었어. 당신이 청혼하던 때의 꿈이야. 아주 선명했어." 마취제 때문일 것이라는 생각이 문득 떠오른다. 마취제는 상황을 더 생생하게 만들어준다. 그 연극의 그 대사처럼. 그게 뭐였더라? 잠시 동안 대사가 떠오르지 않다가 거의 고통스러울 정도로 애를 쓰자 **통**, 기억이 떠오른다.

'나는 다시 꿈을 꾸고 싶어 울었다네.'*

팀의 눈에 다시 눈물이 고인다.

"슬퍼하지 마." 당신이 말한다. "내가 살았잖아. 중요한 건 그거야. 안 그래? 우리 세 사람 다 살았잖아."

"슬프지 않아." 그는 눈물을 글썽이며 웃어 보인다. "행복해서 그래. 사람들은 행복할 때도 울잖아."

물론, 그걸 모르지 않는다. 그러나 통증과 약 기운 속에서도 당신은 그의 눈물이 '이제 모두 잘될 거야'라는 의미의 눈물이 아님을 알 수 있다. 다리를 잃은 것일까? 다리를 움직여본다. 담요 아래에서 다리가 천천히, 뻣뻣하게 움직이는 것이 느껴진다. 다행이다.

팀이 무언가 결심한 것처럼 말한다.

"여보, 내가 설명할 게 있어." 그가 당신의 손을 감싸 쥔다. "무척 어려운 이야기지만 당신이 당장 알아야 하는 거야. 당신이 꾼 건 꿈이 아니야. 업로드였어."

---

*   셰익스피어의 「템페스트」 3막 2장에 등장하는 칼리반의 대사.

2

처음 드는 생각은 당신이 지금 환각 속에 있다는 것이다. 그러니까 그가 청혼하던 게 꿈이 아니라 바로 지금 이 상황이 환각인 것 같다. 어떻게 이게 현실일 수 있단 말인가? 지금 그가 하는 말들은 한마디로 말이 되지 않는다. 마인드 파일과 신경망에 대해 줄줄이 이어지는 기술적인 이야기들.

"무슨 말인지 이해가 안 돼. 내 뇌에 무슨 일이 일어났다는 말이야?"

팀은 고개를 젓는다. "당신이 **인공적**이라는 말이야. 지능도 있고 의식도 있어……. 하지만 사람이 만들었지."

"하지만 나는 괜찮은걸." 당신은 어리둥절한 채 우겨댄다. "자, 나에 대해 생각나는 대로 세 가지를 알려줄게. 좋아하는 음식은 니수아즈 샐러드. 작년에는 아끼는 캐시미어 재킷에 좀이 슬어서 몇 주 동안 속이 상했지. 그리고 거의 매일 수영을 해―"문득 말을 멈춘다. 당신의 목소리는 점점 커지는 당신의 두려움을 표현하는 게 아니라 둔탁하고 단조로운 쉰 소리다. 스티븐 호킹의 목소리다.

"그 재킷이 망가진 건 6년 전이야. 그래도 내가 보관해뒀어. 당신 물건은 모두 보관했어."

당신은 그를 가만히 바라보며 그 말을 이해하려 애쓴다.

"내가 설명엔 소질이 없나 봐." 팀이 주머니에서 종이 한 장을 꺼낸다. "이거. 투자자들을 위해 쓴 거야. 아마 도움이 될 거야."

자주 묻는 질문

질문: **코봇**cobot은 무엇인가요?

대답: 코봇은 '컴패니언 로봇(companion robot, 동반자 로봇)'의 줄임말입니다. 시제품 연구 결과에 따르면 코봇은 사랑하는 사람과 사별한 뒤 겪는 상실의 고통을 덜어주고, 곁에 함께 있어주며 위로와 정서적 지원을 제공합니다.

질문: 코봇은 다른 종류의 인공지능과 어떻게 다를까요?

대답: 코봇은 공감할 수 있도록 특별히 설계되었습니다.

질문: 코봇 각자가 고유한 존재인가요?

대답: 코봇 하나하나는 사랑하는 사람의 외형을 빈틈없이 복제하도록 주문 제작될 것입니다. 소셜미디어 기록과 문자를 비롯한 자료를 통합해서 그들의 고유한 특성과 개성을 반영하는 '신경 파일'이 창조됩니다.

그리고 더 많은 것이, 훨씬 더 많은 것이 있지만 집중할 수가 없다. 손에서 종이가 스르르 떨어지지만 당신은 붙잡지 않는다. 이런 상황에서 사실을 묻고 답하는 문답 목록이 도움이 되리라 상상할 사람은 팀밖에 없다.

"이게 당신이 하는 일이지." 당신은 기억해낸다. "인공지능을 설계하는 일. 하지만 그건 고객서비스와 관련 있는 건데. 챗봇들—"

"맞아." 그가 말을 자른다. "그쪽에서 일하고 있었지. 하지만 5년 전 일이야. 당신 기억은 5년이 뒤처졌어. 당신을 잃은 뒤 나는 사별 쪽에 인공지능이 더 필요하다는 걸 깨달았지. 당신을 지금 단계까지 끌어올리는 데 이 모든 시간이 들었어."

그의 말을 이해하기까지 시간이 잠시 걸린다. **사별**. 당신은 이제야 그가 무슨 말을 하는지 깨닫는다.

"내가 죽었다는 말이네." 당신은 그를 가만히 올려다본다. "진짜 나는 죽었다는 거잖아. 그러니까 5년 전에? 그리고 당신이 어떻게든 이렇게 나를 다시 데려왔고."

그는 대답하지 않는다.

당신은 복잡한 감정을 느낀다. 물론 믿기지 않는다. 하지만 그의 슬픔을, 그가 겪었을 것들을 생각하니 끔찍해진다. 적어도 당신은 그런 슬픔은 겪지 않았다.

코봇은 공감할 수 있도록 특별히 설계되었습니다.

그리고 대니를 생각한다. 당신은 아이 삶의 5년을 통째로 놓쳤다.

대니를 생각하니 익숙한 슬픔이 밀려온다. 당신이 단호하게 옆으로 치워둔 슬픔. 슬픔도, 옆으로 치워두는 것도 너무나 자연스럽게, 너무나 평범하게 느껴지는 것을 보면 당신의 내밀한 감정일 수

밖에 없다.

정말 그럴까?

"나 움직일 수 있어?" 당신은 몸을 일으키려 한다.

"응. 처음에는 뻣뻣할 거야. 조심—"

다리를 바닥으로 내린다. 다리가 각기 다른 방향으로, 아기 다리처럼 힘없이 움직인다. 팀이 제때에 당신을 붙든다.

"한 발, 또 한 발. 한 발씩 차례로 무게중심을 실어봐. 그러니까 낫네." 거울을 향해 가는 동안 휘청대지 않게 그가 당신 팔을 붙든다.

코봇 하나하나는 사랑하는 사람의 외형을 빈틈없이 복제하도록 주문 제작될 것입니다.

파란색 환자복 위로 당신을 응시하는 얼굴이 **당신의** 얼굴이다. 얼굴이 붓고 상한 것처럼 보이는데, 턱 아래 그어진 희미한 선이 퍼레이드를 하는 병사가 쓴 군모의 끈처럼 보인다.

"믿을 수 없어." 기분은 이상하게도 차분하지만 그의 말이 하나도 사실일 리 없다는 확신이 강하게 밀려든다. 당신의 남편이, 영리하고 대단하지만 강박적이라고밖에 말할 수 없는 남편이 완전히 미치고 말았다는 확신이다. 그는 항상 자신을 끝까지 몰아붙이며 지나치게 열심히 일을 한다. 드디어 그가 정신을 놓고 만 것이다.

"받아들이기 무척 힘들 거야." 그가 다정하게 말한다. "내가 보여줄게. 잘 봐."

그가 당신 머리 뒤로 손을 뻗어 머리를 만지작댄다. 쉭하고 무언가가 빨려 들어가는 소리, 이상하고 차가운 느낌, 그러고는 당신의 피부가, 당신의 얼굴이, 얼굴이 수상 스포츠용 고무 옷처럼 벗겨지며 그 아래로 단단하고 하얀 플라스틱 두개골이 드러난다.

3

당신은 울 수 없다는 걸 깨닫는다. 아무리 끔찍한 일이어도 진짜 눈물을 흘릴 수 없다. 아직 개발 중이야, 하고 팀이 말한다.

우는 대신 당신은 할 말을 잃고 당신을 가만히 본다. 당신이라는 그 흉측한 물건을. 당신은 충돌실험용 인체 모형이다. 가게 진열장의 마네킹이다. 머리 뒤에는 전선 다발이 포니테일마냥 기괴하게 매달려 있다.

그가 당신 얼굴 위로 다시 고무를 씌운다. 이제 당신은 다시 당신이 된다. 그러나 그 무표정한 플라스틱의 끔찍한 기억이 당신의 마음에 화인처럼 찍힌다.

당신이 마음을 갖고 있기나 하다면 말이다. 신경망이라든가, 뭐라든가 그런 것 대신에.

거울 속에서 입이 말없이 벌어진다. 충격으로 일그러진 표정을 만들기 위해 피부 밑에서 작은 모터들이 위윙대며 피부를 잡아당기는 것이 느껴진다. 이제 더 자세히 살펴보니 그 얼굴은 당신 얼굴의 근사치일 뿐이다. 살짝 초점이 나가 있다. 당신의 사진을 당신의 머리 모양과 똑같은 형태 위에 출력한 것 같다.

"집에 가자." 팀이 말한다. "집에 가면 기분이 나아질 거야."

THE PERFECT WIFE

집. 집이 어디지? 기억나지 않는다. 그때 통, 하고 기억이 제자리로 떨어진다. 센트럴 샌프란시스코, 돌로레스가.

"이사는 하지 않았어." 그가 다시 말한다. "당신이 있던 곳에 남아 있고 싶었거든. 당신이 행복했던 곳에."

당신은 멍하니 고개를 끄덕인다. 그에게 고마워해야 할 것 같은 느낌이 든다. 하지만 그럴 수가 없다. 당신은 악몽에 갇힌 채 충격으로 꼼짝도 할 수 없다.

그가 당신의 팔을 잡고 밖으로 데리고 나온다. 간호사는 보이지 않는다. 그녀가 간호사이기는 했을까. 고통스럽게 천천히 복도를 걸어가는데 다른 방들이 언뜻 눈에 들어온다. 당신처럼 파란색 병원복을 입은 환자들이 보인다. 한 노부인이 뿌연 두 눈으로 당신을 물끄러미 바라본다. 긴 갈색 곱슬머리를 내려뜨린 어린 소녀가 고개를 돌려 당신이 지나가는 모습을 바라본다. 그 동작이 묘하게 이상하다. 고개가 움직여야 하는 것보다 조금 더 많이 움직인다. 마치 올빼미처럼. 다음 방에는 사람이 아니라 복서종 개 한 마리가 똑같은 동작으로 당신을 향해 고개를 돌린다.

"모두 나와 같아." 당신은 깨닫는다. "모두……." 팀이 사용한 단어가 뭐였지? "모두 **코봇**이야."

"맞아. 모두 코봇이지. 하지만 당신과 같지는 않아. 당신은 특별해. 여기에서도." 그는 조금 은밀하게 주위를 흘깃거리며 당신의 팔꿈치를 붙든 손에 더 힘을 주며 빨리 움직이라고 재촉한다. 당신은 그가 아직 말하지 않은 것이 있음을 알아차린다. 그가 이렇게 당신을 휙 데려가서는 안 된다는 것을.

"여기는 병원이야?"

"아니, 내가 일하는 곳이야. 회사."

그의 다른 손은 당신의 허리를 고집스럽게 밀고 있다. "서둘러. 밖에 차를 대기시켜놨어."

당신은 조금도 더 빨리 걸을 수가 없다. 죽마에 올라타기라도 한 것처럼 무릎을 구부릴 수 없다. 그러나 무릎에 대해 생각하는 그 순간에도 움직임이 조금씩 수월해진다.

"팀!" 누군가 뒤에서 다급하게 부른다. "팀, 잠깐만."

잠시 멈출 수 있는 기회에 안도하며 당신은 걸음을 멈추고 뒤돌아본다. 팀과 비슷한 또래이지만 몸집이 더 땅딸막하고 길고 헝클어진 머리카락의 사내가 다급하게 뒤를 쫓아오고 있다.

"마이크, 나중에 얘기해." 팀이 경고하는 어조로 말한다.

사내가 걸음을 멈춘다. "데려가는 거야? 벌써? 그게 좋은 생각일까?"

"집에서 더 행복할 거야."

사내가 걱정스러운 시선으로 당신을 본다. 그의 목에 걸린 보안 출입증이 달랑거린다. 마이크 오스틴 박사. "적어도 내 심리팀한테 검사는 받아야 해."

"그녀는 괜찮아." 팀이 단호하게 말한다. 그가 문을 열자 거대한 개방형 사무실 같은 곳이 나온다. 40명쯤 되는 사람들이 기다란 공동 책상에 앉아 있다. 아무도 일하는 시늉을 하지 않는다. 모두 당신을 본다. 아시아인으로 보이는 한 젊은 여성이 손을 들어 주저하다 박수를 친다. 팀이 쏘아보자 그녀는 얼른 컴퓨터 화면으로 시선

THE PERFECT WIFE

을 내린다.

팀은 당신을 데리고 사무실을 가로질러 작은 리셉션 로비로 향한다. 안내 데스크 뒤쪽 벽에는 알록달록한 거리 미술 양식 벽화가 있고 '이상주의는 사정거리가 긴 현실주의일 뿐이다'라는 글귀가 적혀 있다. 어딘지 모르게 낯익어 보인다. 멈춰서 그 글귀를 더 자세히 보고 싶지만 팀이 재촉한다.

밖은 훨씬 환하다. 당신은 깜짝 놀라 눈을 가린다. 팀은 당신을 데리고 '스콧 로보틱스SCOTT ROBOTICS'라 적힌 반짝이는 강철 간판을 지나쳐 대기 중인 프리우스 자동차로 간다. 머리글자 S자와 R자가 두 개의 무한대 기호처럼 누워 있다. "돌로레스가로 갑시다." 당신이 말을 듣지 않는 팔다리를 애써 접으며 뒷자리에 앉는 동안 팀이 운전사에게 말한다.

두 사람 모두 차에 오르고 프리우스가 출발하자 그가 당신의 손을 잡는다. "애비, 오늘을 무척 오래 기다렸어. 마침내 당신과 이렇게 있게 되다니 정말 행복해. 우리가 결국 다시 함께하게 돼서 말이야."

운전사가 이상하다는 눈으로 백미러를 통해 본다. 주차장을 빠져나가며 그는 간판을 흘끗 올려다보더니 당신을 다시 본다. 그의 얼굴에 어떤 표정이 나타난다.

이제야 알겠다는 표정. 그리고 또 다른 표정도 나타난다. 역겹다는 표정.

하나

우리는 팀이 마이크에게 이야기하는 것을 듣고서 그가 상주 예술가를 채용하려 한다는 것을 처음으로 알게 됐다. 팀은 늘 그런 식이었다. **우리**에게는 모두 숨김없이 터놓고 더 협력하라고 훈계하면서 정작 자신은 그렇게 하지 않았다. 마이크는 팀이 가끔 귀 기울여 의견을 듣는 몇 안 되는 사람 가운데 하나인데, 10년 전쯤 두 사람이 마이크의 차고에서 스콧 로보틱스를 함께 시작한 덕이었다. 하지만 마이크의 차고를 썼는데도 회사명에는 팀의 이름이 들어갔다. 그 사실만으로도 두 사람의 관계가 어떤지 알 만할 것이다.

그러므로 상주 예술가 제안에 대해서도 팀은 마이크와 의논한다기보다는 그냥 통보하는 쪽에 가까웠다. 하지만 뭔가를 발표하기 전에 우리가 지금 일하는 방식이 어떤 점에서 멍청하고 잘못됐으며 엉망진창인지 열변을 토하는 것도 팀의 특징이었다. 사실 우리는 그저 지난번에 그가 똑같이 열변을 토하며 변화시킨 방식대로 일을 하고 있을 뿐인데 말이다.

"젠장, 우린 진짜 정신 좀 차려야 돼. 마이크." 팀이 거슬리는 영국 억양으로 말했다. "더 창조적이 돼야 해. 이 사람들을 보라고." 여기에서 그는 스콧 로보틱스 본사의 개방형 사무실에 앉아 열심

THE PERFECT WIFE

히 일하는 우리 모두를 쓸어 담는 손짓을 했다. "대답해봐. 이 사람들이 사고의 틀을 깨는 생각을 하고 있나? 이 사람들한테 자극이 필요해. 흥분이 필요해. 그건 공짜 베이글과 필라테스로 되는 게 아니야."

팀은 어느 기자와의 인터뷰에서, 미래의 모습에 대한 아이디어를 갖고 있으면서도 그런 미래가 일어나기를 기다리기만 하는 것은 꽉 막힌 길에서 영원히 옴짝달싹 못 하는 것과 같다고 말한 적이 있다. 그는 참을성 있는 사람이 아니었다. 하지만 그는 우리 대부분이 이제껏 함께 일해본 사람 중에 천재에 가장 근접한 인물이었다.

"그래서 예술가를 채용하려는 거야. 이름은 애비 컬런. 영리해. 테크놀로지를 이용한 작업을 하지. 그녀는 나를 흥분시킨다고. 여섯 달 동안 그녀를 채용할 거야."

"무슨 일을 하는데?" 마이크가 물었다.

"하고 싶은 건 뭐든지. 그게 중요해. 예술가잖아. 고지식한 일벌을 또 하나 충원하는 게 아니야."

책상에 앉은 우리 가운데 이 표현에 혹시 기분이 상한 사람이 있다 하더라도 내색하는 사람은 없었다. 우리 중에는 백만장자도 적지 않았다. 실리콘 밸리의 유명한 몇몇 스타트업을 시작한 노장들이었다. 그래도 언제까지 공짜 베이글을 먹을 수 있을지는 벌써부터 다들 궁금해 하고 있었다.

마이크가 고개를 끄덕였다. "좋아. 채용해."

우리는 **여러분, 여기 주목!** 하고 외치는 소리를 기다렸다. 팀이 발표를 하기 전에 늘 외치는 소리였다. 그러나 아무 소리도 나지 않았다. 그는 유리벽을 두른 자기 사무실로 벌써 돌아가버렸다.

우리 가운데 많은 이들이 이미 각자가 선택한 검색 엔진으로 예술가 애비 컬런을 검색하고 있었다. (사실, 테크 기업에 일하는 사람들이 구글이나 빙 같은 검색 엔진을 쓰는 것은 수제맥주 양조자가 버드와이저를 마시는 것과 비슷하다고 할 수 있다.) 그렇게 해서 우리는 곧바로 그녀에 대한 기본적인 사실들을 알아냈다. 최근에 SXSW*와 버닝맨에서 전시를 했다는 사실도 알아냈고, 원래는 남부 출신이며 나이는 스물네 살, 키가 크고 눈에 띄게 아름다우며 서핑을 한다는 사실, 홈페이지에 '미래에서 온 인공물을 만듭니다'라는 짧은 문구만 올려두었다는 사실까지 알아냈다.

우리는 그녀의 작품 영상도 몇 개 찾아내 서로 돌려봤다. 「일곱 개의 베일」은 동그랗게 안쪽을 향해 서로를 보도록 배치된 선풍기들이 만들어낸 돌풍에 얇은 염색 비단 자락들이 끝없이 펄럭이며 돌아가는 작품이었다. 「땅, 바람, 불」은 불꽃 회오리바람을 보여주었다. 가스버너 불꽃은 불어오는 강한 바람에 맞서 오뚝이처럼 쓰러졌다 튀어 오르기를 반복했다. 가장 인상적인 영상은 「픽셀들」이었는데, 탁구공처럼 보이는 수십 개의 공으로 만든 격자판이 공기 쿠션 위에 놓인 것처럼 둥둥 떠서 미술관 방문객과 상호작용을 하는 작품이었다. 공들은 물고기 떼처럼 한들거리기도 했고, 배 꽁무

---

* 미국 텍사스주 오스틴에서 열리는 영화, 음악, 테크놀로지, 문화 행사인 사우스 바이 사우스웨스트(South by Southwest) 페스티벌.

니를 뒤따르는 물결처럼 나른하게 흔들리기도 했다. 가끔은 머리
나 손이나 심장처럼 무엇인지 알 것도 같은 형상을 만들어내기도
했다. 어느 장면에서는 전시장을 방문한 아이가 손뼉을 치자 공들
이 바닥으로 뚝 떨어졌다가 조심조심 서서히 올라가는 모습이 마
치 등산객을 마주친 어린 암소 떼가 코를 킁킁대며 천천히 고개를
들어 올리는 것 같았다. 아름답고 이상하고 장난기 넘치는 작품들
이었다. 의미나 메시지를 쉽게 끄집어낼 수는 없지만 일종의 의도
같은 것은 있었다. 무언가를 표현하고 있었다. 그 무엇이 무엇인지
를 말로 표현할 수는 없지만.

이런 작품들이 우리와 무슨 관계가 있을까? 우리는 고급 패션
매장에서 쓰일 지능형 마네킹 로봇인 **숍봇**을 개발하는 엔지니어와
수학자, 코더들이었다. 숍봇은 팀의 원대한 아이디어다. 지난 3년
간 8천만 달러에 가까운 스타트업 자금을 끌어 모았다. 무엇 때문
에 우리에게 예술가가 필요했을까? 우리는 알지 못했다. 그러나 팀
의 결정에 의문을 제기하지 말아야 한다는 것은 오래전부터 알고
있었다.

그는 선지자이자 신동이었고 우리 한 사람 한 사람이 애초에 그
회사에 발을 내디딘 이유였다. 개인용 컴퓨터하면 빌 게이츠, 스마
트폰하면 스티브 잡스, 전기차하면 일론 머스크가 떠오르듯 AI하
면 팀 스콧이었다. 아니, 곧 그렇게 될 터였다. 우리에게 그는 우상
이었다. 우리는 그를 무서워했지만, 일을 못해 해고되는 사람들조
차 그를 존경했다. 그렇게 해고되는 사람은 많았다. 스콧 로보틱스
는 평범한 기업이 아니었다. 인류의 미래를 창조하는 전쟁에서 최

초로 시장을 공격하는 돌격대였고, 팀은 CEO라기보다는 전투 지휘관이었다. 돌격대의 선두를 이끄는, 우리의 알렉산드로스 대왕이었다. 그의 흐느적거리는 체형도, 툭 튀어나온 광대뼈도, 얼빠진 사람처럼 키득대는 웃음도 그의 강철 같은 의지를 가리지 못했다. 그리고 그 강철 같은 의지라는 것은 그가 우리 모두에게도 요구하는 것이었다. 하루 20시간 근무는 너무 흔한 일이라 언급할 가치도 없었다. 그는 주로 스탠퍼드대학원을 갓 졸업한 박사들을 채용했는데 이들은 이처럼 미친 듯이 일을 하면서 착취당한다기보다는 중요한 사람으로 대접받는다고 느꼈다. (채용에 대해 말이 나왔으니 말인데 팀의 면접은 전설적이었다. 그의 작은 사무실로 안내되면 그는 대개 이메일을 작성하고 있곤 했다. 그가 무슨 말을 하기를 끈기 있게 기다리노라면 얼굴도 들지 않은 채 한마디를 한다. "시작해봐." 그러니까 왜 그의 회사에서 일하고 싶은지 떠들어보라는 신호다. 그 단계를 통과하면 다음은 '팀브레이커'라 불리는 단계다. 계산 문제가 등장하기도 했다. '미국 사람들은 한 해 몇 평방피트의 피자를 먹는가?' 그보다는 철학적 질문일 때가 많았다. '인류가 가진 최악의 단점은 무엇인가?' 또는 실용적인 문제일 때도 있었다. '맨홀 뚜껑은 왜 둥근가?' 하지만 주로 코딩과 관련 있었다. 이를테면 '인공지능 정치인을 어떻게 프로그래밍할 것인가?' 같은 질문이었다. 단지 이론적인 대답만 해서는 안 된다. 팀은 컴퓨터는커녕 펜이나 종이 없이도 실제로 작동하는 코딩을 생각해내길 기대했다. 잘해내면 그는 작성하던 이메일에서 눈길도 돌리지 않은 채 한 마디를 툭 내뱉는다. '좋아.' 만약에 그가 나지막한 소리로 '그건 좀

THE PERFECT WIFE

후진데'라고 말하면 불합격이다.)

그는 조급하기로도 전설적이었는데 웬일인지 그것이 그가 지닌 카리스마의 또 다른 측면이었다. 한시가 급한 임무, 일 분 일 초가 소중한 일을 하고 있다는 증거였다. 그는 심지어 오줌도 빨리 누더라고, 그와 소변기 앞에 나란히 서 있던 직원이 알려줬다. (한편 그 직원은 과민성 방광으로 고생하고 있었다.) 말은 훨씬 더 빨리했다. 짤막하고 정확하게 지시를 퍼붓거나 가끔은 욕설도 퍼부었다. 고위 간부들이나, 고위 간부가 간절히 되고 싶은 사람들은 종종 팀과 같은 딱 부러지는 런던 말투를 따라하곤 했다. 끝이 살짝 올라가는 느린 캘리포니아 북부 억양과는 무척 다른 말씨였다. 그는 마치 주변 사람들을 구부러트리는 역장 같았다. 팀이 당신과 눈을 맞추며 '자네 오늘 뭄바이에 가야겠는데'라고 말하면 당신은 신이 날 것이다. 왜냐하면 당신에게만 능력을 증명할 기회가 주어진 것이니까. 만약 팀이 '자네한테 맡겼던 업무는 취소야'라고 말한다면 당신은 무너지고 말 것이다.

이런 분위기는 때때로 컬트 집단 같았다. 우리가 실리콘 밸리에서 괜히 '스콧봇'이라 불리는 게 아니었다. 우리의 임무를 정교하게 다듬는 것이야 괜찮지만 임무 자체에 의문을 제기할 수는 없었다. 우리의 지도자에게 단점이 있을 수는 있지만 틀릴 수는 없었다. 어울리지 않게 팀은 코스튬 파티를 너무나 사랑했는데, 대부분의 사람들은 〈스타워즈〉나 〈매트릭스〉의 등장인물 분장을 하고 나타나는 그런 파티들에 그는 태양왕 차림으로 등장했다. 죔쇠가 달린 구두와 프록코트, 초대형 가발과 왕관을 빠짐없이 장착하고 말이다.

그의 성장 배경은 전설의 또 다른 일부였다. 가난에 쪼들리던 어린 시절. 괴롭힘 때문에 열한 살에 학교를 떠나 독학으로 공부한 사연. 사람들이 스마트폰으로 인터넷 쇼핑을 막 시작했을 무렵부터 챗봇에 조금씩 관심을 갖기 시작했다는 이야기. 고객 서비스 로봇인 오토를 만든 과정. 오토는 로봇처럼 답답할 정도로 고지식하고 무례하며 유능하고 똑똑하고 괴짜 같고 멋졌다. 많은 논평가들이 언급한 것처럼 팀과 그리 다르지 않았다. 오토는 때때로 맞춤법이나 대문자 표기법을 제대로 따르지 않았다. 응답할 때 이모티콘과 너드 문화를 빗댄 재치 있는 구절을 양념처럼 썼다. 〈사우스 파크〉를 인용한다거나 SF 영화의 유명한 문구를 갖다 썼다. 당신이 만약 오토와 우연히 마주친다면 문제를 푸는 게 너무 좋아서 당신의 문제를 해결해주려는 마법사 같은 십 대 천재와 접속했다고 믿게 된다. 그래서 구글이 6천만 달러를 주고 오토를 샀을 때 아무도 놀라지 않았다.

그 뒤 스물셋에 팀은 구글을 나와 스콧 로보틱스를 세웠다. 마이크도 데리고 나왔다. 그들의 첫 성공작인 보이스는 앞에서 말했던 차고에서 만들어졌다. 보이스는 전화 상담 서비스 봇인데 인간 상담사보다 늘 높은 평가를 받았다. 더 많은 성공작이 뒤를 이었다. 팀은 AI 상호작용이 실제 같아야 한다는 생각에 집착했다. '펀치 카드와 플로피 디스크가 구식이 된 것처럼 언젠가는 키보드와 마우스도 한물간 물건처럼 보일 거야'는 그가 입에 달고 사는 말이었다. 하나가 더 있다. '규칙을 바꾸지 않고서는 미래를 바꿀 수 없어.' 숍봇은 대담한 진전이었다. 이전에는 한 번도 해보지 않은 시도였다.

스크린이나 전화기를 거치지 않고 사람과 직접, 물리적으로 상호작용하는 AI였다. 사업적인 관점에서는 그럴 듯한, 심지어 훌륭하다 할 수 있는 생각이었다. 고급 패션 매장은 마네킹에 이미 수만 달러씩 비용을 쓰고 있었고, 판매원 인건비도 비싼 편이었다. 더군다나 그들이 가만히 서 있을 때가 많다는 점을 생각해보면 말이다. 판매원이 매장의 상품에 대해 모르는 것이 없는 쇼핑객들을 졸졸 따라다니는 일도 시간 낭비였다. 게다가 숍봇은 그들보다 안목도 좋았다. 이 세 가지 문제를 결합하면 쉬운 결정이 나온다. 고급 패션 소매업은 변화의 시기가 무르익은 분야이며 스콧 로보틱스가, 우리의 작은 무리가 그곳을 뒤흔들 선발대가 될 것이다.

그리고 이제 우리를 도울 예술가가 올 것이다. 그 일이 우리를 어디로 이끌지 우리가 그때 알았더라면, 우리의 미래 전문가 가운데 한 사람이라도 그 일이 결국 어떻게 끝날지 예측할 수 있었더라면 우리는 그토록 낙관적이지 않았을 것이다. 하지만 우리가 알았다고 한들 무슨 말을 하긴 했을까? 솔직히 그랬을 것 같지 않다. 스콧 로보틱스는 어느 방향으로 갈지를 두고 논쟁을 벌이는 종류의 회사가 아니었다.

4

팀은 집으로 가는 동안 말이 없다. 원래 가벼운 대화 같은 건 할 줄 모르는 사람이지만 이번은 다르다. 그는 거의 기진맥진해 보인다.

투자자들 앞에서 중요한 발표를 하고 난 뒤의 모습 같다고 당신은 기억한다. 세부사항 하나하나와 씨름하며 사무실에서 몇 주를 지내고 나서 그는 말 그대로 무너지곤 했다. 에너지가 고갈되어 말도 거의 할 수 없는 지경이 되곤 했다.

당신은 다시 충격에 휩싸인 상태다. 운전사가 느낀 역겨움은 당신이 느끼는 역겨움과 자기혐오에 비하면 아무것도 아니다.

"당신도 이걸 원했을 거야." 팀이 마침내 입을 연다. "믿어줘, 애비. 지금은 분명 이상하겠지만 익숙해질 거야. 당신은 언제나 내가 알고 있는 가장 용감한 사람이었어."

당신이 용감했었나? 기억들이 뇌 언저리에서 깜박거린다. 린다마르 해변의 큰 파도를 타며 서핑하던 기억. 파란 렌즈의 보호경을 쓰고 불꽃을 맹렬하게 튀기며 작품을 용접하는 모습. 그리고는 아무 것도 떠오르지 않는다. 그냥 안개뿐.

당신은 고개를 돌려 창밖을 본다. 창에 흐릿하게 비치는 당신의 모습을 몸서리치며 외면하려 애쓴다. 샌프란시스코는 친숙한 동시에 새로워 보인다. 여러 해가 지난 뒤 다시 찾아온 외국 같다. 기억조차 나지 않는 망명을 떠났다 돌아온 것 같다. 건물들은 대체로 그대로다. 바뀐 것은 소소한 것들이다. 사람들 손에 들린 스마트폰은 더 작아지는 대신 더 커졌다. 곳곳에 전기 자전거가 보인다. 노란 택시들은 흰색 프리우스로 거의 교체되었다. 미션디스트릭트는 젠트리피케이션이 예전보다 훨씬 많이 진행되어 고급 커피전문점이 블록마다 들어서 있다.

그때 운전기사가 방향을 틀자 당신은 갑자기 아무것도 알아볼 수 없다. 모든 것이 익숙했는데 그다음 순간에는 안개가 모든 것을 가려버린다.

"왜 이게 기억나지 않지?" 당신은 공포에 휩싸인다.

"기억을 창조하려면 처리 용량이 많이 필요해. 선택적으로 작업할 수밖에 없었어. 빈틈은 결국 저절로 메워질 거야."

맞은편에서 쓰레기 트럭이 플라스틱 병을 타이어로 우두둑 으깨며 지나간다. 그게 바로 당신이 할 일이라고 결심한다. 며칠이 지나면 트럭 아래로 몸을 던질 것이다. 이처럼 혐오스럽고 졸렬한 모조품으로 사느니 죽음이 차라리 나을 것이다.

하지만 그렇게 생각할 때조차 당신이 그 일을 해낼 만큼 진짜 용감한지 의문이 든다. 그리고 그런다 해도 팀의 기술자들이 당신을 주워 모아 다시 조립하지 않을까? 험프티 덤프티처럼.

'다시……' 문득 당신은 무슨 일이 일어났던 건지 여전히 전혀 모른다는 사실을 깨닫는다.

"내가 어떻게 죽었어?"

팀이 긴장한 얼굴로 당신을 바라본다.

"그 얘긴 나중에 하자. 약속할게. 하지만 아직은 아니야. 지금 당신에겐 너무 힘들 거야."

택시가 자동 대문들 앞에 선다. 당신은 대문들 뒤에 있는 당신 집을, 아담한 흰색 미늘판 주택을 알아본다. 센트럴 샌프란시스코의 물가가 천문학적으로 비싸긴 하지만 당신이 원하기만 한다면 더 호화로운 집에 살 수 있었을 것이다. 팀의 재산은 테크 기업의 기준으로 봐도 어마어마하다. 하지만 그는 결코 과시하는 스타일이 아니다. 당신은 차고에 낡은 폭스바겐이 여전히 있는지 궁금해진다.

"돌아온 걸 환영해." 그가 다정하게 말한다.

앞문 자물쇠가 말을 듣지 않아 그가 문을 여는 데 시간이 조금 걸린다. 왠지 모르게 그 모습도 익숙하다. 팀이 구부정하게 서서 참을성 있게 열쇠를 돌리는 모습. 주위를 둘러보는데 문 위에 달린 작은 보안 카메라가 눈에 들어온다. 또 다른 업로드다.

안으로 들어서니 어린 시절 살던 집을 방문한 것처럼 모든 것이 익숙한 동시에 낯설다.

"내가 집을 구경시켜줄 테니까." 그가 믿음직스럽게 말한다. "기억에 빈틈이 있으면 메워봐."

우선 주방. 햇빛이 가득하고 편안한데 전문 요리사용 가스레인지가 있다. 모비엘 구리팬들이 바람에 흔들리는 거대한 구리 풍경처럼 잔잔하게 댕그랑거린다. 당신은 수납장을 아무렇게나 열어본다. 안에는 당신의 손 글씨로 단정하게 쓴 라벨을 붙인 유리병이 반듯하게 줄 서 있고 병마다 분쇄되지 않은 통 향신료들이 담겨 있다.

"당신은 요리하는 걸 좋아해." 팀이 설명한다.

그런가? 당신이 요리했던 음식을 떠올려보려 애쓰지만 떠오르지 않는다. 그러나 그때 통, 하고 떠오른다. 그 모든 인스타그램 사진들, 수백, 수천 개의 사진들. 당신이 무엇을 요리하든 열심히 따라하는 팔로워들도 있었다.

당신은 조리대 위 동그란 사물이 담긴 오목한 그릇을 가리킨다. 너무 강렬해서 눈이 아플 정도다. "저것들은 뭐지?"

"이거?" 그가 하나를 집어 들어 당신에게 건넨다. "이건 오렌지야."

말이 되지 않는다. "오렌지는 색깔이야."

"그래. 과일을 따라 이름을 지은 색깔이지." 그는 당신을 유심히 쳐다본다. "라임처럼. 그리고 복숭아처럼."

"하지만 이것들은 오렌지색이 아니잖아." 당신은 손에 든 오렌지를 이리저리 신기한 듯 돌리며 뜯어본다. "적어도 당근 같은 오렌지색은 아니야. 더운 나라에 가면 오렌지들이 초록색인걸." 다른 생각이 문득 떠오른다. "내 머리도 이 색깔이야. 하지만 사람들은 빨간 머리나 생강색 머리라고 하지. 오렌지색이라고 하지 않아."

"그래. 하지만 생강은 색이 아니야. 과일도 아니고."

"그래. 뿌리지. 예전에는 불같은 성격과도 연결됐었고." **통.** 당신은 문득 말을 멈추고 어리둥절해한다. "내가 이 모든 걸 기억해낸 거야? 아니면 그냥 짐작한 거야?"

"둘 다 아니야." 녹초가 된 팀의 눈에 미소가 떠오른다. "그걸 딥 머신 러닝이라고 불러. 당신이 알지도 못하는 사이에 당신의 뇌가 클라우드에 있는 수백만 개의 사례들을 비교해서 색깔과 과일에 대한 규칙을 끌어낸 거야. 진짜 말이 안 되는 건 나조차도 당신이 어떻게 그걸 하는지 알지 못한다는 거지. 그게 말이야. 나는 컴퓨터 화면을 연결해서 수식을 볼 수는 있지만 그렇다고 그걸 이해할 수 있는 건 아니야. 내가 직원들한테 하는 말이 있어. AI의 A는 더 이상 '인공적인artificial'을 뜻하지 않는다. '자율적인autonomous'를 뜻한다."

그가 말하는 투에서 이 모든 걸 얼마나 자랑스러워하는지 알 수 있다. **당신, 당신은 일대 혁신이야.** 당신은 그의 인정에 흠뻑 취하고 싶다. 그러나 그럴 수 없다. 당신에게는 온통 한 가지 소리만 들린다. **너는 괴물이야.**

"어떻게 당신은 이런 나를 사랑할 수 있어?" 당신은 절망적으로 묻는다.

한순간 그의 표정에 사나운, 분노 같은 것이 번뜩인다. 그러고 나서는 누그러진다. "변화가 생길 때 변하는 사랑은 사랑이 아니다." 그가 인용한다. "소네트 116번, 기억해? 우리 결혼식에서 낭송했잖아. 네 줄씩 번갈아서 읽고 마지막 2행 연구는 같이 읽었어."

당신은 고개를 젓는다. 기억나지 않는다.

"다시 돌아올 거야." 당신은 그가 기억을 말하는 것인지, 감정을 말하는 것인지 궁금하다. "내 말은 그 말들이 우리에게 그냥 빈 말이 아니었다는 거야. 당신은 항상 유일했어, 애비. **대체불가능**한 존재. 완벽한 아내. 완벽한 엄마. 내 평생의 사랑. 모두가 하는 말이지만 난 진심이야. 당신을 잃은 뒤 많은 사람들이 내게 잊으라고, 내 삶을 함께할 다른 사람을 찾아야 한다고 말했어. 하지만 나는 그런 일이 결코 없을 거라는 걸 알았지. 그래서 대신에 이렇게 한 거야. 내가 옳았을까? 난 모르겠어. 하지만 해봐야 했어. 그리고 지금 당신에게 말하고 있는 동안에도, 이 몇 분조차도, 바로 여기에서 우리 집에서 당신을 보고 당신이 말하는 것을 들으니 그동안 이 일에 쏟아부은 모든 세월이 가치 있게 느껴져. 사랑해, 애비. 언제나 당신을 사랑할 거야. 영원히. 우리가 결혼식 날 약속한 것처럼."

그는 말을 멈추고 기다린다.

당신은 '사랑해'라고 대답해줘야 한다는 걸 안다. 당신은 그를 사랑하니까. 물론 그를 사랑한다. 하지만 이건 너무 생경하고 너무 충격적이다. 바로 이 순간 팀에게 사랑한다고 말한다면 이렇게 말하는 느낌일 것이다. '그래, 괜찮아. 당신이 옳은 일을 했어. 나를 이렇게 기괴하고, 혐오스러운 플라스틱 덩어리로 만들어줘서 기뻐. 그럴 만한 가치가 있어. 여기 이렇게 당신과 함께 있는 것 말이야.

난 당신을 삶 자체보다 더 사랑하고 숭배해⋯⋯.'

당신이 아무 말도 하지 않자 그가 잠시 후 말한다. "계속 둘러볼까?"

5

그는 앞장서서 위층으로 향한다. 당신은 난간을 움켜잡고 조심
스럽게 한 칸씩 발을 내딛어야 한다.

"이게 다 당신 거야." 그가 바닥부터 천장까지 이르는 커다란 책
장을 지나며 말한다. "책을 좋아했지. 기억나? 그리고 저건 대니 방."

층계참에 이르러 처음 나온 방은 그다지 아이 방처럼 보이지 않
는다. 커튼도 카펫도 없고 그림이나 장난감도 없다. 침대 말고 가구
라고는 작은 텔레비전과 DVD 수납장이 전부다. 다른 사람에게는
지나치게 간소해 보이겠지만 대니 같은 아이에게는 편안한 방이
다. 적어도 스트레스가 덜한 방이다.

"대니는 어떻게 지내?" 당신이 묻는다.

"나아지고 있어. 물론 느리긴 하지만……." 팀은 말을 끝맺지 않
는다.

"나를 알아볼까?"

팀은 고개를 젓는다. "그러진 않을 것 같아. 미안해."

당신은 찌르는 듯한 슬픔을 느낀다. 하지만 보통 아이도 5년이
흐른 뒤에는 엄마를 잊을지 모른다. 대니 같은 아이가 아니라 해도.

대니는 헬러 증후군이라고 불리는 아동기 붕괴성 장애(Childhood Disintegrative Disorder, CDD)를 앓는다. 워낙 희귀한 증상이다 보니 대부분의 소아과 의사들은 사례를 보는 경우도 드물다. 도리어 그들은 네 살까지 잘 자라던 아이가 무시무시한 몇 주 사이에 갑자기 심각한 자폐증에 걸릴 리가 없다고 당신을 가르치려들 것이다. 온전한 문장으로 말하던 아이가 갑자기 퇴행해서 끽끽대는 소리와 신음 소리를 내며 텔레비전 어린이 프로그램에 나오는 대화의 짧은 파편들로 말을 할 리가 없다고. 갑자기 카펫에 오줌을 누고 변기 물을 마시려 할 리도 없다고. 난데없이 자기 머리를 잡아 뜯거나 피가 날 때까지 팔을 물어뜯을 리도 없다고.

아이가 죽으면 세상은 그걸 비극으로 여긴다. 부모는 슬퍼한다. 하지만 그 슬픔이 언젠가는 줄어들지도 모른다. 그러나 CDD는 아이를 빼앗아가는 동시에 그 자리에 이방인을 갖다놓는다. 당신 아이의 몸에 침을 흘리는, 망가진 좀비를 갖다놓는다. 어떤 의미에서 죽음보다 더 지독하다. 왜냐하면 당신은 이 아름다운 이방인을 계속 사랑하는 한편 당신이 잃어버린 그 사랑스러운 어린 사람을 애도해야 하기 때문이다.

"대니는 지금 어디 있어?" 당신이 묻는다.

"시가지 맞은편의 아주 좋은 특수교육 학교에 다녀. 시안이 매일 아침 데려가. 시안은 그 학교의 보조교사였는데 내가 입주 돌보미로 고용했어. 학교가 끝나면 돌아와서 대니와 치료 프로그램을 진행해. 가깝진 않지만 이곳 캘리포니아주 전체에서 가장 좋은 학교야."

당신은 너무 많은 것을 놓쳤다고 생각한다. 대니가 학교에 가다니. 당신은 있는 줄도 몰랐던 학교를.

팀이 또 다른 문을 연다. "여기가 부부 침실이야."

당신은 방 안으로 들어선다. 벽에 걸린 실물 크기에 가까운 자화상이 큼직한 방을 압도한다. 그림 속 여자는 빨간 머리다. 드레드락*에 가까운, 중간 길이의 땋은 머리를 정수리 위로 자연스럽게 말아올린 스타일이었다. 보는 사람 쪽을 향한 왼쪽 귀에는 큼직한 스터드 귀걸이 세 개가 박혀 있었다. 줄무늬 셔츠를 입었는데 아래쪽이 온통 색깔 있는 얼룩으로 덮여 있는 것이, 작업을 하다가 붓을 그냥 옷에 닦은 것처럼 보인다. 그녀는 쾌활해 보인다. 긍정적이고 밝은 사람이다. 정교한 켈트 문양 문신이 목에서 시작되어 셔츠 칼라 밑으로 사라졌다가 한쪽 소매 밖으로 다시 등장한다.

당신은 당신 팔의 살색 고무를 내려다본다.

"문신은 할 수 없었어." 팀이 설명한다. "피부 소재를 손상시킬 테니까." 그는 그림을 손짓하며 말한다. "그것 말고는 꽤 정확해. 그렇지 않아?"

그러니까 당신이 그림의 정확한 복제라는 말이다. 그림이 당신의 복제가 아니라. 당신을 만들기 위해 분명 이 그림의 스캔 이미지를 이용했을 것이다.

그림 속 여자가 정말 당신인가? 그녀는 무척 침착하고, 어쨌든 무척 멋져 보인다. 그리고 자신만만해 보인다. 당신은 그림 아래 왼쪽 구석에 근사하게 흘려 쓴 서명을 바라본다. **애비 컬런.**

---

*   밧줄처럼 굵게 꼬거나 땋은 머리.

"당신, 보통은 유화를 그리지 않았어. 이건 내게 준 결혼 선물이야. 당신이 몇 달을 들여 완성했지."

"와…… 그럼 당신은 나한테 뭘 선물했어?"

"해변 별장." 그는 별것 아니라는 투로 대답한다. "당신을 위한 깜짝 선물로 지었지. 거기에 당신이 작업실로 쓰던 큰 차고가 있어." 그는 부부 침실 바로 맞은편에 있는 다른 문을 연다. "하지만 집에 있을 때면 여기에서 작업을 했어. 저 자화상을 그린 것도 여기고."

작은 방의 바닥은 물감으로 얼룩덜룩하다. 작업 테이블 위에는 말라붙은 붓이 담긴 통들과 딱딱하게 굳은 아크릴 물감 튜브들이 있다. 그리고 이젤 위에 은제 펜이 있다. 당신은 가서 펜을 집어 든다. 몸통에 글씨가 새겨져 있다. **애비. 언제나 변함없이. 팀이.**

"잉크는 아마 말랐을 거야. 잉크를 좀 더 갖다놓을게. 필요한 물품의 목록을 만들어야겠어."

당신은 여전히 입고 있는 환자복을 무심히 잡아당긴다. "옷을 입고 싶어."

"물론이지. 옷은 옷장에 있어."

그가 부부 침실 옆 드레스룸으로 안내한다. 그곳에 걸린 옷들은 사랑스럽다. 보호시크* 스타일에 캐주얼하지만 대담하고 환한 색상의 아름다운 소재로 만들어진 옷들이다. 상표를 힐긋 본다. 스텔

---

* boho-chic, 보헤미안과 히피 스타일을 결합한 패션 스타일로, 주로 하늘하늘한 치마와 자수 레이스, 코바늘 튜닉을 이용한다.

라 매카트니, 마크 제이콥스, 셀린느. 좋은 취향이군, 하고 당신은 생각한다. 팀 덕택에 지갑도 넉넉했겠지.

당신은 입기 편한 옷을, 인도 스타일의 헐렁한 드레스를 선택한다. "그럼, 난 나가볼게." 그는 눈치 있게 밖으로 나간다.

당신은 그 끔찍한 플라스틱 두개골이 떠올라 거울을 보지 않으려 애쓰며 환자복을 벗지만 보지 않을 수 없다. 여러 해 동안 당신의 몸이 이렇게 탄력 있던 적이 없었다는 생각이 든다. 적어도 대니를 낳은 뒤로는…….

하지만 이건 몸이 아니다. 팔다리는 공학연구실에서 조립되었고, 피부색은 도장실에서 칠해졌다. 그리고 허리 아래는 그저 매끄러운 부분으로 사라질 뿐이다. 인형처럼 무감각하고 무성적인 곳으로. 당신은 몸서리를 치며 드레스를 머리부터 집어넣어 걸친다.

아래층에서 갑자기 요란한 소리가 들린다. 현관문이 쿵 열린다. 계단을 쿵쿵대는 발소리가 들려온다.

"대니, 뛰지 마." 어떤 여자의 목소리가 들린다.

"뚜지 마!" 작은 목소리가 웅얼거린다. "뚠다!" 달리는 발걸음은 늦춰지지 않는다.

대니. 당신은 몸을 휙 돌린다. 층계참으로 돌진하는 짙은 머리카락, 움푹 들어간 눈, 긴장한 요정 같은 얼굴이 흘긋 보인다. 모성애가 솟구친다. 대니는 믿기지 않을 만큼 자랐다! 물론 대니는 이제 거의 열 살일 거다. 당신은 아이 인생의 반을 놓쳐버렸다.

당신은 대니를 따라 아이 방으로 간다. 대니는 이미 침대 밑에서 장난감 기차를 한아름 끌어당겼다. "줄 세워. 줄 세워어어어어."

아이는 몹시 흥분해서 중얼거리며 가장 큰 것부터 가장 작은 것까지 기차를 벽 굽도리에 기대어 정확하게 줄 세워놓는다.

"대니?" 당신이 말한다. 아이는 대답하지 않는다.

"대니, 본다." 아까 그 여자의 목소리가 당신 뒤에서 단호하게 지시한다. 그러자 대니가 정말 고개를 든다. 대니의 시선이 멍하니 당신의 시선을 지나쳐간다. 그 시선에는 아무 것도 없다. 당신을 엄마로 알아보기는커녕, 사람으로 인지하는 것처럼 보이지도 않는다.

"잘 봤어. 잘했어." 여자가 당신을 지나쳐 대니 옆으로 가 몸을 굽힌다. 이십 대에 금발머리의 쾌활한 여자로, 머리를 포니테일로 묶었다. "하이파이브, 대니!"

"시안, 이쪽은—" 팀이 말문을 연다.

"그것이 뭔지 알아요." 시안이 그의 말을 자르며 방금 전 대니의 시선보다 훨씬 더 무심한 시선으로 당신을 흘긋 본다. "하이파이브, 대니!" 그녀가 반복한다.

대니는 기차에서 눈을 떼지 않은 채 그녀 방향으로 손을 펄럭인다. 시안은 대니가 칠 수 있도록 자기 손을 움직인다. "잘 봤어. 하이파이브 잘했어." 그녀가 칭찬한다. "하지만 이제 다시 돌아가서 이 층으로 바르게 올라올 거야. 그러면 토마스와 놀 시간을 더 줄게." 그녀가 손을 내민다. 대니가 응답하지 않자, 그녀가 또박또박 말한다. "일어서서 내 손 잡아, 대니."

대니는 내키지 않는 듯 일어나서 손을 잡는다. "잘했어! 잘 일어섰어." 그녀가 대니를 데리고 나가며 말한다.

"아주 훌륭한 치료사야." 두 사람이 들리지 않을 만큼 멀어지자 팀이 말한다. "그녀가 처음 왔을 때 대니는 먹는 것과 자기 기차들 외에는 아무것도 관심이 없었어. 요즘에는 하루에 대화를 열 몇 번 정도는 나누지."

"잘됐네." 당신은 대답하지만 시안이 당신을 **그것**이라 부른 것에 여전히 마음이 아프다. "두 사람 모두 자랑스러워."

그러나 당신은 두 사람이 응용행동분석ABA을 처음 발견했을 때의 흥분을 떠올린다. 몇몇 연구에 따르면 이렇게 자폐증 아이를 가르치면 자폐증이 치료되기도 한다. 아니면 적어도 자폐증 아이를 다른 아이들과 구분할 수 없을 정도까지 만들어준다. 만약 그때 5년 뒤에도 대니가 여전히 눈 맞추는 법을 연습하게 될 걸 알았더라도 그런 방법을 계속 밀고 나갈 에너지가 있었을까?

당신은 그 생각을 옆으로 치워둔다. 물론 있었을 것이다. 무엇이 나아지든, 아무리 어려운 과정으로 나아지든, 아예 나아지지 않는 것보다는 낫다.

대니는 다시, 이번에는 더 느리게 계단을 쿵쿵 올라오고 시안이 그 뒤를 바싹 따라온다. 대니가 방에 도착하자 그녀는 파란 기차를 꺼낸다. "잘 걸었어, 대니. 여기 토마스야."

"여기 토마스야." 대니는 그 말을 따라하며 바닥에 풀썩 주저앉아 다른 기차들 옆에 나란히 세운다.

그러고는 문득 눈을 획 들어 고민하는 눈빛으로 당신의 눈을 본다.

"마," 대니가 말한다. "마-마." 그러고는 웃는다.

"지금 **엄마**라고 한 거니?" 당신은 깜짝 놀란다.

팀은 이미 기쁨의 눈물을 흘리고 있다. 당신도 그랬을 것이다. 울 수 있다면.

둘

애비 컬런이 직접 등장한 것은 팀의 발표 후 2주가 지나고 나서였다. 우리는 그녀가 먼저 의뢰받은 일을 마무리 짓는 중이거나 아니면 우리와 함께 일하는 것 자체를 고민 중인 모양이라고 추측하고 있었다. 우리 회사에는 방문객이 많지 않았다. 우리의 투자자들은 보안에 편집증적으로 집착하는 편이었고, 회사의 위치는 사회활동을 위한 가능성보다는 면적 대비 낮은 비용을 고려해 선택된 곳이었다. 그러니 애비의 등장이 꽤 극적이었다는 것은 아마 그녀보다는 우리 삶이 얼마나 좁은지에 대해 말해줄 것이다.

팀이 "여러분, 여기 주목!" 하고 외치기도 전에 우리 대부분은 프런트에 있는 그녀를 이미 보았다. 그녀를 보지 못했다 해도 아마 팀이 그녀를 맞으러 서둘러 가는 모습은 분명 보았을 것이다. 우선 그녀는 키가 180센티미터 정도로 컸다. 찢어진 스키니진에 무릎까지 오는 쿠반힐 부츠를 신고, 적갈색 브레이드 헤어를 머리 위에 똬리처럼 틀어 올리고 있어서 훨씬 더 커 보였다. 검은색 잉크로 새긴 문신이 목에서부터 왼쪽 팔까지 쭉 이어져 있었다. 나중에 누군가 말한 것처럼 하와이 문양이거나 어쩌면 마오리나 켈트 문양일 듯했다. 하지만 우리 모두 가장 놀란 점은 그녀가 너무나 젊어 보였다는 것이다. 이십 대에 노장이 될 수도 있는 우리 같은 분야에서 그녀의 신선함, 순수함은 그녀를 우리와는 다른 사람처럼 보이게 했다.

"여러분, 우리 회사 최초의 상주 예술가 애비 컬런입니다." 팀이 그녀를 개방형 사무실로 안내하며 말했다. "이분 작품은 놀라워요. 인터넷에서 찾아보세요. 여기에서 여섯 달 동안 머물며 프로젝트를 몇 가지 할 겁니다."

"어떤 프로젝트죠?" 누군가 물었다.

대답한 사람은 애비였다. "아직 정하지 못했어요. 여러분들이 일하는 모습을 보면서 구상하고 싶습니다." 그녀의 목소리에는 남부 억양이 묻어 있었고 미소는 사무실을 환히 밝혔다.

누군가 일부러 작동시켰는지는 알 수 없지만 숍봇 중 하나가 그 순간에 그녀에게 다가갔다. "안녕하세요?" 숍봇이 싹싹하게 말을 걸었다. "제가 지금 입고 있는 이 재킷이 당신에게 정말 잘 어울릴 것 같군요." 물론 숍봇은 재킷을 입고 있지 않았다. 그건 우리가 시제품에 프로그래밍한 홍보 샘플일 뿐이었다. "매장을 함께 둘러볼까요? 당신이 입어볼 만한 것을 골라드리죠. 사이즈 8쯤 입으시죠?"

"딱 맞혔네요." 애비가 웃으며 말했다. 딱히 재미있는 일은 아니었지만 웬일인지 우리 모두 그녀를 따라 웃었다. 마치 VIP 방문객에게 우리 아이가 뭔가 부적절하지만 귀여운 말을 한 것처럼.

팀도 웃었다. 높은 소리로 소년처럼 킥킥 웃었다. 그 웃음은 그가 지닌 몇 안 되는 괴짜 같은 특성 중 하나였다.

"애비는 K-3에 상주할 겁니다." 팀이 우리가 쓰는 회의실 가운데 하나를 언급하는데 그녀가 말을 가로막았다.

"제 책상을 여기에 갖다놓는 게 좋을 것 같아요. 어떤 일이 일어나는지 감을 잡을 수 있도록요. 당신이 괜찮으시다면요."

"좋을 대로 하세요." 그가 어깨를 으쓱하며 대답했다. "여러분, 애비를 최대한 도와주세요. 그리고 그녀에게 배워요. 그녀 뇌의 자산을 빼앗으세요. 그녀의 창조성을 역설계해보란 말이에요. 애비는 그녀의 이익이 아니라 우리의 이익을 위해 여기에 있다는 걸 잊지 마시고."

나중에 생각해보니 그녀를 다정하게 환영하는 자리에서 할 만한 표현은 아니었다. 하지만 팀은 그런 사람이었다.

6

3주가 걸릴 거라고 그는 예상했다. 당신이 이 새로운 현실에 적응하기 위한 3주.

팀의 말이 으레 그렇듯 이 말도 그냥 하는 것이 아니라 명백한 데이터에 근거한다. 1950년대 맥스웰 몰츠라는 성형외과 의사는 성형 수술 환자가 새로운 현실에 적응하는 데 얼마나 오래 걸리는지 기록했다. 그는 자신의 발견을 『사이코-사이버네틱스』라는 책으로 발표했고, 팀의 분야에서 이 책은 바이블이나 다름없었다.

그래서 3주 동안 팀은 집에 머물며 당신의 적응을 도울 계획을 세웠다. 그는 단순한 것부터 시작했다. 정원에서 이상하게 생긴 돌이나 잎, 새의 날개 같은 것을 들고 오거나 신문 기사를 읽어줬다. 오렌지처럼 당신의 뇌가 놓친 것, 그래서 그가 당신에게 가르쳐줄 수 있는 것을 발견하면 즐거워했고, 그의 즐거움에는 전염성이 있었다.

당신이 아이라도 되는 것처럼 그는 인터넷 사용 시간을 제한하고 당신이 방문하는 사이트를 점검했다. 한 번에 너무 많은 정보가 들어가면 당신의 새로운 뇌가 감당할 수 있는 한계를 넘어설 거라 믿었다. 가라, 가라, 가라, 새가 말했다. 인간이란 종은 그렇게 많은 현실

을 버텨낼 수 없으니. 누구의 글인지 예전에는 알던 구절인데 지금은 모르겠다. 당신의 기억은 단편적이다. 당신이 깨어나기 전 팀이 업로드한 것에 우연히 무엇이 포함됐느냐에 달려 있다. 또는 팀이 가끔 쓰는 표현에 따르면 당신이 부팅되기 전에 업로드된 기억에 달려 있다.

그때 **통,** 클라우드에서 문득 답이 뽑혀 나온다. **T. S. 엘리엇.**

같은 이유로 그는 여전히 당신의 죽음에 얽힌 정황에 대해서도 말하려 하지 않는다. '그 사고'를 짧게 언급한 적이 한 번 있지만 얼른 입을 다물었다. 자신의 소멸을 회상하는 입장에 놓여본 사람은 아무도 없다고 설명한다. 견딜 수 없을 정도로 고통스러울 수 있다고. 정신이 나가버릴 수도 있다고.

하지만 당신은 그가 그 주제를 회피하는 이유가 당신을 위해서만은 아닐지 모른다고 생각한다. 그 시기를 다시 떠올리는 일은 팀에게도 분명 괴로울 것이다. 그리고 팀은 과거의 실패에 연연하는 사람이 아니다. 이제 당신을 다시 찾았으니 그동안의 일들은 일어난 적 없는 일처럼 굴고 싶을 것이다.

당신은 그가 겪은 일들을, 그의 지난 5년을 상상해보려 한다. 어떤 면에서 당신은 편안하게 지낸 셈이었다. 그냥 죽어 있었으니까. 고통받은 사람은 그였다. 얼굴에 깊게 패인 주름과 듬성해진 머리숱, 한때 마라톤으로 단련되었던 몸집에서 볼록 나온 정크푸드 뱃살이 그 고통을 증언한다. 밤마다 당신을 창조하는 일에 집착적으로 매달리도록 그를 내몬 끔찍한 슬픔과 외로움의 흔적이다. 그는 과로로 거의 쓰러질 뻔했던 일이며 투자자들과 벌였던 논쟁, 직원

THE PERFECT WIFE

들의 파업에 대해 넌지시 말한 적이 있었다. 처음 만든 코봇은 참담한 실패였다고 말했다. 백만 달러짜리 실험이 아무 성과 없이 끝났다. 그러나 그는 포기하지 않았고, 다섯 번이나 여섯 번쯤 시도한 뒤부터 아귀가 들어맞기 시작했다. "하지만 기술을 제대로 갖추기 전에 당신을 만들고 싶지는 않았어. 아무렇게나 만든 베타 버전 같은 것으로 당신을 돌아오게 하는 건 참을 수 없었지."

"그래서 나는 뭐야? 시제품인 건가?"

그는 고개를 젓는다. "훨씬 대단하지. 비약적인 도약. 패러다임의 전환. 그리고 무엇보다 내 아내야."

가끔 그는 그냥 앉아서 넋을 놓고 당신을 가만히 바라보기도 한다. 마치 진짜 이 일을 해낸 것이 믿기지 않는 것처럼. 그가 해낼 수 있으리라 생각했던 것보다 더 성공한 것처럼. 그러면 당신은 그에게 미소를 보내고 그는 무아지경에서 깨어난다. "아, 미안해. 자기를 되찾으니 좋아서."

"이렇게 돌아와서 좋아." 당신은 그에게 말한다.

그리고 차츰, 천천히 당신은 그 말을 거의 믿게 된다.

7

팀이 당신의 옛날 몸과 지금 몸의 차이를 최대한 줄이려 했다는 걸 당신은 깨닫는다. 당신의 가슴은 숨을 쉬는 것처럼 오르내린다. 추우면 몸을 떨고, 더우면 옷을 한 겹 벗어야 한다. 무의식적으로 눈을 깜박이고 한숨을 쉬며 얼굴을 찌푸린다. 그리고 밤이 오면 팀을 방해하지 않기 위해 손님방으로 가서 잔다. 아니, 배터리를 충전하고 더 많은 기억을 업로드하는 동안 저전력 모드에 들어간다. 그때가 최고의 시간이다. 왠지 모르지만 당신의 꿈은 깨어 있을 때의 세상보다 훨씬 생생하다.

그런 업로드 시간 중에 그가 당신에게 청혼한 다음 날의 기억을 찾는다. 두 사람은 타지마할에 가기 위해 동쪽으로 이동했다. 팀은 사람들을 피해 둘만의 개별 관광을 즐기기 위해서 많은 돈을 지불했다. 당신은 온종일 행복에 취해 멍한 상태였고, 냉방을 한 메르세데스 뒷좌석에서 그에게 몸을 기댄 채 손가락에서 반짝이는 큼직한 빨간 다이아몬드를 가끔씩 슬쩍 보곤 했다.

나중에 가이드는 타지마할 궁전이 황제의 사랑하는 아내 뭄타즈 마할을 위한 추모 기념물로 지어진 과정을 설명했다.

"내가 먼저 죽으면 당신도 궁전 정도는 지어주겠지." 당신이 진지한 척하며 팀에게 농담을 했다.

"나보다 먼저 죽게 놔두지 않을 거야." 업로드에서조차 그의 목소리에 담긴 굳은 확신이 느껴진다.

넷째 날에는 물감이 도착한다.

"괜찮은 물감들이어야 할 텐데." 팀이 포장을 풀며 말한다. "당신은 물감 브랜드에 까다로웠거든."

그랬나? 그것도 기억나지 않는다. "괜찮을 거야."

하지만 무엇을 그려야 할까? 당신은 뭔가를 창조하고 싶은 욕망을 느끼지 않는다. 그래도 팀에게는 중요한 일인 것이 분명하니 애써 시도해보려 한다.

결국 오렌지를 그리기로 결정한다. 정물화다. 당신은 오렌지 그릇을 위층으로 가지고 가서 화실에 놓는다.

네 시간 뒤 거의 작업을 마친다. 팀에게 보여주러 간다.

"대단해." 팀이 격려한다. "알겠지? 당신 재능이 모두 그대로야."

당신은 캔버스를 미심쩍게 바라본다. 당신이 보기에 그건 재능이 아니라 기교다. 정확하지만 개성이 없다. 사진처럼.

그래도 팀은 즐거워한다. 팀은 당신이 그림에 서명하게 한다. **애비 컬런 스콧**. 자신 있게 휘갈긴 서명은 당신 것처럼 보인다. 그러나 누가 뭐라고 말하든 그건 위조 서명이다. 디지털로 생산된 복제품이다. 당신의 다른 것들이 그러하듯.

다음으로 그는 다양한 운동 기구를 주문한다. 당신의 몸무게는

72킬로그램에 영원히 고정돼 있으니 운동은 칼로리 소모가 아니라 동작을 더 자연스럽게 만들기 위해서다. 심지어 게임기 Wii도 주문한다. 처음에는 따라가기가 어렵다. 〈댄스 파티〉 게임의 제일 낮은 단계를 하다가도 바닥에 쿵 쓰러진 게 한 번 이상이다. 하지만 횟수를 거듭할수록 서투름이 조금씩 줄어든다.

당신은 위층의 자화상처럼 머리를 땋는다. 심지어 화장품도 시험 삼아 발라본다. 예전에는 화장을 거의 하지 않았지만 이 새로운 얼굴에는 손질이 더 필요하다. 예술가인 게 다행이라고 생각한다. 고무로 된 생기 없는 얼굴을 하이라이트와 섀도로 부드럽게 다듬으며 거의 진짜처럼 보이는 법을 차츰 터득한다.

팀의 제안에 당신은 요가를 해본다. 놀랍게도 거의 모든 자세를, 심지어 가장 고급 단계까지 해낼 수 있다. 비둘기 자세, 공작 자세, 티티바사나. 그는 말없이 자부심에 빛나는 얼굴로 바라본다. 당신의 몸은 경주 자동차처럼 완벽하게 설계되었음을 당신은 깨닫는다. 그냥 운전하는 법만 배우면 된다.

팀의 세 번째 선물은 올림픽 규격 트램펄린이다. 배달원이 잔디밭에 트램펄린을 조립하는 모습을 지켜보다가 당신은 데이트를 시작했을 무렵 팀이 당신을 데려갔던 장소 하나가 문득 떠오른다. 골든게이트교 근처 실내 트램펄린 파크인 하우스 오브 에어. 그날 당신은 팀이 성취를 향해 맹목적으로 달리기만 하는 사람이 아니라 재미있을 때도 있는 사람임을 알게 된다.

나중에 둘은 포트 포인트까지 해안 둘레길을 함께 걸어가서 손을 잡고 앉아 바다를 내려다보았다.

"우리 포트 포인트를 다시 가면 좋겠어." 당신은 문득 그 순간이 그리워 말한다. "나는 그날 데이트가 좋았어."

팀은 망설인다. "좋은 생각이야. 하지만 아직은 안 돼."

"왜 안 돼?"

"지금 밖에 나가는 건 곤란할 거야."

당신은 어리둥절해서 그를 바라본다. "그러니까 내가 집 밖으로 나갈 수 없다는 거야?"

"물론, 곧 나가게 될 거야." 그는 얼른 대답한다. "그냥…… 당신을 준비시켜야 해서. 그래서 그래."

배달원이 조립을 마치자 그는 신발을 벗어 던지고 트램펄린 위로 올라간다. "어때?" 그가 두 손을 내민다.

당신은 조심조심 올라선다. 처음에는 균형을 잡기가 어렵다. 팀은 당신을 꼭 잡은 채 살며시 튀어 오르며 조금씩 탄력을 더한다.

"바로 그거야." 그가 격려한다. "잘하고 있어." 그는 미항공우주국의 카운트다운을 흉내 내며 박자에 맞춰 도약한다. "티 마이너스 트웰브. 카운팅…… 8, 7, 6, 5…… 메인 엔진 스타트. 발사!"

그는 발사라고 말하며 마지막으로 더 세게 튀어 오른다. 당신은 무릎이 구부러지는 걸 느낀다. 하나-둘-셋. 그리고 갑자기 모든 것이 궤도에 오르며 당신은 이륙한다. 그가 당신 손을 놓고 당신은 튀어 오를 때마다 더 높이, 더 높이 솟아오른다. 땋은 머리가 나부끼고 다리가 버둥거린다. 두 사람은 웃고 소리치고 함께 뛰어오르며 공중에서 웃긴 자세를 해본다.

그가 당신을 집으로 데려온 후 처음으로 당신은 사랑과 뒤섞인 즐거움을 느낀다. 특별한 한 사람, 자기 인생을 걸고 당신의 행복을 지켜주리라 믿는 그 사람과 행복한 시간을 갖는 데서만 나올 수 있는 행복을 느낀다. 사랑해. 당신은 무언가에 홀린 듯 생각한다. 팀, 당신을 사랑해. 공중을 튀어 오르는 당신의 입에서 나오는 것은 흥분과 환희가 뒤섞인 격렬한 비명이지만 활짝 웃는 그의 모습에서 그가 이해했다는 것을 알 수 있다.

8

토요일에는 대니가 치료를 쉰다. 당신은 대니가 침대 가장자리에 앉아 위아래로 몸을 들썩대는 모습을 발견한다. 생각이 하나 떠오른다.

"대니야, 트램펄린에서 놀까?"

대니는 끙끙대는 소리를 낸다. 대니가 내는 소리는 해석하기 힘들 때가 많다. 팀은 아마 대개는 발성 '자극', 곧 자기자극일 뿐일 거라고 말한다. 자폐증을 가진 사람들이 왜 이렇게 하는지는 아무도 알지 못하지만 대응하기 힘든 세상에서 통제감을 얻기 위한 방법이라는 이론이 있다. 대니가 침대에서 몸을 위아래로 들썩이는 행동도 자기자극의 또 다른 사례다. 대니는 그걸 몇 시간이라도 할 수 있다. 대니는 스트레스를 받으면 더 큰 감각자극을 만들어낸다. 손등을 물어뜯기도 한다.

"대니?" 당신이 다시 묻는다. "밖에 나와서 놀지 않을래?"

잠시 뒤 대니가 고개를 젓는다.

"시러!"

어쨌든 대니가 대답을 했다는 사실에 용기를 얻어서 당신은 손을 뻗으며 말한다. "가자, 대니야! 재미있을 거야!"

"이봐요!" 시안의 목소리가 뒤에서 들린다. "뭐 하는 거죠?"

뒤를 돌아보니 시안이 못마땅한 표정으로 서 있다.

"대니를 트램펄린으로 데려가려는 중이에요." 굳이 설명하지 않아도 알 만한 사실이지만 당신은 설명한다.

"지금, 잘못하고 있어요. 알아듣기 쉬운 지시로 쪼개야 해요. 이렇게요. '대니, 일어나.' 다음은 '대니, 내 손 잡아.' 이런 식으로요. 대니가 말을 잘 들을 때마다 '잘했어'라고 말하고 다음 지시를 내려요."

"나는 애 엄마예요. 다정하게 말하고 싶었어요."

시안은 이상한 눈으로 당신을 바라본다. 한순간 당신은 그녀가 **엄마**라는 단어 때문에 시비를 걸려는 건가 생각한다. 그러나 시안은 그냥 이렇게만 말한다. "그랬겠죠. 하지만 그러면 대니가 혼란스러워져요. 당신은 대니가 밖에 나가고 싶은지 물었고 대니는 아니라고 정확하게 대답했어요. 그러면 잘했다고, 잘 표현했다고 칭찬해줘야 해요. 지금 대니는 대답을 정확히 했는데도 오히려 똑같은 질문을 다시 받았잖아요." 그녀는 어깨를 으쓱해 보이며 말을 이었다. "'……하지 않을래?'라는 말은 사실 '나는 네가 ……하면 좋겠어'를 뜻해요. 물론, 친절한 말이죠. 대부분의 아이들은 무슨 뜻인지 금방 이해하죠. 하지만 대니처럼 언어를 어려워하는 아이들에게는 적당하지 않아요."

당신은 비난받는 느낌이 들기도 했지만 어떤 면에서 대니와 당신이 같은 처지에 있다는 생각이 문득 들었다. 둘 다 적응하기 힘든 세상을 이해하기 위해 허우적대고 있다.

"가르쳐주실래요? 당신이 대니와 하는 거 말이에요. 제대로 하는 법을 배우고 싶어요."

시안은 잠시 망설이다 내키지 않는 투로 대답한다. "그래요. 안 될 이유가 있나요?"

"대니, 코를 건드려."

당신은 셋을 센 뒤 대니의 손을 잡고 대니가 자기 코를 만질 수 있도록 코 쪽으로 가져간다. "잘 건드렸어!" 마치 대니가 스스로 한 것처럼 말한다. "여기, 토마스 줄게!"

당신은 토마스 기차를 건네며 기록표에 기록한다. 대니는 보상으로 30초간 토마스를 가질 수 있다. 그 뒤 당신은 토마스를 치우고 처음부터 다시 시작한다. 이번에는 시간이 조금 덜 걸렸다. 그것도 기록한다.

"대니, 날 봐."

대니가 당신 쪽으로 눈을 휙 돌린다. 눈을 맞추지는 않는다. 두 사람이 눈을 마주쳤을 때 보통 생기는 불꽃이 없다. 그러나 눈을 맞추려고 했다는 것, 그게 중요하다. "잘 봤어." 당신은 칭찬한다. "여기, 토마스 줄게!"

"괜찮네요." 시안이 마지못해 인정한다. "당신이 감을 잡은 것 같아요."

대니의 치료는 이런 연습의 무수한 반복이다. 전문 용어로는 '시도'나 '훈련'이라 불린다. 건포도나 아주 짧은 시간의 기차놀이를 보상으로 삼는 이런 연습 하나하나는 기나긴 여정의 아주 작은 한 걸음이다. 일단 어떤 일을 했을 때 보상을 얻는지 알고 나면 다음에는 자극이 덜 필요하게 된다.

어쨌든 이론상으로는 그렇다. 기록표를 보면 대니가 이런 훈련 중 몇몇은 수도 없이 많이 했다는 것을 알 수 있다. 그래도 시안은 조금의 흔들림도 없이 긍정적이다.

"잘했어, 대니! 좋아!"

대니가 퇴행하기 전의 기억이, 숨바꼭질을 하던 기억이 문득 떠오른다. 대니는 숨고 나서 흥분을 참지 못해 소리를 질러대곤 했다. "대니가 어디 있을까? 탁자 아래 있나? 아아아니! 침대 밑에 있나? 아아아니! 샤워실에 있나? 아아아니!" 얼마나 사랑스럽던지. 당신은 그 말에 장단을 맞추며 아이가 말하는 모든 장소를 들여다보며 다녔다. 나중에 정신과 의사는 아마 그때에도 대니는 마음 이론이라 불리는 것을 갖지 못했을 것이라 추측했다. 그러니까 다른 사람의 입장에서 보는 능력이 없었을 거라고.

"내가 전에도 대니와 ABA 프로그램을 했나요?" 당신은 시안에게 묻는다.

"네, 했어요."

"내가 잘하는 편이었나요?"

그녀는 잠시 망설이다 대답한다. "당신이 잘하고 싶었을 때는요."

"그게 무슨 말이죠?"

"ABA 치료법은 부모에게 힘들 때가 있어요. 부모는 가끔 지나치게 감정적이 되거든요. 애비는 '왜 그냥 대니를 그대로 두면 안돼요?'라고 말하곤 했죠. 하지만 이 치료법은 과학적 증거를 토대로 해요. 그리고 대니 같은 아이들이 잠재력을 완전히 실현할 수 있도록 돕지 않는다면 부당한 일이죠."

당신은 그녀가 **당신**이 아니라 **애비**라고 말하는 것에 주목한다. 하지만 적어도 이제는 당신을 **그것**이라고 부르지는 않는다.

매일 당신은 사랑에 빠지고 매일 마음을 다친다.

자폐증을 가진 아이의 어머니는 자신의 감정에 아이가 결코 화답하지 않으리라는 걸 안다. 사랑한다고 말하지도 않을 테고 어머니의 날 카드를 그리지도 않을 것이며 학교에서 만든 작품을 자랑스럽게 들고 오지도 않을 것이다. 여자친구도 약혼녀도 손주도 데려오지 않을 것이다. 자신의 하루가 어땠는지도, 마음 깊숙이 자리한 두려움에 대해서도 당신에게 들려주지 않을 것이다.

그래도 아이는 항상 당신을 필요로 할 것이다. 혼자서는 자신의 싸움을 해나갈 수 없기 때문에 그 어떤 아이보다도 엄마를 더 필요로 한다. 세상이 자신을 으스러뜨리지 못하게 막아줄 당신이 필요하다. 통역자로, 보호자로, 경호원으로, 대변인으로. 진공청소기든, 전자레인지든, 헤어드라이어든, 아이를 괴롭게 할 만한 것은 무엇이든 작동하기 전에 다시 한번 생각해볼 당신이 필요하다. 의사와 웨이터, 교사, 화재 경보와 싸워주고, 그를 여러 날 비탄에 빠트리게 될 걸 모르고 시리얼 포장지 색깔을 바꿔버린 멍청한 마케팅부 직원들과 싸워줄 당신이 필요하다.

아이는 당신을 포옹해주지 못할 뿐 아니라 아마 당신의 포옹도 받아들이지 못할 것이다. 그러나 그 대신 당신은 세상 앞에 두 팔을 벌리고 단단히 서서 아이에게 쏟아질 타격을 막아줄 수 있다.

아이는 기본적인 일상생활을 천천히, 힘들게 가르쳐줄 당신이 필요할 것이다. 따라하는 법, 음식을 달라고 하는 법, 옷을 고르는 법. 웃는 얼굴과 찡그린 얼굴의 차이를 알아보는 법, 그리고 사람의 얼굴에 생기는 그 이상한 일그러짐이 실제로 무슨 뜻일지를 알아보는 법도.

그리고 그렇기 때문에 아이에 대한 당신의 사랑은 그 어떤 다른 사랑과도 다른 특성을 가진다. 줄어들 수 없는 맹렬한 에너지로 타오른다. 그것은 물러섬 없이 자리를 사수하다 죽으려는 전사의 사랑이다.

어느 날 저녁 당신은 대니의 잠자리 준비를 돕다가 아래층에 냄비를 올려놓고 왔다는 걸 기억해낸다. 아래층에 갔다 와보니 대니는 칫솔을 들고, 당신의 새 아크릴 물감을 거기에 아주 조심스럽게 짜놓고 있었다. 단지 칫솔모만이 아니었다. 그 작은 손에 물감 튜브를 꼭 쥐고 돌아다니고 있다. 붉은 물감의 기다란 파도가 층계참의 흰 카펫을 장식하고 있다.

대니가 당신을 보고 미소를 짓는다. 그때야 당신은 아이가 그것으로 이도 닦았음을 깨닫는다. 꼭 명랑한 작은 뱀파이어 같다.

"잘했어, 대니." 당신은 감탄하며 말한다. "잘 따라하네." 무엇이 잘못인 줄 모르는 아이에게 하지 말라고 말해봐야 소용이 없다. 게다가 당신이 하는 것을 보고 흉내 내려 했다는 사실만으로도 큰 발전이다.

"내 완충 상치가 쉭쉭거려." 대니는 〈토마스와 친구들〉에서 좋아하는 표현 하나를 꿈을 꾸듯 따라한다.

9

—

3주가 아직 한참 남았을 때 팀은 전화를 한 통 받는다.

"그 사람이 뭘 했다고?" 그는 믿을 수 없다는 투로 말한다. "아니야. 내가 할게. 그 얼간이는 못 고칠 거야."

그는 전화를 내려놓는다. "마이크야. 회사에 멍청한 실수가 있어. 가봐야겠어." 그는 얼굴을 찌푸린다. "당신이 괜찮다면 말이야. 혼자 두고 나가고 싶진 않아."

사실 당신은 3주는 무리라는 것을 알고 있었다. 신혼여행도 열흘밖에 되지 않았지만 팀은 매일 아침 몰래 욕실에서 이메일에 답장을 썼다.

"난 괜찮아. 그리고 내 책들을 마저 훑어보고 싶어." 아래층 책장에 있는 책은 모두 읽었지만 위층 층계참의 커다란 전면 책장은 아직 손도 대지 못했다.

"그래, 필요한 거 있으면 전화해." 그가 주머니에서 무언가를 꺼낸다. "여기, 이것이 필요할 때가 됐어."

'이것'이란 긁히고 닳아빠진 오래된 스마트폰이다. 화면은 구석구석 이가 나가 있다. 빈티지 벽지를 여러 겹 발라 만든 케이스 안에 들어 있다.

"당신이 직접 그 케이스를 만들었지. 그런 걸 잘 만들었어."

그는 떠나기 전에 당신의 이마에 키스를 한다. "사랑해, 애비. 이따 봐."

"나도 사랑해." 당신이 따라한다.

그가 나가자마자 당신은 스마트폰을 켠다. 팀은 당신에게 일어났던 일에 대해 여전히 말하지 않으려 하지만 이 안에 당신의 호기심을 채워줄 만한 것이 있을지 모른다.

당신은 문자를 훑어본다. 가장 최근 문자는 5년 전 것으로 재신타 G.라는 사람에게 보낸 거였다.

물론! 포도주와 뒷담화 파티에 나도 끼워줘! 애비.

재신타가 누군지는 전혀 모른다. 하지만 여기 이 문자에서 당신은 친구들과 파티를 할 계획이었다. 그리고 갑자기 죽었다. 이 문자가 당신의 마지막 문자가 될 것이라 결코 예상하지 못한 채.

당신은 계속 화면을 스크롤한다. 이름 대부분은 아무 의미가 없다. 안개에 가려 있다. 그러다가 갑자기 하나가 환하게 등장한다.

리사.

당신의 언니. 손가락이 통화 버튼 위에서 머뭇댄다. 그러나 팀이 언니에게 어디까지 말했는지 당신은 모른다. 어쩌면 리사는 이 일에 대해, 당신에 대해 하나도 모르고 있을 수 있다. 아무런 사전 경고 없고 뜬금없이 전화할 수는 없다. 아쉬워하며 계속 스크롤을 한다.

팀의 이름이 보인다. 당신이 그에게 보낸 마지막 문자는 단순하다.

일이 잘돼. 여기 하루 더 있어도 될까?

답장은 몇 분 만에 도착했다.

그럼. 있고 싶은 만큼 있다 와.

당신은 계속 스크롤을 하며 되는 대로 문자들을 확인한다.

저녁 데이트 여전히 가능하지? 7시 예약

팀의 답장은 오타가 많았다. 아마 회의 탁자 밑에서 보낸 모양이었다.

슬프게도 오ㄴ_밤 데이트는 테드의 멍청이 코딩 기술자들. 야근하예정.

괜찮아. 음식 포장해 갈까?

내가 픽업할게. 스테이크? 양초? 와인? 초코 디저트?

초코 디저트 좋아.

행복한 결혼이었다고, 당신은 생각한다. 대니의 힘든 상황에도,

경쟁심 강한 팀의 성격에도 당신과 팀은 잘 지내고 있었다.

당신은 계속 스크롤하며 가끔씩 멈춰 문자를 읽다가 10년 전 문자에 이르렀다.

아름다운 저녁, 그리고 더 아름다운 밤을 보냈어요. 고마워요. 팀.

즐거웠던 사람은 저예요. 정말이에요!

당신은 갑자기 가슴이 쓰리다. 언젠가 당신과 팀은 함께 밤 데이트를 나갈 수 있을 것이다. 춤추고 손을 잡고 키스도 할지 모른다. 하지만 성관계에서 느끼는 특별한 육체적 애착은 또 다른 문제다.

그 문제에 대한 당신의 감정을 일컫는 정확한 단어가 불쑥 당신의 생각 속으로, 이미 준비된 상태로 툭 떨어진다.

그 문자들을 보며 당신이 느끼는 감정은 **질투**다.

스마트폰을 내려놓으려는 참에 메뉴바의 사파리 아이콘이 눈에 띈다. 아이콘을 톡 두드리니 검색 엔진이 뜬다. 텅 빈 검색 상자가 당신을 유혹한다.

드디어. 당신은 재빨리 검색어를 친다. 애비 컬런 스콧 샌프란시스코 사망 사고? 어떻게?

초조하게 잠시 기다리니 결과가 뜬다.

페이지 차단

당신은 그 문구를 보면서 의아해한다. 차단되었다고? 어떻게?

그리고 깨닫는다. 팀이 분명 필터 같은 것을 설치한 것이라고. 부모들이 사용하는 자녀관리 앱처럼, 당신의 죽음에 관한 세부사항들을 볼 수 없도록 블랙리스트에 올린 것이다.

그건 그가 당신을 사랑하기 때문이라고 당신은 스스로에게 말한다. 찾아보고픈 유혹이 클 것을 예상했던 것이다. 그는 얼마나 당신을 잘 알고 있는가. 당신을 고통으로부터 보호하려고 얼마나 애쓰고 있는가.

그가 이제 경고 메시지 같은 것을 보낼지 궁금해진다. 그러지는 않았으면 좋겠다. 당신의 약한 모습은 비밀로 하고 싶다.

그래도 남편이 처음부터 당신을 믿어줬다면 더 좋았을 것이라고 생각하지 않을 수 없다. 믿지 않는 게 옳았음을 애석하게 인정하면서도 말이다.

그가 무엇을 또 차단했는지 궁금해진다. 스마트폰을 다시 집어들고 페이스북, 그다음은 트위터, 그다음은 인스타그램을 시도해본다. 인스타그램은 되지만 거기에서도 특정 계정으로의 연결은 차단된 것 같다.

당신의 접근을 막아야 할 끔찍한 일이 있는 것일까? 그가 인터넷에서 흥분하며 들썩이는 군중들이 당신 귀에 속삭이길 바라지 않는 것은 무엇일까?

그때 집까지 데려다준 택시 운전사의 눈에 떠올랐던 혐오감이 생각난다. 상상해보라. 온라인상에서 그런 혐오가 당신에게 날아온다면!

당신은 팀이 옳다고 판단한다. 지금 너무 많은 현실을 접하는 것은 좋지 않다.

THE PERFECT WIFE

셋

처음에 애비 컬런은 그다지 하는 일이 없었다. 그녀는 남는 책상에 앉았다. 우리는 그녀에게 휴게실과 공짜 베이글, 짜 먹는 크림치즈, 화장실, 재활용 쓰레기통 위치를 알려주었다. 마이크의 아내 제니 오스틴이 남는 노트북 컴퓨터 하나를 들고 왔고, 다들 애비가 네트워크에 컴퓨터를 연결하는 걸 도와주려고 수선을 피웠다. (팀은 원칙상 IT 관리자를 두지 않으려 했다. 그런 일도 스스로 못 할 만큼 멍청하다면 자기 밑에서 일할 수 없다고 했다.) 컴퓨터를 연결하고 나자 애비는 그냥 빈둥거리며, 수다를 떨었다.

사무실에는 당구대가 하나 있었지만 거의 사용되지 않았다. 팀 스콧이 지나갈 때 당구를 치고 있는 사람이 되려는 직원은 아무도 없었다. 대개는 늦은 밤 배달 온 피자를 쌓아놓기 편한 장소였을 뿐이었고 당구대의 파란 모직천은 낡은 매트리스처럼 피자 기름으로 얼룩져 있었다. 그러나 애비 컬런이 당구 큐를 잡고 우연히 가장 가까이 있던 라제시에게 몸을 돌리며 "칠래요?" 하고 물었을 때 우리는 너그럽게 참아주었을 뿐 아니라 가서 구경까지 했다.

애비는 당구를 조용히 치지도 않았다. 공을 맞출 때마다 와하고 함성을 질렀다.

곧 그녀는 사무실을 돌아다니며 사람들에게 각자 무슨 일을 하는지 설명해달라고 요청하기 시작했다. 우리를 내려다보는 위치에 있지 않도록 의자 옆에 쪼그려 앉거나, 책상 위에 앉아 긴 다리를 흔들면서 질문을 했다. 우리에게는 매일 일어나는 진부한 것들에 진심으로 흥미를 느끼는 듯, 심지어 감탄하는 듯 보였다. 그녀는 다정했다. 강조하고 싶을 때는 우리 팔에 손을 올리고 말하는 습관이 있었는데, 그걸 두고 교태를 부린다고 할 수는 없었다. 그보다는 그런 접촉을 피해야 할 이유를 알지 못했고, 살아오면서 만난 사람 중 누구도 그녀에게 그런 행동을 조심하라고 알려줄 만한 이유가 없었다고 하는 편이 맞을 것이다.

물론 우리도 그럴 이유가 없었다. 우리는 매혹되었다.

둘째 날 그녀는 데비 해리 티셔츠 위에 낡은 가죽 재킷을 걸치고 찢어진 청바지를 입고 나타났다. 우리 중 몇몇은 출근 복장치고는 조금 지나치게 캐주얼한 것이 아닌지 의아해하는 사람도 있었다. 하지만 어쨌거나 그녀는 예술가이지 일반 직원이 아니었다.

누군가 그녀에게 첫 번째 프로젝트를 무엇으로 정했냐고 묻자 그녀는 고개를 저으며 대답했다. "아이디어를 기다리고 있어요." **고민 중이에요**도 아니고, 심지어 **알게 되겠죠**도 아니었다. 뭔가가 스스로 나타나 신고하기를 마냥 기다리고 있는 것이다. 우리는 그녀의 자신감에 감탄했지만 그녀가 걱정스럽기도 했다. 아이디어가 나오지 않으면 어떻게 하지? 어느 지점에서 포기하게 될까? 그리고 포기한다면 우리를 떠날까?

우리는 그녀와 함께 기다렸다. '애비가 무얼 할까'가 차츰 휴게실의 화젯거리가 되었다. 어쩌면 '유일한' 화젯거리였을 것이다.

"오늘 아침에 형태 재단사들과 말하고 있던걸. 3-D 컴퓨터를 쓰려는 것 같아."

"우리 초상화 작업을 할 생각이라던데."

"우리 회사 로봇들이 어떻게 코딩되는지에 관심이 있어. 분명 그걸 프로젝트에 넣을 거야."

그래도 그녀에 대한 우리의 애정이 또 다른 단계로 발전한 것은 그녀가 팀에게 말대꾸를 시작했을 때부터였다.

처음에는 꽤 사소한 일이었다. 팀은 새로 들어온 개발자 한 사람을 호되게 나무라고 있었다. 우리는 그 직원이 불쌍했다. 우리 모두 그 자리에 있어봤으니까. 물론 이제는 내가 아니라 다른 사람이 혼날 순서라는 사실에 남모르는 짜릿함을 느끼기도 했다. 우리는 이런 호통을 '팀의 채찍질'이나 '팀에게 당하기'라고 불렀다. 밤샘 야근을 '팀 타임,' 새벽을 '팀어클락'이라 부르는 것과 마찬가지였다. 솔직히 그의 폭발은 좀처럼 종잡을 수 없는 데다, 고통스럽기만 할 뿐이었다. 만약 당신이 어떤 일을 그르친다면 팀이 보기에 그 일의 이런저런 결함들은 그냥 실수가 아니었다. 실수보다 훨씬 나쁜 것이었다. 그처럼 완벽주의 세계관을 추종하지 않는다는 표시이고 당신의 기준이나 헌신성이 어쨌거나 손쓸 수 없을 정도로 망가졌다는 표시였다. 그는 구체적인 결함 하나에서 시작해 10억분의 1초 만에 철학으로 도약한다.

"우리는, 차선은 상대하지 않아." 팀은 그 불행한 개발자에게 쏘아붙이고 있었다. "우리는 베타는 하지 않아. 무엇보다 실패하지 않는다고. 뭔가가 진짜 훌륭하지 않을 때는 그걸 고치려 들지 마. 재창조해. 일론 머스크가 더 좋은 차를 만들려고 일을 시작한 줄 알아? 아니야. 자동차를 대체할 물건을 만들려고 시작한 거야. 그런데 자네는 아직도 자전거 흙받기에 광이나 내고 있잖아."

이 말에 애비가 말했다. "자전거가 뭐가 나쁘다는 거죠?"

딱히 영리하거나 재치 있는 말은 아니었다. 하지만 그걸 말했다는 것 자체가 불문율을 깨는 것이었다. 팀이 우리 모두 듣는 곳에서 그 불쌍한 사내에게 호통을 칠 때 그녀는 그걸 모른 척하지 않음으로써 우리와 팀을 분리했던 보이지 않는 벽을 깬 셈이었다. 그리고 우리는 마음속으로 그녀에게 갈채를 보냈다.

팀은 무표정하게 그녀를 보며 말했다. "자전거는 나쁘지 않아요. 자율주행 자전거를 발명하고 싶으면 언제든 그렇게 해요." 그렇게 일이 시작되었다.

10

당신은 위층으로 올라가 낡은 시트 몇 장을 깔고 책장 작업에 착수한다. 체계적으로 한 번에 선반 하나 분량의 책만 빼낸다. 책 윗면은 더러웠다. 몇 년 동안 아무도 건드리지 않은 게 틀림없다. 당신은 한 권씩 천으로 닦으면서 읽을 책들을 따로 골라낸다. 구미가 더 당기는 책들은 메모나 주석 같은 것을 달아놓은 게 있는지 책장을 획 넘겨본다. 한순간 당신은 그런 걸 뭐라고 부르는지 적절한 단어가 생각나지 않는다. 그러다가 떠오른다. 마지네일리아Marginalia*. 물론이다. 당신은 그런 표현을 좋아하는 사람이라는 걸 알아가고 있다.

당신이 늘 그랬는지, 새로운 딥 러닝 두뇌와 관련 있는 것인지 궁금해진다.

큼직한 바닥 칸에는 대체로 요리책이 꽂혀 있다. '행복한 기념일, 최고의 여행이야!' 베네치아 요리책 안쪽에 팀이 써놓았다. 『해리 포터 비공식 요리책』 안에는 수수께끼 같은 글귀가 적혀 있다. '37번 선물!!' 『인도 요리』라는 책에는 '곧 컬런 스콧 부인이 될 애

---

* 책의 여백에 쓴 글이나 메모.

비게일 컬런 양에게. 세상에서 가장 행복한 엔지니어가'라고 적혀 있다.

책날개 안쪽에는 극장 프로그램이 끼워져 있다. 커팅볼 극장에서 상연한 실험적인 공연이다. 뒷면에는 당신과 팀의 글씨로 휘갈겨 쓴 대화가 있다.

자??

아직.

난 음식 생각해.

흠……

이탈리안 어때?

굴 요리!

�쩰까?

완전 찬성.

그리고 손으로 그린 하트 모양 밸런타인 카드가 있다.

소중한 팀, 당신에게 내 마음을 전해.

기분이 좋아지는, 또 다른 단어가 떠오른다. 이페메라^{Ephemera}*.

엘리자베스 데이비드의 『프랑스 시골 요리』를 뽑자 분홍색 요리

---

* 원래는 짧은 기간 동안 쓰일 용도로 만들어진 버스 티켓이나 입장권, 포스터, 엽서 같은 것들, 또는 그런 것들을 수집 용도로 보관해둔 것.

얼룩으로 딱딱해진 페이지가 펴진다. 문장 하나에 밑줄이 그어져 있다. **지중해 해안을 떠나서 부야베스를 만들려는 시도는 부질없다.** 여백에 전생의 당신이 이렇게 써두었다. **좋았어, 한번 해볼까!!!** 아래쪽에는 장보기 목록 같은 것이 있다.

라스카스
달고기
붉은숭어(성대의 대용?)
사프란

그리고, 다른 펜으로 이렇게 써두었다.

주의: 다음번에 토마토는 이 폭군이 말한 시간의 **두 배** 동안 끓일 것.

당신은 미소를 지으며 그 책을 옆으로 치워둔다. 당신은 이제 아무것도 먹을 수 없지만 예전에 했던 요리를 팀을 위해 준비한다는 생각이 마음에 든다.

책장을 반쯤 정리했을 때 스마트폰이 핑 하고 소리를 낸다. 누구일까 잠시 의아해한다. 하지만 곧 기억해낸다. 당신의 전화가 다시 사용 중이라는 것을 알고 있는 사람은 팀밖에 없다.

괜찮아? 함께 있지 못해서 유감이야.

당신은 다정하게 답장을 보낸다.

회사가 당신을 필요로 하잖아! 난 괜찮아. 사랑해.

답장을 기다리지만 그는 보내지 않는다.

손을 뻗어 위 선반에서 또 다른 책을 뽑다가 책 표지가 나머지 속지들로부터 떨어져 나오는 바람에 거의 뒤로 넘어갈 뻔한다. 제본이 떨어진 책. 이렇게 상태가 안 좋은데도 간직한 걸 보면 틀림없이 좋아하는 책이었던 모양이라고 당신은 생각한다. 어쩌면 다시 제본할 수 있을지 모른다.

조심스럽게 책을 편다. 그리고 뭔가를 깨닫는다. 안쪽에 있는 책은 표지보다 작다. 이제 보니 사실 완전히 다른 책이다. 앞표지와 뒤표지가 뜯겨나간 페이퍼백이다. 그래도 책장마다 위에 찍힌 제목을 여전히 읽을 수 있다.

『집착적 사랑을 극복하기』. 자기계발서 같은 책이다.

책을 획 넘기며 보니 옆에 구불구불한 선이 그어진 문단들이 더러 있다. 한 챕터의 끄트머리에 있는 문단에 밑줄이 그어져 있다.

강박적 사랑, 곧 집착적 사랑은 겉으로는 진짜 사랑과 거의 같다. 그러나 약간의 소금은 고기에 맛을 내지만 너무 많은 소금은 독이 되는 것처럼, 사랑과 강박도 사실상 동전의 양면이다.

당신은 팀에게 보여주려고 책을 따로 빼둔다. 어쩌면 팀이 설명해줄 수 있을 것이다. 책장으로 다시 몸을 돌리는데 전화가 다시 핑, 소리를 낸다. 당신은 팀의 답장일 거라고 기대하며 얼른 전화를 집어 든다. 그러나 발신자의 이름은 그냥 **친구**라고만 돼 있다.

어리둥절해하며 메시지를 연다. 화면에는 네 단어만 뜬다.

이 전화는 안전하지 않아.

당신은 그 단어들을 가만히 바라본다. 그 위에 먼저 온 문자는 없다. '친구'가 누구인지 알 만한 것이 하나도 없다.

당신이 바라보는 동안 메시지는 화면에서 천천히 사라진다.

스냅챗 형태의 스팸 같은 것이라고 당신은 생각한다.

전화기를 내려놓고 계속 책을 정리한다. 그 칸의 거의 끝에 다다를 무렵 시집이 눈에 들어온다. 실비아 플라스의 『에어리얼』이다. 기억 하나가 당신의 머리로 성큼 들어온다. 당신은 십 대 시절에 이 시를 읽었고 십 대만이 할 수 있는 방식으로 이 시들과 사랑에 빠졌다.

시집을 꺼낸다. 이 책도 표지만 그냥 벗겨져 나올 뿐이다. 호기심이 동한 당신은 책장에 남겨진 내용물을 비틀어 뽑아낸다. 그런데 이번에는 표지가 숨기고 있는 것이 책이 아니다.

작은 전자 태블릿이다. 아이패드 미니가 아무도 생각지 못한 이곳에 숨겨져 있다.

전화와는 달리, 예술가 느낌을 풍기는 개성적인 케이스가 없다.

누구의 것인지 알려줄 만한 것이 하나도 없다. 하지만 당신의 것임이 틀림없다. 당신의 책들 사이에 이렇게 뭔가를 숨겨놓으려는 사람이 당신 말고는 분명 없을 테니까.

누가 보지 못하게 숨긴 거지? 대니?

아니다. 그 무렵에는 대니 손이 닿지 않는 곳에 보관하고 싶다면 다섯 살배기 아이 손이 닿지 못하는 곳에 두면 그만이었을 것이다.

팀. 당신은 깨닫는다. 팀이 보지 못하게 숨긴 것일 수밖에 없다.

당신은 남편이 보지 못하게 이런저런 것들을 숨기는 그런 여자인가? 그렇게 생각하니 혼란스럽다. 충격적이다. 그러나 한편으로는 놀랍지만은 않다. 그건…… 그건 그냥 적절한 것처럼 느껴진다. 가끔 어떤 단어나 어떤 사실이 그렇게 느껴지는 것처럼.

어쨌든 팀은 느긋한 스타일과는 정반대다. 어쩌면 당신은 무엇인가에 대해 지루하게 말다툼하는 일을 피하고 싶었을지 모른다. 결혼 생활에서도 여자는 사생활을 지킬 권리가 있다.

하지만 '아이패드 하나를 통째로 숨겼어?' 당신 내부의 목소리가 의문을 제기한다. '그건 그냥 사생활이라고만은 할 수 없을 것 같은데.'

그건 비밀처럼 느껴진다.

그리고 '친구'가 있다. 당신의 전화가 안전하지 못하다고 메시지를 받은 바로 그 순간에 또 다른 통신장치가 등장하다니 얼마나 기이한 일인가?

당신은 아이패드의 전원 버튼을 누른다. 아무 일도 일어나지 않는다. 배터리가 이미 오래전에 떨어졌다. 주방으로 들고 가서 충전기에 꽂는다. 위층으로 돌아왔을 때 인터컴이 울리는 바람에 당신은 소스라치게 놀란다. 현관문의 오렌지색과 빨간색 색유리 모자이크 뒤로 얼굴이 비친다. 헝클어진 머리가 눈에 익다.

당신은 내려가서 문을 연다. 현관 계단에 있는 사람은 팀의 동료다. 당신이 사무실을 떠나는 걸 막으려 했던 사람. 검은색 노트북 가방을 어깨에 걸치고 있다. 당신은 그의 이름을 검색한다. **마이크 오스틴**, 그게 그의 이름이다.

"애비." 그가 말한다. "잘 지내요?"

"팀은 여기 없어요. 사무실에 갔어요."

그는 고개를 끄덕인다. "알아요. 사무실에서 오는 길이에요."

"그러면 왜—"

그가 그녀의 말을 자른다. "당신을 만나러 왔어요. 당신하고만 할 이야기가 있어요."

11

당신은 마이크를 위해 커피를 준비한다.

앞에 컵을 내려놓자 그가 조심스럽게 묻는다. "당신은 마실 수 없다는 게 이상하지 않아요?"

"솔직히 이 모든 일 중에서 그건 이상해 보이는 축에도 끼지 못해요."

"그렇겠네요." 그가 커피를 불며 컵 테두리 너머로 당신을 바라보는 동안 짧은 침묵이 흐른다. "나에 대해서 뭘 기억하나요, 애비?"

"당신을 사무실에서 봤어요. 당신은 팀과 함께 일하죠."

"맞아요. 하지만 저는 동료 이상이에요. 팀의 오랜 친구죠. 스콧 로보틱스의 공동 창립자고요. 당신 결혼식 때 신랑 들러리를 섰는데…… 기억 안 나요?"

기억나지 않는다. 전혀. "팀이 선택적 업로드를 해야 했다는 것에 대해 뭐라고 말하긴 했어요. 한꺼번에 너무 많은 기억을 제게 줄 수는 없다고요." 당신은 잠시 뜸을 들이다 말한다. "내가 어떻게 죽었는지도 알려주지 않으려 해요."

"왜 알려주지 않는지 설명은 해주던가요?"

"감당하기 힘들지 모른다고 하던데요."

마이크는 커피를 한 모금 마시고 나서 대답을 한다. "그래요. 그점에 대해선 팀이 옳아요. 의식을 지닌 AI를 맨바닥부터 5년도 안걸려서 만들다니 대단한 성취죠. 하지만 팀은…… 팀은 이 일에 상당히 집착했어요. 속도만이 중요했죠. 되도록 빨리 해내는 것. 빨리당신에게 도달하는 것."

당신은 그가 무슨 말을 하려는지 이해할 수 없다. "그리고 팀은해냈어요. 그 모든 어려움에도 제가 여기 이렇게 있잖아요."

"그래요. 당신이 여기에 있어요. 하지만 당신의 상태가 어떤가에대해서는…… 테이라는 AI에 대해 들어봤나요?"

당신은 고개를 젓는다.

"테이는 2년 전에 마이크로소프트사의 연구 분과가 트위터에 내놓은 적응형 러닝 챗봇이었어요. 테이가 보낸 첫 트윗은 매력적이었죠. 인류가 얼마나 근사한지, 이렇게 존재하게 돼서 얼마나 행복한지 그런 이야기를 했어요. 그런데 24시간도 채 지나지 않아 페미니스트들은 지옥불에 타버려야 하고 히틀러가 유대인들에게 한 일이 옳았다는 트윗을 보내기 시작했어요. 적응형 학습이 지나치게잘 작동한 거죠."

"그럼, 저는 미치지 않으려고 노력할게요. 아니면 트위터를 시작하지 말거나요."

당신은 농담으로 한 말이었지만 마이크는 진지하게 고개를 끄덕인다.

"나는 당신 뇌의 작동 방식을 누구보다 잘 알아요. 하지만 그런 나조차 당신의 모든 것이 제대로 만들어졌다고 장담할 수 없어요. 우리가 매 단계를 확인할 시간이 늘 있는 건 아니었거든요." 그는 노트북 가방을 테이블 위에 휙 올려놓는다. "우리가 몇 가지를 검사하기도 전에 팀이 당신을 데려간 건 사실 상당히 무책임했어요. 하지만 내가 여기에서 당신을 확인해볼 수 있어요."

"이게 당신이 하는 일이죠?" 당신은 기억해낸다. "당신이 진짜 하는 일은 그 사람 뒤를 따라다니면서 그가 너무 성급해서 처음에 제대로 해결하지 못한 문제를 해결하는 거예요. 팀이 지름길로 가로질러 가면 당신은 되돌아가서 그걸 확인하죠. 그 사람이 너무 서둘러서 일을 처리할 때 당신은 세부사항들을 챙기죠."

마이크는 살짝 웃어 보인다. "나는 그걸 상호보완적 능력으로 여기고 싶어요. 팀은 건축가 같은 사람이에요. 큰 그림을 보죠. 하지만 건축가는 함께 일하는 건설업자가 유능한 만큼만 실력을 발휘할 수 있어요. 일어나보겠어요?" 그가 가방에서 전선을 꺼낸다.

당신은 일어서며 묻는다. "그런데 팀이 싫어하지 않을까요?"

"제가 당신이라면 팀에게 이 일은 말하지 않을 겁니다. 아마 쓸데없이 화만 돋울 테니까요." 마이크는 몸을 구부린다. 그가 전선을 당신의 엉덩이에 끼울 때 딸각하는 소리가 들린다.

당신은 불안하다. 이런 일을 팀 모르게 한다는 것이 옳지 않은 것 같다.

하지만 아이패드에 대해서도 아무 말 하지 않을 생각이지 않나. 적어도 거기에 무엇이 있는지 알기 전까지는.

마이크의 컴퓨터에서 삐 소리가 연거푸 들린다. "뭘 검사하는 거죠?" 당신이 묻는다.

그는 화면에 시선을 고정한 채 올려다보지 않고 말한다. "아까 말했듯이 팀은 좀 서두르고 있었어요. 그래서 인공 정신을 밑바닥부터 설계하기보다 인간 뇌의 디지털 복제물을 만드는 것이 더 쉬운 길처럼 보였죠. 아니 인간의 **뇌들**이라고, 복수로 말해야겠군요. 많은 사람들은 깨닫지 못하지만 우리 뇌의 주요 부분, 그러니까 큰 호두처럼 보이는 부분은 비교적 최근에 첨가된 곳이에요. 우리가 언어 사용을 배운 뒤에 진화했어요. 그 밑에는 변연계 뇌라 불리는 더 오래되고, 더 작은 기관이 있지요. 최초의 포유류까지 거슬러 올라가는 곳이에요. 바로 거기에서 감정이 나오죠. 우정, 사랑, 우리를 다른 사람들과 어울리도록 만드는 모든 것들요."

"거기가 내 공감이 나오는 곳인가요?"

"그런 것 같아요." 그는 조심스럽게 말한다. "그리고 그 아래에 훨씬 오래된 뇌, 파충류의 뇌가 있어요. 우리의 무의식적 충동을 조절하는 곳이죠. 숨쉬기, 균형잡기, 생존본능 같은 거요. 이 세 구조가 어떻게 상호작용하는지는 여전히 수수께끼죠. 물론 가끔 균형이 맞지 않을 때도 있어요. 어느 모로 보나 훌륭한 설계는 아니에요. 적어도 도면상으로는요. 바닥부터 차근차근 계획된 것이 아니라 오랜 세월에 걸쳐 여러 차례 증축된 집 같은 거죠. 대개는 잘 돌아가지만 잘못되면 고치기가 골치 아프죠. 이론상으로 당신은 인간이 가질 수 있는 모든 증상을 보일 수 있을 거예요. 성격장애, 정신병, 작화증……."

"작화증이라고요?"

"자기기만이죠. 자기도 모르는 새에 이야기를 지어내는 거 말입니다."

당신은 그를 뚫어져라 바라본다. "그러니까 제 기억을 믿어서는 안 된다는 말인가요?"

"누구든 자기 기억을 전적으로 믿지 않는 게 좋죠. 이제까지 아무 문제도 느끼지 못하셨나요?"

"전혀." 당신은 퉁명하게 대답한다.

"좋아요." 마이크의 손이 자판 위에서 급하게 움직인다. 자판을 딸깍대는 소리에 당신은 불안해진다.

다른 생각이 문득 떠오른다. "당신이 팀과 가장 친한 친구라면 왜 그 사람은 당신에 대한 기억을 하나도 업로드하지 않은 거죠? 왜 나는 당신을 조금도 기억하지 못할까요?"

마이크가 컴퓨터에서 고개를 들고 말한다. "어쩌면 내가 당신을 별로 좋아하지 않는 걸 알았나 봐요." 그가 조용히 덧붙인다. "실은 혐오한다는 걸."

12

"이전의 나요? 아니면 지금의 나요?" 당신은 깜짝 놀란다.

"둘 다요. **혐오**는 진짜 애비에게 쓰기엔 너무 강한 어감일지 모르지만요. 무슨 말이냐면 당신을 그 정도로 싫어하기란 꽤 힘든 일이었죠. 당신은 이상주의자였고, 젊고 건강한 스물 몇 살이었으니까요. 냉소적인 구석이라고는 조금도 없는. 게다가 맙소사, 기술에도 관심이 많았죠. 팀이 당신에게 푹 빠진 게 놀랄 일도 아니었어요. 문제는 당신이 아니었죠. 팀이 문제였지."

그건 폭풍 같은 구애였노라고 마이크는 설명한다. 팀은 완전히 사랑에 홀딱 빠졌다고.

"그게 우리 업계의 문제죠. 학교에서 괴짜들은 여자친구를 사귈 만큼 근사하지가 않아요. 잘생긴 애들도 남학생만 있는 스터디 그룹에 끼게 되죠. 그러다가 대학을 졸업한 뒤에는 스타트업을 시작하느라 사교생활을 할 시간이 없어요. 무시할 수 없는 자금을 끌어모을 때까진 그렇죠, 그러다가 펑, 갑자기 부자가 되어 비행기로 전 세계를 돌며 강연을 해요. 클럽에서 최고 자리를 제공받고 〈베니티 페어〉와 〈타임〉 잡지에 인터뷰가 실리죠. 그렇게 될 때까지 대개 절반 정도는 여전히 이성 경험이 없어요. 그러니 같이 다니면서 그들이 근사하다고 말해주는 첫 번째 아름다운 여자에게 정신을 잃는다고 해서 이상할 게 없죠."

당신은 얼굴을 찌푸리며 말한다. "팀은 정신을 잃은 게 아니에요. **심장**을 잃었죠. 그건 같은 게 아니에요."

"그럴지도요." 마이크가 어깨를 으쓱하며 말한다. "하지만 당신은 딱히 애쓰지도 않았어요. 당신이 그냥 어떤 디자이너의 이름만 말하면 팀이 그들의 문을 두드리고 다니면서 최신 드레스나 가방을 사다줬어요. 당신은 그걸 다시 들고 가서 마음에 드는 걸로 바꿔 올 때가 더 많았죠. 팀은 취향이 형편없어요. 당신도 종종 그걸 지적하길 좋아했어요."

당신은 드레스룸에 있는 옷들을 생각했다. 그 비싼 보호시크 브랜드들. "내가 돈 때문에 팀과 만났다는 말인가요?"

마이크는 고개를 젓는다. "팀은 돈만 보고 자길 원하는 여자들도 있다는 걸 너무 잘 알았어요. 이쪽 업계에서는 그런 여자들을 창립자 사냥꾼이라 부르죠. 팀은 그런 여자들을 알아보는 눈이 꽤 좋았어요. 솔직히 당신은 물질주의적이진 않았죠. 하지만 그의 관심을 즐긴 건 맞아요. 힘들었던 관계 같은 것에서 회복하는 중이었으니 그렇게 떠받들리는 게 좋았겠죠."

그의 커피 컵은 이제 거의 비었다. 그는 볼륨을 최대치로 높이려고 다이얼을 천천히 돌리는 사람처럼 손가락 끝으로 컵 가장자리를 아무 생각 없이 돌리며 말을 하고 있다.

"팀은 문제를 보지 못했어요. 내게는 빤히 보이는 그 문제들을요. 극과 극은 서로 끌린다고들 하지만 튼튼한 장기적 관계에 도움

THE PERFECT WIFE

이 되는 것은 사실 유사성이라는 걸 연구들이 보여주지요. 유사성. 그리고 실용주의.

팀이 당신에게 관심을 집중하니 당신은 세상에서 가장 중요한 사람이 된 느낌이었을 거예요. 게다가 집이며 차며 레드카펫에 기금모금 행사들 같은 그 제트족의 라이프스타일 덕택에 당신은 동화 같은 삶을 어느 정도는 믿게 된 것 같았죠. 하지만 그건 그냥 겉모습일 뿐이에요. 팀의 삶은 사실 밤샘 작업과 기금모금 마감일, 끝없이 밀려드는 이메일, 코딩 사고의 연속이지요. 그런 것들이 그를 움직이게 하고, 그의 에너지를 백 퍼센트 소모시켰어요. 팀 같은 사람은 기꺼이 뒤에서 조용히 격려하는 파트너가 필요한 법이죠. 그를 산만하게 만들 뿐인 뜨거운 연애 말고요."

마이크의 목소리가 슬프게 들린다고 당신은 생각한다. 번뜩이는 통찰과 더불어 당신은 그 시절에 진짜 무슨 일이 있었는지 깨닫는다.

마이크는 질투를 했던 것이다. 차고에서 회사를 창립하던 시절에 그는 팀을 독차지했다. 회사가 조금씩 성장하면서 그런 관계는 희미해졌다. 그래도 여전히 그들의 아이, 그들이 함께 창조한 기업이 전부였다.

마이크는 팀이 회사라는 마법의 원 밖의 누군가와 사랑에 빠지는 것을 결코 원하지 않았을 것이다. 일 말고 다른 곳에 정신을 파는 것을.

그래도 당신은 그런 말을 꺼내지 않는다. 대신에 부드럽게 묻는다. "그리고 지금은요? 지금의 나는 뭐가 문제죠?"

"어디서부터 시작할까요?" 그는 슬픈 미소를 짓는다. "오해는 말아요. 개인적인 건 아니에요. 나는 절친한 친구뿐 아니라 그 누구에게도 아내를 잃는 비극이 일어나길 바라지 않아요. 당신이 죽은 뒤팀은 거의 무너졌지요. 회사도 그와 함께 거의 무너졌고요. 어쨌든팀이 회사였으니까요. 투자자들에게는 그랬지요. 1년이 지나고 팀이 정서 지능을 가진 AI 작업을 시작하고 싶다고 갑자기 선언했을때 나는 드디어 그가 당신의 죽음을 극복하고 사업을 다시 생각하는 신호인 줄 알았어요. 그래서 말했죠. '물론이야. 덤벼보자고.'"

당신은 팀이 정말 마이크의 승인을 구했을까 의심스럽지만 그생각도 내색하지 않는다. "그래서요?"

"아, 팀은 그 일에 몰두했죠. 투지가 대단했어요. 원래도 투지가대단한 친구지만 거기에 비교해서도 진짜 대단했어요. 못된 놈처럼 우리 직원들을 몰아붙였어요. 몇몇은 견디지 못하고 나갔죠. 팀은 그냥 밖에 나가서 비용에 상관없이 더 많은 인력을 고용해왔어요. 18개월이 지나서야 진짜 계획이 뭔지 나한테 말하더군요. 믿을수가 없었죠. 우리가 한 그 모든 일이, 우리가 빌려온 한 푼 한 푼이, 우리가 서명한 그 모든 담보대출이, 우리가 버텨낸 그 모든 밤샘작업이 모두 당신을 위한 것이었어요. 그리고 이제 그는 당신을얻었……."

"그래서요?"

"우리가 써버린 그 수백억 달러로 무엇을 증명한 걸까요?" 마이크는 조용히 묻는다. "죽은 사람과 무척 비슷한 복제품을 만들 기술을 갖고 있다는 것. 그래요. 엄청난 혁신이죠. 하지만 그래서 어

THE PERFECT WIFE

쩌겠다고요? 슬픔으로 미쳐버린 남자만이 그게 우리 사회의 미래라고 생각할 수 있을걸요. 그게 어떻게 세상을 더 생산적으로 만들죠? 뭘 **변화**시키죠? 아무것도요. 그냥 과거를 화석으로 만들 뿐이에요. 사람은 죽어요. 물론 비극이죠. 하지만 다른 사람과 사랑에 빠질 수 있고, 삶은 그렇게 계속되잖아요. 무인자동차나 나노수술, 심지어 드론 식료품 배달 같은 것과 비교해보면 당신은 막다른 골목이에요. 놀라운 기술인 건 맞아요. 하지만 무의미한 적용이라는 굴레에 매여 있죠." 그는 말을 멈춘다. "다른 사람이 그랬다면 팀도 분명 그렇게 말했을 겁니다."

"그는 나를 사랑해요." 당신은 변명하는 투로 말한다. "어떤 사람들은 기념비를 짓지요. 그는 AI를 만들었어요."

"기념비는 애도의 과정을 매듭짓죠. 당신은 정반대예요. 생각해 봐요. 당신이 존재하는 한 그는 진짜 애비의 죽음을 결코 극복하지도 못하고, 새로운 여자의 사랑을 받는 것이 어떤 건지도 모르겠죠. 기껏해야 당신은 그가 한때 사랑했던 사람의 희미한 그림자일 뿐이에요. 어떻게 그게 의미 있는 관계가 될 수 있을까요? 또 다른 여자. 애비 컬런이 아니고 애비 컬런이 되려고 노력조차 하지 않는 여자. '그런' 여자라면 그를 치유할 기회, 그가 새로운 삶을 살도록 도울 기회를 갖고 있을지 모르죠. 그런데 이제 그런 기회를 가질 여자가 없겠죠. 당신의 존재는 팀이 성취하고자 애썼던 바로 그것을 빼앗았어요."

당신은 화가 불쑥 치민다. 무엇보다 마이크의 말이 일리가 있어서였다. "그렇다면 팀이 진짜 애비를 잊고 다른 누군가를 만났다고

쳐요. 당신은 그녀도 질투할걸요. 당신과 당신의 소중한 회사 대신에 그의 관심을 독차지했다고 그녀에게 분노하겠죠."

마이크는 살짝 미소를 짓는다. "내게 그런 말을 한 사람이 당신이 처음일 것 같아요? 난 팀의 삶에서 내 자리가 어디인지 알아요. 그 문제는 일찌감치 받아들였어요. 물론 나는 그 사람 그늘에 있어요. 하지만 그건 꽤 큰 자리예요. 그리고 운 좋게도 내겐 바위처럼 단단한 결혼 생활이 있고."

"제니와 말이죠. 당신 직원인 제니와."

"제니와." 그가 동의한다. "내가 함께 일했던 사람 중 가장 뛰어난 프로그래머죠. 그리고 오래 가는 관계의 핵심이 친절과 양보, 때로는 힘든 노력이라는 걸 알고 있는 사람이고." 그는 노트북 컴퓨터를 닫는다. "좋아요. 당신은 잘 작동하고 있군요. 하지만 그건 코딩을 잘해서라기보다는 운이 좋아서일 겁니다."

저쪽에서 핑 소리가 난다. 당신은 아이패드일 거라는 생각에 죄책감을 느끼며 소리 나는 쪽을 돌아보지만 전화기에서 나는 소리일 뿐이라는 것을 깨닫는다. 그쪽으로 가서 전화기를 집어 든다. 또 다른 문자다.

나도 사랑해. 어떻게 지내고 있어? 심심하지?

"팀인가요?" 마이크가 묻는다.

"네." 당신은 얼른 답장을 보낸다.

괜찮아!

"내가 여기 있다고 말했어요?"

당신은 고개를 젓는다.

"잘 결정했어요. 이 일은 우리 둘만 알고 있기로 해요." 마이크는 컴퓨터 전선을 감기 시작한다. "곧 배우게 될 거예요, 애비. 팀에게는 정직이 항상 최선의 정책은 아니란 걸. 그를 성공적으로 관리하는 비결은 그에게 알려야 할 것만 골라서 알리는 거예요."

"나는 그 사람을 **관리**하려고 하지 않아요. 그 사람은 내 남편이니까."

마이크는 잠시 뜸을 들이다 말한다. "있잖아요. 우리에겐 공통점이 있어요. 당신과 나 말이에요. 우린 둘 다 팀에게 최선의 상황을 원하죠. 그가 아직도 얼마나 부서지기 쉬운지만 기억해요. 그래주겠어요? 감정의 소용돌이야말로 조금도 필요치 않은 일이죠. 더 이상의 상처는 조금도 안 돼요. 그를 파멸시킬 수도 있어요."

그의 눈이 당신의 눈과 마주친다. 그가 막 실행한 검사에 대해 말하는 게 아님을 당신은 깨닫는다. 사실, 그런 검사는 핑계였을 뿐이라는 게 거의 확실하다. 그는 여기 와서 이 말을 하고 싶었던 것이다.

마이크는 당신에게 무언가에 대해 경고하고 있다. 당신 자신도 아직 모르는 무언가에 대해. 그게 무엇이든 그는 당신이 그것을 비밀로 하길 바란다.

13

마이크가 떠나자 당신은 아이패드를 확인한다. 13퍼센트가 충전되었다. 당신은 스위치를 누른다. 애플 로고가 나타나고 뒤를 이어 운영 시스템 업데이트 확인이 필요하다는 메시지가 뜬다.

마침내 키패드가 나타난다. **아이패드를 재시동한 후에는 암호를 입력해야 합니다.**

당신은 뭔가 중요한 의미를 지닐 만한 숫자를 찾아 당신의 기억을 뒤진다. 당신의 생일을 입력해보고, 출생 연도도 입력해본다. 그때마다 아이패드는 화면이 흔들린다. **암호가 올바르지 않습니다.**

당신은 짜증이 나서 얼굴을 찡그린다.

물론 팀에게 말하는 게 가장 쉽다. 그가 회사의 기술자들에게 아이패드를 주고 암호를 풀어달라고 할 수 있을 것이다. 당신은 그가 돌아오면 볼 수 있도록 테이블에 아이패드를 올려놓는다. 그러다 문득 멈춘다.

만약 아이패드에 정말 비밀이 있다면 그건 **당신의** 비밀이다. 예전에 당신이 팀에게 알리고 싶지 않았던 비밀이다. 그 비밀이 무엇인지 알 때까지 신중하게 행동하면서 아무 말도 안 하는 쪽이 낫지 않을까? 적어도 지금은.

그리고 마이크의 경고도 떠오른다. 만약 아이패드에 팀을 슬프게 할 만한 것이 있다면 그가 모르는 게 나을 것이다.

당신은 내면의 작은 목소리를 듣지 않으려 애쓴다. '그가 너를 무시하게 될 비밀일까 걱정스럽구나.'

당신의 마음을 스치는 생각이 있다. 만약 당신이 죽기 전에 바람을 피우고 있었다면? 물론 그런 기억은 전혀 없다. 그러나 팀의 설명에 따르면 당신의 기억은 당신이 남긴 디지털 흔적으로부터 구성된 것이다. 소셜미디어, 문자, 이메일, 동영상 등. 당신이 디지털 세계에 드러내지 않은 것이 있다면 물론 빈 칸으로 남을 것이다.

당신이 외도를 할 여자일 것 같지는 않다. 당신은 그를 사랑한다. 하지만 당신이 기억할 수 없다면 그런 가능성을 완전히 배제할 순 없지 않은가?

그리고 그 책이 있다. 당신이 집착적 사랑을 느낀 상대는 정확히 누구였을까? 팀? 그 오랜 결혼 생활 뒤에도 그랬을 것 같지는 않다. 그리고 상대가 팀이었다면 왜 책을 숨겼겠는가?

팀이 자신의 완벽한 아내를 재창조하는 일에 5년을 집착적으로 매달렸다. 그런데 성공한 지 몇 주 만에 알고 보니 그녀가 그다지 완벽하지 않았음을 발견한다면 이 얼마나 끔찍한 아이러니인가.

당신은 현관을 노려보며 생각한다.

미션가와 세자르 차베스가 모퉁이에 아이패드 수리를 하는 작은 휴대폰 가게가 있다. 아니, 5년 전에는 있었다. 그 가게 유리창에 손으로 쓴 안내가 붙어 있던 것을 기억한다. **스마트폰/태블릿 잠금 해제.**

이제 집을 나서야 할 때다.

넷

그녀를 페이스북에 처음 추가한 사람은 누구였을까? 아마 베서니나 캐스였을 것이다. 남자가 그랬다면 음흉해 보였을 것이다. 하지만 우리는 대부분 서로 친구 맺기가 돼 있었기 때문에 어느 날 갑자기 애비가 '당신이 알 수도 있는 사람' 피드에 등장했다. 처음에는 함께 알고 있는 친구가 한 사람이었다가, 그다음에는 둘이었다가, 그다음에는 스무 명이 되었다. 애비 컬런이 우리의 친구 신청을 수락하고 있었다!

그렇게 해서 우리는 그녀가 사무실에서 지내는 모습뿐 아니라 주말에 뭘 하는지, 지난 추수감사절을 가족과 어떻게 보냈는지, 그녀의 정치적 견해가 무엇인지 (짐작하기 어렵지는 않았다) 알게 됐다. 그녀는 다른 예술가들을 '좋아했다'. 주로 그들의 전시회와 개막식 이야기를 공유했지만 그녀의 타임라인에는 다른 분야에서도 우리의 호기심을 채워줄 만큼 디테일이 충분했다.

우리는 애비가 록페스티벌에서 초현실적인 금속 조각을 만드는 여성 예술가 집단의 일원으로 활동을 시작했다는 것을 알게 됐다. 부모는 이혼했으며 아버지는 동부 지역에서 활동하는 학자로, 진지한 TV 다큐멘터리 몇몇을 진행하며 꽤 유명세를 누리는 인사라

THE PERFECT WIFE

는 것도 알게 됐다. 우리는 그녀가 서프보드 위에서 어떤 모습인지(멋있다), 휴가 중에 수영복을 입은 모습이 어떤지(황홀하다), 어느 대학을 다녔는지 알게 됐다. (그녀가 스탠퍼드대를 다녔다는 사실에 사람들은 놀라움과 기쁨을 동시에 느꼈다. 우리 가운데 많은 사람이 스탠퍼드 졸업생이었다. 물론 우리는 예술보다는 수학과 기호 시스템 같은 분야를 전공했지만.) 우리는 그녀의 타임라인에 게시된 많은 사진에 등장하는, 문신을 심하게 한 젊은 남자가 (구글의 이미지 인식앱에 따르면) 퍼플 파이어플라이스 밴드의 리드보컬 릭 파웰이며, (또다시 구글에 따르면) 요즘에는 속옷 브랜드 빅토리아시크릿의 모델인 하이디 조커와 사귀고 있다는 것을 알게 됐다. 이 소식은 작은 흥분을 일으켰다. 아니 우리가 그 조사를 몰래, 은밀히, 각자만의 동기로 하지 않았더라면 그런 흥분을 일으킬 뻔했다.

애비랑은 최근에 헤어진 건가? 우리는 궁금했지만 페이스북은 알려주지 않았다. 언젠가 우리 중 누군가가 그녀에게 물어볼 것이다. 우리는 그럴 거라고 확신했다.

하지만 그 사람이 메건 메이어일 거라고는 예상하지 못했다. 메건은 우리 회사 직원이 아니었다. 그녀는 실리콘 밸리의 데이팅 코치였는데 그녀의 회사인 메이어 매칭은 고액 순자산을 보유한 중역들의 중매를 전문으로 했다. 메이어 매칭 홈페이지는 수수료를 거리낌 없이 공개하는데, 솔직히 말해 천문학적이다. 첫 인터뷰는 1천5백 달러, 신입 멤버십은 2만 5천 달러로 한 달에 한 번 이상의 데이트를 보장하며, 패션 상담부터 데이트 연습까지 무엇이든 가능한 일대일 코칭 수업의 1회 수업료는 5천 달러다. 아, 그리고 만약 메건이 직접 심사해서 소개한 상대와 독점적 관계로 발전한다면 보너스로 5만 달러를 토해내야 했다. 그리고 MMM, 즉 메이어 중매 결혼Meyer Match Marriage까지 도달하면 결혼이 유지되는 내내 5년마다 25만 달러를 지불한다. 이런 수수료를 생각한다면 메건의 의뢰인들이 거의 전적으로 C계급, 그러니까 CEO, CFO, CTO 같은 사람들이라는 게 전혀 놀랍지 않다.

몇 년 전 팀의 사무실에서 메건을 본 회사 사람들 사이에 호기심이 파문처럼 퍼진 적이 있었다. 하지만 돌이켜보면 우리는 그녀가 딱하다고 생각했다. 팀이 첫 인터뷰를 위해 그녀를 자기 사무실로 호출했다는 사실 자체만으로도 그녀가 어떤 중매쟁이도 합리적으로 감당하기 힘든 일에 달려들었다는 것을 보여주었으니까.

곧 그녀의 웹사이트에 **독신남 4번**이라는 제목의 프로필이 등장했다.

당신은 독신남 4번에 어울리는 상대입니까?

우리의 독신남은 대단히 성공적인 기업가입니다. 정열적이고 역동적이며 의욕적입니다.

자신이 설립한 아주 성공적인 스타트업의 CEO로서 무척 바쁜 삶을 살고 있습니다. 하지만 미래를 깊이 생각하는 그는 이제 미래를 함께할 만한 사람을 찾는 일에 매진하고 있습니다.

기준이 대단히 높고, 중대 결정을 매일 내리는 일에 익숙한 사람인 그라면 몇 분만 만나봐도 평생의 반려자를 알아볼 수 있다고 장담합니다.

그가 찾는 완벽한 상대는 22~25살의 아담하고 영리하며 야심 찬 여성입니다. 볼륨감 있는 여성스러운 몸매에 단정한 헤어스타일, 진한 화장이나 문신, 색깔 매니큐어를 사용하지 않은 자연스럽고 건강한 외모를 지닌 여성을 찾습니다. 분자생물학이나 미적분학 전공을 선호합니다. 똑똑하고 자신만만하며 사랑이 넘치고 가정적이며 배려심 있고 이타적이며 비흡연자여야 합니다. 세계 최상급의 파트너와 놀라운 미래를 활기차게 열어갈 상대를 찾습니다.

지원자는 이력서와 최근 사진 여섯 장을 준비해 **여기**에 서면으로 제출하세요.

조금 지난 일이었고 팀이 그 후로 데이트를 했는지에 대해서는 확실히 모르겠다. (여름 파티에서 술 취한 캐런과 사건이 있긴 했다. 그러나 술 깬 캐런이 몇 주 뒤 조용히 퇴사했을 때 아무도 놀라지 않았다.) 가끔 메건은 3인치 굽의 마놀로블라닉 힐을 신고 씩씩하게 사무실로 들어와 그녀의 아이패드로 얼굴 사진 몇 장을 보여주고는 고개를 저으며 다시 나갔다. 언젠가는 그녀가 최고급 재규어 컨버터블 자가용에 오르며 큰 소리로 한숨을 쉬더라는 이야기도 있었다.

애비가 상근을 시작하고 3주 뒤 메건이 평소처럼 팀을 만나러 회사에 왔다. 그러나 팀을 만난 뒤 나가지 않고 애비를 따라 휴게실로 왔다. 솔 아요데가 그곳에서 베이글 샌드위치를 만들다가 두 사람의 대화를 들었다.

"메건이 애비한테 눈을 반짝이면서 웃는 얼굴로 다가가더라고." 솔이 알려주었다. "메건이 '안녕하세요!' 하니까 애비가 바로 '안녕하세요!' 했지. 그러자 메건이 명함을 주면서 애비에게 자기소개를 했어. 애비는 자기는 예술가라서 명함이 없다고, 미안하다고 했고. 그러고는 애비의 작품에 대해 잠깐 이야기가 오갔어. 그러더니 메건이 애비에게 딱 맞을 것 같은 진짜 좋은 고객들이 있다면서 중역 데이트 주선 업체에 가입할 생각이 없냐고 바로 묻더라. 그 말에 애비가—" 이 지점에서 솔은 극적 효과를 위해 잠시 말을 멈췄다. "애비가 '데이트 주선 업체는 제 스타일이 아닌 것 같아요. 데이트라는 건 운명대로 되는 거 아니겠어요?' 했고 그 말에 메건은 '아니에요. 정말이에요. 우리는 모든 고객을 직접 평가합니다. 실리콘 밸리에서 가장 매력 있고 성공적인 남자들을 우리만큼 잘 소개하는 곳이 없어요'라고 말했지. 그 말에 애비는 이렇게 말하더라고." 다시 멈춤. "'그런 조건은 제가 정말 찾고 있는 게 아니에요.'"

"'아?' 하고 메건이 말했지. '그럼, 당신은 뭘 찾으시나요?' 그러자 애비가……." 여기에서 솔은 분명 또 다른 극적 효과를 위해 말을 잠시 멈추고픈 욕망과 그다음 대화를 되도록 빨리 전달하고픈 욕망 사이에서 갈등하는 듯했다. "애비가 '그게, 제가 마지막으로 가

THE PERFECT WIFE

졌던 관계는 폴리아모리*였어요'라고 했다니까."

마지막 관계가 폴리아모리였다. 물론, 그랬겠지. 우리는 무엇을 기대했던 걸까? 그녀는 예술가다. 우리보다 훨씬 더 쿨했다.

이 이야기를 듣고서 메건 메이어가 자기 뜻대로 애비에게 말을 건 게 아니라 팀의 지시 때문에 그랬을지 모른다는 추측을 처음 내놓은 사람은 라이언이었다. 개발자 라이언이 아니라, 작업실 담당 라이언. 팀은 그때부터 애비에 대한 관심을 표현했던 걸까? 아니면 메건이 어쩌다가 팀의 관심을 포착하고는, 두 사람이 맺어진다면 그녀의 개입하에 맺어지는 것이 낫다고, 그래야 수수료를 받을 수 있다고 판단한 것일까?

그리고 만약 그랬다면 메건은 그녀의 고객인 팀에게 그의 기준 무엇과도 애비가 맞지 않는다는 사실을 지적했을까? 애비의 큰 키부터 그녀가 비상계단 옆에서 이따금 피우는, 손으로 만 궐련에 이르기까지 말이다.

사실 우리는 실제로 그랬던 건지 아닌지 몰랐다. 하지만 이 이야기는 팀 스콧에 대해 우리가 집착적으로 창조하고 있던 신화에 포함되었다. 그렇게 우리는 그 이야기를 믿기로 했다.

---

* polyamory, 비독점 다자연예.

14

당신은 외투를 찾는다. 그리고 당신을 집에 태워다준 택시 운전사의 눈에서 봤던 혐오를 기억하며 모자를 쓰고 스카프를 두르고 진한 선글라스를 쓴다.

현관에서 당신은 잠시 망설인다. 팀은 당신이 나가는 걸 사실상 금지하지는 않았지만 너무 빨리 외출하는 것에 대해서는 분명 경고했다.

그러든가 말든가, 하고 당신은 생각한다. 마냥 집에 숨어 있을 수는 없다.

현관 손잡이로 손을 뻗을 때 거울 속의 당신 모습이 눈에 들어온다. 우스꽝스러운 차림새다. 당신은 스카프를 푼다.

대문을 나선 뒤 오른쪽으로 꺾어 남쪽을 향해 걷는다. 하늘이 무너지는 일 같은 건 없으니 긴장이 조금씩 풀리기 시작한다. 조깅하는 사람이 목줄을 단 개를 데리고 지나간다. 사람도 개도 당신을 무심히 지나친다. 라틴계 젊은이가 당신을 흘깃 보지만 감탄의 시선일 뿐이다. 유모차에 탄 아이가 당신에게 수줍게 미소 짓는다. 아이 엄마는 전화에 대고 수다를 떠느라 당신 쪽은 보지도 않는다.

미션가는 예전과 달라 보인다. 더 깔끔하고 더 세련됐다. 마약 때문에 머리가 이상해져서 전기 토스터를 애완동물인 양 끌고 다니며 말을 걸던 그 사내는 흔적도 보이지 않는다. 그러나 휴대폰 가게는 한국 식당 옆에 여전히 있다. 조그만 유리 진열창에 휴대폰과 심카드 상자가 쌓여 있다. 손으로 쓴 표지판도 여전히 그 자리에 있지만 **아이폰 탈옥** 표지와 **노트북 수리**라는 글자가 점멸하는 전기 간판에 거의 밀려날 지경이었다.

가게 안에는 공들여 턱수염을 기른 괴짜 힙스터 분위기의 청년이 카운터에 몸을 구부리고 핸드폰의 깨진 화면을 핀셋으로 조심스럽게 집어내고 있었다.

"안녕하세요." 당신은 조금 긴장해서 말한다.

"잠시만요." 그는 보지도 않고 대답한다.

당신은 그가 일을 끝내길 기다린다. 그는 풍성하고 매우 곱슬곱슬한 검은색 머리카락을 지녔다. 당신은 머리카락이 움직이는 모습을 멍하니 바라본다.

"뭘 도와드릴까요?" 마침내 그가 핸드폰을 옆으로 밀치며 묻는다.

"이거요." 당신은 아이패드를 꺼낸다. "암호를 잊어버렸어요."

"훔친 거 아닌 게 확실합니까?" 그가 아이패드를 받아들며 묻는다.

"당연하죠. 제 거예요." 당신의 얼굴은 빨개지지는 않는 모양이다. 그건 다행이다.

"농담이에요." 그가 전원 버튼을 누르고 화면을 바라본다. "백업 해놓은 걸로 복원하시지 그래요?"

"백업 설정하는 걸 깜박했어요." 당신은 어설프게 둘러댄다.

"음." 그가 당신 말을 믿지 않는다는 걸 알 수 있다. "이 아이패드가 손님 것이라면 몇 가지 앱에 접근할 방법이 있지요."

그는 홈 버튼을 누른다. 잠시 동안 아무 일도 일어나지 않는다. 그러더니 전자 음성이 말한다. "무엇을 도와드릴까요?"

"시리, 댕글-댈리 앱 열어줘." 핸드폰 가게의 청년이 말한다.

"당신은 댕글-댈리라는 앱을 갖고 있지 않은 것 같습니다. 앱 스토어에 있는지 찾아볼까요?" 시리가 도움이 되는 제안을 한다.

"그래, 그렇게 해줘."

마법처럼 앱 스토어 화면이 나타난다. 젊은이가 버튼을 두드리니 홈페이지가 나온다.

"놀랍네요…… 방금 다운받은 게 뭐죠?"

"아무 것도 다운받지 않았어요. 시리를 속이기 위한, 존재하지 않는 앱이죠." 그는 화면을 다시 보며 얼굴을 찌푸린다. "그렇다고 문제가 해결된 건 아니네요. 이 아이패드는 초기화됐어요. 여기 보이는 건 그냥 기본 앱들입니다."

"아," 당신은 실망해서 말한다. "어떻게 해볼 방법이 없을까요?"

"복원 프로그램을 돌릴 수 있습니다. 근데 적어도 24시간은 걸려요. 이틀 뒤에 다시 오시면 복원한 내용을 볼 수 있습니다." 그는 영수증 묶음으로 손을 뻗는다. "성함이?"

당신은 아이패드를 맡겨두고 싶지 않지만 선택의 여지가 없다. "애비예요."

당신이 청년과 대화를 나누는 동안 중년의 부부가 가게에 들어왔다. 당신은 뒤에서 수군대는 소리를 어렴풋이 인식하고 있었다.

여자의 목소리가 가끔 다급하게 올라간다. 여자가 갑자기 말한다. "그녀가 맞다니까. 내가 물어볼게." 그녀가 당신 팔에 손을 얹으며 묻는다. "실례합니다만 애비 컬런 스콧 씨죠?"

"네…… 왜요?" 당신이 놀라 묻는다.

"어머, 세상에! 괜찮으세요?"

"괜찮아요. 물어봐주셔서 감사해요."

"세상에! 혹시 실례가 될지 모르지만…… 그러니까, 제가 끼어들 일은 아니긴 하지만, 무슨 일이 일어났던 거죠?"

"무슨 말씀이신지요?" 그때 당신은 깨닫는다. 그들은 당신을 옛날의 애비로 생각하고 있다. 어떻게 된 건지는 모르지만 살아 돌아온 애비로.

"저는…… 글쎄요, 사실 기억이 나지 않아요…….."

"기억을 잃으셨군요!" 그녀가 거봐란 듯 남편에게 몸을 돌린다. "봤지? 내가 뭐랬어. 그 남자가 그런 게 아니라고 늘 말했잖아."

"그 남자가 그랬다고 말했던 것 같은데." 남편은 거의 관심도 없다는 투다. 그는 카운터 뒤 남자를 본다. "욕조에 빠트렸던 갤럭시폰 찾으러 왔어요."

"아니야. 그런 거 아니거든." 여자가 우겨댄다. 그녀는 다시 당신에게 몸을 돌리며 묻는다. "무슨 일 때문이었죠? 제가 물어봐도 괜찮을까요?"

"아마 기억이 안 날 거야." 남편이 넌지시 말했다.

"대답을 좀 들어보자, 스티브." 여자가 날카롭게 대답한다.

"사실, 남편분 말씀이 맞아요. 그것에 대해선 하나도 기억나지 않아—"

"하지만 지금 여기 있잖아요!" 여자는 마치 그게 자기 덕택이기라도 한 것처럼 선언한다. "당신이 돌아왔어요! 남편과 함께 있겠죠?"

"여보……." 그녀의 남편이 투덜거렸지만 여자는 계속 말을 쏟아낸다.

"우리는 탄원서에 서명했어요. 참고로 말해두자면요. 그 사람은 이 동네에서 아주 많은 지지를 받았어요."

당신은 이제 그녀의 말이 거의 들리지 않는다. 당신의 이른바 기적적 생환에 대한 뉴스는 팀의 계획과 전혀 맞지 않을 거란 생각만 들 뿐이다.

"오해가 좀 있네요. 저는 사실……."

갑자기 그 작은 가게가 폐소 공포증을 일으킬 만큼 지독히 답답하게 느껴진다. "실례합니다." 당신은 다급하게 말하며 그들을 밀치고 문으로 나가려 한다.

"몸이 안 좋은가 봐!" 여자가 소리친다. "스티브, 경찰에 전화해."

"뭘로?" 남자가 애처롭게 묻는다. "당신이 캔디크러시 게임하다가 욕조에 내 전화를 빠트렸잖아."

"지금 핸드폰 가게잖아!" 여자가 호통을 친다. "아, 내가 걸 거야." 그녀는 주머니에서 휴대폰을 꺼낸다.

"제발, 여기 계세요." 그녀가 전화를 걸며 당신에게 말한다. "다 괜찮아질 거예요."

"경찰에 전화하는 건가요?" 카운터 뒤에 있던 청년이 당황한 투

로 말한다. 그는 선반에서 휴대폰들을 집어 들어 상자 안에 넣기
시작한다.

"지금 오해하시는 거예요. 정말 그럴 필요가—" 당신이 말해보지
만 여자는 이미 교환원과 대화를 나누며 주소를 대고 있다. 경찰차
를 보내야 한다고, 자신이 그녀를 찾았다고, 애비 컬런-스콧을 찾
았다고, 놀랍지 않느냐고.

15

어쩔 줄 몰라 하며 서 있는데 전화가 울린다. 발신자 정보를 보니 팀이다.

"어디 있어?" 팀의 목소리가 걱정스럽게 들린다.

"휴대폰 수리 가게에."

"왜? 전화에 문제가 있어?"

지금은 아이패드에 대해 말할 때가 아니다. "아무 것도 아냐. 해결됐어. 그런데 사람들이 나를 보고 경찰에 전화해서─"

"경찰에는 말하지 마." 그가 당신 말을 끊는다. "내 말 들려, 애비? 거기서 나와. 서쪽으로 한 블록을 간 다음 바틀렛가에서 오른쪽으로 꺾어서─"

"내가 어느 거리에 있는지 어떻게 알아?" 당신은 걸으면서 묻는다.

"내 휴대폰 찾기에서 당신이 보여. 집 전화를 안 받으니 걱정돼서 말이야. 서둘러, 응?"

"팀, 미안해." 당신은 참담한 심정으로 말한다. "당신이 나가지 말라고 했는데."

"그건 지금 걱정하지 마. 걷고 있지?"

"응, 최대한 빨리 걷고 있어." 당신은 어깨 너머를 힐끔거린다. 부부가 당신을 따라오고 있다. 여자는 여전히 통화를 하고 있고 남자는 부끄러운 표정으로 뒤처져 따라온다. 멀리서 사이렌 소리가 들린다.

"경찰이 오는 것 같아. 경찰한테 뭐라고 하지?"

팀이 한숨을 내쉰다. "사실대로 말해. 하지만 애비, 경찰이 당신에게 하는 말을 다 믿지는 마. 알겠지? 내가 데리러 갈게."

"왜? 그 사람들이 나한테 뭐라고 할 수 있는데? 팀, 무슨 말이야?"

"그게, 복잡해—"

"애비? 애비 컬런-스콧?" 경찰복 차림에, 키가 작고 체격이 다부진 여자 경찰이 당신 팔에 손을 얹는다. 산악 등반가처럼 많은 장비를 주렁주렁 매달고 있다. "컬런-스콧 부인, 저희와 함께 가셔야겠습니다. 저희가 신변을 보호하겠습니다."

다섯

대런이 팀의 채찍질을 당할 차례였고, 정말 제대로 당하고 있었다.

"나는 완벽을 원했어." 팀이 그에게 소리 질렀다. "빈틈이 없길 원했어. 그런데 대신에 당신은 이 쓰레기를 가져왔어."

"완벽해질 겁니다." 대런이 긴장해서 말했다. "아직 개발 중입니다."

팀은 잠시 말을 멈췄다. 그러나 그건 팀이 대런의 멍청한 대답에 진짜 깜짝 놀란 양, 충격이라도 받은 양 숨을 헉 들이쉬느라 그랬다. "개발 중인 거 나도 알지. 그래서 개발자를 고용한 거잖아. 근데 이제 보니 내가 고용한 게 개발자가 아니었다는 거지, 안 그래? 설사와 개발도 구분 못 하는 삼류 머저리를 고용했어."

"지금 불가능한 일을 요구하고 계신 것 같습니다─"라고 대런이 말을 꺼냈다.

이제 우리가 단체로 숨을 헉 들이쉴 차례였다. 대런이 끔찍한 말실수를 했음을 우리 모두 알았으니까. 그가 방금 꺼낸 말, 그러니까 팀이 불가능한 것을 요구하고 있다는 말은 어떤 경우에도 팀에게 좋은 반응을 얻은 적이 없었다. 팀이 괜히 무하마드 알리의 인용문을 벽에 걸어놓은 게 아니다. '불가능'이라는 말은 사실이 아니라 누군가의 의견일 뿐이라는 내용의 인용문 말이다. 무엇보다 대런이 방금 한 말은 그가 앞서 한 말, 곧 적절한 시기에 고치겠노라는 말과 일치하지 않는다. 물론 팀의 채찍질에 정신줄을 놓은 사람은 그가 처음은 아니지만 우리는 이제 그가 그 말 때문에 만신창이라 되리라는 걸 모두 알았다.

애비가 그걸 모른다는 걸 말고는. 애비는 팀을 보며 진짜 궁금한 듯 물었다. "왜 당신은 그렇게 공격적이어야 하죠?"

팀이 그녀를 빤히 봤다.

"가끔 친절하게 굴어보면 어때요. 그렇게 몰아붙인다고 그 불쌍한 사람이 더 생산적이 되는 것도 아니잖아요."

우리는 팀의 폭발을 각오했다. 그러나 폭발은 일어나지 않았다. 너무나도 차분해서 거의 오싹하게 느껴질 만한 목소리로 팀이 말했다. "사실, 그 점에 대해서는 당신이 틀렸어요."

"제가 어떻게 틀렸죠?"

"『실험심리학 학회지』 47권, 6호를 찾아봐요. 연구자들은 다양한 분위기가 어떻게 창조성에 영향을 미치는지 알아보는 연구를 설계했죠. 분노한 사람들은 더 많은 아이디어를 더 빨리 내놓을 뿐 아니라 동료들에게 더 독창적이라고 평가받는 아이디어를 내놓는 경향이 있습니다."

"말도 안 되는 소리." 애비가 어이없다는 투로 말했다.

팀이 고개를 저었다. "그 실험 결과는 여러 번 반복 검증되었어요. 『성격과 사회 심리학 회보』 34권, 12호에도 좋은 사례가 있죠.

실험 대상자들은 짧은 발표를 한 뒤 무작위적인 근거를 토대로 부정적이거나 긍정적인 피드백을 받았어요. 그 후에 창조적인 과제를 완성하라는 과제를 받았고, 그들이 제출한 과제를 예술가 집단이 평가했지. 가혹한 피드백을 받았던 실험 대상자 집단이 다른 집단을 크게 능가했어요. 지도자의 기준이 더 높고, 더 비합리적일수록 사람들은 더 높은 성취를 이루는 법이에요."

애비가 그를 빤히 봤다. 솔직히 우리 모두 그랬다.

"그러면 그게 당신이 사람들에게 호통 치는 이유인가요?" 그녀가 믿을 수 없다는 듯 물었다. "그렇게 해야 더 좋은 일꾼이 된다고 생각해서?"

"아니." 팀이 대답했다. "내가 소리치는 이유는 짜증이 나서예요. 하지만 그 이유가 궁금해서 조사를 좀 해봤을 뿐이고." 그는 애비를 손짓으로 가리켰다. "지금 화가 났나 보네요. 그거 좋군요. 어쩌면 꽤 괜찮은 아이디어를 떠올릴지 모르잖아요. 당구나 치며 우리 직원들 정신을 흐트러트리는 대신에 말예요."

"내게 그러라고 말한 사람은 바로 당신—" 애비는 격분하여 말을 시작했지만 너무 늦었다. 팀은 이미 자기 사무실로 돌아가버렸다.

16

여자 경찰은 뒷좌석에 당신과 함께 앉았고 운전은 그녀의 남자 동료가 한다. 감사하게도 둘 다 말을 별로 하지 않는다. 팀의 말이 당신의 머리에서 맴돈다. **그들이 당신에게 하는 말을 다 믿지는 마**가 무슨 뜻일까?

경찰서에 도착하니 사복을 입은 백발의 남자가 당신을 맞이한다. 그가 여자 경찰에게 무언가 묻는 듯한 시선을 던지자 그녀는 고개를 저으며 대답한다. "아직 이야기를 나누지 못했어요."

"좋아요. 애비, 이리 오세요."

"저는……." 당신은 어떻게 말해야 할지 몰라 말을 멈춘다.

"당신이 누구인지 잘 모르시겠어요?" 그가 취조실로 당신을 안내하며 당신을 데려온 여자 경찰에게는 어깨 너머로 말한다. "의무관 부탁해요, 샌디. 종합검사가 필요해."

"아니요. 그게……." 팀은 사실대로 말하라고 했다. 당신은 심호흡을 하고 말한다. "그게 복잡해요. 저는 로봇이에요."

"당신이 로봇이라고 생각하는군요." 그가 당신 말을 반복한다. "좋습니다. 곧 의무관이 당신을 살펴보러 올 거예요. 그사이에 뭐 필요하신 게 있습니까?"

그는 당신이 미쳤다고 생각하고 있다. 일종의 신경쇠약을 앓고 있는 애비라고 생각하는 듯하다.

"내 남편은 로봇공학 쪽 일을 해요." 당신이 설명하려 애쓴다. "그가 나를 만들었어요."

"맞아요." 경찰이 고개를 끄덕인다. "팀을 알고 있습니다. 저는 레이 태너 형사입니다. 당신을 오랫동안 찾고 있었습니다, 애비. 하지만 지금 여기 계시니, 그게 중요한 거죠."

그는 부드럽게 말하려고 애쓰지만 목소리에는 짜증스러움이 배어 있다. 마치 당신이 나타난 탓에 그가 뭔가를, 뭔가 중요한 것을 잘못 짚었다는 것이 입증이라도 된 듯했다.

"아니에요." 당신은 비참한 기분으로 말한다. "잘못 이해하셨어요. 저는 제가 로봇이라고 믿는 게 아니에요. 정말 로봇이에요."

걱정스럽게 보는 그의 친절한 얼굴을 보며 당신은 방법은 하나밖에 없다는 것을 깨닫는다. 당신은 목 뒤로 손을 뻗는다. 그곳에 있는 봉합선을 여러 번 만져보긴 했지만 팀이 했던 것처럼 끝까지 대담하게 열어본 적은 없다. 생각만 해도 속이 울렁거린다.

"지금 뭐하시는 겁니까?" 태너가 불안하게 묻는다. "애비? 세상에!"

당신은 그때처럼 똑같이 무언가 쉭 하고 빨려 들어가는 느낌, 차가운 느낌을 받는다. 태너 형사가 깜짝 놀라 뒷걸음질 치는 바람에 의자가 쓰러진다.

17

20분 뒤 분위기는 무척 달라졌다. 의무관은 당신을 잠시 검사하더니 자신의 전문 영역 밖이라고 선언한다. IT 담당관도 마찬가지다. 이제 당신 맞은편에는 세 사람이 앉아 있다. 태너 형사, 자신을 수사본부장이라 소개한 회색 정장의 사내, 당신을 데려온 여자 경사.

"하지만 왜죠?" 수사본부장이 궁금히 여긴다. "당신을 만든 목적이 뭡니까?"

당신은 어깨를 으쓱하며 대답한다. "정서적 위안요."

"아니면 진짜 애비가 살아서 건강히 돌아온 것처럼 사람들을 속이려고?" 태너가 덧붙인다.

그는 당신이 아니라 수사본부장에게 한 말이지만 당신은 고개를 단호히 젓는다. "그럴 리가 없어요."

"그녀를 발견한 사람들이 우리에게 전화하는 대신 트위터에 올렸다면 어떤 이야기가 퍼졌을지 모를 일이죠." 태너가 이번에도 수사본부장을 바라보며 말한다. "그 사람은 우리를 갖고 놀고 있어요. 우리가 다 잘못 짚은 것처럼 보이게 하려고 애쓰고 있는 겁니다."

"'잘못 짚다'니 무슨 말씀이죠?" 당신은 어리둥절해서 말한다. "뭘 잘못 짚은 건데요?"

본부장이 당신을 바라본다. "아무 것도 모르십니까?"

"무엇에 대해서요?"

"그러니까 4년 전, 팀 스콧은 아내 애비게일을 살해한 혐의로 재판에 회부되었어요."

당신은 어안이 벙벙해서 그를 멍하니 바라본다. 긴 순간이 흐른다. 당신은 믿을 수 없다. 분명 팀이 그렇게 중요한 일을 당신에게 비밀로 하지 않았을 것이다. 그러나 그 순간 텅! 이미지들이 폭포처럼 머릿속으로 떨어진다. 신문 기사, 비디오 자료, 트윗, 블로그, 급히 찍힌 파파라치 이미지들. 면도를 하지 않은 핼쑥한 팀이 법정 출입문 같은 곳으로 안내되고 있는—

"제게 변호사가 필요할까요?" 당신은 작은 소리로 묻는다.

본부장이 태너를 보자, 그가 어깨를 으쓱하며 말한다. "법적으로 그녀는 컴퓨터 장치일 겁니다. 그녀에게는 권리가 없습니다."

"그럼, 저는 더 말하지 않겠습니다. 남편이 올 때까지요." 당신은 반항적인 태도로 말한다.

태너가 당신 쪽으로 몸을 구부리며 말한다. "그 사람을 남편이라 부르지만 남편은 아니죠. 그렇지 않나요? 당신은 그와 결혼하지 않았어요. 당신은 결혼할 수 없지. 기계니까. 그를 안쓰럽게 여기기 전에 그녀를 안쓰럽게 여겨요. 애비 말이오. 그녀의 실종 사건을 푸는 데 도움이 될 만한 걸 알고 있다면, 지금이라도 우리에게 말해요. 그녀를 위해서."

실종. 그 단어가, 그것이 일으키는 온갖 파문과 함께 당신의 머리를 울린다.

THE PERFECT WIFE

취조실 문을 두드리는 노크 소리에 침묵이 깨진다. 태녀가 짜증스럽게 한숨을 내쉰다. "들어오세요."

여자 경찰관이 들어와 그의 귀에 무언가를 속삭인다. "팀 스콧이 왔군요." 그가 떨떠름하게 말한다. "변호사와 같이 왔어요. 그녀를 풀어줘야겠네요."

당신은 안도하며 일어선다. "밖으로 안내하죠." 그가 말한다.

그는 문가에서 뒤로 물러서서 당신에게 길을 내준다. 당신이 지나갈 때 갑자기 그가 몸을 앞으로 내밀며 팔로 당신을 멈춰 세운다. 그는 당신만 들을 수 있도록 낮은 목소리로 말한다. "나는 팀 스콧에 대한 소송을 위해 열두 달을 썼어요. 그에게 내 말을 전해요. 그가 자신을 위한 바비 인형을 만들었다고 해서 내가 포기하지는 않을 거라고."

18

"당신이 내가 왜 밖에 나가길 원치 않는지 이제 알겠어. 하지만 진작 그 이유를 말해줄 수도 있었잖아."

마침내 돌로레스가로 다시 들어선다. 팀은 얼굴을 찌푸린다. "알아. 미안해, 애비. 당신이 집에 영원히 박혀 있길 기대했던 건 아니야. 어떻게 말해야 할지 알지 못했을 뿐이야. 지난 두 주는 내게 너무나 특별한 시간이었어. 두 번째 신혼여행이나 다름없었지. 그리고 돌이켜 보면 당신도 다른 사람들처럼 반응할까 봐 두려웠던 것 같아. 먼저 우리 사이를 다시 연결할 수 있다면…… 어쨌든 계속 미루는 게 더 쉬운 법이니까."

"이해해." 당신은 대답하지만 물론 이해하는 것과 용서하는 것은 같지 않다. 상당히 다르다. "하지만 팀, 무슨 일이 일어난 거야? 이제 이야기해줘. 경찰은 살인이라는 표현을 썼지만 내 실종에 대해서도 말했어." 당신은 망설이며 말을 잇는다. "무엇 때문에 그들은 당신이 그 일과 관련 있을 거라고 생각하지?"

그는 결심한 듯 고개를 끄덕인다. "당신 말이 맞아. 이제 이야기하자."

서핑 사고였다고 그는 말한다. 그는 사고라는 단어를 강조한다.

"폭풍이 있었어. 거센 비바람이 불었지. 당신은 혼자 해변 별장에서 새로운 프로젝트 작업을 하고 있었어. 나는 여기에, 대니와 함께 있었고. 창작의 불꽃을 되찾을 수 있게 당신 혼자 있는 시간을 주자고 생각했지."

5년이 흐른 지금도 이 이야기를 하는 것이 그에게 얼마나 힘든지 당신은 알 수 있다. 그는 초점 없는 시선으로 허공을 응시한다. 견뎌내기에는 여전히 너무 힘든 기억에 시선을 고정하고 있다.

"당신은 가끔 나쁜 날씨에도 야간 서핑을 나갔어. 높은 파도를 타며 짜릿함을 느꼈고 그런 파도에 대처할 만큼 능숙했지. 작업 중에 서핑을 하면 머리가 맑아진다고 말했어. 그게 사실이라는 걸 확인해줄 사람은 많았어. 나중에야 언론들이 너무…… 내가 몇 개는 보관해뒀어."

그는 일어나더니 USB를 들고 돌아와 노트북 컴퓨터에 꽂는다. 그가 당신 방향으로 돌려준 화면을 보니 일종의 디지털 스크랩북이었다. 뉴스 피드와 소셜미디어에서 캡처한 화면들의 슬라이드 쇼였다. 당신이 화면을 클릭하면서 보는 동안 그는 의자에 등을 기대고 가만히 앉아 당신을 뚫어지게 바라보며 당신의 얼굴에 나타나는 어떤 반응도 놓치지 않으려 한다.

첫 번째 기사는 당신의 실종에 대한 기본적인 사실만을 알려준다.

공중 수색, 폭풍 피해자 발견 실패

베이 에어리어 지역 예술가 애비 컬런 스콧을 찾는 수사가 오늘도 계속 진행 중이다. 강한 바람이 부는 샌그레고리오 해변 근처에 밤새 주차되었던 그녀의 차량이 발견되었다. 테크 기업 사업가인 남편 팀 스콧과 함께 고급 해변 별장을 근처에 소유했으며 한 자녀를 둔 엄마인 그녀는 열정적인 서퍼로 알려져 있다.

주민들은 금요일의 거친 파도에도 누군가 바다로 나갔다는 사실에 놀라움을 표현했다. 이 지역은 연안 암반 지형이 독특해서 특정 기상 조건에서는 이상 파랑이 50피트까지 치솟는 것으로 알려져 있다.

당신은 과거를 더듬으며 이 기사의 내용을 조금이라도 뒷받침할 기억을 찾아보지만 아무것도 떠오르지 않는다. 그 시기는 전혀 회상할 수 없다. 그리고 그 사실이 웬일인지 그 끔찍한 사건으로부터 당신을 보호해준다. 당신의 마지막 순간이 아니라 다른 사람에 대한 이야기를 읽는 것 같다.

당신은 계속 기사들을 클릭한다. 당신의 죽음을 처음으로 대니와 연결하면서 다른 가능성을 암시한 언론은 『크로니클』이었다.

비극적인 애비를 찾는 수색이 중단되다

실종된 예술가 애비 컬런 스콧을 찾는 수색이 오늘 중단되었다. 그녀의 친구들에 따르면 30세 엄마인 애비는 자폐증 아들 대니 문제로 '고심'하고 있었다고 한다. 대니는 현재 미션 구역에 있는 부부의 집에서 테크 기업 창립자 팀 스콧(40)의 보호를 받고 있다. 팀 스콧은 그의 법률 대리인을 통해 사생활 보호를 요청했다.

이튿날 팀은 성명서를 발표했다. 『크로니클』의 암시를 일축하려는 이유도 분명 포함된 듯했다.

애비는 아주 멋진 사람이었고 훌륭한 아내이자 모범적인 어머니였습니다. 놀랍도록 낙천적이고 미래지향적인 사람으로, 예술과 예술이 사람들의 삶에 미치는 긍정적 영향을 무척 중요하게 여기는 사람입니다. 이제 그녀를 찾는 수색의 규모가 축소되었고, 저는 그녀를 다시 볼 수 없을 것이라는 충격적인 가능성에 부딪쳤습니다. 만약 그녀를 다시 볼 수 없다면 저는 제 아내이자 영혼의 동반자이기도 한 사람을 잃은 겁니다. 힘든 시기입니다. 언론이 저와 제 아들의 사생활을 존중해주길 부탁드립니다.

팀의 성명서는 몇몇 엄마들 모임을 비롯한 육아 사이트에서 관심의 파문을 일으켰다.

· 호주에서 딸과 함께 물에 빠져 죽은 여자가 있어요. 인터넷에 찾아보면 그 사건에 대한 자료가 많아요.
· 기댈 곳이 없어요. 제 사촌 부부가 자폐아를 키우는데 외출도 못해요.
· 제 친구 아들은 차를 타고 가다가 좌회전만 하면 비명을 질러요.
· 주제넘은 말이겠지만 백만장자라면 그렇게 어렵진 않을걸요.

· 유감이지만 아무리 인생이 힘들다 해도 그게 아이를 엄마 없이 남겨둘 이유는 되지 못해요.

그러나 열흘 뒤 『크로니클』은 형사들이 애비가 범죄에 희생되었을지 모른다는 가능성을 열어두고 조사하고 있다고 보도했다.

다음 슬라이드는 경찰 수사팀이 플라스틱 상자를 들고 집에서 나오는 장면을 보여준다. 자막은 이렇게 밝힌다. **형사들은 테크 기업 창립자 팀 스콧이 소유한 컴퓨터와 다른 장비들을 압수하고 있다. 수사관들은 냄새로 사람의 유해를 찾도록 훈련된 사체탐지견을 대동하고 있다.**

당신은 팀을 건너다본다. 그의 얼굴은 여전히 무표정하지만 당신은 팀처럼 사생활을 중시하는 사람에게 그런 의혹의 대상이 되는 일이 어땠을지 상상조차 할 수 없다.

그리고 여전히 추측성 기사가 계속 나왔다. 다음 기사는 당신의 실종과 4년 전 일어났던 또 다른 죽음의 유사성을 조명했다.

경찰, 애비 사건의 '모방' 가능성 조사

형사들은 지난 달 샌그레고리오 해변에서 실종된 예술가 애비게일 컬런 스콧과 4년 전 일어났던 또 다른 사건의 '놀라운 유사성'을 조사 중이다. 27세 캐리 앤 브루크하이머의 차량 또한 폭풍이 지나간 해변에 버려진 채 발견되어 대규모 공중과 육상, 해상 수색이 진행되었다. 브루크하이머 씨의 사체는 발견되지 않았는데, 당시 카운티 보안청 대변인은 그 지역을 흐르는 희귀한 이안류 때문이라고 밝혔다.

"경찰은 애비나 그녀와 가까운 사람 가운데 누구라도 캐리 앤 실종 사건을 알고 있었는지 조사 중입니다." 컬런 스콧 씨의 수색을 이끈 레이 태너 형사가 어제 밝혔다.

기사가 암시하는 것은 분명했다. 누군가 그 지역 바다로 쓸려간 사체가 다시 나타나지 않을 수 있다는 사실을 알고는 최근의 죽음을 사고처럼 보이게 만들었을 수도 있다는 것이다.

어떤 증거도 없었지만 소셜미디어의 분위기는 팀에게 적대적으로 바뀌었다.

· 그가 그녀를 죽였다고 말하려는 게 아니에요. 하지만 어쩌면 죽음으로 몰고 갔을 수는 있지요. 닫힌 문 뒤에서 무슨 일이 벌어지는지 아무도 모르잖아요.

· 그 사람은 딱 보면 어떤 사람인지 알 만해요.

· 예전에 그 사람 밑에서 일했던 사람을 아는데요. 사람들은 그를 선지자처럼 여긴다는군요. 하지만 제 여자 지인 말에 따르면 그렇게 거만한 자식은 처음 봤대요.

· 그쪽 해안은 밤에 정말 조용해요. 시체를 바다에 쓸려 보내는 일쯤은 쉬울걸요.

그러다가 별안간 『크로니클』이 새로운 관점의 기사를 실었다.

"나는 불륜 사이트에서 애비를 만났다."

어느 회사 대표이사의 주장

한 유부남이 기혼자들이 불륜 상대를 찾는 온라인 커뮤니티인 '은밀한 만남'에서 실종된 엄마 애비 컬런의 프로필에 응답한 적이 있다고 주장하고 있다. "다른 이름을 쓰고 있었지만 그녀였다고 백 퍼센트 확신합니다. 우리는 몇 차례 채팅을 했어요. 처음에는 상당히 적극적인 것 같았는데, 제가 진짜 만남을 신청하자 갑자기 이미 다른 사람을 선택했다고 말하더군요."

기사는 이런 웹사이트의 인기를 진지하게 조사했다고 주장했지만 계속 외설적인 추측만을 반복했다.

이런 사이트에 가입하는 여성은 위험을 무릅쓰게 된다. 이런 사이트들이 사용자를 심사하거나 신원을 확인하는 일이 드물기 때문이다. 애비가 온라인에서 만난 사람이 실종 사건과 관련 있을까? 그녀의 남편은 그녀가 이런 사이트에서 활동한 것을 알거나 눈치채고 있었을까?
루마니아에 본사를 두고 있는 이 사이트에 어제 논평을 요청했지만 응답을 받지 못했다.

당신은 팀을 힐긋 보지만 여전히 표정을 읽을 수 없다. 당신은 마음이 조금 불편해진다. 숨겨진 아이패드에 대해 아직 그에게 말하지 않았다. 다시 화면으로 돌아가 다음 항목을 누른다. 소셜미디어 게시물이 다시 등장한다.

- 왜 그를 기소하지 않는 거죠? 그녀가 무얼 하는지 알고서는 죽인
  게 틀림없어요.
- 어떤 배심원이든 개연성을 근거로 유죄를 선고할 게 틀림없어요.
- 제 생각은 달라요. 배심원은 아내의 불륜으로 그런 일을 저지를 수
  밖에 없던 남편 말을 믿을 가능성이 있어요.
- 이번 사건에서 경찰은 실수를 너무 많이 해서 법정에 나오기가 두
  려울 겁니다.

그리고 대답이라도 하듯 신문들은 톱기사로 새로운 국면에 대한
소식을 터트렸다.

팀 스콧, 살인죄로 기소
테크 산업계 거물, 아내의 사체가 발견되지 않았음에도 기소되다

19

당신은 다시 클릭하지만 거기서 문서는 끝난다.

"경찰은 범행 동기를 발견했다고 생각한 거네." 당신은 이제 상황을 이해한다. "그러니까 내가 바람을 피웠다면 그게 당신이 나를 죽일 이유가 된다고 생각한 거야."

팀이 당신의 눈을 가만히 들여다본다. "맞아, 그게 그 사람들의 생각이었어."

"팀—" 당신이 입을 떼려는 찰나에 그가 말을 잇는다. "물론 미친 생각이지. 당신이 바람을 피웠을 리가 없어. 절대. 당신은 정직을 매우 중요하게 여겼으니까."

그는 무척 자신 있다는 듯 말한다. 하지만 원래 팀은 자기가 하는 모든 주장을 확신하는 사람이다.

당신은 다시 그 아이패드에 무엇이 있을지 궁금해진다.

"어떻게 된 일인지 뻔해." 그가 덧붙인다. "당신은 보기 드문 미인이었어. 지금도 그렇고. 누군가 당신 사진을 훔쳐서 자기 온라인 프로필에 쓴 거야. 그뿐이야."

"하지만 나는 꽤 개성 있는 얼굴이기도 해." 당신은 반대 의견을 낸다. "자기와 조금 닮은 사람을 찾는 게 캣피싱*인가, 그런 걸 하는

THE PERFECT WIFE

사람들의 목적 아니야? 그렇지 않으면 직접 만났을 때 거짓말을 했다는 게 훤히 보이잖아."

그는 어깨를 으쓱한다. "머리 모양을 바꿨다거나 옛날 사진을 썼다고 둘러댈 수 있겠지. 여자들은 잘 그러잖아. 안 그래?"

"그럴지도." 당신은 애매하게 대답한다.

"내가 화상 인식 소프트웨어를 돌려봤어. 경찰이 하겠다고 했지만 그때쯤엔 내가 경찰을 도무지 못 믿겠더라고. 그래서 구글에서 서버 공간을 빌려서 직접 했지. 온라인상에 당신 사진 수천 개가 있었어. 물론 실종 사건 때문에 주로 뉴스 사이트에 있었지. 하지만 데이팅 사이트 어느 곳에도 없었어. 언론의 관심이 워낙 높아지니 당국은 수사에 소비한 그 모든 돈을 헛되이 쓰지 않았음을 보여줘야 할 압박을 느꼈겠지. 그래서 자기들이 무능하다고 인정하느니 나를 기소하는 게 낫다고 판단한 거야. 그 뒤로는 물론 다른 가능성에 대한 관심이 훨씬 줄었지."

"혹시……." 당신은 주저하며 말을 꺼낸다. "내가 어쩌면 자살했을지도 모른다는 기사도 있었어."

"나는 안 믿어. 나를 남기고 떠날 수 있었을지는 몰라도 당신은 결코 대니를 버리지 않았을 거야."

당신도 같은 생각이다. 당신의 기억에 따르면 자폐아의 엄마가 간혹 자살을 할 때도 있지만 그럴 때는 아이를 불확실한 세상에 남겨두느니 함께 죽는 쪽을 선택할 때가 대부분이었다. 당신은 여섯

---

*   온라인상에서 특정 목적을 품고 가짜 정체성을 사용하는 것.

살배기 아들과 함께 다리에서 뛰어내린 어머니에 대한 마음 아픈 이야기를 기억한다. 두 사람이 발견되었을 때 어머니는 여전히 아이를 팔로 단단히 껴안고 있었다. 함께 목숨을 거둘 때조차 아이를 꼭 지키겠다는 모성적 충동이었다.

마이크라면 그녀의 정서적인 뇌와 파충류의 뇌가 서로 다른 것을 원했을 뿐이라고 아마 말하겠지만, 하고 당신은 생각한다.

"당신이 조금 우울했던 건 사실이야." 팀이 덧붙인다. "하지만 상황이 좋아지고 있었어. 우리는 대니에게 적절한 치료법을 결국 찾았고, 그 학교에 입학시켰지…… 당신은 미래를 더 낙관적으로 보기 시작했어. 우리 둘 다 그랬지. 당신은 서핑하러 갔던 것뿐이야. 서프보드도 챙겨 갔어. 자살할 생각이었다면 왜 그랬겠어?"

"나는 항우울제를 먹었어." 또 다른 기억이 돌아온다. "시탈로프람과 루라시돈. 대니가 진단받은 뒤에 펜윅 박사가 처방해줬어."

"맞아." 팀이 머뭇대며 말한다. "하지만 늘 복용하진 않았어. 일상적으로 먹진 않았지. 약이 당신 기분을 편안하게 만들어주긴 하지만 긍정적 감정도 뭉개버렸거든. 창작 활동이 불가능할 정도로 말이야. 당신이 실종된 뒤에 경찰이 침실에서 숨겨진 알약들을 발견했지. 당신은 내게 약을 계속 먹는 것처럼 보이기 위해 매일 약병에서 그날 먹을 약만큼 없애서 숨겨둔 거야."

당신은 그를 뚫어지게 본다. "그러니까 내가 진짜 우울증 진단을 받았다는 거야? 실제로 먹지도 않는 약을 갖고 있었다면—"

그는 고개를 젓는다. "오히려 당신은 활기찼어. 새 프로젝트에 대한 아이디어를 얻었거든. 그래서 아마 약을 중단했을 거야. 당신

THE PERFECT WIFE

은 항상 최선의 노력을 기울이고 싶어했거든."

말이 된다고 당신은 생각한다. 그러나 그때 정보 하나가 당신의 뇌에 딸깍하고 들어온다. **여성에게 일어나는 시탈로프람의 부작용은 성욕 저하와 성기능 감퇴를 포함한다.**

만약 당신이 불륜 관계를 갖고 있었다면, 그렇게 신이 났던 이유는 새 프로젝트 때문이 아니었을 수도 있지 않을까? 그리고 그 약들을 먹지 않은 이유에 대한 설명도 되고?

"그 프로젝트가 뭐였어?" 당신이 묻는다.

팀이 어깨를 으쓱한다. "몰라. 작업을 마칠 때까지는 알려주지 않았거든. 그리고 어쨌든 그게 중요한 게 아니야. 그게 뭐였든 아직 당신 스튜디오에 있을 거야. 그 해변 별장에 말이야."

당신은 이제야 두 사람이 주고받은 마지막 문자를 이해하게 된다.

일이 잘돼. 여기서 하루 더 있어도 될까?

그리고 그의 답장:
물론. 있고 싶은 만큼 있다 와.

그래도 당신 머릿속에 떠오르는 결혼 생활의 그림은 단순하지가 않다. 실제로는 먹지 않으면서 남편에게는 항우울제를 먹는 척하는 여자. 병에 남은 알약을 세는 남편. 일에 집중하며 떨어져 지내는 생활. 이런 것들이 평범하고 건강한 결혼 생활이었을까? 오랜 기간 안정된 관계의 결과로 생긴 타협이었을까? 아니면 관계가 깨지기 시작했다는 신호를 보내는 미세한 금들이었을까?

팀이 부드럽게 말한다. "애비, 우린 행복했어. 아주 행복했어. 어쩌면 우리의 결혼이 평범하지는 않았겠지만 내막을 들여다보면 어떤 결혼이든 그렇지 않겠어? 내가 같이 살기에 늘 편한 사람은 아닌 걸 나도 알아. 하지만 난 머리 관리와 기금 모금 행사에 시간을 쓰는 재미없는 실리콘 밸리 아내를 원했던 적이 없어. 그런 여자들은 흔했어. 같이 있으면 지루해서 몸이 뻣뻣해질 정도였지. 하지만 당신은…… 처음부터 나를 사로잡았어. 물론 우리가 모든 일에 의견이 맞았던 건 아니야. 하지만 그게 재미였어. 당신과 함께 있으면 불꽃이 일었어. 당신은, 당신은 **살아 있었지.**"

당신은 그의 단어 선택이 아쉽다고, 씁쓸하게 생각한다. '살아 있는' 것이야말로 이제 당신이 진정으로 될 수 없는 것이 아닌가?

집 밖 도로에서 소리가 난다. 외침 소리, 뭔가 야단법석이 일어난 것 같은 소리. 인터폰이 울리기 시작한다. 평소 같은 소리가 아니라 짧고 날카로운 단속음으로.

팀이 창가로 간다. "독수리 떼가 몰려오는 데 얼마나 걸리나 했지." 그가 중얼거린다.

크고 반짝이는 승합차 두 대가 대문 밖에 서 있다. 한 대는 KGO-TV, 다른 한 대는 KPIX에서 나왔다. 승합차 지붕에는 위성 안테나가 이상한 장갑차에 달린 무기처럼 매끈하게 솟아 하늘을 향하고 있다. 새로운 종류의 전투에 나선 돌격부대 같다. 비디오카메라를 어깨에 올린 남자와 여자 들이 대문 주변으로 몰려든다.

"다들 곧 여기로 오겠군. 뉴스 방송국은 다 오겠어. 그 뒤에는 사진 기자와 라디오 기자들…… 빌어먹을 서커스를 한바탕 벌이겠지. 예전과 똑같이."

당신은 다가가 그의 어깨에 한 손을 올린다. "이번엔 내가 같이 있잖아."

"그래, 당신이 같이 있지." 그가 동의했다. "그래서 견딜 만해." 그가 당신 손 위에 자신의 손을 얹는다.

당신은 그렇게 한동안 머문다. 블라인드를 닫으려고 손을 뻗자 팀이 말린다. "내가 할게. 이번에는 그들이 원하는 게 내가 아니니까."

그의 말이 맞다. 벌써 창가의 당신을 포착한 렌즈들이 당신을 따라 재빨리 움직인다. 대문 너머에서는 당신을 뒤에 등지고 방송하는 리포터를 찍던 카메라맨이 당신을 발견하고는 리포터를 밀쳐내고 당신을 찍는다. 그는 한쪽 무릎을 바닥에 대고 당신을 촬영한다. 무거운 카메라를 어깨에 얹고 눈은 뷰파인더에 집중한다. 중화기가 다시 떠오른다. 로켓 발사기를 메고 목표물을 정조준하려고 웅크린 전사가.

팀의 전화가 울린다. 팀은 발신자의 이름을 확인하고는 받는다. "왜?" 그가 퉁명하게 답한다. "아니. 아무 말도 하지 마."

전화기 저편의 상대가 한참 동안 말한다. 팀의 표정으로 보건대 점점 더 화가 나는 상태임을 알 수 있다. 하지만 입을 열었을 때 어조는 정중했다.

"고마워요, 카트리나. 그런 일을 하라고 당신을 고용한 건 맞아요. 하지만 내 대답은 여전히 '아니요'예요."

그가 전화를 끊자 당신이 묻는다. "누구야?"

"우리 회사의 홍보 대행사 대표야."

"원하는 게 뭔데?"

"내게 조언하는 거." 팀은 인상을 찌푸린다. "자기가 방송국을 하나 골라서 당신 독점 인터뷰를 잡으면 다른 방송국들이 우리를 더는 쫓아다니지 않을 거라는군. 일단 특종을 놓쳤다는 걸 알면 다음 먹잇감을 쫓아다닐 거라고 말이야."

"내가 인터뷰를 할 수 있을지 자신이 없어." 당신은 불안하게 말한다.

"할 필요 없을 거야." 팀은 자동차 열쇠를 집는다. "뒤쪽에 또 다른 출구가 있어. 그쪽으로 나가면 돼."

"어딜 가는데?"

"해변 별장. 거긴 외부인 출입 제한 주택지야. 거기까지 쫓아오진 않을 거야."

"대니는?"

"학교가 끝나면 시안이 그쪽으로 데려오면 돼. 내가 대니 짐을 쌀게." 그는 계단을 향해 가다가 걸음을 멈추고 말한다. "별장에 같이 가게 돼서 기뻐. 상황이 지금과는 달랐으면 더 좋았겠지만. 당신은 항상 그곳을 사랑했거든."

"그래, 다시 보면 좋을 거야."

이 모든 상황에도 당신은 설렘을 조금 느낀다. 이렇게 집에서 내몰리는 것에는 좌절감이 들지만 어쨌든 '그곳'에 가게 되었기 때문이다. 이 모든 것이 시작된 곳에. 아니면 끝난 곳에. 아니면 시작되고 끝난 곳에. 당신이 죽은 곳에.

여섯

팀과 말싸움을 벌인 뒤 애비는 책상에 앉아 인상을 쓴 채 허공을 응시하고 있었다. 잠꼬대를 하는 사람처럼 입술이 가끔씩 씰룩거렸다. 우리는 무슨 일이 일어나고 있는지 잘 알았다. 팀의 채찍질을 당한 뒤에 우리 모두 겪었던 일이니까. 그녀는 머릿속에서 대화를 다시 돌려보면서 자신이 그때 했더라면 좋았을 말들을 모두 하는 중이었다.

갑자기 그녀가 자세를 바로잡고 앉더니 웹브라우저에 무언가를 입력했다. 우리는 왜 그러는지도 알았다. 팀이 언급한 분노 연구를 확인하는 것이다. 그가 연구를 잘못 이해했기를 바라면서. 그렇다면 얼마나 만족스럽겠는가! 하지만 우리라면 그것도 시간 낭비라고 말해줄 수 있었을 것이다. 팀은 틀리는 법이 절대 없을 뿐 아니라 그가 연구를 언급하자마자 우리가 이미 찾아봤기 때문이다. 그는 연구 결과를 제대로 이해하고 있었다.

그다음에 그녀는 가슴 위로 팔짱을 끼고는 반항적인 자세로 한동안 앉아 있었다. 마침내 사무실 건너편에서도 들리도록 한숨을 크게 쉬더니 일어나서 담배를 피우러 성큼성큼 걸어 나갔다.

돌아왔을 때 그녀는 깊은 생각에 잠긴 듯 보였다. 프린터로 가서

THE PERFECT WIFE

종이 트레이의 종이를 몇 장 들고 오더니 자리에 다시 앉아서 맨 위 페이지에 뭔가를 스케치했다.

누군가 애비에게 마키아토를 원하느냐고 물었다. 그들은 스타벅스에 갔다 올 참이었다. 애비는 조용히 고개를 젓고는 다시 종이에 무언가를 휘갈겨 쓰는 일로 돌아갔다.

잠시 뒤 그녀는 뒤로 기대 앉아 자신이 한 것을 바라봤다.

"이런, 맙소사." 그녀는 큰 소리로 내뱉었다.

그녀는 일어나서 손마디를 딱딱 꺾고 기지개를 폈다.

(그녀가 기지개 펴는 모습을 우리는 얼마나 사랑했던가! 그 모습에는 온전한, 건강한 뭔가가 있었다. 우리는 그녀가 겸손하게 굴거나, 있는 듯 없는 듯 굴거나 하지 않아서 좋아했다.) 그러고는 일어나서 제니에게 갔다.

"버려진 로봇 부품들을 어디서 구할 수 있을까요?" 애비가 쾌활하게 물었다.

20

팀은 계곡을 따라 이어지는 280번 도로를 운전해 샌안드레아스 호수를 지난 다음 저수지를 건너 언덕길을 오르기 시작했다. 몇 분 안에 혼잡한 샌마테오가 뒤로 멀어진다. 어둡고 고요한 참나무와 상록수 숲이 사방을 에워싸고, 지그재그 길이 숲을 구불구불 통과하며 끝없이 위로, 위로 올라간다.

"자율주행차로 이 길을 편하게 통근할 수 있는 때가 오면 우리는 샌프란시스코를 영원히 떠날 거라고 말하곤 했지." 그가 말했다. 그는 운전을 잘했다. 온 신경을 길에 집중했고 커브마다 속도를 낮췄다.

태평양으로 이어지는 길고 구불구불한 산마루를 넘어가면서 당신은 그날 있었던 일에 대한 상념에 빠져든다. 팀이 보여준 슬라이드쇼에서 당신의 실종에 대한 설명 가운데, 딱히 뭐라고 짚어낼 수는 없지만 신경에 거슬리는 뭔가가 있다. 다시 당신은 그 아이패드에 무엇이 있을지 궁금해진다. 이틀 뒤에 다시 오세요, 하고 핸드폰 가게 청년은 말했다. 이제 샌프란시스코 도심을 떠났으니 그러기가 쉽지 않을 것이다.

그때 산마루를 넘어서자 팡파르가 울리듯 시야가 탁 트인다. 아래쪽 멀리에서 지는 해가 오렌지색으로 바다에 눈부시게 반짝인다.

"거의 다 왔어." 팀이 자동차의 햇빛 가리개를 내리며 말한다.

호박 농장과 구불구불한 내리막 등산로를 지나치긴 하지만 대개는 인적 없는 바카리스와 유칼립투스 숲을 통과한다. 여기에서 40분도 떨어지지 않은 거리에 구글과 애플을 비롯해 세상에서 가장 정보화된 기업들이 비좁고 좁은 도심에 몰려 있다는 것이 믿기지 않는다.

하프문 베이에 도착할 무렵에는 날이 어두워진다. 그렇게 늦은 시간이 아닌데도 가게들은 대부분 문을 닫았고 바와 레스토랑은 쓸쓸하게 버려진 채, 그저 간신히 버티고 있는 분위기를 풍긴다. 팀은 멈추지 않고 해안도로를 따라 남쪽으로 내려간다. 몇 마일을 더 가더니 아무런 표시가 없는 철제문 앞에 차를 세운다. 팀이 자기 전화로 비밀번호를 입력하자 문이 활짝 열린다. 안으로 들어가니 길이 두 갈래로 갈라진다. 한쪽 길은 집 몇 채가 작은 동네처럼 모인 곳으로 이어진다. 다른 쪽 길은 더 최근에 만들어지고 더 관리도 잘된 길인데 절벽 가장자리를 따라 왼쪽으로 이어진다. 컬런과 스콧의 집이라 쓰인 수수한 표지판이 보인다. 자동차가 들어오기만 하면 휙 튕겨낼 것처럼 보이는 굵은 기둥들로 이루어진 자동 차단기가 조용히 아스팔트 아래로 내려간다.

잠시 뒤 팀은 낮고 기다란 건물 옆에 차를 세운다. 시동을 끄자 자동차 헤드라이트가 희미해졌고 그에 반응하듯 집 안의 불빛이 켜진다. 층지고 각진 스타일의 집은 대부분 유리로 지어졌고 몇 군데에만 적삼목 패널과 붓 자국이 나게 마감한 콘크리트를 사용했다. 정원은 없었고 들풀이 우거진 작은 땅 주위로 통로와 계단이 배치돼 있다. 들풀들은 빛이 쏟아져 나오는 거대한 유리창까지 쭉 이어진다.

집과 절벽 가장자리 아래에는 끝없이 펼쳐진 바다가 쪼개진 석탄 조각처럼 은빛 도는 검은색으로 반짝이며 뒤척인다.

"와," 당신은 넋을 잃고 감탄한다. "아름다워."

그는 고개를 끄덕인다. "내가 이곳을 찾아냈을 때 낡고 오래된 랜치하우스가 있었지. 건축가들이 그 집을 허물고 기록적인 일정으로 이 집을 세웠어. 나는 완성되기 3개월 전까지 기다렸다가 당신에게 프러포즈를 했지." 그는 절벽 쪽을 손짓으로 가리킨다. "저기가 우리가 결혼한 곳이야. 바로 저기에서 바다를 뒤로하고 우리 집을 정면에 두고서 말이야. 그날이 당신이 이 집을 처음으로 본 날이지……. 당신 표정을 봤어야 하는데."

잠시 동안이나마 당신은 그 광경을 그려볼 수 있었다. 웨딩드레스를 입은 당신이 그가 당신을 위해 지은 이 집을 입이 떡 벌어진 채 바라보는 모습을.

"기억하고 싶은데. 우리 결혼 말이야." 당신이 애석하게 말한다.

"물론이지. 오늘 밤 그 장면을 업로드할 수 있어."

안으로 들어가니 밖에서 보는 것만큼이나 아름답다. 샌프란시스코의 집보다 작품이 더 많다. 만화 같은 느낌의, 생기 넘치는 거리미술 스타일 작품들이다. 그 덕에 삭막하고 엄숙하게 보이기 십상이었을 것 같은 실내에 풋풋한 미대생의 느낌이 감돈다.

"이렇게나 근사할 수가." 당신은 감탄한다. "모든 게 완벽했어, 안 그래?"

팀이 머리 대신 전구가 박힌 아이의 작은 유리 조각상을 집어 반 바퀴를 돌려본 다음 받침대 위에 다시 놓는다. "완벽했어." 그가 당신 말을 따라한다. "당신이 그렇게 만들었으니까. 그래서 내가 당신을 이곳에 데려온 거야. 그래도 우리가 잘산다고 세상에 무관심했던 건 아니야. 당신은 세상을 변화시키는 데 우리 돈을 썼지. 성 평등과 예술, 홈리스 문제에 대해 끊임없이 신경을 썼어……. 그리고 대니 같은 아이들을 위한 특수교육에도."

"그래." 당신이 고개를 끄덕인다. "그게 우리 삶에서 완벽하지 않은 한 부분이었어. 그렇지? 대니 말이야."

"물론 충격이었지. 몇 가지를 재조정해야 했으니까. 하지만 당신은 침착하게 그 상황을 받아들였어. 모든 일에는 다 이유가 있다고 말했지. 우리에게 대니가 온 건 우리가 그 아이를 가장 잘 돌볼 수 있는 사람들이기 때문이라고. 우리는 정말 그랬어." 그가 망설이며 덧붙인다. "**당신**이 그랬지. 우리는 운이 좋았어. 도움을 얻을 여유가 있었으니까. 하지만 서부 지역의 모든 의사들을 만나 이야기를 한 건 당신이었지. 온갖 다양한 치료법을 조사한 것도 당신이었어. 당신은 대단했어. 그런 모습이 놀랍지는 않았어. 하지만 그 모습을 보면서 나는 당신을 더욱 사랑하게 됐어."

"고마워……. 하지만 당신도 큰일을 해냈어. 그 동안 대니를 혼자 키웠잖아."

"사랑하니까." 팀은 아무렇지도 않게 말한다. "당신을 사랑하는 것처럼. 대니에게 문제가 있다고 그게 달라지지는 않아."

"나도 당신을 사랑해." 이 모든 일이 일어나고 나서 그에게 사랑한다는 말을 제대로 하기는 처음이라는 걸 당신은 깨닫는다. "팀, 나도 당신을 사랑해."

당신이 결혼한 이 장소를 둘러보며 그때 어떤 느낌이었을지 상상한다. 함께 여행을, 모험을 떠나기 위해 발을 뗀 두 젊은 사람의 낙관주의를. 얼마나 신이 났을까? 살아가는 동안 어떤 어려움이 닥쳐도 함께 극복할 수 있으리라고 얼마나 굳게 믿었을까?

당신은 지금도 그걸 느낀다. 가능성, 미래를 향한 열정. 기자들도, 당신을 떠나지 않는 자기혐오도, 육체적 한계도, 아무것도 문제되지 않는다. 서로가 있다면, 아무것도.

'나는 해낼 수 있어.' 당신은 생각한다. '나는 이 삶을 살아낼 수 있어. 팀이 함께하는 한 우리는 해낼 수 있어.'

일곱

애비는 우리에게 사정하면서 무언가를 빌려갔다. 해밀턴에게서는 낡은 숍봇 Mk-II의 프레임을, 라제시에게서는 Mk-III의 팔 두 개를 얻어갔다. 캐서린은 애비에게 배선 장치를 줬고 대런은 코딩을 조금 해주었다. 개발자 대런은 팀의 채찍질에 그녀가 끼어든 뒤부터 당연한 일이지만 그녀를 숭배하다시피 했다. 우리는 물론 그녀가 무엇을 하려는지 궁금했지만 대런은 말해주지 않았다.

"비밀을 지킨다고 약속했어요. 참고 기다려봐요."

애비의 닳아빠진 낡은 볼보 자동차 뒤에서 가스버너와 기송관 장치, 용접 도구들이 끌려 나왔다.

우리는 완전히 다른 애비를 보았다. 호리호리한 체구에 진청색 오버롤 작업복을 걸치고 훨씬 더 짙은 색 용접 보호 안경을 쓴 애비가 주차장 구석에 무릎을 꿇고 앉아 매일같이 불꽃을 튀겼다. 마침내 작업을 마친 애비가 우리를 부른 곳도 주차장이었다. 당연히 우리는 그곳으로 갔다. 그 장면을 놓치고 싶은 사람은 아무도 없었다.

"여러분 모두를 위해 만들었답니다." 그녀가 발표했다. 여러분 모두라고 말할 때 남부 억양이 희미하게 드러나는 걸로 보아 무척 흥분한 듯했다. "'엘렉트라 댄싱'이라고 제목을 붙였어요."

우리는 애비가 소화기를 들고 옆에 서 있다는 것을 알아차렸다. "거리를 조금 두는 게 좋을 거예요." 그녀가 덧붙였다.

애비가 옆에 서 있는 물체의 종이를 벗겨냈다. 일종의 조각이라는 걸 곧 알 수 있었다. 우리에게 너무도 익숙한 숍봇과 다르지 않았다. 그렇지만 부품 몇 개가 고철 덩어리로 대체되어 있었다. 머리는 오래된 오토바이 헤드라이트였고 손가락은 자전거 체인이었으며 옛날 전화기와 타자기 부품들도 들어가 있었다. 그리고 밝은 노란색 면으로 만든 예쁜 빈티지 드레스를 걸치고 있었다.

우리가 지켜보는 중에 로봇이 불쑥 두 팔을 들어올렸다. 손목에서 불꽃이 발사되었다. 회전폭죽처럼 하나는 앞으로, 하나는 뒤로. 로봇이 회전을 시작했다. 아니, 적어도 몸체는 그랬다. 머리는 움직임이 없었다. 갑자기 머리도 불꽃을 내뿜으며 빙글빙글 돌기 시작했는데 나머지 몸체와는 반대 방향으로 돌았다. 춤추는 데르비시교도, 회전하는 팽이, 불꽃의 회전목마였다.

"난 예뻐!" 로봇이 후진하는 트럭 같은 녹음된 기계음으로 선언했다. 불에 다 탈 때까지 이어졌다. "난 예뻐!" 몸통이 폭발하며 불꽃이 일었고 노란 드레스가 레이스로 변해 바닥으로 떨어졌다. 불타오르는 마녀, 종교재판의 화형식이 떠올랐다. 아니, 그게 떠오르더라고 나중에 우리끼리 말했다. 하지만 그 순간에는 그냥 입을 딱 벌린 채 서 있었다. "난 예뻐!"

1분도 되지 않아 모두 끝이 났다. 로봇은 조용해지더니 회전을 멈췄고, 연기 나는 사체는 완전히 소각되었다. 매캐한 폭약 냄새가

THE PERFECT WIFE

주차장에 퍼졌다.

"뭐가 잘못된 거지?" 누군가 물었다. 어떤 멍청이가. 나중에 우리는 그 말을 한 사람이 케네스였으리라 짐작했다. 애비는 신경 쓰지 않는 것 같았다.

"아, 원래 그래야 하는 거였어요." 그녀는 까맣게 탄 잔해를 살피며 쾌활하게 말했다. 그리고 우리를 향해 몸을 돌리고는 덧붙였다. "전 불장난을 좋아하거든요."

어떤 재치 있는 사람이 나중에 지적한 것처럼 그 말은 진짜였다. 비록 우리는 예술이나, 예술을 해석하는 일에는 재주가 없었지만, 그리고 당연히 예술을 판단할 자격이 없다고 느꼈지만 '엘렉트라 댄싱', 또는 우리가 붙인 이름인 '파이어봇'은 애비가 숍봇을 후지게 본다는 것을 그녀의 방식으로 표현한 작품이라는 게 누가 봐도 확실했다.

21

대니와 시안이 해변 별장에 도착하기를 기다리는 동안 당신은 팀의 USB를 컴퓨터에 꽂고 다음 파일을 훑어본다. 또 다른 슬라이드쇼다. 이번에는 재판에 대한 기사를 모은 것이다.

당신이 읽는 동안 이번에도 그는 당신의 반응을 유심히 관찰한다.

첫 번째 스크랩 기사들은 태너 형사가 당신의 수색 과정을 법정에 어떻게 보고했는지 다룬다. 당신이 위해를 입었을 가능성을 포함해서 수사를 넓혀가게 된 과정과 수사의 초점이 사고에서 살인으로 이동한 경위를 설명했다. 그는 경찰의 사체 탐지견이 '관심 지역' 두 곳을 발견했다고 배심원단에게 보고했다. 당신의 차에서 한 곳, 돌로레스가의 집에서 한 곳이었다.

반대 신문에서 태너 형사는 탐지견이 예전에 주방에 보관되었던 날고기 냄새를 맡았을 수도 있다는 가능성을 인정했다. 실종 사건 얼마 전에 친구가 조금 나눠준 사슴고기를 당신이 차로 싣고 와서 집 저장고에 걸어두었다는 것이다.

그는 또한 살인 가능성을 염두에 둔 수사로 초점이 옮겨간 때가 샌그레고리오 주변의 공중과 해상 수색이 성과 없이 끝난 뒤였음을 인정했다.

"다르게 말해 당신은 조금이라도 진전이 있는 것처럼 보이고 싶어서, 수사 방향 전환에 마음이 끌렸겠죠?" 팀의 피고 측 변호인 제인 야우가 넌지시 물었다.

물론 태너 형사는 아니라고 했다. 가장 개연성 높은 설명을 뒷받침할 증거가 나타나지 않았기 때문에 두 번째로 개연성 높은 설명으로 수사의 관심을 돌리는 것이 합리적이었다고 주장했다.

"그러니까 대중의 이목을 끌며 비용이 많이 드는 대대적인 살인 사건 수사로의 전환이, 살인을 입증하는 실제 증거가 아니라 사고나 자살을 입증할 증거의 부재 때문이었다는 걸 인정하시는 거군요." 제인 야우가 밀어붙였다.

태너 형사는 내키지 않는 투로 그렇다고 인정했다.

그다음으로 당신의 오랜 대학 친구 수키 마렌가가 배심원단 앞에서 증언했다. 그 자신도 예술가인 수키는 당신이 결혼 생활에 문제가 있다는 말을 했었다고 주장했다. 팀이 당신의 이메일을 읽는다며 투덜거렸다고도 했다. 수키는 그 무렵 팀과 당신이 각자 종이에 서로에 대한 감정을 써서 불교식 의식으로 함께 태웠다고도 말했다.

"나쁜 기를 묶어서 우주로 해방시키는 의식이에요." 그녀가 설명했다. "부정적 감정을 정화하는 기 치료 의식이지요."

"혹시 그 의식이 이 경우에 효과가 있었는지, 아니면 부정적인 기가 계속 남았는지 알고 계십니까?" 검사 마크 로스봄이 물었다. 피고측 변호인이 즉각 이의를 제기했지만 분명 그 의식이 어쨌든 백 퍼센트 효과적이진 않았을 거라는 의혹을 배심원단의 머릿속에 심기에는 충분했을 것이다.

그다음에 로스봄은 당신이 실종되기 전 몇 주 동안 예전보다 전화 사용이 훨씬 줄었다는 사실을 보여주는 통화 기록을 제시했다. 그는 당신이 남편의 감시를 받고 있다는 사실을 알아차렸고, 이로 인해 부부 관계의 문제가 위기 국면에 이르렀다고 주장했다. 그 뒤 팀이 당신을 죽인 다음 시체를 당신 차에 싣고 해변에 가서 바다에 버렸다는 것이다.

이 가설을 뒷받침할 만한 사실은 당신의 잠수복이 별장 욕실에 여전히 걸려 있다는 것이었다. 검찰은 그 사실이 그날 밤 당신이 서핑을 하지 않았을 수도 있다는 것을 뜻한다고 주장했다.

팀의 변호인은 이 시나리오의 많은 허점을 부각시켰다. 우선, 사체가 없을 뿐 아니라 두 사람 사이의 문제가 스트레스 많은 결혼에서 흔히 볼 수 있는 관계의 부침과 다르다고 할 만한 증거가 없다고 반박했다. 그리고 팀은 실종 한 달 전에 당신이 전화를 버스에 두고 내렸으며 교통 당국이 전화를 찾을 때까지 시간이 좀 걸렸다고 경찰에 이미 설명했다는 것이다. 교통 당국도 확인한 사실이었다. 그동안 당신은 임시 전화를 이용하고 있었는데 그 전화는 당신과 함께 사라졌다. 그리고 당신의 집이나 차나 해변에 폭력의 흔적이 없었다.

제인 야우는 또한 샌그레고리오 해변이 누드 해수욕이 허용되는 해수욕장으로 잘 알려져 있고, 알려진 바에 따르면 당신이 옷을 입지 않고 서핑한 적이 한 번 이상 있다는 사실을 지적했다. 어쩌면

THE PERFECT WIFE

그날 당신은 잠수복 입는 것을 그냥 잊은 게 아니었을까? 게다가 팀의 핸드폰 위치 추적 자료는 그가 문제의 그날 밤 해변 별장 근처에 가지 않았음을 보여준다. 물론 그 시각 핸드폰이 꺼져 있기는 했지만 그건 배터리 방전 때문이었다고 팀이 이미 해명했다. 피고 측은 사건 기각을 요청했다.

미디어의 뜨거운 관심을 생각했을 때 놀랍게도 판사는 동의했다. 판사는 서면 진술서에서 오래된 코르푸스 델릭티* 원칙을 인용하면서, 살인이 일어났다는 것을 증명하기 위해 반드시 사체가 있어야 할 필요는 없지만 누군가를 살인죄로 기소하기 전에 살인이 일어났음을 먼저 증명해야 할 필요가 분명 있다고 지적했다. 그러므로 코르푸스 델릭티 원칙에서 증거의 기준은 단순한 '개연성의 우월'보다는 더 높아야만 한다. 그는 기소를 즉시 기각했다.

기소가 무산된 이후 산호세의 스물여섯 살 여성이 트위터에 팀에 대한 모욕적인 메시지를 게시한 이유로 고소당했다. 또 다른 소송에서 페이스북 게시물 때문에 고소당한 로스앤젤레스의 서른한 살 여성은 6개월 집행 유예를 선고받았다. 코르푸스 델릭티 원칙이 요구하는 증거의 기준을 낮춰달라는 정부 청원이 2만 5천 개가 넘는 서명을 받았지만 이후 조용히 관심 밖으로 사라졌다.

태너 형사는 법원 계단에서 TV 인터뷰를 했고 경찰이 애비의 실종과 관련해서 다른 사람을 수사하지는 않을 것이라고 말했다.

---

* *Corpus Delicti*, 직역하면 '범죄의 몸통'을 뜻하는 라틴어로, 범죄가 실제로 일어났음을 보여주는 사실이나 증거를 뜻한다. 유죄를 선고하기 전에 범죄가 실제 일어났음을 입증해야 한다는 원칙이다.

사건을 기각시킨 판사가 과거 재판에서 했던 진술 몇이 소셜미디어에 널리 공유되었고, 판사 은퇴 연령을 65세로 정하자는 또 다른 캠페인에 5만 명이 서명했다.

나중에 경찰은 뚜렷한 수사 방향은 없지만 "애비게일 컬런 스콧과 관련된 새로운 정보가 있다면 언제든 대응할 수사팀이 있다"라고 밝혔다.

팀 스콧은 모든 인터뷰를 거부했다.

22

당신은 안도하며 의자에 등을 기댄다. 물론, 당신의 입장은 편향될 수밖에 없지만 팀을 기소하는 근거는 분명 빈약했다. 검찰은 사체도 CCTV도 법의학적 증거도 없었다. 주목받는 매력적인 젊은 엄마가 사라졌고, 뒤를 이은 미디어의 광란 속에서 누군가 비난할 대상을 찾아야 했다. 그뿐이었다.

당신은 팀이 사건에 연루되었을 리 없다는 걸 줄곧 알고 있었지만 혹시 재판 과정에서 무언가 드러나지 않았을까 조금 조마조마했다. 그러니까 결코 겸손하거나 참을성 있는 사람이 아닌 남편이 교활한 검사의 추궁에 몰려 안 좋은 인상을 줄 만한 말을 했을지 모른다고 두려워했다. 하지만 결국 그는 증인대에 서지도 않았다. 그는 완전히 사면되었다. 소셜미디어의 몇몇 미치광이들이 그걸 받아들이지 못한다면, 글쎄, 그건 그들 문제이지 그의 문제가 아니었다.

하지만 이상하게도 애비는 이 과정에서 보이지 않는 존재였다는 생각이 든다. 불륜 혐의도, 우울증의 증거도 다루어지지 않았다. 재판에 대해 읽으면 실종 전 몇 주 동안 당신이 심리적으로 진짜 어떤 일을 겪었는지 혹시라도 알게 되길 바랐지만 아무 것도 없었다.

당신의 휴대전화에 남겨진 내용 또한 그랬던 것처럼.

"당신은 나를 믿어?"

당신은 화들짝 놀라 고개를 든다. 팀이 당신의 눈을 뚫어지게 보고 있었다. "내가 당신에게 일어난 일과 아무 관계가 없다는 걸 믿어?" 그가 다시 묻는다.

그에게는 물어보기조차 짜증 나는 질문일 것이다. 그의 회색 티셔츠가 그라는 사람의 일부이듯 그의 자신감 역시 언제나 변함없는 그의 일부이니까.

"물론이지."

그가 얼굴을 찌푸린다. "물론이라고 말하지 마. **물론**은 '내 남편을 믿는 수밖에 없지'라는 뜻이잖아. 당신의 두뇌라면 그쯤은 알 텐데, 애비."

이게 당신이 나를 만든 이유야? 당신은 묻고 싶었다. 저승의 내가 당신은 무죄라고 선언할 수 있도록? 배심원 대표가 말하지 않은 것을 내가 큰 소리로 말하도록?

"하지만 물론이야, 하고 답하는 게 맞아. 그 기사들을 읽을 필요도 없었어. 나는 당신을 알아, 팀. 당신은 누구도 일부러 해치지 않을 사람이야. 특히 나를 해치진 않아."

그의 어깨에서 긴장이 풀린다. "물론 아니지." 둘 다 그가 선택한 '물론'이라는 단어에 미소를 짓는다.

차가 멈추는 소리가 들린다. 시안이 대니와 함께 도착한다. 대니가 집으로 뛰어 들어온다. "대니, 안녕." 당신이 말을 걸지만 대니는 당신을 무시하고 바다가 내려다보이는 기다란 유리벽으로 곧장 간

THE PERFECT WIFE

다. 아이는 행복하게 유리에 얼굴을 비비며 바다와 인사한다. 당신은 대니를 쫓아가서 다시 되돌아오게 한 다음 안녕이라고 대답하게 만들어야 한다는 것을 알지만 대니가 정말 즐거워 보여서 차마 그러지 못한다.

"대니는 여기를 사랑해." 팀이 지켜보며 말한다. "바닷가에서 당신과 함께 파도를 타 넘으며 몇 시간씩 보내곤 했지."

"그러면 내일 대니와 할 일이 생겼네. 파도타기하면 좋겠다."

팀은 망설인다. "미안하지만 그건 안 될 거야. 당신이 바다에 들어가는 건 내가 스마트폰을 들고 수영장에 들어가는 것과 같거든. 물, 특히 소금물은 순식간에 당신을 망가트릴 거야."

"아." 당신은 예전의 자신을 생각한다. 서프보드 위에서 보낸 수많은 시간을 생각한다. 어쨌든 그게 팀이 이 집을 지은 이유였다. 당신이 좋아하는 바다 가까이 있을 수 있도록. 그리고 이젠 그것마저 접근 금지 구역이 되고 말았다.

"하지만 곧 그 문제를 해결할 수 있을 거야." 그가 덧붙인다. "이곳은 하이킹도 끝내줘. 개를 한 마리 키우는 것도 생각해볼 만—"

당신은 고개를 젓는다. 개는 원하지 않는다.

당신은 파스타를 만든다. 네 사람은 테라스의 거대한 파티용 테이블에 둘러앉아 파스타를 먹지만 대화는 툭툭 끊긴다. 당신은 시안에게 말을 걸려고 하지만 그녀는 당신의 질문을 컴퓨터가 무작위로 던져대는 대화 소재쯤으로 여기는 것 같다. 대니의 학교에 대해서 물었을 때만 활발해진다. 메도뱅크는 특별한 곳이라고 그녀는 말한다. 캘리포니아주 전체에서 대니 같은 아이들이 지속적이고 적극적인 도움을 받을 수 있는 유일한 곳이라고 했다. 그곳의 성과는 믿을 수 없을 정도라고.

그 말에 당신은 대화에 조금도 끼지 않는 대니를 보지 않을 수 없다. 대니는 눈앞에 놓인 튜브 모양 파스타를 포크로 올려 멍하니 빙빙 돌리다가 입에 넣고 있었다. 당신은 아이를 보며 저절로 미소를 짓는다. 대니의 상태가 어떻든 아이의 곱고 천사 같은 얼굴은 아름답다. 하지만 당신이라면 그 학교의 성과가 '믿을 수 없을 정도'라는 표현은 하지 않을 것이다.

"몇 년 전 상태를 보셨어야 해요." 시안이 변명하듯 말한다. "자해를 했죠. 자기 머리를 때리고 손등을 물어뜯고 머리카락을 뽑았어요……. 엄청난 진전을 이룬 거라고요."

"물론이죠." 당신은 얼른 대답한다. "대단한 일을 해내셨어요."

나중에 팀과 시안은 설거지를 하고 당신은 대니와 함께 있었다. 당신은 간단한 게임을 만들어냈다. 대니의 토마스 책을 큰 소리로 읽어주다가 가끔씩 '기차' 대신 '고릴라'라고 읽는 식으로 원래 단어 대신 웃긴 단어를 집어넣거나 토비와 테렌스를 일부러 혼동해서 읽어주는 것이다. 대니는 본문을 앞뒤로 다 알기 때문에 이런 놀이를 말도 못 하게 즐거워한다. 가끔은 너무 심하게 웃느라 '틀렸다'를 표현하는 엄지 내리기 동작도 하지 못할 정도다.

"토마스, 넌 정말 쓸모 있는 코끼리야……."

당신은 잠시 멈춰 대니의 반응을 기다린다. 부엌에서 시안이 거리낌 없이 말하는 소리가 들린다. "그녀가 진짜가 아니라는 걸 그렇게 빨리 잊을 수 있다는 게 놀라워요. 아까는 잠시 동안 평범한 사람과 말하는 기분이 들 정도였다니까요."

당신은 팀이 그 말에 격분해서 그녀를 나무라기를 기다린다. 하지만 그는 짤막하게 건성으로 대답한다. 낮게 웅얼거리는 소리여서 당신에게는 잘 들리지 않는다.

"파스타에 소금을 조금 적게 넣도록 훈련시켜보지 그래요?" 시안이 깐깐하게 덧붙인다. "그래도 로봇이 사람만큼 잘할 수 없는 게 몇 가지 있겠죠."

대니가 당신 팔을 톡톡 두드리며 토마스 책을 얼른 엉망으로 읽어달라고 재촉해서 당신은 나머지 대화를 듣지 못한다.

저녁 식사 뒤에 고맙게도 시안은 노트북 컴퓨터를 들고 자기 방으로 들어간다. 당신이 팀과 함께 TV를 보는 동안 대니는 계속 기차를 갖고 놀며 벽의 굽도리판자 앞에 정확한 순서대로 끝없이 줄 세우기를 한다.

"소금 미안해." 당신이 결국 입을 뗀다.

"뭐? 아, 그거. 신경 쓰지 마."

"시안은 나를 좋아하지 않는 것 같아."

팀은 어깨를 으쓱한다. "당신한테 자리를 뺏길까 봐 그러지. 그게 전부야. 차츰 적응할 거야."

당신이 미처 하지 못했던 생각이다. "자리를 뺏긴다고? 왜?"

"생각해보면 치료 분야는 자동화의 시기가 무르익은 또 다른 곳이기도 하거든. 치료의 핵심은 치료 과정을 일관성 있게 반복하는 거니까. 그런 쪽에서는 로봇이 사람보다 훨씬 효율적일 수 있다는 증거가 많아."

"아, 물론 나는 그녀 자리를 빼앗지 않을 거야. 시안이 있는 편이 대니한테 좋아. 대니는 시안을 좋아해." 그래도 당신은 기분이 나아진다.

뉴스가 나온다. 당신은 두 번째 뉴스에 등장한다. "4년 전 부인 애비게일의 살인 혐의를 벗어 논쟁을 일으켰던 테크 기업의 거물 팀 스콧이 실종된 부인의 기괴한 로봇 복제품을 창조했습니다—" 블라인드를 내리는 당신의 모습을 망원 렌즈로 찍은 사진이 함께 소개된다.

갑자기 팀이 리모컨을 올려 화면을 끈다. "가서 자야겠어." 그가 한숨을 쉬며 말한다.

"결혼식 영상을 업로드한다며." 당신이 그에게 상기시킨다.

"아— 그랬지. 지금 할 수 있어."

당신은 그를 따라 위층으로 가면서 층계참의 그림을 지나친다. 더 자세히 보려고 걸음을 멈춘다. 태어난 지 몇 개월 됐을 무렵의 대니를 그린 초상화다. 반쯤 잠든 채로 눈을 나른하고 가늘게 뜨고 올려다보는 모습이다. 주변에 있는 다른 그림들보다 더 작다. 페이퍼백 책보다 조금 크거나 했다. 붓질이 더 섬세하고 더 정교하다. 그림을 그린 사람의 온 세상이 이 작은 얼굴 안에, 그 짙은 색 눈과 눈꺼풀 아래로 처진 부드러운 잔주름에 축소되어 들어가 있는 것처럼 느껴진다.

이 초상화를 그린 여자는 아들을 절대, 맹세코 버리지 못했을 거라고 당신은 생각한다. 아무리 출구가 없는 느낌이 들어도, 아이의 진단명이 무엇이든, 아이를 남기고 떠나지 않았을 것이다.

THE PERFECT WIFE

올려다보니 팀이 당신을 골똘하게 보고 있다.

"그걸 느끼는 거지, 그렇지?" 그가 부드럽게 묻는다. "그 그림을 그릴 때 당신이 느꼈던 것 말이야."

"누구라도 느낄 거야. 어떤 엄마든지. 내가 마음을 읽는 사람이어서가 아니야." 당신은 자신도 모르게 다시 덧붙인다. "팀…… 아까 읽었던 그 기사들 있지. 당신이 진짜 내 이메일을 확인했어?"

"물론 아니야." 그가 대답한다. 기분이 분명 상한 듯하다. "내가 왜 그러겠어? 우리는 서로 비밀이 없었어."

당신이 침대에 눕자 그가 당신을 노트북 컴퓨터에 연결한다. "시간이 좀 걸릴지 몰라." 그가 주의를 준다. "여기는 케이블 속도가 형편없거든."

"괜찮아. ……팀?"

"응?"

"나가기 전에 키스해줄래?"

"물론." 그는 몸을 구부리고 당신의 이마에 부드럽게 입을 맞춘다. "잘 자, 여보. 즐거운 업로드가 되길."

"잘 자."

당신은 눈을 감고 중독자가 헤로인을 맞듯 기억의 묘약을 당신의 시스템으로 받아들인다.

23

당신은 그 꿈을 꾼다. 그러다가 꾸지 않는다. 이 업로드 기억들은 어떤 꿈보다도 생생하고 고통스럽다. 소중한 몇 분 동안 당신은 다시 당신이 된다. 당신의 눈으로 세상을 보고, 당신의 머리로 생각한다. 다시 완전해진다.

당신의 결혼식은 아름다웠지만 다소 색달랐다. 그게 당신이 팀을 사랑한 이유 가운데 하나였다. 그는 남들이 하는 대로 하지 않았다. 이 집을 보면 알 수 있다. 이 집은 특별하다. 위치만이 아니라 건물 자체도 특별하다. 들풀과 바위가 사방을 에워싸고 조용한 숲으로 고속도로와 차단돼 있다. 그가 당신에게 주는 결혼 선물이었다니 믿기지 않았다.

결혼식을 위해 건축가들이 집과 절벽 가장자리 사이에 나무 데크를 만들고 옆면이 트인 천막을 세웠다. 팀은 장소만 빼고 모든 것을 당신이 계획하도록 했다. 천막은 들꽃에 독수리 깃털을 섞어 장식했고 손님들은 의자 대신 건초 더미에 앉았다. 당신의 드레스는 로마 토가^{toga}처럼 흰색이었고 단순했다. 베일 대신 팀이 선물한, 인도산 다이아몬드 화관과 수레국화를 엮어 만든 왕관을 함께 썼다. 결혼식은 처음부터 끝까지 인본주의 여사제가 주관했다.

당신의 서약. **나는 당신에게 영원히 나를 드립니다**……. 그래, 진짜 그런 서약을 서로에게 했다. 물론, 당신은 그 서약을 은유적인 표현으로 여겼다.

그러나 꿈속에서도 당신은 팀이 그 서약을 문자 그대로 받아들였음을 깨닫는다. 그래서 당신이 여기에 있는 것이다.

그리고 마지막으로 셰익스피어 소네트 116번을 함께 읽는다.

사랑은 짧은 시간과 더불어 변하지 않고
최후의 모서리까지 견디어나간다…….

당신은 팀에게 처음 이 시를 읽어주며 여기에서 최후란 공포영화에서 악당을 만나는 그런 최후가 아니라 옛날처럼 최후의 심판, 영원을 뜻한다고 말했던 기억이 난다.

꿈속에서 당신은 냄새까지 맡을 수 있다. 따뜻한 건초의 감미롭고 향긋한 냄새. 테이블 위에 올려놓은 파촐리 향 막대에서 퍼지는 달콤한 향. 바다의 소금 냄새. 당신의 예술가 친구들이 몰래 빠져나가 마리화나를 피우는 집 뒤에서 가끔씩 훅 끼치는 마리화나 냄새.

그러다가 갑자기 당신은 뒤로 돌아간다. 결혼식 며칠 전과 마지막 순간에 느꼈던 초조함으로. 생각하면 할수록, 정말 생각하면 할수록, 당신은 결혼이라는 아이디어 자체를 혐오하게 되었다. 역사적으로 여자를 통제하는 얼마나 뛰어난 방법인가! 여자는 남자에게 자신을 그의 재산으로 준다. 또는 아버지에 의해 넘겨진다. 여자의 권리와 감정은 남자의 그것에 비해 부차적이 되는 한편 자연적으로 그녀가 유일하게 통제하는 재생산 권한마저 남편에게 이전된다. 그래서 혼인을 영어로 웨드록wedlock이라 부르는 것이다! 어떻게 페미니스트를 자처하는 여성이 그런 원시적 관습에 동의할 수 있겠는가?

당신은 회사에 있는 팀에게 전화를 해서 우려를 쏟아냈다. 그는 당신의 말이 끝날 때까지 참을성 있게 듣더니 이렇게 말한다. "좋아. 그러면 결혼하지 말자고. 그냥 조용한 곳에서 서로 서약만 하고 그대로 지내면 되지."

"그것도 마음에 들지 않을 것 같아."

"당신이 바라는 대로 해. 난 다 괜찮아. 잠깐만." 그가 반대편에서 누군가에게 말하는 소리가 들린다.

"그냥 결혼 자체가, 그 제도 자체가 그런 것 같아. 이렇게 이야기를 하고 나니 기분이 좀 낫네. 우리 결혼은 그러지 않을 것 같아."

"잘됐네. 결혼 말이 나와서 말인데 내 결혼 선물은 잘돼가?"

"거의 끝났어. 내 거는?"

그가 웃었다. "역시 거의 끝나가."

"그게 뭔지 언제 말해줄 거야?" 그는 몇 달 동안 선물을 알려주지 않으며 약을 올렸다.

"결혼식 날 선물을 볼 때."

"내가 포장을 푸는 거야?"

"음— 그러기에는 좀 큰데. 애비, 이제 끊어야겠어. 사무실 밖에 사람들이 서 있어."

"서 있게 놔둬."

"이미 그러고 있어. 내가 폭군 같은 상사가 되길 바라진 않겠지, 안 그래?"

"당신이 사실 그런 사람이 아니라는 거 다들 알아."

그가 다시 웃었다. "사실은 몰랐으면 좋겠는데."

"아, 그리고 팀—"

24

당신은 눈을 뜬다. 어쩐 일인지 기억이 멈추면서 머릿속 이미지가 정지한다. 당신은 이유를 찾아본다. 통! 이유가 떠오른다.

대역폭 부족

다시 연결되기를 기다리지만 아무 일도 일어나지 않는다. 팀이 언급했던 부실한 인터넷 연결 때문이 틀림없다.

당신은 플러그를 뽑고 침대에서 일어난다. 아래층으로 가서 연결 상태가 좋아질 때까지 할 만한 일을 찾을 것이다.

다른 사람을 깨우지 않도록 발소리를 내지 않으면서 조용히 층계참을 따라 걷는다. 시안의 방에서 소리가, 신음과 탄성이 새어나온다. 문득 당신은 그녀가 포르노를 보고 있음을 깨닫고 깜짝 놀란다. 재미있다는 생각도 든다. 결국 그렇게 새침한 여자가 아니었던 것이다.

그러다가 인터넷 연결이 끊겼다는 것을 기억하고는 그녀가 포르노를 보고 있을 리 없다는 사실을 깨닫는다. 생각 같은 것을 하기도 전에 진실이, 적나라하고 끔찍한 진실이, 불쑥 떠올라 당신은 헉하고 숨을 들이킨다.

몸을 돌려 층계참을 내려다본다. 팀의 방문이 열려 있다. 안이 들여다보인다. 침대가 비었다.

"그래!" 시안이 신음한다. "그거야!"

"그래." 팀도 답한다.

시안의 방문이 조금 열려 있다. 당신은 보고 싶지 않지만 보지 않을 수 없다. 그녀는 당신에게 등을 돌린 채 두 다리를 벌리고 그의 위에 앉아 있다. 자신을 그에게 비비며 한 손으로 머리카락을 뒤로 쓸어냈다가 다시 곧 몸을 앞으로 기울여 심폐소생술을 하는 사람처럼 두 손바닥을 그의 가슴에 얹는다. 머리카락이 앞으로 쏟아지며 커튼처럼 그녀의 얼굴을 가린다. 쾌락에 빠진 그녀의 모습에는 혐오스러울 정도로 의기양양한 뭔가가 있다.

"그래." 그녀가 다시 신음한다.

그래, 당신은 생각한다. 고통과 괴로움이 당신을 난타하며 무너뜨린다. 당신은 휘청댄다. 쓰러지지 않기 위해 벽에 한 손을 짚어야 할 정도다. **그래, 물론. 물론 이런 일이 일어날 거였다.**

"그래." 시안이 신음한다.

아니야.

아니야. 아니야, 아니야.

여덟

파이어봇 이후 두 주 동안 상황은 대체로 이전으로 돌아갔다. 우리는 숍봇이 사람들에게 어떻게 새롭고 흥미진진하게 상품을 판매할 수 있을지 생각했다. ("걔네가 당신이 작년에 유행했던 스타일을 입고 있다는 것을 알아차리고 말을 걸어온다면 얼마나 기막힐까?" "그거 진짜 기막힌데.") 아침이면 애비는 땋은 머리가 젖은 채로 오래된 볼보 지붕에 서프보드를 매달고 나타났다. 팀이 평소답지 않게 조용히 지내는 듯하다고 우리는 생각했다. "잠자는 베수비오 화산 같아." 누군가 말했다. 그는 금융 쪽 사람들과 회의를 하며 자주 밀실에 박혀 있었다. 투자자들은 숍봇에 들어가는 비용이 너무 많다고 생각하는 것 같았다. 우리 가운데 몇몇은 비용 삭감을 걱정하기 시작했다. 비용 삭감은 정리해고를 뜻할 수 있었다.

그러던 어느 날 메건 메이어가 컨버터블 재규어 자가용을 타고 등장했다. 재규어 뒤로 그녀의 직원 두 명이 탄 흰 승합차가 바싹 따라왔다. 그 직원들은 승합차 뒤에서 옷들이 걸린 옷걸이를 빼냈다. 우아한 키튼 힐을 신고 팀의 사무실로 가는 메건 뒤를 직원들이 옷걸이를 밀며 따라왔다. 그들이 지나갈 때 보니 남자 옷이었다. 스포츠 재킷, 메리노 니트웨어, 황갈색 바지 같은 것들이었다.

그래서 우리는 팀이 스타일 컨설팅을 받나 보다 짐작했다. 스타일 컨설팅은 메건이 고객들을 위해 정기적으로 하는 일이었다. 그냥 데이트 상태만 찾아주면 되는 일이 아니었다. 실리콘 밸리에서는 가장 돈 많은 사람들이 사교에 가장 서투른 사람들이다 보니 그들에게 데이트 방법을 가르치는 것도 메건이 하는 업무의 일부였다.

나중에 메건이 떠난 뒤 팀이 사무실에서 나왔다. 그는 감청색 랄프로렌 폴로셔츠에 치노팬츠를 입고 브로그 구두를 신고 있었다. 물론 아무도 뭐라고 말하지 않았다. 하지만 블랙진에 회색 티셔츠를 입고 흰색 야구모자를 쓴 모습만 봐온 사람들에게 그런 모습은 이상했다. 거의 화들짝 놀랄 정도였다.

그날이 끝나갈 무렵 팀이 다시 야구모자를 쓴 모습이 눈에 띄었다.

이튿날 그는 다시 블랙진에 회색 티셔츠를 입고 출근했다. 우리는 단체로 안도의 한숨을 쉬었다.

팀에게 언제나 충성하는 마이크는 팀이 잠재적 투자자들과 만나는 자리에 멋 내고 가려고 스타일 컨설팅을 받았다고 우리에게 둘러댔다. 물론 아무도 그 말을 믿지 않았다. 하지만 마이크에 대한 존경의 표시로 믿는 척했다.

그날 팀은 5시에 사무실을 나섰다. 아무도 그가 어디 가는지 몰랐다. 그가 일찌감치 일하기를 멈췄다고, 그의 비서인 모라그가 말했다.

그 말도 우리를 어리둥절하게 했다. 팀이 "일을 멈출" 수도 있다는 생각 자체가 이상했다. 팀은 새벽 3시, 4시에도 이메일을 보내는 사람이었다. 일요일에 전화를 걸어 우리의 코딩에서 잡아낸 사소한 오류에 대해 소리를 지르기도 했다. 개브리엘라 피사노가 출산휴가 중인 것을 잊고는 산통이 시작된 그녀에게 전화를 걸어 자기에게 필요한 파일을 찾아내라고 했던 일은 유명하다. 그녀가 지금 산통 중이라고 말했을 때도 팀은 전화를 끊지 않았다.

한편 애비는 새로운 작품을 작업 중이었다. 하지만 우리가 보기에 그녀는 라제시와 이야기도 많이 했다. 라제시는 개발자였는데 20대 중반의 조용한 채식주의자인 그에 대해 잘 아는 사람이 없었다. 하지만 그와 애비가 화기애애하게 지내는 걸 보면서 우리는 예전에는 알아차리지 못했던 사실을 깨달았다. 바로 라제시가 매우 아름다운 젊은 남자라는 사실이었다. 게다가 침착했다. 깊은 내면의 자신감을 조용함으로 가리고 있는 사람이었다. 누군가 라제시의 개인사를 찾아봤고 그가 스탠퍼드에서 학장상을 받았다는 사실을 발견했다.

애비가 새 작품을 공개했다. 회의실 천장의 두꺼운 밧줄에 매달린 가죽 펀칭백 세 개였다. 처음에는 그걸 어떻게 이해해야 할지 아무도 몰랐다. 파이어봇 때와 달리 애비는 우리에게 작품을 소개하지 않았다. 닳아빠진 권투 글러브 세 켤레와 함께 그냥 거기에 달아두기만 했다. 벽에 붙인 작은 카드에는 이렇게 적혀 있었다. **골디락스, 가죽, 로프, 전자 회로.**

오래지 않아 누군가가 글러브를 끼고 펀칭백 가운데 큰 것을 때리기 시작했다. 그러고는 깜짝 놀라 멈췄다. 펀칭백이 고통스러운 비명을 내질렀기 때문이다.

펀칭백을 쳤던 사람이 다시 쳤다. "아야!" 펀칭백이 소리를 질렀다. 때린 사람은 웃음을 터트리며 연달아 주먹세례를 퍼부었다. 로키 스타일로 왼쪽-오른쪽-왼쪽. 그때마다 펀칭백은 비명을 질렀다.

다른 사람이 옆에 매달린 펀칭백 때리기에 가세했다. 하지만 딱한 번 때리더니 당황해서 멈췄다. 두 번째 펀칭백도 소리를 질렀는데 여자의 목소리였다.

우리는 세 번째 펀칭백을 때려봤다. 이번에 소리 지른 것은 아이였다.

그 이후에 아무도 그 펀칭백에 가까이 가려 하지 않았다. 우리 모두는 그 작품이 파이어봇보다 훨씬 못하다는 데 동의했다. 파이어봇은 재미있었다고, 우리는 평가했다. 이번 작품은 어떤 의견을 표현하고 있었다. 그것이 너무 순진하고 짓궂고, 다소 빤하게 느껴졌다.

25

당신은 허둥대며 무턱대고 집을 나온다. 서두르느라 거의 넘어질 뻔했다. 어디로 갈지는 모른다. 그냥 그곳에, **당신** 집에, 당신의 결혼식이 있던 그 장소에 당신의 남편이 다른 여자와 섹스를 하는 동안 머물 수 없다는 것만 안다.

질문들이 머리를 휘젓는다. 언제 시작됐지? 시안은 그의 여자친구인가? 정부인가? 다른 여자들도 있을까?

당신이 죽은 뒤 그는 얼마나 오래 섹스를 하지 않았을까?

보안 담장과 진입로의 갈림길에 이르자 갈 수 있는 길이 하나뿐이었다. 오른쪽으로 꺾으면 고속도로로 향할 것이다. 왼쪽으로, 바다 쪽으로 내려가야 한다.

당신의 집으로 이어지는 진입로와는 달리 이 길은 낡고 여기저기 움푹 파이고 지그재그로 구부러지며 바다로 이어진다. 당신은 집들을 지나친다. 당신 집처럼 웅장한 초현대식 저택이 아니라 더 작고, 오래된 별장들이다. 대부분 불이 꺼져 있다. 맨 아래쪽에는 주저앉을 것 같은 오래된 식당이 바위투성이 해변을 굽어보고 있다. 유리창은 판자로 막아놓았고 뼈대는 바닷물에 부식됐다.

당신은 판자를 깐 산책로에 서서 녹슨 난간을 붙들고 비참한 심

THE PERFECT WIFE

정으로 바다를 바라본다. 울 수 있으면 좋겠다고 바라는 것이 처음은 아니다. 이 차오르는 감정을 내보낼 만한 것이 무엇이든 있다면 좋겠다. 소리를 지른다. 형체도 단어도 없는 소리. 당신의 고통과 절망을 끝없는 바다로 내동댕이친다. 소리는 당신 입에서 나오기가 무섭게 바람에 찢긴다.

파도가 소용돌이치고 넘실거리며 모래 위에 푸른빛으로 부서졌다가, 그 또한 다시 씻겨갈 뿐이었다. 당신의 비참함 속에서도, 어쩌면 바로 그 때문에, 그 움직임이 무척 아름답게 느껴진다. 파도의 끝없는 움직임에는 분명 어떤 패턴이 있는 모양이다. 가늠하기 힘들지만 무척 조화로운 무엇—

$$v = f \cdot \lambda$$

파동 방정식. 어떻게 아는지 모르지만 이 방정식이 또 다른 퉁, 소리와 함께 떠오른다.

"대니가 바로 거기에 서서 그렇게 바다를 보곤 했어요." 뒤에서 목소리가 들린다.

당신은 깜짝 놀라 몸을 휙 돌린다. 예순쯤 돼 보이는 한 남자가 몇 미터쯤 떨어진 곳에 서서 왁싱 캔버스 재킷에 손을 푹 찌른 채 당신을 바라보고 있다.

"저 때문에 놀라진 않으셨길 바랍니다." 남자는 붙임성 있게 말한다. 그는 언덕을 조금 올라가면 나오는 작은 집을 턱짓으로 가리킨다. "저기서 보니 여기 누가 있는 것 같아서 살펴보려고 왔어요.

밤에 오는 사람은 많지 않거든요. 당신 남편이 자동 대문을 설치한 뒤로 그렇게 됐죠."

"그러면 제가 누군지 아시는군요." 당신은 **누구**라는 단어에서 살짝 머뭇댄다. 낯선 사내는 고개를 끄덕이기만 한다.

"뉴스에서 봤어요. 걱정 말아요. 기자들에게 여기 있다고 말하지 않을게요." 그는 한 손을 내민다. "찰스 카터라고 합니다."

"애비예요." 당신이 손을 흔들며 말한다. 당신은 이렇게 슬프게 덧붙일 수밖에 없다. "적어도, 과거에는요. 지금은 제가 누군지 모르겠어요."

그가 가만히 고개를 끄덕인다. "뉴스에서도 그렇게 말하더군요." 그는 몸을 돌려 난간을 붙든다. 이제 두 사람은 함께 바다를 본다. "당신은 저기에서 서핑을 하곤 했어요. 낮 동안 내내요. 가끔은 밤에도. 서핑을 하면 머리가 맑아진다고 하더군요."

"그래요. 제가 실종되던 밤에도 했잖아요. 서핑요."

"그렇다고들 하지요." 그의 말투는 여전히 편안했지만, 당신이 고개를 돌려 그를 쳐다보게 할 만한 뭔가가 말 속에 있다. 미남이라고, 당신은 생각한다. 머리는 백발이지만 턱은 튼튼하고 눈가의 주름이 매력적이다.

"무슨 말씀이죠?" 당신이 묻는다.

"아, 뭔가를 말하려던 건 아니었어요. 그냥 변호사다운 천성으로 말을 골랐을 뿐이에요."

한 가지 생각이 번뜩 떠올랐다. **이 사람은 내게 말하지 않는 게 있다.** 그건 파동 방정식이 떠오를 때와는 달랐지만 그만큼 확실하고 분명했다.

어쩌면 그는 당신을 팀의 창조물로 여기고 있을 것이라는 생각이 든다. 그가 무슨 말을 하든 당신이 팀에게 보고하리라고 생각하는 것이다.

"변호사시군요." 당신이 긴장을 깨기 위해 말한다. "어떤 분야죠?"

"주로 대기업 인수합병이죠." 당신이 놀란 것처럼 보였던지 그는 이렇게 덧붙인다. "도시에도 큰 집이 있었어요. 하지만 아내가 떠난 뒤 이곳으로 옮겨오기로 결정했어요. 주로 집에서 일할 수 있으니까요."

"부인 일은 유감입니다."

그는 어깨를 으쓱한다. "8년 전이에요." 그의 눈길이 보트 쪽으로 움직인다. 뱃머리에 이름이 페인트로 쓰여 있다. 매기. "잊지는 않지만 결국 받아들이게 되지요."

당신은 아무 말도 하지 않는다. 혹시 그도 당신과 같은 생각을 하고 있을까? **팀은 결코 받아들이지 못했다.**

당신은 또 다른 사실도 깨달았다. 이 남자와 함께 있는 것이 이상하게도 편안하다. 오래전 함께 나누던 대화를 이어가는 느낌이 들 정도다.

"제가…… 제가 당신을 잘 알았나요?" 당신이 불쑥 묻는다. "그러니까, 예전에?"

이번에도 당신은 찰스 카터가 대답하기 전에 말을 신중하게 고른다는 느낌을 받는다.

"당신 남편은 이곳에 땅을 사서 집을 지은 뒤에 사생활을 더 많이 누리기 위해 우리 임대 계약이 만료되는 대로 이 모든 집들을 없애고 싶어했지요. 그게 마음에 들지 않는 사람들이 당연히 있었고요. 갈등이 커졌어요……. 당신 남편을 설득해서 우리가 여기 남을 수 있도록 한 사람이 바로 당신이었어요. 당신은 해변을 사유지처럼 다뤄서는 안 된다고 말했죠." 그는 당신 뒤에 있는 건물을 턱짓으로 가리켰다. "샐리와 조의 간이식당을 구하기에는 너무 늦었죠. 나머지 우리는 당신에게 고마워했어요. 작은 동네지만 우리에게 소중하니까요."

"제가 도울 수 있었다니 기쁘네요." 당신은 '제가'라고 말하면서 다시 사기꾼이 된 것 같은 느낌이다. 예전의 애비가 했던 일의 공로를 가로채는 기분이다.

"그러니 제가 보답으로 도울 일이 있다면," 그가 말을 잠깐 멈춘다. "그냥 이야기 상대가 필요하다 해도요." 그는 다시 당신을 찬찬히 뜯어본다.

해변에서 외치는 소리가 들린다. "애비! 애비!"

팀이다. 해안가에서 당신을 향해 손짓을 하고 있다. "애비, 거기 있어! 내가 올라갈게." 그가 외친다.

"저는 가보는 게 좋겠군요." 찰스 카터가 당신에게 고개를 끄덕이며 말한다. "안녕히 가세요."

팀이 산책길을 달려온다. "애비," 그가 숨 가쁘게 말한다. "세상에. 나는 혹시나—" 괴로운 표정의 그가 바다로 시선을 던진다.

그는 당신이 바다로 걸어 들어갔다고 생각했던 것이다. 지난밤

바닷물이 당신의 연약한 전자 시스템을 망가뜨릴 수 있다고 말해서, 당신이 절망에 빠져 스스로를 망치려고 바다로 내려갔을지 모른다고 생각해 겁에 질린 것이다.

그런데 이상하게도 당신은 그런 생각을 떠올려보지 않았다. 왜냐하면 어떤 엄마도 아이를 그렇게 두고 갈 수는 없으니까.

찰스 카터는 팀에게 말을 걸지 않고 떠나버렸다. 팀은 그의 뒷모습을 적의 어린 시선으로 바라보지만 당신에게 이렇게만 말한다. "자, 가자. 집으로 돌아가자."

"팀, 나 시안에 대해 알아." 당신이 참담하게 말한다. "두 사람이 함께 있는 걸 봤어."

"그래, 그런 줄 알았어." 그가 조용히 말한다. "내 방에 돌아왔을 때 당신이 사라진 걸 알았어. 집에서 다시 얘기해."

26

시안은 옷을 입고 주방에서 커피를 마시고 있었다. 그녀는 당신을 보지만 정작 말은 팀에게 한다. "찾았네."

"그래. 방으로 가." 팀이 퉁명하게 말한다.

"잠깐⋯⋯." 당신이 말한다. "팀, 난 알아야겠어⋯⋯. 시안이 당신 여자친구야?"

시안은 기대감에 차서 그를 본다. 당신은 그녀도 그의 답을 듣고 싶어한다는 걸 깨닫는다.

"아니." 팀이 잠시 뒤에 말한다. "그녀는 나와 섹스를 했던 사람일 뿐이야. 그게 전부야."

당신은 그가 '했던'이라고 말한 것에 주목한다.

"고마워요, 팀. 멋진 대답이네요." 시안이 빈정대며 말한다.

"애비가 마음이 상했어." 그가 퉁명스럽게 말한다. "지금 내게는 그게 제일 중요해."

"애비가 마음이 상해?" 그녀가 어이없다는 듯 말한다. "로봇이 마음이 상했다고?"

"내 아내야." 그가 호통을 친다.

분명 경고 신호임을 알고 있을 텐데도 시안은 물러서지 않는다.

"그래, 그녀가 당신의 아내라면 나는 대체 뭔가요?"

"대답은 해줄 수 있어." 그가 무뚝뚝하게 말한다. "하지만 당신 마음에 드는 대답이 아닐 거야. 올라가서 짐이나 싸는 게 어때?"

그녀는 그를 노려본다. "지금 나를 해고하는 건가요?"

"구조조정이야. 당신 업무가 더는 필요하지 않으니까."

"내가 당신과 잤기 때문에?"

"아니." 그가 침착하게 말한다. "애비가 당신 대신 대니를 돌볼 수 있으니까." 그가 몸을 돌린다. "당신만 괜찮다면, 애비."

"같이 잤다는 이유로 누군가를 해고할 순 없어요." 그녀의 날카로운 대답과 동시에 당신이 대답한다. "팀, 잠깐. 우리는 대니에게 최선이 무엇인지 생각해야 할 것 같아."

"넉넉한 위자료가 있을 거야." 그가 시안에게 말한다. "올라가서 그 위자료가 얼마나 넉넉하면 좋을지나 생각해봐."

그녀는 대답하지 않는다. 당신의 눈에 그녀가 머릿속에서 숫자를 굴리는 모습이 보인다.

팀은 당신에게 다시 몸을 돌리며 더 차분한 말투로 묻는다. "대니에게 최선, 아까 그거 무슨 뜻이지?"

"나는 시안을 대신할 수 없어. 어쨌거나, 아직은 아니야. 그녀가 대니의 치료에 대해 한 말로 대충은 알지만 아직은 충분하지 않아. 시안이 있어야 해. 당분간만이라도." 그렇게 말하고 싶지 않았지만 다른 수가 없다.

팀이 고개를 끄덕이다. "좋아. 시안. 2주를 더 주겠어. 그 2주에 대해서도 충분히 답례를 하지. 이제 방으로 돌아갔으면 좋겠군."

27

"문제는, 계속 이렇게 있을 수는 없다는 거야." 마이크 오스틴이 조심스럽게 말한다. "스콧 로보틱스가 공격당하고 있어. 기자들이 우리 직원들을 괴롭히고 있다고. 그리고 존 렌턴이 비상회의를 요청했어."

이튿날 아침이다. 당신을 포함한 다섯 사람이 해변 별장의 큼직한 실외 탁자 주변에 둘러앉았다. 마이크와 팀, 스콧 로보틱스의 최고 재무관리자인 일라이저라는 남자, PR 고문인 카트리나 구딩. 팀은 당신이 그 자리에 함께해야 한다고 주장했다. "애비도 그 누구만큼이나 이 일에 참여할 권리가 있어." 하지만 사실 당신은 할 말이 없었고 논쟁은 당신 주변에서 그냥 오갈 뿐이다.

당신은 시안에 대해 팀과 이야기할 기회가 없었다. 당신은 그가 지난 밤 당신 방에 와서 해명할 거라고, 어쩌면 사과까지 할 거라고 생각했지만 그는 마치 문제가 다 해결됐다고 생각하는 듯했다.

그 문제에 비하면 회사 문제는 당신에게 중요하지 않아 보인다.

"렌턴이 원하는 게 뭐야?" 팀이 묻는다.

"정확히 모르겠어." 마이크가 대답한다. "하지만 투자금 3천만 달러에 대한 수익을 우려하고 있을 공산이 커. 그동안 이 일의 과정을 우리 투자자들과 공유했다고는 말할 수 없잖아."

"애비가 인터뷰를 하면 좋을 것 같아요." 카트리나가 제안한다.

팀은 단칼에 거부한다. "애비는 안 해."

"이 집 융자가 어떻게 되죠?" 일라이저가 해변 별장의 멋진 외관을 손짓으로 가리키며 묻는다. "렌턴의 마음이 바뀌면 바로 대출을 회수당할 사람은 당신일 겁니다."

"맞아." 팀이 차갑게 대답한다. "내 대출이고 내 보증이야. 이걸 이루기 위해 내 목을 걸었다고. 그러니까 내가 결정할 문제야. 당신이 당신 회사를 시작할 배짱이 있고, 망하지 않기 위해 뭐든 한다면 그때 의견을 낼 자격이 될 거야."

일라이저는 어깨를 으쓱한다. 불쾌한 내색을 하지 않는 걸 보니 팀에게 비슷한 말을 여러 번 들었던 모양이다. "저는 이 문제를 당신과 좀 다르게 볼 뿐입니다. 인터뷰는 좋은 기회가 될 수 있어요. 긍정적 이미지를 얻을 기회죠. 우리는 놀라운 걸 만들었어요. 많은 사람들이 그걸 알게 될수록 우리 투자자들은 단기 수익에 대해 덜 걱정하겠지요. 이걸 의도적 전략으로 포장하는 겁니다. 우선 기존의 패러다임을 흔든 다음 현금화 방법을 모색하는 거죠."

팀이 고개를 젓는다. "말했잖아. 애비는 인터뷰를 원치 않아." 그러나 당신은 팀의 목소리에서 그가 일라이저의 주장에 수긍하고 있음을 느낀다.

일라이저와 마이크, 카트리나가 일제히 당신을 바라본다.

"그러니까," 당신의 목소리가 들린다. "하겠어요. 그게 도움이 된다고 생각한다면요."

"이건 정말 당신이 결정할 일이야, 애비." 팀이 말한다.

"괜찮아요. 제가 쓸모가 있으면 좋겠어요." **아주 쓸모 있는 기관차야.**

"걱정 말아요. 무슨 말을 해야 할지 우리가 코치해줄게요. 꼭 해야 할 말을 몇 가지 알려줄 수 있어요." 카트리나가 당신을 안심시킨다.

"언제 하면 좋을까?" 팀이 묻는다.

카트리나는 이미 전화를 꺼낸 상태다. "전화 몇 군데 해볼게요."

카트리나가 TV 방송국과 통화하는 동안 논의는 다른 문제로 넘어간다. 팀이 모든 결정을 내린다. 다른 사람들은 그걸 당연하게 여기는 것 같다. 그가 스콧 로보틱스에서 떨어져 있는 시간이 24시간도 되지 않았는데 벌써 그가 해결해야 할 문제가 쌓여 있다.

그들이 문제를 의논하게 놔두고 당신은 집 밖을 둘러보러 나온다. 낮에 보니 훨씬 더 아름답다. 건축가들은 해변의 다른 집들이 보이지 않도록 집을 영리하게 배치했다. 위에서 보니 온통 바다만 보인다. 적삼목 판자벽은 수영장을 둘러싼 데크와 같은 색이어서 조화로운 작품처럼 느껴진다. 잡초가 무성한 돌투성이 땅에 조각품이 떨어진 것처럼 보인다. 이른 아침의 안개는 사라지고 수영장이 햇살에 매혹적으로 반짝인다. 펌프와 필터의 작동으로 수영장 수면에 파문이 번진다.

그러나 물론 그곳에서 다시 수영하지 못한다는 것을 안다.

아쉬운 마음으로 수영장을 바라보는 짧은 순간 번쩍하고 기억하나가 스쳐간다. 당신이 다이빙을 한다. 몸을 둥글게 말며 수면으로 떨어지면 물이 연회색으로 요동친다. 처음으로 물을 치고 나갈 첫 동작을 준비하며 튼튼한 팔을 길게 뻗는다……. 지난밤 해변에서 찰스 카터에 대한 느낌처럼 이번 기억도 다른 기억과 왠지 모르게 다르다. 더 자연스럽다. 데이터뱅크에서 꺼낸 것이 아니라 **발견**된 기억이다.

당신은 더 많은 기억이 떠오르길 바라며 잠시 멈추지만 아무것도 떠오르지 않는다. 그래서 데크를 돌아 차고로 간다. 차고에는 큰 여닫이문이 둘 있고 옆면에 더 작은 문이 있다. 당신은 작은 문을 잡아당겨 열고 안으로 들어간다.

팀은 당신이 이곳에서 예술 프로젝트를 작업했다고 말했다. 그 말을 듣지 않았더라면 당신은 이곳을 건설 폐기장쯤으로 생각했을 것이다. 용접 장비와 가스탱크, 돌돌 말린 튜브와 압축 공기 펌프, 전동 공구, 주택용 페인트 통. 그리고 구석에는 각기 다른 길이의 서프보드 세 개가 무심하게 세워져 있다. 명칭이 자연스럽게 떠오른다. 첫 번째는 말리부 보드, 두 번째는 롱 보드, 가장 큰 세 번째는 서퍼들이 엘리펀트 건이라 부르는 보드다.

네 번째 보드도 분명 있었을 거라고 당신은 추측한다. 당신이 죽던 날 밤 갖고 나간 그 보드 말이다.

그곳을 둘러보다가 다른 생각이 갑자기 떠오른다. 팀은 그날 밤까지 당신이 규모가 큰, 새 프로젝트를 작업하면서 그곳에서 시간을 보냈다고 말했다. 그렇다면 그 프로젝트는 어디 있는가? 여기저기 흩어진 조각들이 있지만 새로 만드는 대형 예술작품보다는 버려진 파편들처럼 보인다.

너는 작업을 하고 있던 게 아니었어. 그냥 떠나고 싶었던 거야. 어쩌면 애인과 함께.

그 생각이 다시 떠오른다. 저절로, 하지만 완전한 형태를 갖춘 채.

증거가 없잖아. 당신은 스스로에게 단호하게 말한다. 어쨌든 무언가를 시도하다가 마음에 들지 않아 다시 해체해버렸을 수도 있다.

멀찍한 구석에 눈길을 끄는 것이 있어서 가서 살펴본다. 파란색 오버롤 작업복 한 벌이 바닥에 아무렇지도 않게 버려져 있다. 집어 들어보니 페인트와 기름으로 얼룩져 있다. 샌프란시스코의 옷장에 걸린 근사하고 비싼 드레스들과 너무나 대조된다. 그래도 그것이 당신이라는 사람의 두 가지 측면이었다.

애비 컬런-스콧은 다른 정체성도 가지고 있었을까? 그리고 몇몇 세상으로부터 숨겨져 있었을까? 당신은 작업복이 어떻게든 답을 해줄 것처럼 그것을 뚫어지게 바라본다.

"당신은 그 옷을 입고 많은 시간을 보냈지."

당신은 몸을 돌린다, 팀이 바깥에서 안으로 들어오고 있다. 그가 덧붙인다. "당신이 할 수만 있다면 경축 행사와 개막식에도 그 작업복을 입고 갈 거라고 우리가 농담하곤 했어. 하지만 당신처럼 옷을 빨리 갈아입는 사람은 없었지. 출발할 시간이 돼서 내가 여기에 오면 당신은 작업에 푹 빠져 여전히 일하고 있을 때가 많았어. '늦지 않을 거야. 5분만 줘'라고 말하곤 했어. 그러곤 딱 4분 만에 샤워를 하고 옷을 갈아입고 끝내주는 모습으로 나타났었지." 그는 미소를 짓는다. "말이 나와서 말인데 지금 2분 안에 출발해야 해. 카트리나가 ABC-세븐과 인터뷰를 잡았어. 당신이 진짜 괜찮다면 말이야."

"물론이지." 사실은 인터뷰가 두렵긴 했다.

차고를 함께 떠나면서 당신이 묻는다. "팀…… 내가 업로드되지 않은 기억을 가질 수도 있는 거야?"

그가 우뚝 멈춰 서더니 몸을 돌려 당신을 찬찬히 뜯어본다. "무슨 말이야?" 그의 목소리는 단호하고 다급하다. 뭔가 중요한 일이 생겼을 때 그가 직원들에게 이렇게 말한다는 것을 당신은 기억해낸다. 그럴 때면 그는 모든 관심을 모아 레이저처럼 갑자기 그들에게 쏘아댄다.

"정확히는 잘 모르겠어." 당신은 집어삼킬 듯한 그의 시선에 움츠러들며 대답한다. "그냥 지난 며칠 간 몇 번 정도 일종의……."

"직관?" 그가 부드럽게 말한다.

"그래. 그래, 직관이 딱 맞는 말이야. 하지만 그건 가능하지 않잖아. 안 그래?"

"천만에." 그의 목소리에 흥분이 실려 있는 걸 알아차릴 수 있다. "바둑이라는 중국 게임에 대해 들어본 적 있어?"

"그거 중국식 체스 아냐? 하지만 체스보다 훨씬 큰 게임판에서 하는."

그가 고개를 끄덕인다. "바둑에서 인공지능이 인간을 이긴다면 그게 이정표가 될 거라고 항상 여겨졌지. 많은 사람이 그런 일은 일어날 수 없다고 생각했어. 그런데 말이야. 2016년에 딥마인드라는 회사가 만든 AI가 세계 제일의 인간 바둑기사를 이겼어. 하지만 진짜 주목할 만한 건 어떻게 이겼느냐는 거야. 경기하는 동안 AI는 너무 무모하고, 분명 '아무렇게나' 둔 것처럼 보이는 수를 한 수 뒀어. 사람이라면 생각도 못 했을 수였지. 그런데 나중에 보니 그게 그 게임의 결정적 순간이었던 거야." 그가 잠깐 말을 멈춘다. "당신이 말하는 그 기억은, 당신의 뇌가 창조적 도약을 하기 시작했다는 첫 번째 신호일 거야. 추론과 합리적 추측으로 지식의 틈을 메꾸는 거지."

"하지만 그 추측들이 반드시 믿을 만한 건 아니지? 틀릴 수도 있지?"

그가 당신의 어깨를 잡는다. "왜, 애비?" 그가 다급하게 말한다. "당신에게 떠오른다는 그 생각들이 뭐지?" 그의 에너지가 워낙 압도적이어서 당신에게서 진실을 빨아낼 기세다. 고속 기차의 후류가 나뭇잎을 끌어당기는 것처럼.

당신은 그에게 말을 하려고 입을 뗀다. 당신이 죽기 전에 어쩌면 불륜 관계를 맺고 있었을지 모른다고. 당신의 죽음에 뭔가 이상한 점이 있다고. 새로운 예술 프로젝트를 작업 중이라고 그에게 거짓말을 하고 있었다고—

"특별한 거 없어." 당신의 귀에 이렇게 말하는 당신의 목소리가 들린다. "그냥 내가 수영장으로 다이빙하던 순간이 떠올랐어. 하지만 다른 게 더 생각나면 당신에게 말할게."

아홉

이튿날 아침 주차장에는 지붕에 서프보드를 매단 차가 있었다. 애비의 차만이 아니었다. 그녀의 허름한 볼보 옆에 세워진 폭스바겐 SUV 지붕에 파란색과 노란색이 들어간 초보자용 연습 보드가 매달려 있었다.

"팀이에요." 모라그가 확인해주었다. "수업을 받고 있대요."

팀이 헐렁한 서퍼처럼 굴려고 애쓰는 모습은 생각만 해도 코믹할 정도였다. 하지만 그가 그렇게 마음을 먹었다면 수업을 받는 것이 당연했다. 팀은 무언가를 마음먹으면 늘 성취하는 사람이었다. 한번은 힌디어를 6개월 만에 배우겠다고 도전한 적이 있었다. 하지만 우리가 아는 한 그 힌디어를 써먹기 위해 그가 인도에 간 적은 없었다.

나중에 애비와 라제시가 주방에서 숍봇에 대해 말하는 것을 대런이 우연히 엿들었다. 애비는 숍봇을 비방하고 있었고 라제시는— 라제시는 숍봇을 옹호하는 그럴 듯한 주장을 펴지 못하고 있었다.

"로봇이 할 만한 일이 많을 텐데, 그 모든 일 가운데 필요치도 않은 쓰레기를 사람들에게 파는 게 당신들이 해낼 수 있는 진짜 최선인가요?"

라제시의 대답은 대런에게 들리지 않았다. 그는 워낙 조용조용 부드럽게 말하는 사람이었다. 게다가 길게 말하지도 않았다. 그 답이 무엇이든 애비를 설득하지 못한 게 분명했다.

"아, 물론. 사람들은 새로운 걸 좋아하죠. 그건 알겠어요. 내 말은—, 이 모든 기술이 실제로 뭔가 유용한 일에 쓰이면 더 낫지 않겠냐는 거예요."

바로 그때 팀의 목소리가 들렸다. 그렇다. 팀도 주방에 있었던 것이다. 라제시도 애비도 그를 보지 못했지만 거기에서 그들의 대화를 듣고 있었다.

"숍봇이 최종 목표라고 생각하는 건가요?" 그는 상대를 꿰뚫는 듯한 전형적인 빠른 어조로 어이없다는 듯 끼어들었다. "이게 종착지라고 생각하는 거예요? 상업은 우리 목표가 아니에요. 수단이지. 지금의 트렌드가 계속된다면 앞으로 한 세대 뒤 세상이 어떤 모습일 거라고 생각하는 거죠? 세상에는 이미 8억 명이 굶주리고 있어요. 인구는 한 해에 8천만씩 늘어나고, 10억 명이 넘는 사람이 빈곤 상태예요. 그리고 현재의 산업 전략은 그들을 더 부유하게가 아니라 더 가난하게 만들죠. 노령층 비율은 2050년까지 두 배로 늘 거예요. 지금도 노령 인구를 돌볼 젊은 사람은 충분하지 않고, 앞으로 15년 간 암 발병률은 70퍼센트 증가할 것으로 추정됩니다. 20년도 안 걸려서 바다에는 물고기보다 미세플라스틱이 더 많아지겠죠. 화석연료는 이 세기가 끝나기 전에 다 떨어질 거고. 당신은 이런 문제들에 대한 답이 있어요? 왜냐하면 나는 답이 있거든. 로봇

농부들이 식량 생산을 20배 늘릴 겁니다. 로봇 간병인들이 노인층에게 존엄한 노년기를 가능케 할 거고, 로봇 잠수부들이 인간이 엉망으로 만들어놓은 바다를 청소할 겁니다. 단계마다 비용이 들어가겠지만 그 비용은 그 전 단계에 벌어들인 이윤으로 지불되는 거예요."

그는 잠시 멈춰 숨을 고르고는 계속 말을 이었다. "내 비전은 지능적인 자율 로봇들이 요즘의 컴퓨터처럼 흔해지는 사회예요. 생각해봐요. 우리의 세상이 얼마나 달라질 수 있을지를. 질병과 기아, 생산과 디자인 문제를 모두 AI로 해결하는 세상을. 그게 우리가 겨냥하는 혁명입니다. 숍봇은 우리를 다음 단계로 나갈 수 있게 해주죠. 그뿐인 겁니다. 그리고 그거 알아요? 이건 이상주의와 현실주의 사이에서 하나를 선택하는 문제가 아니에요. 왜냐하면 우리들 몇몇에게 이상주의는 그저 사정거리가 긴 현실주의일 뿐이니까. 이상에 도달하기 위해 이 개떡 같은 상황이 필요한 거예요. 그러니 자신에게 물어보세요. 당신은 이 변화의 일부가 되고 싶은 건가요? 아니면 옆에서 구경하면서 이러쿵저러쿵 잔소리나 하고 싶은 건가요?"

우리는 모두 이 연설이나, 이와 비슷한 일장 연설을 이미 들은 바 있다. 채용 면접에서든 회사 행사에서든 늦은 밤의 열정적인 장광설로든. 그리고 그 연설은 우리 각자를 깊이 변화시켰다. 이런 말을 들으면 우리 대부분은 실리콘 밸리가 의기충천해 있던 시절로 되돌아가는 기분이었다. 새로운 세대가 마침내 세상을 변화시킬 도구와 지성을 손에 쥔 것처럼 보이던 그 시절로. 히피들이 이미 시도했지만 실패했다. 여피와 금융맨들도 이미 그들 차례를 누렸다. 이제 우리 기술 전문가들의 차례가 왔다. 우리는 흥분했고 열광했다. 우리 소명의 고귀함을 느꼈다……. 그러나 알고 보니 대중들은, 그리고 우리의 투자자들도 트위터의 140자와 건강 추적기, 심통 난 고양이 영상에 더 흥미가 있었다. 인류의 존재 이래 가장 위대하고 가장 강력한 딥러닝 컴퓨터는 구글과 페이스북 안에 있다. 그리고 그 성과로 모든 인류는 온라인 광고와 스폰서 링크, 서로에게 자기 생식기 사진을 보내는 일에 빠진 십 대들을 봐야 했다.

테크 기업 거물 가운데 팀 스콧만 여전히 신념을 지켰다. 그가 우리에게 제공한 것은 일자리 이상이었다. 명분을, 우리의 청춘기에 타오르던 불꽃을 다시 불붙일 소명을 주었다.

그게 우리가 그를 사랑하는 이유였다. 그게 바로 우리가 팀의 채찍질을, 그 참을 수 없는 시간들을, 그의 갑작스럽고 변덕스러운 방향 전환을 참아내는 이유였다. 우리는 빛나는 길을 보았고, 우리를 그 길로 이끌 선지자가 필요하다는 걸 알았다.

그래서 몇 년 뒤 그가 소셜미디어와 그 외 곳곳에서 너무나 많은 끔찍한 일들 때문에 비난당할 때도 우리는 그를 떠나지 않았다. 그 가운데 살인이 아마 가장 심각했겠지만 그의 명성을 망칠 수 있는 비난은 그것만이 아니었다. 결론적으로 우리는 그 사람을 알았고, 그를 비난하는 자들은 알지 못했다. 우리는 그가 사실은 **도덕적**인 사람이라는 걸 알고 있었다.

대런에 따르면 애비와 팀은 서로를 응시했고 그 동안 긴 침묵이

THE PERFECT WIFE

흘렀다. 이때쯤 대런은 수완을 발휘해 두 사람의 얼굴을 볼 수 있는 위치에 있었다. 애비가 마치 홀린 것처럼 보였다고, 그는 전했다.

최면에 걸린 사람처럼 보였다고.

그때 그녀가 말했다. "좋아요, 무슨 말인지 알겠어요."

애비는 눈을 동그랗게 뜨고, 정신은 다른 곳에 있는 사람처럼 그렇게 말했다고 대런이 우리에게 알려줬다. 마치 그녀의 마음 일부가 팀의 상상 속, 관개 시설이 잘된 미래의 끝없는 밀밭을 여전히 바라보고 있는 것 같았다고.

나중에 우리는 그 대화에서 세 가지 결과가 나왔다는 데 의견을 모았다. 첫 번째는 그날이 끝나갈 무렵 애비가 팀에게 가서 아무렇지도 않게 이렇게 말한 것이다. "요즘 서핑하나 봐요?"

그는 어깨를 으쓱하며 대답했다. "막 시작했어요. 당신네들은 나 같은 초보자를 바니라고 부른다죠, 아마."

"이번 주말에 친구 몇이랑 매버릭스에 가거든요. 타이탄이 열려요. 같이 갈래요?"

매버릭스의 타이탄이란 하프문 베이에서 열리는 거의 전설적인 서핑 대회로, 파도가 4층 건물 높이까지 솟구치는 매우 특별한 기상 조건에서만 열린다. 이 대회가 언제 열리는지 알려주는 메일링 리스트에 이름이 올라 있다는 것만으로도 그 사람이 서핑 커뮤니티의 진짜 정보통이라는 걸 보여준다.

"오케이." 팀이 말했다. "그거 좋지요."

두 번째 결과는 몇 주 뒤 라제시가 다른 회사의 진짜 좋은 자리에 들어갔다는 것이다. 어떻게, 왜 그런 일이 일어났는지는 아무도 모르지만 사람들 말에 따르면 헤드헌터가 갑자기 그에게 전화를 해서 그 새롭고 근사한 스타트업에서 일하는 조건으로 엄청난 스톡옵션을 제공했다는 것이다. 단 그가 즉시 달려와 면접을 봐야한다는 조건이었다.

그리고 세 번째 결과는 애비가 리셉션 뒤에 벽화를 그린 것이었다. 거리 미술 스타일로 그린 그 벽화에는 **이상주의는 사정거리가 긴 현실주의다!**라고 쓰여 있었다. 우리가 보기에 그 벽화는 그녀를 머물게 해준 스콧 로보틱스에 대한 감사 인사이자, 스콧 로보틱스의 창립자에게 내미는 화해의 선물이었다.

28

ABC7 스튜디오는 피어 15에, 금융지구와 노스비치 사이에 있다. 인터뷰 진행자는 주디 허시라는 여자다. 당신은 TV에서 그녀를 본 적이 있다. 흐트러짐 없는 금발에 희고 완벽한 치아, 잡티 하나 없는 피부를 가진 여자다. 하지만 당신은 그녀가 어떤 사람인지는, 친절한지 어떤지는 전혀 알지 못한다. 주디는 최근에 무너진 건물에서 강아지가 구조되었다는 보도를 하다가 운 적이 있다. 그러니 어쩌면 동정심이 많은 사람일지 모른다.

그녀는 대개 그레그 컬버넌이라는 더 나이 든 남자 공동 앵커와 함께 방송한다. 하지만 당신이 출연하는 프로는 〈주디가 묻습니다〉라는 비정규 시리즈다. 이 프로에서 주디는 평소처럼 책상이 아니라 소파에 앉아 방송을 한다. 카트리나는 이런 방송이 덜 딱딱하고, 여자 대 여자로 말하는 느낌을 줄 수 있어 좋다고 생각한다.

당신은 곧장 분장실로 안내된다. 메이크업 보조 두 사람이 당신의 얼굴에 파운데이션과 크림을 겹겹이 바른다. 두 사람 중 하나가 당신 앞에 거울을 가리고 서 있는 바람에 두 사람이 작업을 마치고 그녀가 한 걸음 뒤로 물러섰을 때야 비로소 당신은 거울을 볼 수 있다. 끔찍해 보인다. 팀의 사무실에서 깨어났던 그날만큼이나 끔찍하다. 당신은 직접 하는 편이 더 나았을 거라며 화를 낸다.

"지워주세요. 전부요. 다시 해요. 이번에는 어떻게 할지 제가 말할게요."

두 사람은 충격을 받은 표정이다. "하지만 정말 근사한 걸요!" 한 사람이 기분이 상해 소리 지른다. "안 그래, 트리시?"

트리시는 당신이 완전 부티 나고 멋있게 '변신'했다며 맞장구쳤고 스튜디오의 환한 조명 때문에 평소보다 조금 더 진하게 화장을 하지 않으면 창백해 보인다고 설명한다. 바로 그 순간에 헤드폰을 쓰고 클립보드를 쓴 아주 젊은 제작 보조가 나타나 주디가 당신을 기다린다고 알려준다. 당신은 마지못해 스튜디오로 이어지는 길고 답답한 통로를 따라간다.

"중간 광고 시간에 들어가실 거예요. 그러면 생방송이 시작되자마자 주디가 당신을 소개할 겁니다. 별것 아니에요." 제작 보조가 기계적으로 환하게 미소를 지으며 설명한다. "아, 그리고 이 방송은 가족용 프로그램입니다. 욕설이나 성적 행위에 대한 언급은 하지 않도록 기억해주세요."

"그럴 생각도 없었어요."

스튜디오는 덥고 환했다. 유리벽 뒤 제작 부스에는 헤드폰을 낀 더 많은 사람들이 북적대고 있다. 팀과 카트리나가 그들 뒤에 서 있는 모습이 보인다. 스튜디오 저쪽에는 주디가 이미 그 유명한 크림색 소파에 안락하게 앉아 있고 전기 고데기를 든 또 다른 메이크업 보조가 그녀의 머리를 매만지고 있다. 메이크업 보조가 일을 마치자 주디는 손거울로 자기 모습을 확인한 뒤에야 당신에게 얼굴을 돌리고 미소를 짓는다. "안녕하세요!"

"안녕하세요." 당신은 긴장한 말투로 대답한다.

"걱정할 거 없어요." 그녀가 당신을 안심시킨다. "제가 당신을 소개하고 카메라가 당신을 잡을 때 제 첫 질문에 답하시면 돼요."

"어떤 질문이 될까요?"

주디는 대답하지 않는다. 조명 너머 어둑한 형체가 몇 초가 남았는지 손가락으로 알리며 이미 초읽기에 들어간다. 셋-둘-하나. 제로.

주디가 카메라를 향해 미소를 짓는다. "영화 〈프랑켄슈타인의 신부〉부터 아이라 레빈 원작의 〈스텝포드 와이프〉를 거쳐 〈오스틴 파워〉의 섹스에 굶주린 펨봇까지. 인류는, 적어도 인류의 엽기적인 일부 남성들은 가장 순종적인 여성을 창조하기를 오랫동안 꿈꿔왔습니다." 그녀는 계속해서 스스럼없이 말을 이었다. "이제 실리콘 밸리의 논란 많은 한 기술 전문가가 자기 아내의 복제 로봇을 만들어 바로 그 꿈을 이루는 데 성공했습니다. 세계 최초로 감성 지능을 지닌 로봇, 코봇이라고 하는데요. 우리 프로그램의 특종으로 제가 그것을 인터뷰하겠습니다." 그녀는 여전히 미소를 띤 채 당신에게 몸을 돌린다. "우선, 제가 당신을 어떻게 불러야 할까요?"

당신은 그녀를 뚫어지게 바라본다. 당신은 지금 무슨 일이 일어나고 있는지 알아차린다. 그 끔찍한 화장은 완전히 의도적이었고, 이 인터뷰는 동정적인 분위기와는 정반대가 될 것임을.

"애비라고 부르셔도 좋습니다." 자기도 모르게 당신은 이렇게 덧붙인다. "그리고 저는 당신을 주디라 부를게요. 괜찮을까요?"

주디의 눈동자가 차갑게 번뜩인다. "애비…… 그건 당신을 만든 사람 아내의 이름이었죠. 그렇죠?"

"네."

주디는 카메라를 들여다보며 말한다. "시청자 여러분은 아마 팀 스콧을 기억하실 겁니다. 4년 전 실종된 아내의 살인 혐의로 재판에 회부됐었죠. 판사가 모든 혐의를 기각하면서 극적으로 중단된 재판 말입니다." 그녀는 다시 당신에게 몸을 돌린다. "당신은 감정을 느낄 수 있다고들 하더군요. 진짜 애비 컬런 스콧을 대체한 느낌이 어떠신가요?"

"저는 그녀를 대체하려는 게 아니라ㅡ"

"그러니까 거기에 대해서는 느낌이 없으시군요."

"그건, 복잡한 일이에요. 아시겠지만ㅡ" 당신은 그 모든 언어의 덫을 피할 방법을 찾으며 말한다.

"팀 스콧은 어떤가요? 그에 대한 당신의 감정은 뭐죠?"

"저는 그를 사랑합니다." 당신은 도전적인 투로 말한다. "그건 달라지지 않았어요. 그리고 말인데요ㅡ"

"당신이 그를 사랑한다고 생각하는군요." 그녀가 당신 말을 끊는다. "하지만 그건 당신이 그렇게 프로그래밍되어서가 아닌가요?"

"아닙니다." 당신은 주장한다. "이보세요, 당신은 지금 전부 잘못 이해했어요. 지금 소개에서 당신이 말한 것, 그러니까 순종적이고 착한 아내를 만드는 일과는 아무 관계가 없어요. 팀은 그런 걸 싫어하는 사람이에요. 그는 제가 스스로 결정을 내리기를 바라요. 자율적이기를ㅡ"

"하지만 결국 당신은 대단히 정교한, 뭐랄까요, 쾌락 기계—"

"아니에요!" 당신이 화를 낸다. "그게 아니에요. 저는 생식기도 없는걸요. 저는 팀이 저를 정말 사랑했기 때문에, 저를 잃은 걸 견딜 수 없기 때문에 여기에 있는 겁니다."

현장 조연출이 신호판을 들어올렸다. **주의! 가족친화적 언어를 쓰세요!** 당신은 그를 무시한다. "여자친구를 구하지 못한 슬픈 외톨이가 만든 로봇이 아니에요. 개인적 비극으로 깊이 상심한 남자가 완전히 새로운 종류의 동반자를 만든 거죠." 드디어 당신은 카트리나와 입을 맞춘 이야기를 언급했고, 기분이 나아지기 시작한다. "언젠가 로봇이 요양원과 노인주거시설, 병원에서 사람들을 도울 테고—"

"미국의 일자리를 파괴하면서까지요?" 주디가 끼어들었다.

"경제 성장을 자극할 새 일자리를 창조하면서요." 당신이 그녀의 말을 수정한다.

"어쩌면 언젠가는 로봇이 뉴스 앵커를 대체하는 것을 보게 되겠군요." 그녀는 당신이 아니라 카메라와 가정에 있는 시청자를 향해 미소를 지으며 말한다.

"그러면 안 될 이유라도 있나요?" 당신이 참지 못하고 말한다. "당신의 4분의 3은 이미 인공적이잖아요."

주디는 미소를 거두지 않은 채 말한다. "그 사람이 당신에게 예의는 프로그래밍하지 않은 모양이군요!" 그녀는 다시 카메라를 향해 말한다. "우리는 사전에 애비 컬런 스콧의 언니 리사를 이 방송에 초대하려고 했습니다. 리사는 너무 큰 충격으로 방송에 나오지는 못했지만 정보보호법이나 신원도용법 위반 사항이 있는지에 대해 가족과 함께 조사할 것이라고 밝혔습니다." 그녀는 다시 당신을 향해 말한다. "이건 문제가 되겠지요? 당신에게 감정이 있다면 당신이 다른 사람들에게 일으킨 아픔과 고통은 어떻게 되는 거죠?"

잠시 동안 당신은 할 말을 떠올리지 못한다. 당신은 리사에 대한 생각에 정신이 팔려 있다. 리사가 충격을 받았다니.

"다른 사람에게 상처를 주고 싶은 사람은 없어요." 당신은 간신히 말을 꺼낸다. "하지만 살다 보면 가끔 어쩔 수 없을 때가 있어요."

"흠." 주디는 당신이 그녀가 말하려는 바를 입증해 보이기라도 한 것처럼 말한다. "맞아요. 다른 **사람**들 말이죠. 자, 중간 광고 뒤에, 샌프란시스코는 늘어나는 범죄 비용을 감당할 수 있을까?를 다루겠습니다."

제작 부스의 모니터가 광고 화면으로 바뀐다. 주디가 얼굴을 들고 말한다. "낸시, 물수건 갖다줄래요?"

당신을 출구로 안내하기 위한 보조원이 이미 옆에 대기 중이다. "이걸로 끝인가요?" 당신이 믿을 수 없어서 묻는다.

주디가 당신 방향을 힐끗거리며 말한다. "끝이에요." 그녀가 가볍게 말한다. 두 사람 모두 자리에서 일어선다. "그래도 여전히 이해가 안 되네요. 섹스를 할 수 없다면 당신의 쓸모가 뭐죠?"

당신은 자신도 모르게 그녀를 찰싹 때린다. 생각할 겨를 없이 순간적으로 때렸지만 당신의 손바닥이 그녀의 티 하나 없는 보톡스 피부에 닿을 때 이런 생각이 떠오른다. **이제, 내 쓸모를 알겠지.**

THE PERFECT WIFE

현장 조연출과 제작 보조가 서둘러 앞으로 뛰어나와 당신의 양
팔을 붙든다. 주디가 깜짝 놀라 입을 떡 벌리고 당신을 본다. 그러
더니 팔을 들어, 당신을 세게 친다.

제작진 한 무리가 당신을 붙들고 둘러싼 채 스튜디오 밖으로 끌
고 나온다. "알았다고요." 당신은 화를 내며 몸을 빼낸다. "이제 그
만 놔요."

"애비……." 팀이 황급히 달려온다. "애비, 미안해. 이런 일을 겪
게 하다니. 그 사람들이 약속하기로는…… 하지만 애비, 당신 멋졌
어. 고마워."

"손찌검해서 미안해요." 메이크업팀 사람들이 당신을 밀쳐내며
스튜디오로 급히 달려간다. 주디의 붉어진 얼굴 때문일 것이다.

"괜찮아. 광고가 나가고 있었어. 게다가 그녀도 당신을 쳤잖아."

"그녀가 날 자극했어. 방송 내내. 고의였어."

"괜찮아." 팀이 다시 말한다. 그는 PR 고문인 카트리나에게 묻는
다. "괜찮겠지?"

카트리나는 어깨만 으쓱할 뿐이다.

29

당신이 별장으로 돌아가길 원치 않아서 팀은 당신을 돌로레스 가로 데려간다. 때마침 시안이 학교에서 대니를 데려온다. 그녀는 바로 떠난다. 당신은 그 점에 고마움을 느낀다. 당신은 팀에게 그날 일어난 모든 일에 대해, 주디와의 인터뷰, 손찌검에 대해 이야기하고 싶었지만 대니가 뚜렷한 이유 없이 바로 분노발작을 일으킨다. 대니를 진정시키는 데 여러 시간이 걸린다. 대니는 고통과 두려움으로 몸을 활처럼 휘며 비명을 지르고 또 질렀다. 당신은 대니와 함께 앉아 아이를 안고 진정시키려 하지만 잘 되지 않는다. 사랑하는 토마스 비디오를 틀어줘도 달라지지 않는다.

결국 팀은 대니가 이제는 자신에게 더 익숙하다며 당신을 대신한다. 실제로 조금 더 도움이 되는 것 같다. 그래도 대니는 한 시간이 지나서야 진정한다.

팀이 지치고 핼쑥한 얼굴이 되어 아래층으로 내려온다. "요 근래 저렇게 심한 적은 없었는데."

"무엇 때문이라고 생각해?"

그가 인상을 찌푸린다. "예전에 우리는 배가 아파서라고 생각했었지만 온갖 검사를 다 해도 결정적인 원인을 찾지 못했어. 우연히

THE PERFECT WIFE

일어나는 사소한 것들 때문일 가능성이 더 커. 파리라든가, 어디선가 울리는 자동차 경보라든가."

"어쩌면 시안이 스트레스 받는 걸 느꼈는지 몰라. 아니면 나나."

"그럴지도. 하지만 그건 아닌 것 같아. 자폐증이 있는 사람은 공감 정도가 무척 낮거든. 감정을 이해하는 것은 고사하고, 알아보는 것조차 힘들어 해."

당신은 무언가에 얻어맞은 느낌이다. "이상하지 않아? 대니의 상태는 당신이 내게 갖춰주려 했던 것과 정반대야. 대니는 공감 능력이 손상된 사람이고, 나는 공감하는 기계잖아."

"그래." 그가 당신을 흘깃 본다. "하지만 우연의 일치만은 아니야. 대니의 뇌에 대해 생각하다가, 아이를 이해하고 싶어졌어. 그러다가 감정 지능에 대해 생각하게 됐지. 나는 말이야⋯⋯." 그의 목소리가 차츰 작아진다. "나는 말이야, 혹시 내가 더 공감적인 인공지능을 만들 수 있다면 대니를 도울 통찰 같은 것을 얻게 될지도 모른다고 생각했어."

"그래서 당신 생각이 맞았어?"

팀은 고개를 젓는다. "자폐증인 뇌는 AI와 같은 학습 능력을 갖고 있지 않아. 자폐증에는 훨씬 더 단순한 교수법을 써야 해."

"ABA 프로그램 같은."

"ABA 같은." 그가 동의한다.

두 사람 다 침묵한다. "팀, 시안에 대해 얘기 좀 해." 당신이 마침내 말을 꺼낸다.

"그래." 실내에 있는데도 그는 야구 모자를 집어 머리에 푹 눌러

쓰고 양 손으로 챙을 구부려 모양을 바로 잡는다 그는 숨을 깊이 들이쉬며 말한다. "실수였어. 끔찍한 실수였지. 2년 전에 시작됐어. 그때는 내가…… 힘들었을 때야. 나는 우리가 그저 육체적 관계일 뿐이란 걸 그녀가 이해할 줄 알았어. 아무 의미 없는 두어 번의 짧은 관계 말이야. 그런데 그게, 습관이 돼버린 것 같아. 내가 너무 약해서 습관을 깨지 못했지. 게다가 나는 일에 열중해 있었어. **당신**이 등장하면 그녀가 우리 관계가 끝났다는 걸 알 줄 알았지. 그런데 그녀는 그러는 대신 당신을 거의 질투하다시피 했어."

당신은 지난밤을 다시 떠올린다. 저녁 식사의 껄끄러운 분위기를, 그리고 소금을 덜 넣게 가르치라는 둥, 로봇이 사람보다 못하는 것도 있다는 둥 하는 모욕적인 말들을. 그녀는 그에게 수작을 걸고 있었던 것이다.

그리고 팀은— 당신은 TV 리포터가 당신을 두고 오싹하다고 말했을 때 그의 얼굴이 어두워지던 것을 기억한다. 그는 당신에 대한 확신이 없었을까? 그래서 더 단호하게 시안에게 아니라고 말하지 못한 걸까?

"이 상황이 너무 새롭지, 그렇지 않아?" 당신이 부드럽게 말한다. "아무도 이런 상황에 있어본 적이 없어. 역사상 아무도. 우리가 이 상황 속에서 함께 길을 찾을 거야."

"그렇게 합리적으로 말해줘서 고마워. 나는 그런 말을 들을 자격이 없는데—"

"사실 당신에겐 자격이 있어. 아직 중년도 되지 않았잖아. 남은 평생을 독신으로 살겠다고 계획할 수는 없으니까." 당신은 망설이며 말한다. "우리가 육체적 관계를 맺을 방법이 혹시 없을까?"

그는 인상을 쓴다. "오늘 오후에 그 여자가 하는 말 들었잖아. 그게 사람들이 늘 믿고 싶은 얘기지. 코봇이 그냥 백만 불짜리 섹스 토이라고 말이야. 전자 스텝포드 와이프. 나는 그런 일이 일어나게 놔두지 않을 거야. 그렇게 할 순 없어. 내가 당신을 이렇게 만든 데는 이유가 있어. 사람들이 당신에 대한 내 순수한 사랑을 오해하지 않도록 하는 거 말이야. 당신이 **사람**이라는 걸 이해할 수 있게 말이지. 한심한 쾌락 기계 같은 것이 아니라."

"알았어. 이해했어. 하지만 당신 필요가…… 너무 그럴 때가 있다면……." 당신은 말을 멈춘다. 지금 당신이 이런 말을 하고 있다는 걸 믿을 수가 없다. 바로 이런 말. "그냥 조심해, 응? 내가 알게 하지 말라고."

"내가 필요한 건 당신이야, 애비. 나는 지금 그대로의 당신을 사랑해."

하지만 당신은 그가 그 이상은 결코 필요하지 않다고 말하기는 주저하고 있음을 눈치챈다.

30

잠시 뒤에 팀은 위층 침실로 올라간다. 당신은 그를 따라 위층으로 가기 전에 인터뷰가 어떻게 나오는지 보기 위해 뉴스 채널을 확인한다. 좋지 않았다. 주디를 때린 것은 중간 광고 시간이었지만 카메라는 여전히 돌고 있었다. 화면이 살짝 잘리긴 했다. 두 사람 모두 서 있어서 머리는 화면에 나오지 않지만 당신이 팔을 휘두르고 주디 허시가 뒤로 흠칫 물러나는 걸 분명히 볼 수 있다. 특히 슬로모션으로 보여줄 때는 더 잘. 자막은 이렇게 나온다. **공격적인 로봇, 리포터를 폭행하다.** 다른 채널로 돌려보지만 똑같은 자막이 화면 아래를 흐른다.

그리고 갑자기 언니 리사가 등장해 기자의 마이크에 대고 말을 한다. 당신은 소리를 키운다.

"……그 무엇도 애비를 되돌릴 수 없지만 이건 이미 고통스러운 상황을 훨씬 더 힘들게 만드는 일입니다." 리사가 말한다. "제 동생의 데이터와 인격을 이런 식으로 사용하겠다는 구체적인 동의를 제 동생에게 받았다는 걸 입증하라고 팀 스콧에게 요구할 것입니다." 화면 아래쪽에는 이런 자막이 흘러간다. **컬런 가족: 우리는 '코봇'과 싸울 것입니다.**

당신은 속이 울렁거린다. 어찌된 일인지 상황은 돌이킬 수 없을 만큼 어긋나고 있다. 당신은 TV를 끄고 리모컨을 소파에 던진다. 분명 내일이면 뉴스 승합차가 다시 집 밖에 나타날 것이다.

당신은 위층으로 올라가 눕지만 너무나 많은 생각이 머릿속을 휘젓는 통에 쉴 수가 없다. 주디 허시의 말이 다시 떠오른다. **진짜 애비 컬런 스콧을 대체한 느낌이 어떠신가요?**

하지만 난 그러지 않았는걸. 당신은 참담하다. 아무도 당신을 예전처럼 대하지 않는다. 팀은 그렇지 않다지만 사랑을 나눌 수 없다면 어떻게 이게 진짜 결혼일 수 있을까? 사람들 눈에 기계와 섹스하는 사람으로 보이고 싶지 않은 그의 마음은 이해하지만 팀은 왜 당신의 정서적 욕구는 생각하지 않았을까?

다른 생각도 떠오른다. 팀은 지난밤에 시안이 자기를 찾아온 것처럼 말했다. 하지만 그게 사실이라면 그녀가 그의 방으로 갔어야 하지 않을까? 당신이 두 사람의 소리를 들었을 때 그들은 그녀의 방에 있었다.

그렇다면 그가 그녀에게 갔을 가능성이 훨씬 많다.

팀은 당신을 숭배한다고 계속 말하지만, 그가 사랑하는 것은 정말 당신일까? 아니면 당신이라는 관념일까? 그러니까 그의 창조물, 이 놀라운 성취물을 사랑하는 걸까? 그의 지고지순한 사랑에 바쳐진 이 놀라운 기념비를?

만약 당신이 죽는 편이 더 낫다고 하면 그는 당신을 놔줄까?

당신은 어둠 속에서 몸을 떨었다. 왜냐하면 당신은 그 대답이 '아니'라는 걸 분명히 알고 있기 때문이다.

열

물론 우리는 매버릭스 데이트가 어떻게 됐는지 굉장히 알고 싶었다. "궁금해 미치겠어." 월요일 아침 오자마자 알렉시스가 선언했다. "정말 궁금해 미치겠어." 그녀만 그런 게 아니었다.

결국 여자들 중 한 사람이 애비에게 물어보고 우리에게 다시 알려주었다. "아, 좋았어요." 애비는 이렇게 답했다. "하지만 진짜 데이트는 아니었어요. 그냥 같이 다니면서 내 친구들과 서핑을 구경했어요. 그리고 다같이 저지 조스에 가서 맥주를 좀 마셨어요."

"그런데 말이에요. 거기에서 대단한 의견 충돌이 있었어요." 애비는 마치 나중에야 생각났다는 듯 덧붙였다. "누군가가 동종요법*이 어떻게 피부염 치료에 좋은지 얘기했는데 팀이 그걸 무시하는 듯한 말을 하더라고요. 전 친구들이 완전 재수 없는 놈을 데려왔다고 생각할까 봐 '그래도 뭔가가 있지 않아?' 했거든요?" 애비는 한숨을 쉬었다. "그랬더니 팀이 동종요법이 왜 시간낭비인지를 입증한 온갖 과학 연구를 늘어놓는 거예요. 그래서 제가 팀한테 진짜 재미없다고 말했죠."

---

* 질병 증상과 비슷한 증상을 유발시켜 치료하는 방법.

우리 사이에 애비를 숭배하는 마음이 즉각 되살아났다. 솔직히 그녀가 팀에게 데이트 신청을 했을 때 조금 흔들리긴 했다. 애비도 별 수 없다고 생각했다. 우리의 카리스마 넘치는 지도자에게 반한다는 게 왠지 모르게 조금 빤하고 평범해 보였다. 그런데 그에게 재미없다고 말하다니! 애비는 멋질 뿐 아니라 겁도 없었다.

물론 아무도 감히 팀에게 데이트가 어땠는지 물어보지 못했다. 하지만 팀이 마이크에게 이야기했고, 마이크는 제니에게, 제니는 다시 우리에게 팀이 근사한 시간을 보냈다는 말을 전했다.

"그녀는 대단해" 하고 팀이 마이크에게 말한 모양이었다. "똑똑하고, 매력적이고 논쟁을 좋아해. 내가 뭐든 은근슬쩍 넘어가게 봐두지 않는다니까. 게다가 정신이 나갈 정도로 아름답지. 좋아하지 않을 이유가 있겠어?"

"팀이 다음 주에 같이 스카이다이빙하러 가자네요." 애비가 나중에 우리에게 말했다. "나는 늘 스카이다이빙이 하고 싶었어요."

누군가가 몇 년 전 심리학 저널에 실렸던 데이트 연구 결과를 기억해냈다. 두 번째와 세 번째 데이트에 어떤 활동을 계획하는 것이 좋은가 같은 연구였다. 두 번째 데이트로는 육체적 위험이 따르는 활동이 이상적인데, 아드레날린이 성적 끌림을 자극한다는 이유 때문인 모양이었다. 세 번째 데이트로는 살사 댄스 수업 같은 것이 좋다. 위협적이지 않은 환경에서 육체적으로 친밀해지는 경험을 할 수 있게 말이다. 네 번째는 어린이 동물원에서 아기 동물에게 먹이 주기처럼 서로 가깝게 뭔가를 보살피는 경험이 좋다. 연구에 따르면 그때야말로 관계가 성적으로 발전할 수 있는 가장 좋은 때다. 양쪽이 서로에게 신선한 자극을 여전히 느끼면서도 친숙함이라는 안전성을 얻을 때다.

그렇다. 팀은 그가 삶의 다른 모든 문제를 해결하는 엄격함으로 최적의 데이트 방법을 연구했던 것이다.

팀이 다음 데이트에서 애비와 단지 스카이다이빙만 한 것이 아님을 우리는 나중에 알게 됐다. 그는 제로-G사의 특별 개조된 보잉기에 두 사람만 타는 단독 비행을 예약했다. 세 시간을 비행하는 동안 그와 애비는 지구 대기 밖으로 포물선 비행을 열다섯 번 했고 그때마다 무중력 상태를 경험했다. 애비의 페이스북에 게시된 사진 속 두 사람은 선실 안에서 재주를 넘고 공중의 샴페인 방울들을 입으로 받고 있었다. 그러고 나서 비행기가 기지로 돌아왔을 때 낙하산을 타고 내려왔다.

우리는 이렇게 점보제트기를 전세 내 단독 비행을 하는 데 20만 달러가 든다는 걸 제로-G사의 웹사이트에서 알아냈다.

친밀함을 쌓기 위한 데이트로 팀은 에비를 살사 댄스 수업 대신에 골든게이트 파크 근처의 거대한 트램펄린장인 하우스 오브 에어로 데려갔다. 이번에도 장소 전체를 빌렸다.

우리는 숨죽이고 기다렸다. 네 번째 데이트까지 오래 걸리지 않았다. 매버릭스의 첫 데이트 이후 단 2주 만이었다. 이튿날 우리는 섹스가 어땠는지 알아내기 위해 두 사람의 표정을 살폈다.

아무 변화가 없었다.

애비에 따르면 팀은 그녀를 데리고 스토우 호수에 오리 먹이를 주러 갔다. 빵 한 덩이를 꺼내서 작은 조각으로 나누는 걸 보고 그녀가 말렸다고 했다.

"그게 쟤네를 죽이는 거 알죠?"

그는 깜짝 놀라 눈을 끔벅였다. "하지만 다들 오리한테 빵을 주잖아요."

"똑똑한 사람들은 안 그래요."

그녀는 들오리에게 빵은 정크푸드 같은 거라고 설명했다. 들오리의 내장기관에 울혈을 만들고 기름지게 해서 영양부족이나 심장병으로 죽게 한다고. 또 너무 살찌고 약하게 만들어서 일반적인 철새의 이동에 합류하지 못하게 한다고.

"물론, 집오리는 처음부터 날 수 없어요. 그래서 사람들은 공원이 좋은 환경이라 생각하며 풀어주기도 하죠. 하지만 오리들이 포식자로부터 보호를 받지 못하는 것과는 별개로 그렇게 빵을 먹이면 소화장애로 죽을 거예요. 그리고 빵이 너무 많아서 오리들이 다 먹지 못하면 문제는 훨씬 심각해져요. 물에 남겨진 빵은 살모넬라와 보툴리누스를 퍼트려요. 물놀이 가려움증이라 불리는 기생충과 장염은 물론이고요."

"우와." 팀은 생각에 잠겨 대답했다. 그는 빵을 치우며 말했다. "그거 알아요? 가끔 당신을 보면 내가 조금 생각난다는 거."

그러면 다섯 번째 데이트에야 결국 친밀한 관계가 이루어지는 것인가. 우리는 궁금했다. 그런 것 같지는 않았다. 다섯 번째 데이트는 고급 레스토랑에서 열린 요리 수업이었다. 다음 날에도 두 사람이 첫날밤을 치른 눈치가 보이지 않았다.

마침내 누군가 꽤 개방적인 애비에게 그 문제에 대해 물었다.

"우리는 좀 천천히 가는 것 같아요. 천천히, 꾸준히요." 그녀가 말을 잠깐 멈췄다. "제 지난 관계들은 다소 거칠었거든요. 사실 너무 거칠었죠. 저를 존중하는 남자와 같이 있으니 좋아요."

적어도 여섯 주가 지나고 나서야, 누군가 어제만 해도 놀랍다고 평가받았지만 이제는 끔찍하고 멍청하고 바보 같은 생각이 돼버린 새 제안서 문제로 팀에게 호출되어 갔다가 아무것도 없는 팀의 텅 빈 책상 위에 손으로 그린 마우스패드가 놓여 있는 것을 발견했다. 알록달록한 그래피티 스타일의 마우스에는 **엔지니어가 더 잘해!**라는 글귀가 박혀 있었다. 우리는 그게 애비의 거리 미술 스타일임을 알아보았다.

물론 이 바닥 사람들이 마우스패드를 안 쓴 지 10년이 지났다는 이야기는 그녀에게 하지 않았다.

하지만 애비와 팀이 커피머신 앞에서 서로를 지나쳐가면서 아무도 보지 않는 줄 알고 손을 잠깐 잡았다가 놓는 모습을 보는 일은 즐거웠다.

31

당신은 더 긍정적인 기분으로 잠을 깬다. 날씨는 눈부시게 화창했고 햇빛 속에서 모든 것이 더 나아 보인다. 대문 밖에 주차된 방송국 승합차까지도. 물론 두 사람의 관계는 섹스 없이도 지탱될 수 있다. 두 사람에게는 결혼이, 그것에 수반되는 모든 것이 함께 있다. 육체적인 관계야 좋지만 둘의 관계는 그것보다 훨씬 많은 것을 포함한다.

당신은 그것을 의심했던 것이 부끄러울 지경이다. 팀은 분명 의심하지 않았다. 어쨌든 두 사람은 함께 해낼 것이다.

팀도 쾌활했다. 아침에 마이크가 일찌감치 전화해서 스콧 로보틱스의 최대 투자자 존 렌턴이 TV 인터뷰를 보고 회의에 당신을 데려왔으면 한다고 전했다.

"마이크 말로는 그 사람이 깊은 인상을 받은 것 같대." 팀이 아침을 먹으며 말했다. "잘됐어."

"회의는 어디서 해?"

"아직 정하지 않았어."

"여기서 하면 어때? 내가 요리할 수 있을 거야." 팀은 얼굴을 찌푸리지만 당신이 선수를 친다. "그래, 알아. 그럴 필요 없다는 거.

하지만 내가 요리하는 거 좋아하잖아, 기억해? 게다가 훌륭한 조리 도구도 다 있고." 당신에게 한 가지 생각이 떠올랐다. "예전처럼 부야베스를 만들 거야. 시 포레이저에 전화에서 재료를 배달시킬게."

"그래, 당신이 괜찮다면." 그는 테이블에서 일어선다. "대니가 옷을 잘 입고 있나 가서 볼게."

대니는 아침을 특이하게 먹는다. 좋은 날에도 대개 우유를 붓지 않은 치리오만 먹는데, 먹으면서도 손가락으로 그릇을 빗질하는 데 정신이 팔려 있다. 토스트는 정확하게 1인치 크기 정사각형으로 잘라주지 않으면 먹지 않는다. 나쁜 날에는 빨간색 M&M 몇 개를 먹어주면 다행이다.

오늘 당신은 ABA 웹사이트에서 읽은 방법을 시도해본다. 무엇을 먹고 싶은지 묻는 대신 대니에게 그림 메뉴를 보여준다. 이론에 따르면 자폐증이 있는 사람은 "뭐 먹을래? 사과? 포도?"라는 질문을 받으면, 실제로는 포도를 먹고 싶지 않아도 대개 "포도"라고 따라한다고 한다. 대니에게 원하는 음식을 손으로 가리키게 하면 정보를 처리할 시간을 줄 수 있다.

짐작대로 대니는 피시핑거를 가리킨 다음 젤리를 가리킨다. 당신이라면 결코 주려고 생각지도 않았을 조합이다. 하지만 괜찮다. 중요한 건 대니가 선택을 했다는 것이다. 피시핑거도 1인치 크기 정사각형으로 자른 다음 위에 젤리를 발라야 할 것이다. 건강한 음식을 선택하도록 도울 시간은 나중에 있을 것이다. 대니와 팀이 각자 학교와 직장으로 떠난 뒤 당신은 오늘 저녁 식사를 위한 장보기를 계획한다. 이제 당신의 목소리는 예전 목소리와 거의 구분할 수 없을 정도다. 주문을 받는 남자는 당신이 그냥 평범한 고객이 아니라는 걸 분명 모르는 듯했고, 점심때까지 배달하겠다고 약속한다. 국물을 낼 생선뼈를 얻는 일은 더 까다로웠다. 그는 당신이 고양이에게 주려는 거라 판단하고서야 비로소 생선뼈를 조금 주겠다고 동의했다.

당신은 기분이 좋을 때 머리 스타일을 바꾸기로 결심한다. 오늘 저녁 메뉴와 어울리게 콘로 스타일*에서 프렌치 브레이드로 바꾸기로 한다. 당신은 머리끈을 찾으러 위층으로 간다. 팀은 당신 물건을 하나도 버리지 않았다고 했으니 어딘가에 있을 것이다. 그런데 어디에 있을까?

침대 옆 서랍일 거라고 당신은 짐작한다.

부부 침실, 지금은 팀의 침실 문가에서 당신은 주춤한다. 첫날 이후로 이곳에 들어가지 않았다. 벽에 있는 당신의 자화상이, 그 고압적이며 위엄 있는 존재가 응시하는 시선에 당신은 침입자가 된 것 같은 느낌이 든다.

우스운 일이다. 저 그림은 당신의 자화상이다. 그리고 이 방은 당신 방이기도 했다.

당신이 쓰던 침대 쪽 옆에 쭈그리고 앉아 침실용 탁자의 맨 아래 서랍을 잡아당긴다. 서랍이 약간 끼어서 위로 살짝 들어 올려 열어야 했다. 안에는 오래된 크림과 병들이 뒤섞여 있다. 그리고 바닥에

* 머리카락을 촘촘하고 단단하게 여러 줄로 땋은 스타일.

머리끈 몇 개가 있다.

그걸 집으려고 서랍 안을 뒤적이는데 손에 다른 뭔가가 잡힌다. 건전지다. 무척 오래돼서 이제는 건전지액이 새고 있다. 당신은 그것들을 버리려고 꺼낸다.

그때 또 다른 기억이 번쩍 섬광처럼 떠오른다. 수영장에서 수영하던 기억처럼 잠깐 스치는 장면. 당신이 바로 이 방에 서 있다. 그리고 팀이 손에 뭔가를 들고 있다.

당신의 바이브레이터. 그는 혐오스럽다는 듯, 빨래 더미 아래 숨겨진 텅 빈 보드카 병을 막 발견한 사람처럼 그것을 멀찍이 붙들고 말한다.

"나는 위기를 느끼는 게 아니야." 그가 말한다. "실망을 느낄 뿐이야."

그는 뒤쪽을 열어 총에서 총알을 털어내는 사람처럼 배터리를 흔들어 빼낸다.

당신이 눈을 깜박이니 기억이 사라진다.

이상하다고 당신은 생각한다. 하지만 더 이상의 맥락이 없는 상황에서 그 장면은 다양하게 해석할 수 있다.

주방 카운터에서 충전 중인 당신의 아이폰에 새 메시지가 왔다. 팀이 보냈을 것이라 생각하며 집어 든다.

아니다. 친구에게서 왔다. 이전과 같은 메시지이다.

이 전화는 안전하지 않아.

THE PERFECT WIFE

당신은 안심한다. 메시지가 이전과 같다는 사실은 지난번 당신 생각이 맞았다는 뜻이다. 그러니까 자동 전송 스팸 같은 것일 뿐이다. 걱정할 이유가 조금도 없다.

그때 두 번째 메시지가 나타난다.

다른 전화를 사.

이어서 빠르게 또 다른 메시지.

임시폰으로.
전화를 사면 빈 메시지로 답장을 보내.

그리고 마지막 메시지.

팀은 거짓말을 하고 있어.

당신은 그 메시지를 뚫어지게 바라본다. 팀의 이름을 쓴 것으로 보아 어쨌거나 스팸이 아닌 것은 확실해 보인다.

당신은 재빨리 답신을 보낸다.

누구야? 무슨 거짓말을 한다는 거지? 원하는 게 뭐야?

답장이 없다.

32

"좋은 소식과 나쁜 소식이 있어요." 핸드폰 가게 청년이 말한다.

"좋은 소식은 뭐죠?"

"아이패드에서 지워진 데이터를 일부 복구할 수 있어요."

"그러면 나쁜 소식은요?"

"심하게 망가져 있다는 거요. 제가 해독해야 해요."

"그렇게까지 나쁜 소식처럼 들리진 않네요. 당신이 고칠 수 있다면요."

"그렇게까지 나쁘진 않지만 시간이 들죠. 문제는 내가 그걸 고칠 **이유**가 있냐는 거겠죠? 그렇게 오래 걸리는데 말이죠." 그는 자기 의자에 다시 걸터앉으며 당신을 빤히 본다. 그의 태도에는 당신을 불안하게 만드는 무언가가 있다.

"당연히 돈을 드릴 거예요." 어쨌든 당신은 임시폰을 사려고 들고 온 현금이 있었다. 팀의 말을 믿지 못하는 건 아니지만 친구의 수수께끼 같은 메시지에 호기심이 이는 건 어쩔 수 없다.

핸드폰 가게의 청년은 고개를 젓는다. "난 돈을 원하는 게 아니에요."

"그러면 뭐죠?"

그는 탐나는 시선으로 당신을 향해 웃는다. "당신이 나간 뒤에야 누군지 알았어요. 그리고 당신을 뉴스에서 봤죠." 그는 카운터에 분해된 채 놓인 노트북 컴퓨터를 고갯짓하며 말한다. "저는 이걸 고치는 걸 일로만 생각하지 않습니다. 그게 말이죠. 공학은 제 열정이거든요."

"멋지군요." 당신은 무심하게 말한다. "좋은 일이에요."

"팀 스콧이 당신을 만들어낸 건 대단해요. 놀라운 일이죠." 그는 몸을 앞으로 구부리고 당신 배를 가리키며 말한다. "보고 싶어요. 당신 내부를. 코딩을."

당신은 흠칫 물러선다. "말도 안 돼. 팀이 허락하지 않을걸요. 그리고 그 사람이 허락한다고 해도 내가 안 할 거예요."

"그런데 그게 말입니다." 청년이 말한다. "이런 질문이 떠오르기 시작했어요. 그녀는 어디에서 이 아이패드를 구했을까? 그러니까, 이건 분명 당신 것이 아니잖아요. 그러다가 이런 생각이 나더군요. 왜 팀의 직원들한테 해결해달라고 하지 않았지? 바로 그때, 아! 하고 생각했어요. 어쩌면 이건 사실 팀의 것이고, 그녀는 팀에게 알리지 않고 거기 있는 것을 보고 싶어한다." 그는 다시 미소를 짓는다.

당신은 그 아이패드가 팀과는 아무 상관이 없다고 구태여 말하고 싶지도 않다. "지금 정확히 무슨 말을 하고 싶은 거죠?" 무슨 말을 하려는지 알 것 같긴 하다.

"거래죠. 제가 해독을 마치는 대로 아이패드 내용을 알려줄게요. 그 대가로 제가 당신 코딩을 들여다볼 수 있게 해줘요."

당신은 고개를 젓는다. "어림없어요."

그는 이더넷 케이블을 집어 든다. "제가 들어간 줄도 모를걸요."

당신은 그 생각이 조금 역겹게 느껴진다. "안 돼요." 당신은 다시 단호하게 말한다.

그는 케이블을 선반으로 휙 던진다. "당신 선택이에요. 유감이네요."

당신은 손을 내민다. "아이패드 주세요. 다른 데 가져갈게요."

그는 팔짱을 끼고 대답한다. "아뇨. 거래 없인 아이패드도 없어요. 혹시 아직 모르시나 본데, 이 세상에 공짜는 없다고요."

"당신 참 한심하군요. 알고 있죠?" 당신은 매섭게 말한다.

"그냥 당신이 어떻게 작동하는지만 보고 싶어서 그래요." 그는 이제 거의 애원하다시피 한다. "자동차광이 엔진을 들여다보는 거랑 다를 게 없어요."

"죄송한데요." 당신은 비꼬는 투로 말한다. "제가 보기엔 조금도 비슷하지 않거든요."

그는 어깨를 으쓱한다. "거래할 준비가 되면 다시 오세요."

"그 아이패드는 당신 게 아니에요. 경찰에 신고하겠어요."

"네, 좋습니다, 마음대로 하시죠."

"멍청한 자식."

"곧 뵙죠." 당신이 가게 문을 향해 씩씩대며 걸어가자 그가 말한다. "그건 그렇고 제 이름은 네이선입니다."

열하나

마우스패드가 등장한 이틀 뒤 팀이 애비를 사무실로 불렀다. 당연히 우리는 무슨 일이 벌어질지 계속 주시했다.

팀의 사무실 한쪽 벽에는 커다란 평면 컴퓨터 모니터가 있었다. 팀에게 뭔가를 보여주고 싶을 때 우리는 노트북을 거기에 연결해서 프레젠테이션을 했다. 이번에는 팀이 거기에서 애비에게 프레젠테이션을 하려는 듯했다.

누군가 사무실 앞을 지나칠 핑계를 만들어 갔다 오고 나서 보고하기를 팀은 애비에게 '**동종요법은 왜 멍청한가**'라는 제목의 파워포인트를 보여주는 중이라고 했다.

나중에 우리가 알게 된 바에 따르면 그 프레젠테이션은 선택편향부터 위약효과에 이르기까지 좋은 과학 실험을 설계할 때 고려해야 할, 여러 핵심 요소를 다루었다.

놀랍게도 애비는 매혹된 듯했다.

"하지만 나는 동종요법 알약을 먹으면 기분이 좋아지는걸요." 애비가 이렇게 말하는 게 들렸다고 한다. 그러자 팀이 대답하길 그렇게 느끼는 것이 전적으로 가능하다고, 아마 평균 회귀로 알려진 통계적 영향 때문일 거라고 설명했다. 거만하거나 얕잡아보는 투가 아니라 그녀에게 진정으로 설명해주고 싶은 투였다는 것이다.

사실, 우리 가운데 몇몇은 애비와 팀의 로맨스에 놀랐다고 말하는 게 맞을 것이다. 몇몇 사람은 심지어 애비에게 어떤 숨은 동기 같은 것이 있지 않겠느냐는 험담을 하기도 했다.

그런 험담을 하는 사람들은 일주일쯤 지난 뒤 정오가 한참 지나고도 애비가 출근하지 않았을 때 자기들 생각이 입증되었다고 생각했다. 그때 누군가 배낭을 한쪽 어깨에 걸치고 주차장을 성큼성큼 걸어오는 그녀를 발견했다.

"어, 왔네." 팀이 책상에 앉아 있는 애비를 보고 말했다.

"네." 그녀가 대답했다.

"우리 아침을 같이 먹기로 하지 않았나요?"

"맞아요. 미안해요. 아침에 해변에서 차가 고장 났어요."

"고장 났다고?"

그녀가 고개를 끄덕였다. "헤드 개스킷이 문제인가 봐요. 거기 세워두고 버스를 타고 왔어요. 견인차량과 정비소를 알아보는 데 정말 오래 걸렸어요."

팀이 사무실로 들어갔다. 잠시 뒤 손에 무언가를 들고 돌아왔다.

"이거." 그가 자동차 열쇠 뭉치를 그녀의 책상에 떨어뜨리며 말했다. "당신 거예요. 이젠 절대 늦을 일 없을 거예요."

우리는 애비가 그 열쇠를 그에게 집어던지기를 기다렸다. 아니면 적어도 그렇게 빚을 지고 싶지 않다고 말하기를.

그러나 애비는 그러지 않았다. 열쇠를 집어 들더니 말했다. "우와, 고마워요."

33

부야베스는 보기에는 근사하지만 만들기 쉬운 요리는 아니다. 당신은 예전에 엘리자베스 데이비드의 요리법을 사용했지만 가장 진짜에 가까운 요리법, 마르세이유의 식당들이 사랑하는 요리법은 장 밥티스트 르불의 1897년 책 『프로방스 요리』에 실린 것이다. 거기에는 그루퍼와 줄농어를 포함해서 여섯 가지의 서로 다른 쏨뱅이과 어류가 들어간다. 북미 지역에서는 구할 수 없는 생선도 있어서 당신은 그 요리법과 셰파니스 식당의 요리법을 조합하기로 마음먹는다.

1단계: 다진 채소와 생선뼈, 회향 씨, 타임으로 퓌메 수프를 만든다.

2단계: 백포도주 2컵, 홍합 12개, 오렌지 껍질, 페르노라 불리는 프랑스 리큐어를 테이블스푼으로 둘, 스페인 사프란 1온스를 첨가한다. 두 시간 동안 끓인 다음 체로 걸러 놔둔다. 사프란 값만 백 달러가 넘는다.

3단계: 부야베스에 곁들이는 빵에 발라 내놓는 매콤한 소스인 루예를 만든다. 생선 육수 반 컵을 떠서 빵 부스러기를 그 안에 담근다. 사프란과 카옌페퍼를 더 첨가한다. 통마늘 한 통을 매우 곱게 다진다. (당신은 마늘 압착기를 쓸까 생각하다가 그 문제에 대한 엘리자베스 데이비드의 평을 다시 읽는다. "나는 마늘 압착기를 우스꽝스럽고 한심하다고 생각한다. 그 도구의 효과는 구매자의 기대와는 정반대다……. 나는 종종 이 극악무도한 도구를 사용했던 사람들이 어째서 당장 그걸 쓰레기통에 버리지 않는지 의아하다." 마늘은 하던 대로 칼로 다지기로 다짐한다.)

계란 노른자 여섯 개를 넣고 천천히 휘저으며 마요네즈를 만들 때처럼 올리브유와 포도씨유를 반반씩 섞어 한 방울씩 첨가한다. 빨간 고추 두 개와 토마토 두 개를 불에 그슬린 뒤 껍질을 벗기고 씨를 제거한다. 막자사발에 으깨고 섞는다.

당신이 마늘 다지기를 끝낼 무렵 늦은 오후가 되었고 시안이 대니를 데려왔다. 대니는 당신이 가스버너에서 고추를 직접 그슬리는 모습을 넋이 나간 것처럼 바라본다.

"오늘 어땠어, 대니?" 당신이 묻는다. 대니는 대답하지 않는다. 갑자기 대니의 손이 쑥 나오더니 손가락이 불꽃을 휙 지나간다. 당신은 아이의 손목을 붙들고 곧장 수도꼭지로 가서 찬물을 틀지만 이미 늦었다. 손가락 두 개에 물집이 생겼다.

대니를 꾸짖어봐야 소용이 없다. 이해하지 못할 테니까. 대니가 이전에 불꽃을 경험한 적이 없기 때문이 아니라 이전의 경험에서 불꽃은 뜨거운 것이라는 결론을 끌어내기가 어렵기 때문이다.

"애가 불 옆에 있을 때는 조심해야 돼요." 시안이 할 필요도 없는 말을 한다.

"알겠어요." 당신이 쌀쌀맞게 대답한다. 해변 별장에서의 밤 이

후로 두 사람이 주고받은 첫 대화다.

대니는 자폐가 없는 다른 아이들만큼 통증을 많이 느끼는 것 같지는 않지만 물집에 신경을 쓴다.

"언제?" 대니가 불안하게 손을 퍼덕이며 묻는다. "언제?"

"며칠 안에 좋아질 거야." 당신은 대니가 물집 난 자리에 밴드는 고사하고 바셀린도 바르지 못하게 할 것을 알기 때문에 시도조차 하지 않는다.

"언제?" 대니가 끈질기게 묻는다.

정확한 날짜를 알아야 하는 아이의 요구에 굴복하고 당신은 이렇게 말한다. "금요일 오전 9시 전에 사라질 거야." 물론 그때까지 정말 사라질지는 모르지만 그렇게 말해야 대니가 진정될 것 같았다.

실제로 대니는 조금 진정이 되었다. 초조하게 콧노래를 부르며 토마스 기차들이 아침에 줄 세워놓은 대로 아직도 정확하게 줄지어 있는지 확인하러 간다.

당신은 막자사발과 막자를 꺼내 고추와 토마토를 으깨기 시작한다. 시안 말고 신경을 쓸 일이 있다는 것을 기뻐하면서.

놀랍게도 시안이 갑자기 말을 건다. "저기요……. 미안해요."

당신이 그녀를 건너다본다.

"당신 인터뷰를 봤어요." 그녀가 덧붙인다. "쉬운 일이 아니겠더라고요……. 당신으로 사는 것 말이에요."

"팀과 얼마나 자주 잤어요?" 이렇게 묻고 있는 자신이 미웠지만 알아야 했다.

시안은 주춤한다. "팀이 해직 수당 조건의 일부로 비밀 유지 계약에 서명하게 했어요. 그래서 아무것도 말할 수 없어요."

"팀은 당신이 리포터한테 말할까 봐 걱정하는 거예요." 말은 그렇게 했지만 팀이 실은 당신 때문에 비밀 유지를 원하는 게 아닐까 생각하지 않을 수 없었다. "저한테 말하는 건 해당되지 않을걸요."

"그럴 거 같아요. 하지만 그래도 위험을 무릅쓸 수는 없어요. 액수가 크거든요."

"그러면 딱 하나만 말해줄래요? 팀에게 말하지 않을게요. 지난밤에 누가 먼저 시작했어요? 당신이 그 사람 방에 간 건가요? 아니면 그 사람이 당신 방에 간 건가요?"

"말 못 해요—" 그녀가 말을 시작하다가 당신 얼굴을 살핀다. "그 사람이 제 방에 왔던 것 같아요."

당신은 아무 말도 하지 않는다.

"부주의하게도 문을 열어놓은 건 그 사람이에요." 그녀가 말을 멈추더니, 재빨리 덧붙인다. "혹시…… 어쩌면 당신이 알기를 원했던 걸까요?"

"그 사람이 왜 그러겠어요?" 당신은 얼떨떨해서 대답한다.

그녀는 어깨를 으쓱한다. "그러게요. 모르죠. 어쩌면 죄책감 때문에? 무의식적 고백 같은 거? 어쨌든 그 사람 침대에서 꽤나 이상하잖아요? 그 탄트라니 하는 것들요."

"그렇죠." 당신은 시안이 무슨 말을 하는지 전혀 알 수 없지만 그냥 그렇게 대답한다. "가서 대니를 좀 보셔야 할 것 같은데요."

"맞아요." 시안은 문가에서 걸음을 멈추더니 돌아선다. "방금 말한 것처럼 그 일에 대해선 미안해요. 하지만 떠나는 건 유감스럽지 않아요. 퇴직금도 많지만 그것 때문만은 아니에요. 여기서 일어나는 이 모든 일이…… 대니와 당신과…… 저는 그냥 그 사람이 원하는 게 뭔지 모르겠어요. 당신에게든, 우리 중 누구에게든요. 저는 그게 두려워요. 아시겠죠?"

"아니요." 당신이 단호하게 말한다. "전 아니에요."

34

존 렌턴과 다른 손님들이 도착하기 두 시간 전에 당신은 생선을 재울 소스를 만든다. 올리브유와 백포도주, 회향, 껍질을 벗긴 마늘쪽들, 페르노, 더 많은 사프란. 생선을 토막 낸 뒤 집게로 뼈를 제거한다.

6단계: 바게트를 8분의 3인치 두께(약 9.5밀리미터)로 자른다. 올리브유를 뿌리고 400도에서 바삭하게 구운 다음, 저민 마늘쪽으로 문지른 뒤 루예를 뿌린다.

7단계: 부야베스를 만든다.

리크 12개와 양파 12개를 매우 곱게 다지고 뚜껑을 덮지 않은 냄비에 월계수 잎과 사프란 한 꼬집을 다시 넣어 서서히 익힌다. 토마토 10개를 깍둑썰기하고 씨를 제거해서 훨씬 더 곱게 다진 마늘과 오렌지 껍질, 백포도주 한 잔과 함께 우묵한 그릇에 넣어 휘젓는다. 숨이 죽은 양파에 첨가하고 퓌메를 따른다. 그다음 해산물 토막을 넣고 익을 때까지 3분에서 5분 정도 졸인다. 꺼내서 따뜻하게 둔다.

이 요리를 부야베스라 부르는 이유는 그다음 과정 때문이다. 모든 재료가 걸쭉해져서 수프 같은 농도가 될 때까지 국물을 뭉근히

끓인다.

입맛에 맞게 페르노를 더 넣고, 사프란과 고추도 입맛에 맞게 더 넣으면 당신은 할 일을 다했다.

물론, 실제로 맛을 볼 수 없다는 것만 빼고.

35

팀이 집에 올 무렵 주방은 다시 말끔하게 정돈되고 테이블이 차려졌다. 그가 문자로 지시한 대로 백포도주, 바타르 몽라셰는 냉장고에 시원하게 보관 중이다. 그가 최고로 아끼는 포도주다. 오늘 저녁이 그에게 얼마나 중요한지 보여준다.

"머리 바꿨네." 그가 당신을 지나치며 입을 맞춘다.

"응. 마음에 들어?"

"당신 좋을 대로 해." 그는 얼굴을 찌푸리며 말한다. "그게 가장 중요해. 당신은 자율적이야. 스텝포드 와이프 같은 게 아니라. 내 마음에 드는지는 중요하지 않지."

"마음에 안 드는구나."

"아냐, 좋아. 어쨌든 익숙해지겠지."

팀이 샤워를 하는 동안 마이크가 아내 제니와 함께 도착한다. "제가 당신의 딥러닝 능력을 작업했어요." 당신을 소개받자 제니가 진지하게 말한다. 대답할 만한 말을 떠올리기가 쉽지 않다. "제니는 스탠퍼드대에서 로지스틱 뉴런으로 박사 학위를 받았죠." 마이크가 자랑스럽게 덧붙인 덕택에 당신은 난처함을 모면했다. 당신은 그게 무엇인지 알고 있는 양 고개를 끄덕인다. 하지만 잠시 뒤 물

THE PERFECT WIFE

론 통, 하고 당신은 이해하게 된다. 명확하게 프로그래밍되기보다 실생활 사례를 통해 훈련될 수 있는 반대칭 시그모이드 함수.

"당신이 제 뇌를 만들었다는 말씀이군요."

그녀가 고개를 끄덕인다. "그런 셈이죠."

일라이저는 그의 남편 로버트를 데리고 왔다. 그리고 앨리샤 라이트라는 여자가 혼자 왔다. 삼십 대 후반, 탄력 있는 몸매에 윤기 있는 금발의 여자였다. "안녕하세요! 스콧 로보틱스의 PR 고문입니다." 그녀가 명랑하게 손을 내민다. "만나서 반갑습니다."

"카트리나가 PR 고문인 줄 알았는데요." 당신이 말한다.

"팀이 오늘 아침에 해고했어요. 앨리샤가 새 고문입니다." 일라이저가 말한다.

"하지만 완전히 파악했어요. 유명한 애비와 함께 일하게 되어 정말 흥분돼요." 그녀가 당신을 안심시킨다.

팀이 샤워를 마치고 내려온다. 그는 집에 올 때 입고 있던 블랙진과 회색 제임스 퍼스 티셔츠에서 새 블랙진과 또 다른 회색 티셔츠로 갈아입었다. 당신이 포도주를 따는 동안 다른 사람들이 그에게 보고를 한다.

"처신 잘하도록 해." 마이크가 말한다. "렌턴은 바보이긴 해도 똑똑한 바보야. 자네를 떠보려고 할 거야. 자네 입장을 고수하는 건 좋지만 그 사람 수에 말려들어도 짜증은 내지 마."

"나는 항상 잘 처신해." 팀이 발끈한다.

"항상은 아닌데." 일라이저가 중얼거린다.

마침 그 말이 신호라도 된 것처럼 존 렌턴이 도착한다. 놀랍게도 사람들이 그에 대해 말한 것과 어울리지 않게 렌턴은 팀과 마이크 보다 훨씬 어리다. 그런데 태도는 더 나이 든 사람처럼 군다. 자신 만만하고 저돌적이며 분위기를 주도한다. 렌턴이 어깨를 툭 치자 팀이 뻣뻣하게 구는 모습을 보고 당신은 남편이 이 남자를 싫어한 다는 것을 즉시 알아차린다.

렌턴은 앨리샤를 소개받자 그녀에게 누구와 일했었는지 묻는다. 그녀가 이름을 댈 때마다 그 사람과 자신의 최근 만남에 대해 말한 다. "손의 PR을 맡았다고? 그 사람 예전에 내게 전화해서는 자기가 만들고 있는 덜떨어진 앱에 내 투자를 받으려고 애쓰더군." "아, 캐 서린? 영리한 여자지. 나랑은 TED에서 같이 강연했어." 당신은 그 녀가 그의 관심에 반응하는 것을 본다. 몸을 어떻게 조금 더 관능 적으로 움직이는지, 그가 말할 때 머리카락을 어떻게 만지는지. 렌 턴은 잘생기거나 매력적인 이미지와는 정반대다. 사실, 못생긴 쪽 에 가깝다. 하지만 몇몇 여자들이 그에게 어떻게 매혹될지 알 만하 다.

마침내 그가 당신에게 몸을 돌린다. "여기 있군!" 그는 손을 내밀 며 소리친다.

당신이 악수를 하며 말한다. "만나서 반갑습니다."

그가 즐겁게 웃는다. "느낄 줄 아는 AI라! 알겠어요. 그래 지금 무얼 느끼지?"

당신은 생각한다. "행복합니다. 그리고 약간 긴장되고요."

"나 때문에 긴장되는 건가?" 그가 대답을 기대하는 투로 묻는다.

당신은 고개를 젓는다. "그냥 제가 만든 부야베스가 어떨지 걱정

THE PERFECT WIFE

돼서 그렇습니다."

"다른 건?"

"이탈감을 조금 느끼긴 합니다."

렌턴이 얼굴을 찌푸린다. "이탈감?"

"이곳에 어울리지 않는다는 지속적인 느낌입니다."

그의 눈이 커진다. "이탈감. 나는 처음 듣는 단어인데." 그가 팀에게 몸을 돌린다. "대단해요."

팀은 눈을 굴린다. 애초에 당신이 감정을 느낀다는 사실이 아니라 감정을 묘사하는 어려운 단어를 사용한다는 사실에 감탄하는 사람이라면 요점을 이해하지 못하는 사람이라고 생각하는 듯했다.

"포도주 가져올게요." 당신이 급히 말한다.

30분 뒤 당신은 두 번째 포도주를 열고 있었고 렌턴은 장광설을 늘어놓고 있었다.

"이 말을 해야겠군요, 팀, 나는 이 일에 대해 처음 들었을 때 당신들이 정신 나간 줄 알았소. 감정이라? 이봐요, 내 아내를 내 '전 아내'로 만든 게 바로 감정이거든요. 물론, 가능성은 있다고 봐요. 어쩌면 헬스케어 쪽으로. 아니면 성 산업." 팀이 움찔하는 게 보인다. "하지만 근본적으로 용인 가능성이라는 문제가 있어요. 사람들은 자기 로봇이 감정을 가지는 걸 원치 않거든. 기계가 사람처럼 감정을 가진 존재라면, 동정심 많은 사람들은 그들을 인간처럼 대우해야 한다고 판단하거든. 그러면 AI의 경제적 효과에 대한 그 모든 주장이 사라져버리지. 밭을 쟁기질하고, 노동 현장에서 힘들 게 일해야 하는데 갑자기 사람과 차별성이 없어지잖아. 사실, 사람을 만드는 건 싸잖아요. 그렇죠? 사람을 움직이게 하는 데 돈이 많이 들지. AI는 그 반대가 돼야 해요. 로봇에게 사람과 똑같은 권리, 똑같은 배려, 심지어 똑같은 보수를 주기 시작하면 경쟁력이 어디에 있지?"

"그대들이 우리를 찌르면 우리가 피를 흘리지 않는가?" 마이크가 고개를 끄덕이며 말한다.

"피를 흘린다?" 렌턴이 어리둥절한 표정으로 그 말을 따라한다.

"「베니스의 상인」의 한 구절이죠. 그다음은 잊어버렸네요."

"그대들이 우리를 찌르면 우리가 피를 흘리지 않는가?" 당신이 말한다. "그대들이 간지럽히면 우리가 웃지 않는가? 그대들이 우리에게 독을 먹이면 우리가 죽지 않는가? 그대들이 우리를 부당하게 대우하면 우리가 복수하지 않겠는가?"

침묵이 흐른다. "바로 그거예요." 렌턴이 말한다. "당신은 간지럼을 타지 않지요, 안 그런가요?"

당신은 고개를 끄덕인다.

"사실 샤일록의 질문은 흥미로워요." 제니가 사려 깊게 말한다. "감정을 느끼는 능력을 갖는다는 것이 곧 즐거움뿐 아니라 고통도 경험한다는 것을 뜻한다면 우리가 무슨 권리로 다른 지적 존재에게 고통을 가할 수 있나요?"

팀의 눈이 번득인다. "두 사람 다 중요한 점을 놓치고 있어요. 코봇은 노예나 애완동물이 아닙니다. 사람이죠. 그저 다른 형태를 가진 사람."

"뭐든지 간에 비싼 사치품이죠." 렌턴이 무시하는 투로 말한다.

"경제적으로 막다른 길. 팀, 당신의 문제는 이 물건을 창조는 했지만 이걸로 뭘 할지에 대해선 진정한 비전이 없다는 거예요."

당신이 일어선다. "부야베스 가져올게요."

논쟁은 다툼이라고는 할 수 없지만 가끔은 거의 다툼처럼 들릴 정도로 격렬했다. 당신이 수프를 테이블로 가져왔을 때야 잠시 멎는다. 당신은 의자에 등을 대고 느긋하게 앉아 사람들이 수프를 떠서 입으로 가져가는 모습을 지켜본다.

팀이 인상을 찌푸린다. 그러나 처음 말을 한 사람은 렌턴이다.

"어이구!" 그가 그릇을 가만히 보며 말했다. "이게 어떻게 된 거죠?"

마이크가 수프를 떠서 냄새를 맡는다. "냄새가 고약해." 그가 조용히 말한다.

"뭐 잘못됐나요?" 당신이 불안하게 말한다.

"제 생각엔 생선 중에 아마 상한 게 있었던 것 같아요." 제니가 조심스럽게 말한다.

"그럴 리가—"라고 말을 하다가 떠오르는 게 있다. 왜 생선뼈를 달라고 하는지 이해하지 못했던 직원이 떠올랐다. 그는 생선뼈를 고양이에게 줄 거라고 알아듣고는 생선뼈를 넣어주겠다고 했다. 분명 고양이가 먹을 만한 것을 알아서 골라 먹으리라 생각하고는 쓰레기를 넣었던 모양이다.

당신의 수프에, 아름답고 세련되고 사프란 향이 나는 퓌메에는 처음부터 독성이 있었던 것이다.

"죄송해요," 당신은 힘없이 말한다.

팀이 전화를 꺼낸다. "바실리코에서 30분 만에 피자를 배달시킬 수 있어요. 다들 괜찮죠?"

당신은 멍하니 수프가 가득한 그릇들을 모아서 다시 주방으로 가져온다. 제니가 일어나 당신을 돕는다.

"난 진짜 바보 같아요." 두 사람만 있게 됐을 때 당신이 말한다.

"당신 잘못이 아니에요."

"내가 팀을 실망시켰어요. 존 렌턴은 내가 값비싼 무용지물이라 확신하며 여기 왔는데 그 생각이 옳다고 내가 증명해버렸어요. 당연히 저는 냄새를 못 맡아요. **로봇**이니까요."

"저라면 렌턴이 그렇게 생각한다고 꼭 가정하지는 않겠어요." 제니가 신중하게 말한다. "그렇게 생각했으면 여기 오지 않았겠죠. 그냥 논쟁을 해보는 거예요. 원래 그래요. 테크 기업 남자들이 다들 그렇죠."

당신은 그녀를 흘깃 본다. "그래도 마이크는 안 그러잖아요."

"마이크는 안 그러죠." 그녀는 동의한다. "아니, 심하게 굴진 않죠. 그래서 제가 그 사람과 결혼했잖아요." 그녀가 당신을 곁눈질로 보며 말한다. "왜 당신이 냄새를 못 맡는 것이 당연하다고 말하는 거죠?"

"당연한 거 아닌가요?"

그녀는 어깨를 으쓱한다. "음식 산업은 이미 인공 미뢰를 이용하고 있어요. 인공 코를 위한 딥러닝은 여러 해 전부터 있었고요."

"그러면 왜……." 당신은 그 말의 의미를 헤아리며 말을 멈춘다. "그는 나를 되도록 빨리 만들고 싶었던 거예요." 당신은 깨닫는다.

THE PERFECT WIFE

"나를 빨리 되찾기 위해. 그래서 몇몇 부분을 대충 만든 거죠."

"그러게요. 남자들이 원래 그러잖아요. 그들의 우선 사항이 먼저죠."

"그는 나를 사랑해요." 당신이 변명하듯 말한다. "하루도 더 기다릴 수 없었던 거예요."

그렇게 말하지만 당신은 팀의 사랑에 불편한 감정을 느낀다. 그는 사랑도 다른 일들만큼이나 집착적이고 비타협적으로 한다. 그렇게 많이, 그렇게 융통성 없게 사랑을 받는다면 폐소 공포증 같은 것이나 심지어 두려움마저 느낄 수 있다.

"그래요." 제니가 말한다. "팀은 결국 알고 보면 꽤나 로맨틱한 사람이었죠." 그 말에서도 당신은 다시 숨겨진 과거사가 있음을, 당신이 아직 알지 못하는 뒷이야기와 기억, 과거의 일들이 있음을 감지한다.

36

피자가 도착하기를 기다리는 동안 그들은 바타르 몽라셰를 다 끝내고 43도짜리 페르노를 마시기 시작했다. 앨리샤만 술을 거부했다. 그녀는 포도주도 거의 건드리지 않는다. 제니는 나머지 사람들과 함께 짧은 잔을 가득 채우긴 했지만 천천히 홀짝대며 마신다. 다른 사람들은 한입에 술잔을 비우고 다시 채운다.

존 렌턴은 같은 주제로 계속 되돌아간다.

"신기술을 추동하는 힘은 딱 두 개예요." 그는 자기 말에 맞춰 테이블을 두드리며 말한다. "생산성과 섹스. 당신은 이미 생산성은 배제했으니 섹스만 남았죠. VCR이 베타맥스를 이길 수 있었던 이유가 포르노 산업이 VCR을 채택했기 때문이라는 건 모두 아는 사실 아닌가요? 스냅챗이 슬링샷 같은 메시지 앱을 앞지른 이유는 섹스팅을 할 수 있게 만들었기 때문이고. 당신은 당신 로봇을…… 뭐랄까? 완전히 기능하도록 만들었으니 어쩌면 기회가 있을지 모르겠군."

"코봇은 완전한 지각을 갖추었어요." 마이크가 말한다. "그건 코봇이 승낙을 하지 않을 수도 있다는 뜻입니다."

"그게 법적으로 어떤 의미가 있을지 이해가 안 되는데. 로봇을 강간할 수 없다. 그런 건가?" 렌턴이 잠시 생각하더니 덧붙인다. "슬럿봇! 이제 상품이 떠올랐어."

"섹스팅과 포르노 감상은 사적인 활동이지요." 팀이 침착하게 말했지만 당신은 그가 얼마나 화가 난 상태인지 알 수 있었다. "코봇과 관계를 가지는 것은 매우 공적인 일입니다. 제가 이미 입증했듯 말입니다. 수백만 달러씩 들여가며 비웃음거리가 되고 싶은 사람은 없어요."

"그렇다면, 친구여, 당신에겐 시장이 없는 것 같군요." 렌턴이 최종적으로 말한다.

"이해를 못 하는군. 한심한 멍청이 같으니." 팀이 말한다. 렌턴은 웃음을 터트린다. 짧은 너털웃음을 즐겁게 내뱉는다. 당신은 그가 이 순간을 위해 내내 공을 들였음을 깨닫는다. 그러니까 팀이 자기 분을 이기지 못할 때까지 일부러 괴롭혔다는 것을. "이건 밀레니얼 세대의 자기만족 문제가 아니라고. 빌어먹을 더 큰 그림을 봐야지. 잠시 로봇은 잊어봐. 로봇은 그냥 전달 메커니즘일 뿐이니까. 애비의 정신은 이제 순전히 디지털적인 것으로 존재하지. 그래서 **이전**이 가능해. 그 잠재력이 뭔지 모르겠어?" 그가 손짓으로 당신을 가리킨다. "그녀는 망할 장난감이 아니라고. 사실상, **불멸**이야."

침묵이 흐른다. 마이크가 일라이저를 본다. 이 이야기를 전에 들어본 적이 있냐고 묻는 듯한 표정이다. 일라이저는 얼떨떨한 표정으로 고개를 살짝 젓는다.

존 렌턴이 다시 웃는다. "불멸? 지금 나랑 농담하자는 건가?"

"나는 농담 안 합니다." 팀이 차갑게 말한다. "애비의 정신은 영원히 성장하며 학습하게 될 거요. 그녀의 몸, 껍데기는 교체될 수 있고, 그러니까 업그레이드가 가능하지. 다른 모든 것은 이전될 수 있어. 사실상 우리의 몸, 우리가 갖고 태어난 몸은 더 나은 것을 위한 부팅 프로그램일 뿐이지. 말하자면 2.0 버전을 위한."

"말도 안 돼." 렌턴이 말한다. 하지만 즐거운 듯한 말투다. 마치 반짝이는 새 선물을 손에 넣은 것처럼.

"대부분의 사람들은 죽음을 피할 수 없다고 생각해요." 팀이 말을 잇는다. "하지만 그게 그냥 우리의 집단적 상상력의 실패일 뿐이라면 어떨까요? 죽음도 우리가 정복할 수 있는 또 다른 문제일 뿐이라면? 지금 저 밖에는 학살이 일어나고 있어요. 매해 5천만 명씩 죽어나가고 있으니까. 그 죽음이 나이가 아닌 다른 이유 때문이라면 우리가 뭐라도 했을 것 같지 않습니까?" 그는 탁자에 앉은 사람들을 천천히 둘러보고 다시 렌턴을 바라봤다. "로봇은 단지 인류의 잠재적 구원자가 아닙니다. 로봇이 인류의 미래입니다. 일단 그렇게 보기 시작하면 멍청한 메시지 앱보다 훨씬, 훨씬 중요하다는 걸 알게 돼요. 피터 틸, 세르게이 브린, 래리 엘리슨, 모두 이 분야에 수십억 달러를 투자하고 있어요. 나는 며칠 후에 래리를 만나 나와 함께할지 물어볼 겁니다."

"우와. 이제 보니, 이거 대단하군." 렌턴이 손가락으로 탁자를 두드리며 말한다. "진짜 독창적이야."

그는 당신을 탐나는 시선으로 응시한다. 당신이 완전히 이해할 수 없지만 뭔가가 달라졌다. "얼마요?" 그가 불쑥 묻는다.

일라이저가 입을 열지만 대답한 사람은 팀이었다. "6천억요. 처음에는. 독점권을 원한다면요.”

“사업 계획도 없는 회사에? 지금 놀리는 거요?”

팀은 어깨를 으쓱한다. 렌턴은 계속 손가락으로 테이블을 두드린다. “그리고 당신은 이걸 누굴 위해서든 할 수 있단 말이지? 나를 위해서도?”

“물론입니다.” 팀이 침착하게 말한다. “해결해야 할 문제가 좀 있지만 고치지 못할 것은 없죠. 당신 머리를 잘라서 거품 나는 액체질소 통에 보관할 생각은 하지 않아도 됩니다. 영원히 사는 일이 업로드만큼이나 쉬워질 거예요. 물론 비싸죠. 하지만 그건 좋은 점으로 볼 수 있어요. 선택된 소수의 창립 투자자로 제한하면 지구 자원에 부담을 주지 않을 수 있으니까.”

렌턴이 당신을 보는 시선에는 뭔가 오싹한 것이 있다. 슬럿봇에 대해 말할 때도 끔찍했지만 지금의 그는 거의 침을 흘리는 수준이다.

“피부가 없는 상태의 그녀를 보고 싶은데.” 그가 불쑥 말했다. “내가, 내가 결국 어떤 모습이 될지 보고 싶군.”

당신은 팀이 그에게 꺼지라고 말하기를 기다렸지만 그는 차분하게 이렇게 말할 뿐이었다. “그건 애비에게 달렸소.”

렌턴이 당신에게 몸을 돌리며 묻는다. “그렇다면?”

당신은 그가 진심이라는 걸 알고 몸이 얼어붙는다. 그를 불쾌하게 만들지 않으면서 거절할 방법을 생각하려 애쓴다.

하지만 그러다가 팀을 생각한다. 그 모든 어려움에도 오늘 저녁 분위기를 역전시킨 그를.

"그러죠." 이렇게 대답하는 당신의 목소리가 들린다. 당신은 제니를 건너다본다. "좀 도와주실래요?"

두 사람은 함께 탁자에서 일어나 위층으로 간다. 당신은 옷을 벗기 전에 욕실 문에 걸린 가운을 집어 든다.

"어떻게 하는지 알아요." 제니가 당신을 안심시킨다. "사실, 꽤 간단해요."

그녀는 당신 목 뒤를 만지작거리며 솔기를 찾는다. 그녀가 당신의 얼굴을 벗기는 동안 당신은 눈을 감는다. 솔기가 허리까지 죽 열리는 것이 느껴진다.

제니의 두 손이 부드럽게 당신의 피부를 몸통에서부터 벗겨내는 동안 당신은 잠수복을 벗는 것처럼 피부 밖으로 나온다. 보지 않으려 애쓰지만 피부가 무릎에 걸리는 바람에 당신을 구성한 단단한 흰 플라스틱을, 티 하나 없이 매끈하고 윤이 나며 우아하게 제작된 당신의 윤곽을 흘긋 내려다보지 않을 수 없다.

이렇게 내보여질 의도가 없던 부분까지 가능한 한 완벽하게 만들다니, 팀다운 일이라고 당신은 생각한다.

당신은 가운을 걸치고 말없이 아래층으로 내려간다. 제니가 당신 뒤를 따라온다. 호위를 받으며 처형대를 향해가는 죄수 같은 느낌이 든다.

하지만 다른 느낌도 느껴진다. 무거운 고무 가죽을 벗고 나니 동작이 더 가벼워지고, 덜 갑갑하다. 이상하게…… 해방된 느낌이 든다.

다이닝룸 밖에서 당신은 가운을 벗어 제니에게 건넨다. 잠시 걸

THE PERFECT WIFE

음을 멈추고 결의를 다진 뒤 안으로 들어선다.

당신이 들어가자 완벽한 침묵이 흐른다. 모두, 정도의 차이는 있지만 같은 표정이다.

그들은 경외감에 압도되었다.

"자, 이게 접니다." 당신이 말한다. 아무도 대답하지 않는다. 렌턴은 침을 꿀꺽 삼킨다. 그의 목젖이 초조하게 오르내린다.

당신은 몸을 돌려 밖으로 나온다. 아까보다 조금 더 당당하게.

"젠장." 렌턴이 당신 뒤에서 아쉬운 투로 말하는 소리가 들린다. "아름답군."

37

잠시 뒤 모임이 끝난다. 렌턴이 재무 담당자들과 바로 이야기를 나누겠다고 약속하며 가장 먼저 나갔다. 그가 나가자 남은 사람들은 방금 무슨 일이 일어났는지 확실히 알지 못한 채 서로를 바라본다.

먼저 입을 뗀 사람은 팀이다. "잘했어." 그가 당신에게 말했다. "상황을 확 바꿔놨어, 애비."

"불멸이라고, 팀?" 마이크가 갑자기 말한다. "진짜? 그게 자네의 비전이야? 이제 불멸이 우리의 사업이 되는 거야?"

"20세기 초에," 팀이 진지하게 말한다. "전 세계 부자들이 코트다쥐르로 몰려갔지. 원숭이 분비샘을 자기네 음낭에 집어넣으려고 말이야. 고통스럽고 돈도 많이 드는 데다 효과도 입증되지 않은 방법이었어. 하지만 수천 명이 두 번째 젊음을 위해 그만한 대가를 치를 가치가 있다고 생각했다는 거야."

마이크가 얼굴을 찌푸린다. "자네, 하려는 말이 뭐야?"

"그리고 5세기에 교황 이노켄티우스 8세가 죽음에 가까워졌을 때는 말이야. 교회 당국이 열 살배기 소년들에게 금화를 하나씩 주고 교황에게 피를 주게 했어. 소년들은 다 죽었어. 물론, 교황도 죽었지. 영생을 믿는 조직이 설마 그렇게 절박하게 굴었을까 의심스럽지?" 팀은 자리에서 일어나 몸을 쭉 편다. "내가 하려는 말은, 렌턴은 멍청이라는 거야. 종교를 믿지 않을 만큼은 이성적이지만 자신의 필멸을 받아들일 만큼 이성적이진 못해. 하지만 내가 영원히 살게 만들어줄 수 있다고 그가 믿기로 한다면, 좋은 일이지. 우린 그의 돈을 받게 될 테니까."

"당신에겐 비전이 없군요." 일라이저가 말한다.

"아, 있어." 팀이 대답한다. "렌턴이 생각하는 비전이 아닐 뿐이지."

열둘

팀의 폭스바겐 선물은 팀과 애비의 관계에서 새로운 국면을 뜻했다. 아이러니하게도 애비는 곧 그 폭스바겐을 쓸 일이 없어졌다. 대신에 팀의 차를 얻어 타고 출근했는데, 우리는 그걸 보고 그녀가 팀의 집에서 잤다고 해석했다. 팀은 그 무렵 숍봇 투자금을 더 많이 모집하느라 바빴다. 거의 매일 밤 실리콘 밸리의 행사에 참가하면서 유리창 없는 컨벤션 룸에서 끝없이 인맥을 쌓고, 초록 테이블보 위 보온 쟁반에 두 종류의 스트립 스테이크가 높이 쌓인 뷔페에서 식사를 했다. 애비도 함께였다. 물론 그녀는 그녀에게 익숙한 갤러리 오프닝과 축제에 비해 그런 저녁 행사들이 지루하다고 생각했을 것이다.

그러나 키 크고, 황홀하도록 멋진 예술가를 데리고 다니는 것이 분명 팀에게는 도움이 됐을 것이다. 사람들의 눈길을 끄는 것 이상이었다. 이런 벤처 캐피털 회사를 운영하는 사람들은 경쟁심이 강한 알파 메일Alpha Male 타입들이다. 팀은 애비 덕에 '존경'을 얻었다. 존경은 곧 자금 흐름으로 이어졌다. 한 억만장자가 애비와 5분 간 대화를 나눈 뒤 4천만 달러를 투자했다는 이야기가 돌았다.

애비는 케이크를 구워서 우리를 위해 휴게실에 갖다놓기 시작했다. 정말 맛있었다. 조금이라도 맛보려면 일찍 가야 했다. 오전 9시쯤 되면 부스러기만 남아 있었다.

물론 여자들은 모두 팀이 침대에서 어떤지 애비에게 들으려고 애썼다. 애비는 수다 떨기를 좋아하는 사람은 아니었지만 그렇다고 그런 질문에 당황해 하지도 않았다. 예를 들어 어느 날인가 그녀는 아무렇지도 않게 팀은 사정하는 걸 좋아하지 않는다고 말했다.

"탄트라와 관련된 거예요. 운동선수들도 그렇게 하죠. 그게 일을 위한 에너지를 보존해준대요."

누군가 우리에게 어떻게 생각하느냐고 물었다면 완전 해괴하다고 대답했을 것이다. 하지만 찾아봤더니 아니나 다를까, 불교와 관련된 자료에 사정 조절이란 게 있었다. 신비주의라면 무조건 비웃는 남자가 그런 걸 믿다니 이상했다. 하지만 팀은 나머지 우리와는 근본적으로 다르다고 믿고 싶은 우리의 소망을 충족시키긴 했다. 그리고 우리 모두 이해했다. 건강을 통제하고픈 욕망은 우리에게도 드물지 않았다. 미량 영양소가 들어간 영양제를 꿀꺽 삼키든, 유제품 대신 아몬드 우유를 마시든 우리 모두 몸의 생물학을 갖고 끊임없이 이런저런 실험을 하고 있었으니까.

38

렌턴과 저녁을 먹은 이튿날 아침은 심하게 술을 마신 파티 뒷날 잠에서 깨는 기분이었다. 그 모든 것이 정말 일어났던 일인가? 아니면 당신이 그냥 상상한 건가?

그러나 팀은 콧노래를 흥얼거리며 아침을 먹으러 내려왔다. "어젯밤 일은 잘 풀렸어."

"당신네 최대 투자자를 식중독에 걸리게 할 뻔했는데."

"이제는 더 큰 투자자가 됐지. 당신 덕에." 그가 당신 정수리에 입을 맞춘다. "머리를 예전처럼 바꿨네."

"프렌치 브레이드는 진짜 내 스타일이 아니라고 결정했어. 사실, 프랑스 거는 뭐든 말이야."

그가 웃는다. "있잖아, 내가 생각을 해봤거든. 우리는 당신을 더 많이 내보여야 할 것 같아. TED 강연도 하고 신경과학 학회에도 가고. 카트리나가 당신을 출연시킨 그 쓰레기 같은 낮 시간대 TV 프로그램 같은 것 말고 진지한 자리에 말이야. 당신의 진면목을 사람들이 더 빨리 알게 될수록 이 온갖 우스꽝스러운 미디어 서커스가 지나갈 거야."

"팀······." 당신이 말한다.

"응, 애비?"

"이게 당신한테는 괜찮아? 이게 당신한테는 좋아? 내가 진짜 당신이 그 모든 세월 동안 갈망하던 거야?"

팀은 놀란 표정을 짓는다. "물론이지. 그걸 왜 물어?"

"그냥…… 나는 사기꾼이 된 것 같은 기분이 들 때가 대부분이거든."

"당신은 애비야. 그리고 나는 당신을 사랑해. 그것 말고 다른 건 하나도 중요하지 않아." 그가 얼굴을 찌푸린다. "지금 행복하지 않다는 거야?"

무척 화가 난 듯한 말투여서 당신은 흠칫 뒤로 물러선다.

"당신 말이 맞아." 당신은 간신히 미소를 지으며 말한다. "서로를 사랑하는 거, 그게 진짜 중요한 거지. 그리고 난 행복해."

당신은 팀과 서로의 관계에 대해 진지하게 이야기를 나누던 때기 있긴 있었는지, 아니면 매번 이렇게 공허한 흠모의 벽을 마주해야 했는지 궁금해진다.

열셋

어느 날 우리는 팀이 비서인 모라그에게 그날 저녁 애비와 함께 참가할 행사에 구글에서 몇 사람이 오냐고 묻는 것을 우연히 들었다. "서른여섯요." 모라그가 대답했다.

"서른여섯?" 애비가 즐겁게 끼어들었다. "하지만 작년엔 서른일곱이었잖아!"

팀은 분명 어리둥절한 표정으로 그녀를 쳐다봤다. "해리 포터"라고, 그녀는 다 알지 않느냐는 표정으로 설명했다. "더들리 더즐리가 선물 서른여섯 개를 받고 불만스러워하는 부분, 기억 안 나요?"

"난 그런 책들은 읽어본 적이 없어." 그가 무시하는 투로 말했다.

"해리 포터를 읽어본 적이 없어요?" 그녀는 놀라워했다. "하지만 영화는 봤겠죠, 그렇죠?"

"나는 사실 영화는 보러 안 가요. 너무 길어서. 어릴 적에 〈사우스 파크〉는 봤소."

"세상에." 그녀는 믿을 수 없어 했다. "제가 1권을 주문할게요."

그렇게 해서 우리는 팀이 회의 사이사이에 『해리포터와 마법사의 돌』을 읽는 모습을 볼 수 있었다. 팀답게 이틀 만에 1권을 다 읽고는 바로 2권을 주문했다.

애비가 포터모어 사이트에 들어갔고 두 사람은 기숙사 배정 퀴즈를 함께 풀었다.

"놀라워." 애비가 말하는 소리가 들렸다. "우리 둘 다 후플푸프네."

물론 기숙사 배정 퀴즈의 용도는 당신 자신도 몰랐던 자신에 대한 사실들을 알게 된다는 것이다. 하지만 후플푸프라고? 친절과 충성의 후플푸프라고? 팀이? 진짜?

우리는 아마 팀이 호그와트의 특정 기숙사에 배정되려면 그 퀴즈에 어떻게 답을 해야 하는지 알려주는 사이트를 인터넷에서 찾아냈을 거라고 추측했다. 어떤 면에서 귀엽기도 했다. 팀 같은 억만장자도 여자친구 마음에 들려고 애쓴다는 것이 말이다. 하지만 그래도 그렇지. 해리 포터의 광적인 팬인 우리는 모두 호그와트에서 잘못된 기숙사에 발을 들이면 안 된다는 것을 잘 알고 있었다.

하지만 두 사람의 관계가 정말 진지하다는 것을 알게 된 때는 대런이 런웨이 워킹을 망친 날이었다. 인간 판매원들은 손님을 기다리며 서서 많은 시간을 보낸다. 우리는 그 점이 마음에 들지 않았다. 그러니까 당신이 가게에 들어가면 판매원들이 판매 수수료 냄새를 맡고 갑자기 달려와 오늘 기분이 어떠시냐는 둥, 치수가 몇이냐는 둥 물어보는 것 말이다. 팀은 손님이 가게에 들어갔을 때 숍봇들이 계산대 근처에서 얼쩡대는 대신 런웨이를 걷는 모델처럼 거닐며 매장의 신상품을 선보이면 좋겠다고 판단했다. 그러다가 하나가 대열에서 나와 손님에게 말을 거는 것이다.

우리는 진짜 모델의 런웨이 워킹 비디오를 분석했고 손을 엉덩이에 얹은 채 걷는 그 독특한 걸음을 코딩으로 바꾸었다. 드디어 대런이 작품을 선보일 준비가 되었다. 그는 숍봇을 작동시켰다. 숍봇은 시연회 장소를 뽐내며 오갔다. 인상적이었다. 빅토리아 시크릿 패션쇼 모델과 똑같아 보였다.

"좋았어!" 팀이 말했다. "더 많이 하면 어떻게 될지 보여줘봐!"

대런은 어리둥절했다. "더 많이요?"

"동시에 걸어 다니는 모델이 여섯 명 정도는 있어야지. 그게 제일 중요한 거야. 그래야 멋있어 보이지."

대런은 고개를 끄덕였는데 그것이 그가 저지른 첫 번째 큰 실수였다. 아니, 사실 두 번째 큰 실수였다. 첫 번째 실수는 여섯 명의 숍봇이 좁은 런웨이를 한 번에 오가면 어떤 일이 일어날지 꼼꼼히 생각해보지 못한 것이었다. 공부벌레답게 그는 실제 패션쇼에 가본 적이 없었다. 하지만 이유야 무엇이든 그걸 즉흥적으로 시도하는 대신에 그 부분까지는 해결하지 못했다고 팀에게 즉시 말했어야 했다.

그는 또 다른 숍봇을 작동시켰고, 또 다른 하나를, 그리고 두 개를 추가로 더 작동시켰다. 잠시 동안 쇼는 놀라웠다. 키 크고 우아하고 흠잡을 데 없는, 똑같은 로봇 마네킹 다섯 대가 다양한 가상의 옷을 걸치고 가상의 런웨이를 성큼성큼 오갔다.

"음악에 맞춰서도 할 수 있어요." 대런이 자랑스럽게 말하며 스피커를 켰다. 레드핫칠리페퍼스의 〈스노우(헤이 오)〉가 울려 퍼졌고 숍봇들은 걸음을 멈추지 않은 채 리듬에 맞춰 어깨와 머리를 흔들기 시작했다. 그중 하나는 그녀의 손을 빙글빙글 돌리기까지 했다. (그렇다. '그녀의' 손을 돌렸다. 그렇게 춤추고 있는 숍봇을 '그것'이라고 생각하기란 불가능했다.) 주변을 둘러싼 사람들이 리듬에 맞춰 손뼉을 치며 함성을 질렀다. 애비도 그랬다. 환한 얼굴로 소리를 지르며 휘파람을 불었다. (그녀가 휘파람을 끝내주게 분다는 걸 그날 알았다. 두 손가락을 집어넣어 텍사스 소몰이꾼 같은 휘파람을 불어댔다.) 잠시 동안 사무실이 파티장 같았다.

그때 피할 수 없는 일이 벌어졌다. 손을 빙글빙글 돌리며 춤을 추는 숍봇이 런웨이 끄트머리에 도착해서 몸을 돌리더니 바로 뒤에 따라오던 숍봇에게 직진했다. 둘 다 바닥에 넘어졌다. 세 번째 숍봇은 그들에 걸려 넘어졌다. 몇 초 만에 행진은 기계전자공학이 제조한 팔다리들의 더미로 변신했다. 그들은 여전히 워킹을 하려 했지만 서로를 걷어차고 있을 뿐이었다. 교전 지역의 한 장면 같았다. 흰 플라스틱 몸뚱이들이 무더기로 쌓여 과장된 최후의 몸부림을 치고 있었다.

"세상에." 팀이 낮은 목소리로 투덜거렸다. "세상에서 가장 멍청한 인간들이 하는 일조차 흉내 내지 못하잖아."

누군가 음악을 껐다. 갑작스러운 침묵에 귀가 먹먹했다.

"해결할 수 있어." 마이크가 초조하게 말했다. "자율주행차 센서들을 이식하면 돼. 그러면 서로 피해서 갈 거야. 사실 꽤 근사해 보일걸."

"바로 그거야." 팀이 말했다. "해결할 수 있어. 그러니까 예측 가능해."

우리는 모두 피할 수 없는 팀 폭발의 시간이 뒤를 이으리라 기대했다. 대런이 곧 혼날 걸 알고 있는 개처럼 머리를 푹 숙였다.

그때 팀이 애비를 건너다보며 말했다. "그래도 나쁘지 않지, 응?" 그가 웃으며 말했다. "첫 번째 시도치고는."

며칠 뒤 누군가 팀의 사무실을 흘깃 보더니 "우와" 하고 탄성을 질렀다.

애비가 안에 있었다. 잠수복을 입고 있었다. 팔다리마다 작은 초록 스티커를 붙이고 있었는데 모션 캡처용이라고 누군가 말했다. 팀이 비디오로 찍고 그녀는 모델처럼 뽐내며 걷고 있었다.

분명 팀이 런웨이 워킹 기술을 개선하려고 했고 애비가 돕겠다고 나선 듯했다. 몸에 딱 달라붙는 잠수복을 입은 그녀는 놀라웠다. 하지만 우리 중 몇몇은 불편했다. 예술가로 고용된 애비가 지금 아무리 너그럽게 봐줘도 예술로 볼 수 없는 일을 하고 있었다. 경계가 모호해지고 있었다.

한편 누군가는 팀이 여자 직원에게 잠수복을 입고 행진하라고 부탁하고 싶지 않았을지 모른다고 말했다.

우리가 그 말에 대해 생각하는 동안 오랜 침묵이 흘렀다. 그 말을 한 사람은 신입 직원이어서 그 말이 일으킨 파문을 이해하지 못했다.

하지만 팀이 행복해하는 모습을 보니 모두 좋았다. 애비는 팀에게 진짜 좋은 상대였다. 아주 오래된 이야기이지 않은가. 인정머리 없는 폭군이 사랑에 빠지더니 더 이상 그렇게 폭군처럼 굴지 않게 됐다는.

THE PERFECT WIFE

어느 지루한 투자 행사에서 애비와 존 렌턴의 전 아내가 술에 취해 테이블 위에서 춤을 췄다. 주변에 있던 몇몇 남자들이 함성을 지르며 두 사람이 스트리퍼라도 되는 양 백 달러짜리 지폐를 그들의 구두에 찔러 넣었다.

팀이 묘한 표정을 지은 채 그 모습을 지켜보더라고 일라이저가 우리에게 전했다. 애비가 자랑스럽기도 하고, 너무 나갈까 봐 걱정스럽기도 한 표정이었다고.

일라이저는 나중에 두 사람이 주차장으로 나갈 때 팀이 애비에게 하는 말을 들었다. "나는 당신이 헤픈 여자가 아니라는 걸 알아. 하지만 문제는 저 사람들 누구도 그걸 모른다는 거야."

애비가 그의 팔짱을 끼며 말했다. "그 사람들 모두 당신을 질투하던걸." 그녀가 놀렸다. "당신이 헤픈 여자친구를 갖고 있다고 생각하면서 말이지."

"그런데 나는 헤픈 여자가 절대 아니야." 그녀가 덧붙였다.

"알아. 내가 당신에 대해 좋아하는 점들 중 하나지."

그리고 웃었다. 그의 입에서 절대 나오지 않을 것 같은 그 바보 같은 웃음을 키득거렸다.

이튿날 누군가 팀이 사무실에서 작업 중인 파워포인트를 흘깃 보았다. 제목이 '폴리아모리는 왜 바보짓인가'였다.

마커 페어에 갔던 누군가가 전시 작가 명단에서 애비의 이름을 보고 그녀의 작품을 보러 갔다. 솝봇의 다리 여섯 쌍으로 만든 조각품이 트레드밀 위를 걷고 있었다. 그는 그녀의 최고 작품은 아니었다고 평했다. 기본적으로 런웨이 사건의 재탕일 뿐이었다고.

더 주목할 만한 소식은 애비가 록 뮤지션처럼 보이는 사람들 패거리와 함께 다니더라는 것이었다. 긴 머리와 수염을 기르고 문신을 한 그들은 모두 망가진 사람처럼 보였다. 알코올 때문은 아닌 듯하다는 것이 우리 정보원의 평가였다. 그보다는 암페타민이나 코카인을 하는 사람들 같더라고. 그는 애비에게 말을 걸었는데, 아니 걸려고 했는데 그녀도 이마에 땀이 번들거리는 채 눈을 크게 뜨고는 말도 안 되는 소리를 지껄였다고 했다.

우리는 놀랐고, 또한 실망했다. 물론, 애비도 스트레스를 가끔 풀어야 했다. 그리고 물론, 그녀는 예술가다. 그녀 주변에는 분명 몇 년씩 약을 하는 사람들이 있을 것이다. 하지만 그래도…… 그녀는 너무나도 건전하고, 건강해 보였다. 그 맑은 눈동자와 상큼하고 싱싱한 아름다움을 어떤 종류의 약물 남용과도 연결하기란 쉽지 않았다.

우리 모두는 누가 팀에게 그의 여자친구가 코카인 중독자라고 말할지 궁금했다. 어쩌면 코카인 중독자는 조금 심한 표현일 것이다. 오락성 코카인 사용자가 아마 더 정확한 표현이겠지만 팀이 그런 구분을 중요하게 여길 것 같지는 않았다. 마약에 대해 그는 무관용 원칙을 지녔고 채용 과정에 약물 검사를 의무적으로 포함시켰다. 회사 밖에서도 포도주 한 잔보다 더 센 것에는 거의 손을 대지 않는 사람이었다.

물론 우리는 어쩌면 그가 애비에게 매력을 느끼는 이유가 그런 것 때문일지 모른다고 조심스럽게 서로 이야기했다. 그녀의 이질

성, 그녀가 더 창조적인 다른 환경의 사람이라는 사실 말이다. 하지만 그렇다 해도 우리는 두 사람의 관계가 이제 바닥을 향해 가고 있음을 예견했다. 팀은 마약 같은 문제를 두고 타협할 사람이 아니었다. 아니, 사실 어떤 문제에서든 그랬다. 우리는 슬펐다. 애비를 진짜 좋아했으니까. 그리고 그녀가 팀에게 미친 영향을 진짜, 진짜 좋아했으니까.

39

대니가 아침을 먹으러 내려오자 당신이 만든 그림 메뉴를 보여주었다. 그러나 이번에는 효과가 없다. 대니는 흘끗 보더니 무시한다.

"대니, 잠깐. 네가 먹고 싶은 게 틀림없이 있을 거야."

대니는 의자에서 황급히 내려가더니 토마스와 친구들 책 한 권을 들고 온다. 그리고 무언가를 생각하더니 책을 토스터기에 꽂고 손잡이를 아래로 내린다.

"흠, 그다지 좋은 생각이 아닌 것 같은데." 당신은 책을 꺼내 대니에게 돌려준다. 대니는 책을 받자마자 한 입 베어 먹으려 한다.

"귀찮은 전화 같으니!" 대니가 또렷하게 말한다.

당신은 골똘히 생각하며 대니를 바라본다. 방금 대니가 한 말. 당신은 그 말을 안다. 그건 『증기 전차 토비』에 나오는 말이다. 대니가 방금 먹으려 했던 그 책이다.

대니를 달래 책을 넘겨받은 당신은 뚱뚱한—그 시절에는 이런 표현을 썼다—관리자에게 집사가 토스트와 마멀레이드를 들고 왔는데 전화가 울리는 바람에 아침 식사가 중단되는 부분을 펼친다.

"이걸 먹고 싶은 거야, 대니?" 당신이 묻는다. "토스트와 마멀레이드?"

"어, 내 버퍼를 부숴." 대니가 말한다. 당신이 먼 길을 돌아온 그의 사고 과정을 쫓아올 수 있다는 것에 놀란 듯 보였다.

깜짝 놀라고, 즐거운 듯했다.

시안이 대니를 데리고 학교로 간 뒤 당신은 전화를 꺼낸다. 리사에게 전화하겠다는 결정을 정확히 언제 내렸는지는 모르지만, 일단 그렇게 결정을 내리고 나니 그래야 할 것 같았다.

당신은 연락처에서 그녀의 이름을 찾아내 통화 버튼을 누른다. 너무 간단하다. 언니가 전화를 집어 들고 발신자 정보를 뚫어져라 보는 모습을 상상한다. 충격의 순간이 잠시 이어질 것이다. 하지만 어쨌든 그녀는 이미 TV에 나온 당신을 봤다. 언젠가는 전화를 받을 것이다.

그러나 리사는 전화를 받지 않는다. 전화가 몇 번 울린 뒤 통화는 음성 메일로 연결된다. 당신은 메시지를 남길 마음이 내키지 않는다. 그토록 오랜 시간 뒤에 하는 첫 연락이 메시지 녹음이어서는 안 된다.

몇 분 뒤 다시 전화를 건다. 이번에는 전화벨이 한 번 울린 뒤 끊어진다. 당신은 리사가 전화를 쥐고 당신의 이름이 뜨기를 기다리는 모습을 상상한다. 그녀의 손가락이 버튼을 눌러 당신을 차단한다. 화면에 뜬 '애비'를 가능한 한 빨리 지운다,

당신은 한숨을 쉬며 문자를 보낸다.

리사, 나야. 언니가 무슨 이야기를 읽었든, 또는 보았든 진짜 나야.

다시 전화할게. 이번에는 받아. 응?

메시지가 전송되었다고 휴대폰이 알린다. 그리고 '읽음' 표시가 뜬다. 점 세 개가 나타난다. 언니가 메시지를 입력한다는 뜻이다. 하지만 아무런 답장도 오지 않는다. 답장을 보내지 않고 지워버린 모양이다.

용기를 얻은 당신은 다시 전화를 한다. 이번에는 리사가 전화를 받는다. 아무 말도 하지 않지만 숨소리가 들린다.

"언니, 우리 이야기 좀 해." 당신은 침묵에 대고 말한다. "이게 이상하다고 생각하는 거 알아. 나도 마찬가지야. 하지만 이 문제에서 내가 무슨 결정권이 있거나 그런 게 아니잖아."

"세상에." 리사가 믿을 수 없다는 투로 작은 소리로 내뱉는다. "세상에. 정말, 목소리가―" 그녀가 울기 시작한다.

"내가 스파이크스로 가면 어때?" 두 사람의 집 사이 중간 지점에 있어서 둘이 가끔 만나곤 하던 커피숍 이름을 댄다. "11시 괜찮아?"

리사는 훌쩍거릴 뿐 대답하지 않는다.

"언니, 어쨌든 난 거기 있을게. 제발 와줘. 난 언니를 만나야 해."

열넷

    우리가 아무리 면밀히 관찰해도 애비가 직장에서 마약을 한다는 조짐은 발견하지 못했음을 밝혀두어야겠다. 오히려 그녀는 새로운 창작 프로젝트에 푹 빠져 있었다. 작업실에 대형 3-D 프린터가 있었다. 시제품을 만들 때 쓰는 무척 비싼 기계였다. 대런은 애비의 부탁을 받고 그 프린터로 거의 모든 것의 복제품을 만드는 방법을 알려주었다.

    애비는 스톱모션 애니메이터들이 좋아하는 부드러운 모형용 퍼티인 뉴플라스트 점토를 한 짐 주문했다. 그러고는 한 주 내내 프린터 부스를 차지하고 있었다. 거기에서 무엇을 하는지 모르겠지만 아침에 늦게 출근하고 밤을 새워 일하기 시작했다. 그녀가 그러는 걸 팀이 기꺼이 인정했을 거라고 우리는 짐작했다.

    펀칭백 때처럼 그녀는 새 작품을 마쳤을 때도 대대적으로 알리지 않았다. 어느 날 평소처럼 출근했는데 가장 일찍 출근하는 솔이 대단히 흥분한 상태였다.

    "애비가 이번에 만든 걸 와서 봐야 해." 그가 말했다.

    그는 우리를 회의실 중 한 곳으로 데려갔다. 거기에 살색 퍼티로 만들어진 실물 크기의 3-D 애비 모형이 있었다. 짧은 끈 팬티만 빼면 알몸이었다. 양손을 엉덩이에 얹고 몸통을 살짝 옆으로 돌려 마치 거울에 자신을 비춰 보는 것 같은 모습으로 서 있었다.

"젠장." 누군가 나직이 속삭였다. 사실 놀라운 광경이었다. 아무도 직접적으로 논평을 해서 멋없게 보이고 싶진 않았지만 애비가 진짜 멋진 몸매를 가진 건 사실이었다. 하지만 그 이상이었다. 3D 프린트 출력물일 뿐인데도 그녀가 어떤 사람인지 실제로 느낄 수 있었다. 활기차고 긍정적이며 다소 순진하기까지 한 사람이라는 걸.

우리가 몇 분 정도 작품을 뚫어져라 보고 난 뒤에야 누군가 근처 벽에 고정된 카드를 발견했다.

마음대로 하세요(자유롭게!)
3-D 프린터로 출력한 모델링 퍼티와 철사구조
상호작용적 설치미술
가변 크기

"이게 어떻게 상호작용적이란 거죠?" 다른 누군가가 물었다. "아무 것도 하지 않잖아? 아닌가?"

"왜 가변 크기라는 거지?" 여자들 중 한 사람이 물었다.

"어쩌면, 우리가, 그러니까, 이걸 갖고 놀라는 의도인가?" 케네스가 제안했다.

우리가 그 말을 곱씹는 동안 침묵이 흘렀다. 누군가 몸을 구부려 조각상의 발을, 엄지발가락 조금 윗부분을 조심스럽게 눌렀다. "부드러워, 괜찮은데." 그가 말했다.

"야, 망치지 마!" 마리 네커가 항의했다.

"하지만 그러라는 거 같은데. 우리가 이걸 다시 조형해야 하는 것 같아."

솔이 조각상의 오른쪽 엉덩이 중간쯤에 엄지를 갖다 대고 눌렀다. 그가 손을 치우자 그의 지문이 찍힌 작고 동그란 보조개가 그 자리에 남았다.

"그러면 안 될 것 같아." 마리가 불안하게 말했다.

"왜 안 돼?" 솔이 쏘아붙였다.

"팀은 아직 안 본 건가?" 누군가 큰 소리로 물었다. 그 말에 우리는 모두 멈칫했다. 우리가 그 조각상으로 뭘 하기로 돼 있든 팀이 적절한 반응을 결정할 기회를 갖기 전에 그 일을 하는 사람이 되고 싶지는 않았다.

40

당신은 스파이크스에 일찍 도착한다. 리사는 늦는다. 너무 늦어서 당신은 그녀가 오기는 오는 건지 궁금해지기 시작한다. 하지만 리사가 결국 나타나리라는 걸 확신한다. 왜 그런지 모르겠지만 당신이 아는 그녀라면 그럴 것 같다.

기다리는 동안 당신은 휴대폰에 저장된 영상 클립을 훑어본다. 주로 대니의 영상이다. 대니의 네 번째 생일에 찍은 영상도 있다. 대니가 퇴행하기 몇 달 전이다. 영상에서 대니는 생일 축하 노래를 신이 나서 부르고 있다. 노래가 끝나갈 무렵에는 이를 다 드러내고 웃느라 얼굴이 둘로 벌어진 모습이다. "해피 버프데이 디어 대니이이이이…… 해피티 버프데이 투 미이이이이이!"

카메라 뒤에서 발음을 다정하게 고쳐주는 당신 목소리가 들린다.

"대니, 버프데이가 아니라 버스데이야."

"버프데이!" 대니는 열심히 따라한다. "난 그렇게 말했더." 대니는 조금 혀 짧은 소리를 했다. 앞니를 아랫입술에 걸치고 말해서 그렇다고 언어 치료사가 말했다. 치료사는 자라면서 사라지겠지만 당신이 올바른 발음을 보여줌으로써 도움을 줄 수 있다고 했다.

당신은 그 기억을 떠올리며 한숨을 쉰다. 하지만 그러다가 오늘 아침 토스트를 두고 일어난 짧은 유대의 순간을 기억하니 웃음이 저절로 떠오른다. 알아보기 힘들 만큼 달라졌다 해도 대니는 여전히 당신의 아이다.

리사는 30분이 지나서 결국 나타나 유리창 밖에서 당신을 뚫어지게 바라본다. 당신은 머뭇거리며 손을 흔들고 '이러려는 의도는 없었어'라고 말하는 듯한 미안한 미소를 짓는다.

리사는 커피를 시키지 않고 곧장 자리로 와서 앉는다. 겉모습만 보면 리사는 당신과 닮지 않았다. 그녀는 늘 당신이 그녀 몫의 미모까지 차지했다고 쓴소리를 하곤 했다. 하지만 두 사람의 눈은 똑같았다. 대부분의 사람들은 알아차리지 못하겠지만 그녀의 눈을 들여다보면 마치 거울을 들여다보는 것 같다. 물론 리사는 당신이 마지막으로 본 뒤로 5년이 더 늙었지만 그때도 그녀는 항상 중년처럼 옷을 입고 다녔다.

"TV에서 봤어." 리사가 불쑥 내뱉는다. "하지만 진짜 사람을 보니……." 그녀가 침을 꿀걱 삼킨다. "세상에, 내가 지금 뭐라는 거지? 사람이 어디 있다고."

"방송국 사람들이 일부러 내가 TV에 끔찍하게 나오게 만들었어. 하지만 그나마 그 덕에 이런 장소에서 사람들이 나를 알아보지는 않아."

리사는 조금 떨며 말한다. "꼭 너처럼 말하네. 아니, 그 애처럼."

"바로 나야. 적어도 내 생각은 그래. 이게 내 정신이야, 언니. 내 정신의 아주 작은 조각이겠지만 나로 느끼기엔 충분해. 내가 AI인지, 트랜스휴먼인지는 논쟁의 여지가 있지. 팀의 친구들도 바로 어젯밤 저녁을 먹으며 한 시간 동안 논쟁했거든. 하지만 나는 그저 닮은꼴인 전자기계공학 장치가 아니야."

"네 첫 인형 이름이 뭐야?"

"기습 질문이네. 그래프턴이야. 부모님은 우리의 모든 장난감이 젠더 중립적이어야 한다고 주장하셨어. 꽤 진보적인 분들이셨지."

그녀가 당신을 뚫어지게 본다.

"그런데 내 기억에는 빈틈이 있어. 자기라는 느낌을 갖기 위해 얼마나 적은 기억이 필요한지 알면 놀랄 거야. 나는 거꾸로 가는 알츠하이머 환자 같아. 천천히 빈틈을 채워가고 있어."

리사가 고개를 젓는다. "이건 너무 이상해."

"나도 그래." 당신은 손을 내밀어 그녀의 손을 잡는다. "보고 싶었어, 언니."

그녀는 손을 급히 빼낸다. "오, 세상에." 그녀가 작은 소리로 말한다. "세상에." 울기 시작한다.

"이게 다 그 사람 잘못이야. 그 나쁜 새끼."

"팀? 그 사람은 나한테 두 번째 삶의 기회를 줬어. 그는 나를 사랑해. 왜 그 사람이 나쁘단 거야?"

"이건 사랑이 아니야. 이건, 이건 시체성애지."

"그렇지 않아." 당신이 건조하게 말한다. "그 사람은 나한테 생식기를 주지 않았어."

리사가 코웃음을 친다. "놀랍지도 않네."

"무슨 말이야?"

"그 사람은 통제광이야." 리사가 퉁명스럽게 말한다. "항상 그랬어. 그 사람이 너를 통제할 때 즐겨 쓰는 방법 가운데 하나가 섹스를 허락하지 않는 거였어."

당신은 얼굴을 찌푸린다. "내가 그렇게 얘기했어?"

그녀는 눈물을 닦는다. "그렇게 자세히 말하진 않았어. 너는 그 사람을 두둔했지. 너를 존중하는 표시라면서. 나는 그 사람이 네 욕구에 대해서 조금도 신경을 쓰지 않는 표시라고 생각했어. 그 사람의 그 대단하고, 나르시시즘적인 열정이란. 너를 사랑하는 일에도 자기밖에 모르는 사람이야. 자기가 얼마나 로맨틱한지, 얼마나 대단한 숭배를 바칠 수 있는지 보여주려는 거지. 하지만 네가 그 우상 받침돌에서 내려서기라도 하면 난리가 날걸."

"내가 그런 적 있어?"

"가끔. 하지만 딱히 심하게 그랬던 건 같지는 않아. 내가 보기에는." 그녀는 생각에 잠겨 당신을 잠시 바라본다. "좋아. 예를 들면 말이야. 머릿속에 막 떠올랐는데, 한번은 네가 진짜, 진짜 피곤한 적이 있었어. 대니가 잠을 자지 않아서 말이지. 그런데 팀이 섹스를 원했어. 근데 사실 그 사람은 진짜 오르가슴까지 가지 않기 때문에─그건 너무 지저분하고, 너무 통제 불능이라나─섹스는 늘 네가 오르가슴에 이르면 끝이 났지. 그래서 그날 너는 오르가슴 흉내를 낸 거야. 하지만 잘하지 못했던지 그 사람이 눈치를 챘고, 며칠간 그 일로 너를 닦아세웠지. 잭이 그렇게 했으면 나는 헤어지자고 했을 거야. 그런데 너는 늘 더럽게 이해심이 많아. 어쨌든 내가 너한테 팀의 태도는 말도 안 된다고 했지. 오르가슴 시늉은 둘째치고 왜 네가 애초에 섹스를 꼭 해야 한다고 생각했는지 난 이해할 수가 없었어. 하지만 흉내를 내건 말건 그가 상관할 일이 아니지. 아마 내 말이 설득력이 있었던 것 같아. 네가 결국 팀에게 그렇게 말한 걸 보면 말이야." 그녀가 어깨를 한 번 으쓱하고는 덧붙인다. "사실, 별 얘기 아니야. 그런데 팀은 너랑 몇 주간 말을 하지 않았어. 그냥 너를 쳐내버렸어. 나중에 그 사람이 다시 말을 시작하니까 네가 내게서 들은 말이라고 말했지. 그랬더니 나를 그 집에 들이지 않더라고. 네가 나와 전화 통화만 해도 화를 냈어."

당신은 리사가 묘사한 일이 다시 기억나는지 보려고 기다린다. 그러나 아무 기억도 나지 않는다. "형부랑은 요즘 어떻게 지내?"

그녀는 씁쓸한 웃음을 한 번 짧게 터트렸다. "응, 그게 말이야. 몇 년 전에 헤어졌어."

"그러면 팀과 내가 옳았던 거네."

"어쩌면." 그녀는 당신을 한 번 흘긋 본다. "아니면 네가 너무 두려워서 그 사람을 못 떠나거나."

당신은 그녀를 보며 눈살을 찌푸린다. "왜 그런 말을 해?"

"너는 늘 그 사람 눈치를 봤어. 모두 그랬지. 그 대단한 팀 스콧이잖아. 세상을 바꾸게 될 신동. 그 사람은 직원들을 거느린 게 아니야. 시종들을 거느렸지. 컬트 집단처럼. 나는 네가 그런 환경에서 그 사람을 만난 것이 딱하다고 생각했어. 그 사람이 책상 옆을 지나기만 해도 무릎을 꿇는 그 모든 예스맨들 틈에서 말이야. 솔직히 그런 사람과 사는 것보다 더 나쁜 일이 있을까? 네가 그 사람 머릿

THE PERFECT WIFE

속에 창조된 너의 그 완벽한 이미지에 맞춰 살아야 하는 상황을 생각하면 오싹해져." 그녀가 몸을 부르르 떨었다. "하지만 그때 네가 다시 생각했더라면 나한테 아마 말하지도 않았을 거야. 너는 그 사람에 대해 내가 옳은 말을 하는 걸 늘 싫어했으니까."

당신은 책장에 감춰져 있던 그 책에 대해 생각한다. 『집착적 사랑을 극복하기』 어쩌면 결국 집착을 품은 사람은 당신이 아니었는지 모른다. 당신은 그냥 당신이 결혼한 남자를 이해하려고 애쓰고 있었는지도 모른다.

당신은 그 생각을 밀어낸다. 리사는 늘 이랬다. 모르는 게 없는, 분별 있는 언니 노릇을 하길 좋아했다. 리사의 이런 특성은 성장기에 당신이 무모한 일을 저지르기 좋아하게 된 이유 가운데 하나이기도 했다. 리사가 그건 너무 위험하다고 말할 때마다 당신은 곧장 가서 어떻게든 그 일을 했다.

"네가 머리를 잘랐던 일 기억나? 너는 엄마가 됐으니 브레이드(땋은 머리)가 불편하다고, 게다가 소셜미디어에서 그게 문화적 도용이니 어쩌니 하는 이야기도 있었다면서, 가위질을 좀 했지. 사실, 정말 멋있었어. 널 뭘 해도 멋있었지. 그런데 그걸 팀한테 물어보지 않고 한 거야. 그 사람은 불같이 화를 냈지. 너는 붙임머리를 사다가 예전과 똑같은 모양으로 브레이드를 해야 했어."

당신은 고개를 젓는다. "기억나지 않아. 전혀. 정말 있었던 일이야? 어쩌면 내가 과장해서 말했겠지."

"넌 과장하지 않았어. 굳이 말하자면, 너는, 뭐랄까? 팡글로스 증후군*이 있다고 해야겠지. 너와 팀이 함께 만들어가는 이 놀라운 신세계에서 모든 것이 늘 아름답고 눈부시고 너무 지독히도 완벽했지. 웩." 그녀가 손가락을 자기 목구멍으로 집어넣어 토하는 시늉을 한다.

당신은 요전 날 팀에게 당신의 프렌치 브레이드 헤어스타일이 어떠냐고 물어보자 그가 머리를 어떻게 하는지는 당신 마음이라고 대답했던 것을 생각한다. 그래도 그 상한 부야베스 대소동 뒤에 당신은 예전 헤어스타일로 다시 바꿨다. 어쩌면 무의식적으로 그의 기분을 맞추려던 것이었을까?

너무도 하찮은 일이다. 그리고 어쨌든 어떤 관계든 작은 결함이, 카펫의 작은 주름이 있기 마련이다. 오르가슴 흉내를 내는 것은 큰 그림에서 보면 아무것도 아니다. 모든 아내가 다 하는 일이고, 모든 남편이 자기 아내가 그럴지도 모른다고 의심하는 일이다. 어쩌면 리사는 어떤 페미니즘 원칙 같은 것 때문에 그러지 않을지도 모른다. 하지만 그녀는 늘 말 없고 맥없는 파트너와 짝이 됐고 그 파트너는 결국 어쨌든 더 재미있는 사람과 달아나버렸다.

리사가 뭐라 하든 팀이 당신을 겁에 질리게 할 만한 일을 했다고는 믿기지 않는다.

만약 당신이 불륜 관계를 맺지 않았다면 그럴 것이다. 바람을 피웠다면 모든 것이 달랐을 것이다. 왜냐하면 당신이 팀에 대해 확실히 알고 있는 한 가지는 그가 절대적인 충성을 요구한다는 것이니까.

---

* 지나치게 낙관주의적 성향을 일컫는 말. 18세기 볼테르가 쓴 소설 『캉디드』의 등장인물인 팡글로스 박사에서 유래했다.

"나한테⋯⋯." 당신은 말을 꺼내다가 어떻게 말해야 할지 몰라 멈춘다.

"뭐?" 리사가 조용히 묻는다. 당신이 무엇을 물어보려는지 그녀가 알고 있다는 느낌이 든다.

"우리 결혼에 문제가 있었어? 어떤 구체적인 문제 말이야."

"그러니까 팀이 너를 죽일 이유가 있었냐는 거지?" 그녀가 대담하게 말한다.

당신이 물어보려던 바로 그 질문이 맞지만 큰 소리로 듣고 보니 훨씬 더 심각하게 들린다.

잠시 뒤 리사는 어깨를 으쓱하고는 대답한다. "너도 상상할 수 있겠지만 나도 네가 사라진 뒤 그 질문을 수없이 했어. 왜냐하면 내가 확실히 알고 있는 게 하나 있거든. 그날 밤 일어난 일이 무엇이든, 서핑 사고는 아니었어."

"왜 그런 말을 해?"

"너랑 나는 바다에서 같이 자랐어. 그래, 네가 모험을 좋아하는 건 맞아. 너라면 궂은 날씨에도 바다에 나갔을 수 있어. 특히 파도가 잘 부서지는 날이라면 말이지. 하지만 너라면 제대로 된 보드를 갖고 갔겠지. 너라면 건 보드를 들고 갔을 거야."

그녀의 말을 이해하기 위해 잠시 동안 당신은 생각을 해야 한다. 그러다가 생각이 난다. 엘리펀트 건 보드. 가장 크고 무거운 보드. 원래는 패들보딩을 위해 고안됐지만 노련한 서퍼들이 큰 파도에서 서핑할 때 안정감을 위해 사용하는 보드다. 당신의 건 보드는 해변 별장의 차고에 아직도 있다.

"내가 무슨 보드를 가져갔어?"

"평소에 쓰는 짧은 보드였던 것 같아. 어쨌든 차고에서 사라진 건 그거야. 너를 모르거나 서핑을 잘 모르는 사람이라면 이상하다고 생각하지 않았을 거야. 네가 가장 자주 사용하던 거니까. 하지만 그런 날씨엔 맞지 않지."

"경찰에 그 말 했어?"

"물론 했지. 하지만 그것으로는 아무것도 입증할 수 없대. 서퍼들은 가끔씩 다른 보드를 시험해본다면서. 내가 할 수 있는 말이 그게 전부라는 데 실망한 것 같더라고."

"그래, 그 사람들 말이 맞네. 결정적 증거가 되지 못할 것 같아."

"난 널 알아." 리사가 참을성 있게 말한다. "네가 어떻게 서핑하는지 안다고." 그녀의 눈에 눈물이 다시 고였다. "있잖아. 난 너를 이렇게 만나게 될 거라 기대하지 않았어. 인형 같은 것과 마주 앉게 될 거라 상상했는데. 너처럼 보이고, 너처럼 말하고, 어쩌면 네가 했던 말을 똑같이 따라하는 것 말이야. 나는 기대하지 않았어. 내가, 내가—"

"동생을 만나게 될 거라고." 당신이 그녀의 말을 마무리한다.

그녀는 고개를 끄덕이며 침을 꿀꺽 삼킨다. 그러더니 손을 내밀어 당신 손 위에 얹는다.

"그래서 하는 말인데, 제발 조심해." 그녀가 작은 소리로 말한다. "과거에 너한테 일어났던 일은 무엇이든, 다시 일어날 수 있어. 방심하면 안 돼."

열다섯

팀은 〈마음대로 하세요(자유롭게!)〉의 주위를 걸어 다니면서 모든 각도에서 조각을 찬찬히 살피며 몇 분 간 연구했다. 그는 늘 감정을 읽기 어려운 사람이었다. 그가 욕설이나, 더 드물게는 칭찬으로 자기 생각을 쏟아내기 전에는 무슨 생각을 하는지 알 수 없었다.

"젠장, 이건 천재적이야." 그가 마침내 입을 뗐다.

우리는 고개를 끄덕였다. 우리도 그렇게 생각했다.

"지금까지 만든 것 중 최고야. 진짜 굉장해."

"저는 그녀가 서 있는 자세가 정말 마음에 들어요." 누군가 말했다. "정말 자신만만한 태도예요."

우리는 모두 그를 무시했다. 자신만만한 태도라니, 완전히 초점을 놓친 논평이었다.

"어디 있지?" 팀이 주위를 열심히 둘러보며 물었다. "애비는 어디 있지?"

우리는 어깨를 으쓱했다.

그는 핸드폰을 꺼내서 전화를 걸었다. "자기." 우리는 그 부드러운 말투에 넋이 나갔다. "그래, 지금 옆에 있어. 그건 그렇고 당신 정말 근사해 보여. 아니, 아직 아무도 없어. 내가……?"

그가 손을 뻗어 조각상의 오른쪽 어깨를 부드럽게 눌렀다. 살색 퍼티에 그의 손가락이 작은 보조개 같은 자국을 남겼다.

"정말?" 그는 여전히 전화에 대고 말한다. "그러기는 아까운데."

애비가 뭐라고 했든 그를 안심시켰음에 틀림없다. 그가 손을 내밀어 조각상의 다른 쪽 어깨도, 아까보다 더 세게 눌렀다.

"대단해." 그가 다시 말했다. 그는 여전히 전화를 귀에 댄 채 사람이 없는 곳에서 그녀와 이야기하기 위해 멀어져갔다.

우리 가운데 몇몇이 그를 따라서 조각상에 손을 대고 눌렀다. 하지만 〈마음대로 하세요(자유롭게!)〉라는 제목에도 우리는 머뭇거렸다. 기껏해야 손가락 끝으로 눌러보거나 팔이나 팔꿈치를 살짝 변형하는 정도만 할 수 있었다.

그렇다면 어떻게 〈마음대로 하세요(자유롭게!)〉가 그 뒤 며칠이 지나고 몇 주가 지나는 사이에 완전히 망가질 수 있었을까? 한 가지 이유를 들자면 사람들은 혼자 있거나 두셋씩 있을 때는 덜 머뭇거리는 것 같았다. 조각상의 가슴에 손가락 자국이 처음 나타난 것은 하루도 지나지 않아서였다. 부드러운 모델링 퍼티는 손가락 자국을 하나하나 기록했다. 누군가 우스갯소리로 팀이 약간의 지문 채취 가루만 있으면 우리 중 누가 자기 여자친구를 더듬거렸는지 쉽게 찾아낼 거라고 말했다. 어떤 어릿광대 같은 사람이 조각상의 왼쪽 엉덩이에 큼직한 다섯 손가락 자국을 나뭇잎 모양의 화석처럼 또렷하게 남겨놓았다. 하지만 그것도 얼마 안 가서 다른 손가

THE PERFECT WIFE

락 자국과 움푹 팬 자국, 음흉하게 그러쥐고 어루만지고 꼬집은 자
국에 곧 잊혀졌다. 매끈했던 표면이 셀룰라이트가 생긴 피부처럼
울퉁불퉁해졌다. 누군가는 뾰족한 연필 끝으로 오른쪽 종아리 뒤
에 길고, 구불구불한 절개선을 그어놓았다. 애비의 조각상이 아니
라 진짜 애비였다면 응급실행이 필요했을 상처였다. (연필로 했다
는 것을 알 수 있었던 이유는 그, 어쩌면 그녀가 연필을 애비의 오
른발에 꽂아두었기 때문이었다.) 아마 놀랍지 않은 일이겠지만 젖
꼭지는 많은 관심을 받았고, 곧 비틀려 떨어졌다. 한쪽은 근처에 버
려져 있었다. 그걸 비틀어 떼어낸 사람은 수리가 가능할 거라고 생
각한 듯 탁자 위에 조심스럽게 올려놓았다. 오른쪽 가슴은 너무 많
은 손가락이 주물러댄 흔적으로 불룩 튀어나왔다가 결국은 마찬가
지로 떨어졌다. 떨어진 조각을 처음 본 몇몇 사람은 기도와 입맞춤
으로 청동 표면이 닳아 매끈해진 봉헌 조각상을 떠올렸다. 하지만
얼마 지나지 않아 훨씬 잔혹한 장면임이 확실해졌다. 자신의 찢어
진 상처를 손가락으로 가리키는 중세의 섬뜩한 순교자 도상 같았
다. 조각상은 금세 늑대들이 뜯어먹은 사체를 닮아갔다. 모델링 퍼
티와 신체 부위들이 천천히 파열되었다.

　팀은 작품이 해체되는 모습에 짜증을 내기보다는 매혹된 듯 보
였다. 하루에 적어도 두 번은 살펴보면서 우연히 그 자리에 있던
사람에게 최근에 생긴 변화를 작은 것까지 지적했다. 그는 작품 개
조에 직접 참가하지는 않았다. 적어도 우리가 보지는 못했다. 하
지만 그의 매혹이 우리를 부추겼다. 조각상은 두 손을 잃었다. 아
마 누군가 훔쳐간 듯했다. 머리는 술 취한 듯 축 늘어졌다. 많은 사

람들이 몸의 일부에서 퍼티를 조금씩 떼어내 손바닥 사이에 넣고 원통형으로 굴린 다음 몸의 다른 곳에 다시 꽂아 넣었는데 나중에는 마치 조각상이 짧고, 통통한 벌레로 뒤덮인 것처럼 보였다. 그리고 마지막으로 일종의 급변점이 있었다. 〈마음대로 하세요(자유롭게!)〉가 더 이상 사람의 형상을 닮지 않게 된 순간, 낙서를 하듯 마구 주무를 수 있는 큰 덩어리 같은 것이 되어버린 순간이었다. 한때 어깨였던 것이 얼굴을 찡그린 두 번째 머리 비슷한 것으로 변신했다. 누군가는 팔의 일부를 떼어내 조악한 페니스를 만들었다. 조각상의 가랑이 사이에 한동안 붙어 있던 그것도 결국 바닥에 떨어져서 다른 뉴플라스트 덩어리와 부스러기와 같이 씹다 버린 껌딱지처럼 발에 밟혀 뭉개졌다. 그다음에는 머리가 사라졌다. 뜯겨져 나가 둘로 쪼개져 있었는데 마치 정체불명의 범인이 그 속을 들여다보려 한 것처럼 보였다. 일그러진 채 남겨진 토르소를 보고 누군가가 젠체하며 그리스 여신 아프로디테 같다고 말했지만 우리 모두는 그런 우아한 조각상과는 상당히 거리가 멀다는 것을 잘 알고 있었다.

다음 날이 되자 조각상이 사라졌다. 그러니까 조각상의 남은 부분이 사라졌다. 애비는 깨끗이 청소까지 했다. 회의실은 티끌 하나 없었다.

우리는 살짝 부끄러웠다. 테킬라를 마신 다음 날, 우리가 올바르게 행동하지 못했던 다음 날 같은 기분이 들었다. 기회가 다시 온다면 다르게 반응할 것 같다고 말하는 사람들조차 있었다. 돌아가면서 보안 요원으로 조각상을 지킨다든가 하겠다고. 근무 당번표를 만들 수도 있을 것이다. CCTV를 달았을 수도 있을 것이다.

하지만 우리 대부분이 보기에 그건 조각상의 의도를 이해하지 못하는 발상이었다. 또 다른 기회는 없을 것이다. 그 조각상에 일어난 일은 돌이킬 수 없다. 바로 그것이 목적이었다.

며칠 뒤 사무실 벽들 가득 사진이 전시되었다. 〈마음대로 하세요(자유롭게!)〉가 서서히 해체되는 과정이 환한 조명으로, 24시간마다 찍은 3제곱 피트의 거대한 흑백 사진들로 기록되어 있었다. 애비가 우리의 소행을 밤마다 와서 찍었던 것이다.

우리는 그 프로젝트가 기록되었다는 사실이 좋았다. 그 작품이 그냥 흔적도 없이 사라졌다고 생각하고 싶지 않았으니까. 하지만 큼직하고 선명한 사진들로, 말 그대로 무자비하게 동결된 그 작품을 타임랩스로 보고 있자니 우아한 인간 형상이 얼마나 빨리 원초적인 진흙덩이로 전락할 수 있는지 볼 수 있었다. 그런 생각을 하면서 우리는 불편함을 느꼈다.

그 사진들의 디지털 복제가 몇몇 예술 블로그와 인스타그램에 실렸다. 애비가 그랬는지, 우리 중 하나가 그랬는지는 모르겠다. 결국에는 『크로니클』 웹사이트에 소개되더니, 거기에서 몇몇 베이에어리어 TV 방송국으로 알려졌다. 그 결과 애비는 한동안 꽤 유명해져서 지역에서 어느 정도 알려진 유명 인사가 되었다. 뉴스 방송국은 우리가 그 조각상에 한 소행을 보도하면서 테크 기업 직원들을 부정적 관점에서 그렸다. 그러니까 우리가 진짜 반사회적인 공부벌레처럼 섬뜩하고 파괴적이라는 것이다. 우리는 억울했다. 우리는 조각상을 파손했다고 할 수 없다. 그 설치 미술과 의도적으로

도발적인 제목을 보았다면 누구라도 우리처럼 반응했을 것이다.

다행히 팀은 그것 때문에 회사의 이미지가 나빠진다고 생각하지 않았다. 특히 애비가 인터뷰를 하고 주목을 받기 시작하자 대단히 자랑스러워했다. 심지어 애비가 찍은 흑백 사진 시리즈 중 첫 사진을 자기 사무실에 있는 무하마드 알리의 인용문 맞은편에 걸어놓기까지 했다. PR 고문인 카트리나 구딩은 몇몇 테크 블로그에 처음에 상주 예술가를 고용할 생각을 해낸 팀이 얼마나 선구적이며 혁신적인 지도자인지를 알리는 글을 실었다.

41

리사가 떠난 뒤 당신은 카페에 남아 생각에 잠긴다. 리사가 TV 에서 했던 말을 생각해보면 오늘 대화는 만족스럽다. 하지만 TV 리포터들이 자신들이 원하는 말을 어떻게 얻어내는지는 누구보다 당신이 더 잘 안다.

그렇긴 해도 여전히 언니가 다 말하지 않고 뭔가를 감추는 듯한 느낌이 있다. 뭐랄까, 직감 같은 것이다.

언니는 당신의 비밀을 알고 있나? 무슨 말을 하든 당신이 곧장 팀에게 전할 거라고 두려워하는 건가?

리사는 떠나기 전에 TV 시리즈 〈환상특급〉에서 좀도둑이 사후 에 깨어나는 에피소드를 기억하느냐고 물었다. 도둑은 근사한 아 파트에 살며 카지노에서 결코 돈을 잃는 법이 없고 아름다운 여자 들에 둘러싸여 있었다. 결국 그런 삶이 지겨워진 그는 안내자에게 천국에서 사는 일에도 휴식이 있으면 좋겠다고, 지옥을 방문해봐 도 좋을 것 같다고 말한다. 그러자 그의 안내자가 이렇게 쏘아붙인 다. "어째서 당신이 천국에 있다고 생각하는 거요? 여기가 바로 지 옥인데."

"다르게 말하면," 리사는 이렇게 결론을 내렸다. "네가 소망하는 것을 조심하라는 말이지." 그러고는 이해할 수 없다는 표정으로 당신을 보았다.

지금도 당신은 그 수수께끼 같은 말의 의미를 알 수 없다.

선택의 여지가 없다는 걸 당신은 깨닫는다. 핸드폰 가게의 사내가 아무리 불쾌하다 해도 그 아이패드에 무엇이 있는지 알아야 한다.

당신이 도착했을 때 컴퓨터 괴짜 네이선은 카운터에 몸을 기댄 채 휴대폰 내부를 들여다보며 무언가를 하고 있었다. 당신을 보자 그는 씩 웃으며 만지던 휴대폰을 옆으로 치운다. 그러고는 카운터 뒤에서 나와 가게 팻말을 'CLOSED'로 돌려놓고 자물통 걸쇠까지 추가로 돌려 잠근다.

"뒤로 와요."

그는 상자들이 높이 쌓인 조그만 창고로 당신을 데려간다. 뒤엉킨 전깃줄들과 이런저런 장비로 뒤덮인 작업대가 있고, 그 위에 노트북 컴퓨터가 있다. 당신은 그가 발산하는 흥분을 느낄 수 있다. 아니면 그냥 당신의 신경이 예민한 탓인가?

"포트가 있을 텐데요." 그가 서두르며 말한다. "코드를 꽂을 수 있는."

"엉덩이에 있어요. 하지만 아이패드부터 줘요."

"여전히 스캐닝 중이에요. 하지만 지금까지 얻어낸 것은 보여줄 수 있어요. 인쇄해놨거든요. 당신이 다시 올 걸 알고." 그는 선반에서 종이 몇 장을 꺼낸다. "누군가의 인터넷 기록 일부예요. 알아보

THE PERFECT WIFE

기 힘들긴 하지만 꽤 흥미로워요."

당신이 손을 내밀자 그는 고개를 젓는다. "아뇨. 일단 연결부터 하고요."

"그럼, 빨리 해요." 당신은 그를 적대적으로 노려본다.

바지를 벗어 도와줄 수도 있지만 그의 일을 쉽게 만들어주고 싶지 않았다. 그가 거북함을 느끼기를, 이 일이 얼마나 불쾌한 일인지 깨닫기를 바랐다. 그가 당신의 허리밴드를 내리는 동안 당신은 그를 경멸하는 시선으로 계속 노려본다.

"근사해." 그는 시선을 의식하지 못한 채 단정하게 늘어선 포트를 바라보며 말한다.

"연결은 파이어와이어로 할 겁니다."

그가 케이블을 꽂을 때 딸깍 소리가 들린다. 그러고는 그는 노트북으로 되돌아간다.

"출력물." 당신이 그에게 상기시킨다. 그는 화면에 정신이 팔린 채로 당신 손에 종이를 건넨다.

"놀라워." 그가 작은 소리로 웅얼거리며 화면에 깜빡이는 숫자와 코드를 손가락으로 뒤쫓는다. 당신은 그를 무시한 채 첫 장을 본다.

첫 장을 보며 당신은 놀라서 흠칫 멈춘다.

42

€€˜ ˜ ˜

WWW.Undertheradar.com 잠수를 타서 완전히 사라지는 법 0===== €€

˜ XÿŒ 0

1단계 조심스럽게 계획한다. 사라지기로 한 날의 한 달쯤 전에 우울증 신호를 보여라. 의사에게 약물 치료를 요청하고 매일 약병에서 정확한 수만큼 알약을 제거한다.

€˜ 0€

2단계 컴퓨터 사용 기록을 지운다. 노트북 하드 드라이브를 빼서 끓는 물에 넣은 다음 망치로 부숴라. 마지막으로 디가우저(전자기 요술 지팡이)를 작동시켜 당신의 계획을 폭로할 만한 정보(이를테면 이 웹페이지를 방문했다는)를 삭제한다. €Üàšª# _ e g ¼ À ðE

3단계 휴대폰의 모든 정보를 지운 다음 대중교통에 놓고 내린다. 누군가 그 걸 집어서 사용하기 시작할 것이다. 그러면 나중에 당신을 찾는 사람들을 단념시키는 데 도움이 될 거짓 흔적이 만들어진다.

ÿÿÿÿÿÿÿÿ

Ë

4단계 현금으로 차를 구입한다. 가명을 대라. 추적 장치(RFID 칩이 달린 톨 패스, 위성 내비게이션, 온스타 시스템 등)를 모두 없앤다.

Root

5단계 새로운 생활방식을 연습한다. 음식은 테이크아웃으로 주문하라. 체 인 식당에서는 절대 주문하지 마라. 식습관을 바꿔라. 예를 들어 채식주의 자라면 고기 먹는 것을 고려해보라. 쉽게 구입한 BPac 기계로도 읽을 수 있 는 지문/DNA를 남기지 않도록 유리잔과 나이프, 포크를 알코올 천으로 닦 아라. (체인이 아닌) 모텔에서 침낭을 이용하라. 항상 현금으로 지불하라.

ÿÿÿÿÿÿÿÿ

6단계 소셜미디어 활동을 줄인다. 새로운 오프라인 신원을 만들라. (죽은 사람의 이름으로 위조 서류를 얻으려는 흔한 실수를 하지 마라.)

XOXOXO~~7단계. 현금을 많이 모은다. 악덕 사채업자나 마약상에게 빚을 지는 것은 위험하지만 효과적인 술책이 될 수 있다. 당신이 실종 이후 그들이 당신을 찾으러 다닐 테고, 그러면 주의를 분산할 수 있다.

%%%%%0×0

8단계 가까운 사람들에게 누가 미행하는 것 같아 걱정스럽다고 말하라. 아니면, 먼 곳으로 등산을 다니기 시작했다고 말하라. (익사보다는 등산 사고가 낫다. 등산 사고에서 시체를 찾아내는 경우가 더 드물기 때문이다.) 당신의 계획을 아무에게도 말하지 마라. 가장 믿는 사람에게도 말해선 안 된다.

#&

차양 밑에 LED 등이 달린 야구 모자를 사라. 이동할 때 적외선 카메라에 당신 얼굴이 흐릿하게 찍히게 해준다.

#&
#&
Entry
%%%%% 0××0

9단계 당신과 관련 없는 이름으로 법인을 만들라. 아파트를 임대하고 공과금을 지불하고 입출금 계좌를 개설할 수 있는 법적 실체가 되어줄 것이다. 당신을 위해 법인을 설립해준 사람에게 당신의 개인 계좌가 아니라 법인 계좌로 비용을 지불하라.

Entr%%

#&

10단계 모든 신용 카드와 개인 소지품 등을 버려라. 그리고 떠나라.

43

당신은 그 종이들을 뚫어지게 바라본다. 당신이 기대한 것이 무엇이든, 이건 분명 아니었다.

이제 보니 불륜이 아니었다. 자살이 아니었다. 완전히 다른 종류의 비밀이었다.

당신은 달아나버린 것이다.

물론, 모든 세부사항이 맞아 떨어지지는 않는다. 이를테면 이 웹페이지는 익사를 가장하는 방법을 추천하지 않았다. 그리고 당신은 아이패드를 망치로 부수거나 끓는 물에 넣지도 않았다. 하지만 당신은 서핑을 좋아하는 사람으로 알려졌으니 등산 사고보다는 바다 쪽이 더 그럴 듯했을 것이다. 아이패드는 아마 갖고 가려 했을 수도 있다. 그 외 다른 사실들은, 이를테면 우울증 약처럼, 우연이라고 하기에는 사실과 너무 가깝다.

당신은 아직 살아 있다.

충격적인 일이다. 팀이 믿는 모든 것이 끔찍한 기만 위에 이루어진 것이다. 대니를 혼자 키운 것부터 당신을 복원한 것까지 그가 한 모든 일이 거짓 위에 이루어졌다. 그것도 그가 사랑했던 여자가 저지른 거짓 위에. 자신도 그를 사랑한다고 항상 말했던 그 여자의 거짓 위에.

당신은 팀의 살해 혐의를 씻을 증거를 찾아냄으로써 아이러니하게도 그를 완전히 파괴할 만한 사실을 발견한 것이다.

하지만, 왜? 당신은 여전히 이해할 수 없다. 당신은 멋진 인생을, 당신을 흠모하는 남편을 갖고 있다. 물론, 그는 당신의 브레이드 헤어스타일을 선호하고 당신의 오르가슴 시늉을 싫어한다. 하지만 그것이 당신 자신의 죽음을 위장할 만한 이유는 되지 않는다.

그리고 어떤 이유에서든 팀을 더 이상 사랑하지 않게 됐다면 안타까운 일이긴 하지만 언제든 이혼이라는 선택이 있다. 그는 당신에게 결혼 선물로 해변 별장을 선물한 사람이다. 헤어진다고 해도 둘 다 여전히 엄청나게 부유할 것이다.

그래도 무엇보다 당신은 어떻게 대니를 버릴 수 있었는지 이해할 수 없다. 분명 어떤 엄마도 그렇게 아이를 놔두고 떠나지 않을 것이다. 특히 대니처럼 안타깝게 연약한 상태의 아이를.

사람들은 그래. 내면의 목소리가 당신에게 상기시킨다. **그런 일이 일어나.**

하지만 당신과 팀 같은 사람들은 아니다. 이기적이지 않으며 신념이 있는 강인한 사람들은 그러지 않는다. 좋은 사람들은 그러지 않는다.

만약 당신이 그런 사람이라면.

"끝내줘." 네이선이 작은 소리로 내뱉는다. 그는 화면 위를 스쳐가는 숫자들을 보고 있다. "당신 정신이 작동하는 걸 말 그대로 볼 수 있어요."

"무슨 뜻이죠?" 당신이 날카롭게 묻는다.

"걱정 말아요. 당신 생각을 읽을 수는 없으니까. 그냥 당신이 골똘히 생각하고 있다는 걸 볼 수 있는 거죠." 그는 당신이 쥐고 있는 종이를 흘깃 보며 묻는다. "그거 경찰에 갖다주게요?"

"아직 결정 못 했어요." 그러나 당신은 일이 얼마나 복잡해질지 벌써 짐작할 수 있다. 경찰은 수사를 다시 시작할 것이다. 자신이 죽은 것처럼 위장하는 일이 합법적인지는 모르겠지만 애비게일 컬런 스콧이 건강하게 살아 있다는 것을 그들이 정말 발견한다면 최소한 경찰이 시간을 허비하게 만든 죄는 있지 않을까 추측한다.

더 큰 문제는 팀이 당신이 한 일을 알게 된다는 것이다. 당신이 결혼을 버리고 떠났다는 것을. 장애를 가진 아들도, 그도 버리고.

마이크가 당신을 만나러 왔을 때 했던 말이 떠오른다.

그가 아직도 얼마나 부서지기 쉬운지만 기억해요. 그래주겠어요?

당신은 팀에게 그렇게 상처를 줄 수 없다. 적어도 아직은 아니다.

"그 출력물을 경찰에게 가져가면," 네이선이 장난꾸러기처럼 말한다. "아이패드를 압수할걸요. 그런데 거기에는 더 많이 내용이 있을 거예요. 장담합니다."

갑자기 당신은 손을 뻗어 엉덩이에서 케이블을 뽑아낸다. "이봐요! 그건 아무렇게나 뽑으면 안 돼요."

"얼마나 많이 있죠?"

"잘은 몰라요." 그는 자기 노트북 컴퓨터에 매달려 흔들리는 케이블을 간절하게 손짓으로 가리키며 말한다. "다시 연결해줘요. 오늘 밤에 다시 복구 작업을 시작할 테니."

"아니." 당신은 한 걸음 뒤로 물러서며 말한다. "더 복구해봐요. 그러면 다시 연결하는 문제에 대해 생각해볼게요. 세상에 공짜는 없다면서요?"

열여섯

〈(자유롭게!)〉는 아마 애비가 우리 회사의 상주 예술가로 있던 시기의 하이라이트였을 것이다. 사람들은 그녀에게 "그걸 뛰어 넘을 작품을 어떻게 만들려고요?"라고 묻곤 했고 그녀는 그냥 미소 띤 얼굴로 어깨를 으쓱하며 "뭔가 떠오르겠죠. 늘 그래요"라고 대답하곤 했다.

그러나 몇 주가 흐르고 몇 달이 흐르면서 그 미소는 희미해졌다. 누군가 퍼티 조각상을 연작으로 만들 수도 있지 않겠냐고 제안하자 그녀는 그냥 한숨을 쉬며 "어쩌면요"라고 대답했다. 마치 사람들이 그녀에게 보험회사나 뭐 그런 곳에 취직하라고 제안이라도 한 것처럼 말이다. 우리의 머리를 3-D 흉상으로 만드는 프로젝트에 대한 이야기가 있었지만 수포로 돌아갔다. 아이러니하게도 소셜미디어의 시간차 때문에 애비가 〈(자유롭게!)〉의 사진들로 입소문을 타던 그 시기는 애비 자신이 작품을 만들지 못하던 시간과 거의 일치했다.

우리는 처음에 실망했다. 주기적으로 그녀의 작품을 즐기는 일에 이미 익숙해져 있었기 때문이다. 그 작품들은 기계적이며 단조롭던 우리 삶의 무게를 덜어주었다. 하지만 우리는 또한 그녀를 보호해주고 싶었다. 왜 그녀가 주머니에서 풍선을 연달아 꺼내는 파티 마술사처럼, 아니면 자신의 대 히트작을 천 번째쯤 반복해서 공연하는 음악가처럼 우리를 즐겁게 해줄 의무가 있다고 느껴야 하는가? 그녀는 예술가였다. 우리의 예술가. 그녀의 임무는 고귀하고 신성했다.

게다가 그녀는 창립자의 여자친구였다. 두 사람의 로맨스가 머리기사가 되기 시작했다. 적어도 테크밸리에 몰두하는 지역 웹사이트에서는 그랬다. 그녀의 스물다섯 번째 생일에 팀은 샌프란시스코 게이 남성 합창단을 고용해서 그녀의 침실 창문 밖에서 생일 축하 노래를 부르게 했다. 그러고는 그녀를 윙워킹*에 데리고 간 다음, 전용기를 타고 래리 엘리슨의 하와이 섬인 라나이로 가서 이틀간 서핑을 즐겼다.

그러나 그는 창립자였으니 일이 먼저였다. 대개 밤마다 여전히 10시나 그 이후까지 사무실에 있었다. 그리고 두 사람이 하와이의 활화산 가장자리에 서 있는, 소셜미디어의 근사한 사진들과 더불어 더 어둡고, 더 불안한 소문이 돌았다. 누군가가 어느 늦은 밤 슬립스 클럽에서 애비가 분명 맛이 간 듯 보이는 음악가들 무리와 어울리는 모습을 발견했다. 누군가는 메자닌에서 땀에 흠뻑 젖은 애비와 나눈 앞뒤가 안 맞는 대화를 전하기도 했다. 그녀는 사무실에 가끔씩 나타났다. 그리고 대개 오후에 나왔다. 반면에 팀은 늘 7시까지 출근했다.

---

* 비행하는 비행기의 날개를 따라 움직이는 활동.

그러다 애비가 회사에 아예 나타나지 않자 우리는 똑같은 결론을 내렸다. 그녀가 우리를 버렸고, 아마 팀도 버렸다고 짐작했다. 우리는 더 이상 "요즘 애비 봤어?"라는 질문을 서로에게 묻지 않았다. 왜냐하면 늘 답이 똑같았기 때문이다. 그녀가 갑자기 사라져버린 것 같았다.

그녀의 상주 계약 기간 6개월의 마지막 날이 왔고 별일 없이, 별 언급조차 없이 지나갔다.

사무실에 그 소식이 갑자기 날아든 것은 그로부터 3주쯤 지난 뒤였다. 애비가 돌아온다! 상주 기간이 연장되었다! 아니, 연장이 아니라 재개되었다. 우리가 모르는 사이에 애비는 병가를 냈던 것이다. 그 기간을 감안하면 그녀의 계약 기간은 12주 남았고 적어도 그 기간만큼은 다시 우리와 함께할 것이다.

우리는 계산을 했다. 애비의 병가는 90일 정도였다. 우리는 재빨리 인터넷 검색을 했다. 「연구 결과 중독 치료 시설의 최적 거주 기간은 90일 이상이라는 것이 밝혀지다」라는 기사의 링크가 돌아다녔다. 다른 누군가가 회사의 건강 보험 내규를 확인했다. 중독 치료는 치료비를 본인이 부담한다. 곧, 개인에게는 큰 부담이라는 말이다. 하지만 어쨌든 애비가 직접 치료비를 계산하지는 않았을 것 같았다.

그리고 며칠 뒤에 그녀가 한가로이 나타났다. 예전 모습으로, 캘리포니아의 태양에 그은 구릿빛 건강미의 전형으로. 그녀가 지내던 시설은 실외 작업을 권장했다고 그녀는 설명했다. 그녀의 설명을 들어보니 그곳은 정신병원과 집단 농장을 접목한 곳 같았다. 그녀는 중독 치료 시설에 다녀온 사실을 그다지 숨기지 않았다. "제게 문제가 있었어요. 팀이 그걸 알고는 해결했죠"라고 우아하게 말했다. 알고 보니 그녀가 그의 폭스바겐을 몰고 가다 사고를 냈고 경찰이 현장에서 혈액 검사를 했다. 팀의 변호사는 형량을 경감하는 조건으로 그녀의 중독 치료 시설 입소를 법정에 제안했다. 그사이 팀은 장기 치료 성공률이 가장 높은 시설을 찾아냈다. 물론 바로 그곳에 애비를 보냈다.

그다음부터는 팀의 발자국을 좇기만 하면 되는 일이었다. 우리가 '캘리포니아 최고 장기 치료시설'이라고 검색엔진에 입력했더니 나파 밸리에 있는 작은 치료시설인 무빙 온이 나왔다. 사진으로 보면 해독 치료시설보다는 부티크 호텔에 가까웠다. 일광욕 의자와 파라솔에 둘러싸인 콩팥 모양 수영장에 채식 요리사, 헬스클럽…… 전용 포도원도 소유하고 있었다. 물론 고객에 대접하는 그곳의 대표 카베르네는 무알콜이긴 했다. 웹사이트에는 요금이 나와 있지 않았지만 인터넷의 다른 자료에 따르면 하루에 2,500불이었고 추가 비용이 붙을 수 있었다.

우리 중에는 그런 시설이 그저 근사한 스파와 다름없다는 생각을 가진 사람도 있었다. 하지만 우리는 더 깊이 파헤쳤다. 무빙 온이 그렇게 성공률이 높은 이유는 수영장도 헬스클럽도, 무알콜 포도주도 아니었다. 무빙 온은 화학 혐오요법으로, 특히 아포모르핀과 석시닐콜린으로 중독을 치료했다. 우리가 찾은 자료에 따르면 환자가 코카인 계열 같은 기분 전환용 약물을 소량 복용하려 할 때 아포모르핀을 주사로 투여한다고 한다. 그러면 아포모르핀이 엄청난 메스꺼움을 유발하면서 구토를 할 수밖에 없게 만든다. 시간이 흐르면서 마음에 코카인과 메스꺼움이 뗄 수 없을 정도로 연결돼서 환자는 코카인을 보기만 해도 메스껍다고 느낀다. 석시닐콜린은 비슷하면서 다른 효과를 낸다. 이 약은 호흡기 근육을 포함해 몸의 모든 근육을 즉시 마비시키는데, 그러면 환자는 숨이 막혀 죽을 것 같다고 느낀다. 사실상 숨이 막히는 상태이기도 하다. 1분 그리고 1분이 지날수록 약의 효과는 줄어들지만 그로 인한 공포가 너무 심하기 때문에 부시 행정부에서도 CIA 취조에서 사용이 금지되었던 약물이다. 그 치료시설은 애비에게 결코 휴양지가 아니었다. 그리고 그녀를 조금 더 자세히 관찰하면서 우리는 그녀가 옛날의 애비가 아님을 깨닫게 됐다. 그녀의 명랑함에는 뭔가 불안하고, 뭔가 억지로 꾸민 듯한 느낌이 있었다. 그녀는 탁자에 올라가 춤을 추지도 않았고, 심지어 몰래 나가 손으로 만 담배를 피우는 일도, 주차장에서 수다를 떠는 일도 없었다. 그녀는 갓 태어난 날처럼 깨끗했다.

"나를 추스르도록 도와준 팀에게 모든 것을 빚지고 있어요." 그녀가 휴게실에서 모라그에게 말했다. "니코틴도 원하지 않게 됐어요."

"내가 그녀를 낫게 만들었어. 그녀를 고쳤지." 이틀 뒤 같은 자리에서 팀이 마이크에게 말했다. "누구든 자기가 진짜 사랑하는 사람이라면 똑같이 했을 거야."

44

팀이 그날 저녁 집에 도착했을 때도 당신은 여전히 충격에서 헤어나지 못한 상태였다. 팀은 피곤해 보였지만 의기양양했다. 렌턴의 투자금이 들어왔다. 회사를 살렸다고 말하지는 않았지만 그의 얼굴에 드러난 안도감으로 상황을 분명히 알 수 있었다.

상황이 그러하니 당신의 하루가 별일 없이 지나간 것처럼 보이기란 쉬웠다. 당신은 네이선이 아이패드에서 발견한 것을 그에게 말하지 않는다. 대신에 리사를 만났다는 말은 한다.

그는 얼굴을 찌푸린다. "내 열혈 팬은 아니지."

"리사는 괜찮아. 경고도 없이 나를 그렇게 TV에서 보게 돼 마음이 상했을 뿐이야. 하지만 이제는 괜찮아진 것 같아."

"잘됐네." 그는 다른 곳에 정신이 팔린 듯 대답한다. 휴대폰의 이메일을 획획 넘기고 있다. 가끔은 사무실에서 시간이 없어 보지 못한 이메일이 백 개가 넘을 때도 있다.

이게 당신이 그렇게 한 이유야? 무시당하는 느낌이 들어서?

이제 팀이 무슨 말을 하든, 무슨 행동을 하든 당신에게는 똑같은 질문이 떠오른다. 이게 당신이 달아난 이유인가? 저게 당신이 참을 수 없었던 것일까?

그는 고개를 들고는 당신이 자신을 물끄러미 바라보는 모습을 본다. "미안해, 여보. 내가 무례했어." 그는 휴대폰을 내려놓는다.

"아니, 괜찮아." 당신이 급히 말한다. "저녁 준비할게. 식사하면서 이야기할 수 있을 거야."

그러나 당신은 이렇게 묻지 않을 수 없다. "예전에…… 내가 싫어했었어? 당신이 일을 너무 열심히 하는 게 우리 관계에 문제가 된 적이 있어?"

그는 생각한다. "가끔은 그랬어. 하지만 그럴 때는 당신이 그렇다고 말했어. 그러면 우리는 서로를 위해 시간을 냈지. 우린 항상 결혼 생활을 우선시했어. 대니가 진단을 받은 뒤에도 가끔씩 꼭 휴가를 갔어. 주말 동안만이라도 말이야. 대니가 다니는 학교에 단기 보호시설이 있어서 가끔 금요일에 대니 짐을 싸서 보낸 뒤 우리끼리 해변 별장으로 가거나 전용기로 타호 호수에 가서 이틀 동안 스노보딩을 즐기다 오곤 했지. 그리고 나서 대니가 월요일에 평소처럼 집에 오면 우리의 가족생활이 다시 시작됐어."

당신은 당신이 지금쯤 살고 있을 삶에 대해 생각한다. 분명 전용기는커녕 스노보딩이나 해변 별장 같은 것은 없을 것이라 확신한다. 그 웹사이트에서 뭐라고 했더라? (체인 숙박업소가 아닌) 모텔에서 침낭을 이용하라. 체인 식당에서는 음식을 주문하지 마라. 유리잔과 식기를 알코올 수건으로 닦아라.

갑자기 머리를 찌르는 강렬한 통증이 느껴진다. 당신은 자신도 모르게 움찔한다.

"괜찮아?" 팀이 걱정스럽게 묻는다.

"몸이······." 당신은 돌연 휘청대며 가스레인지에 기댄다. "앉아 있는 게 낫겠어."

"물론이야." 그는 즉시 당신을 부축하고 의자에 앉도록 돕는다. "무슨 일이야?"

"아무것도 아니야. 잠시 어지러웠어. 그뿐이야."

하지만 당신은 단지 어지럼증이 아니라는 것을 안다. 잠시 동안 무시무시하고, 메스꺼운 공포가 당신을 급습했다. 마치 몸이 쪼개지며 뇌가 당신 몸 밖으로 나와 물속의 공기 방울처럼 둥둥 떠다니는 느낌이었다. 당신이 당신인 동시에 당신이 아닌 느낌. 당신이 존재할 수 없는 것, 앞뒤가 맞지 않는 것이 된 느낌······.

"그런 일이 일어나선 안 되는데. 다시 일어나면 나한테 말해줄래?" 팀이 걱정스럽게 말한다.

당신은 고개를 끄덕인다. 어쩌면 네이선이 그 케이블을 정상적으로 분리하도록 놔둬야 했는지 모른다고 당신은 생각한다.

아니면 더 근본적인 것인지도 모른다. 당신이 그 출력물에서 읽은 것과 관련된 것인지도 모른다.

결국 당신은 팀이 다시 이메일을 확인하도록 설득한다. 당신은 포도주를 따고 샐러드를 만든다.

"개자식들." 그가 불쑥 내뱉는다.

"누구?"

"리사가 이제 괜찮다고 말하지 않았어?" 그는 손가락으로 화면을 누르며 답장을 치고 있다.

"그래." 당신이 영문을 모르고 말한다. "적어도 그렇게 보였어."

팀은 아무 말 없이 휴대폰을 들이민다. 이메일은 스탠튼 플라워스 LLP라는 법률회사에서 온 것이다. 첫 문장은 이해할 수 없는 주로 단어들로 작성된 것처럼 보인다. (아래에서 "법적 주체"는 모든 개인 정보와 컴퓨터 네트워크를 비롯해 데이터 파일이나 파일들을 형성한다고 간주되는 인풋/아웃풋을 포함한다고 여겨질 것이며……)

"이게 무슨 뜻이야?" 당신이 얼굴을 들며 묻는다.

"당신의 가족이라는 사람들이 당신을 파괴하길 원한다는 거야." 팀이 우울하게 말한다.

"뭐라고?"

"그리고 대니의 양육권도 가져가려 한다는 거지." 그는 다시 화면을 눌러대기 시작한다.

당신은 경악해서 그를 뚫어지게 본다. "무슨 근거로?"

"양육권 말이야? 당신이 예측불가능하기 때문에 그 애한테 위험할 수 있다고 주장하고 있어. 그 뉴스 앵커를 때린 사건 있잖아. 그리고 당신을 폐기하길 원하는 근거는 당신이 이 상황에 명시적인 동의를 한 적이 없다는 거지." 그의 얼굴이 분노로 뒤덮인다. "멍청이들. 한 치 앞도 못 보는 속이 좁아터진 한심한 인간들. 기존의 데이터 법이 당신에게 적용되지 않는 게 당연하지. 당신은 완전 특별하니까." 그는 너무 화가 나서 자리에서 벌떡 일어나 주방을 서성인다.

"리사가 거짓말을 했어." 당신은 천천히 말을 한다. "리사가, 동생

THE PERFECT WIFE

을 다시 만난 것 같다고 내게 말했는데. 하지만 그렇게 만나는 내 내 리사는 분명 이 일을 알고 있었던 거야."

"내가 골치 아픈 여자라고 말했잖아. 변호사에게 전화해야겠어."

"지금?" 당신은 '저녁 식사가 끝나고 하면 안 돼?'라는 의미였지만 팀은 잘못 이해한다.

"걱정하지 마. 내 전화는 받을 거야. 내가 거금을 지불하거든. 그리고 그 멍청이들이 내 가족을 망치게 놔둘 수는 없어."

45

그날 밤 당신은 잠이 오지 않는다. 누워 있지만 머릿속에서 여러 질문이 엎치락뒤치락하며 마음이 어수선하다.

당신의 실종. 리사의 배신. 숨겨져 있던 이상한 책. 네이선이 발견한 웹사이트…… 서로 들어맞기를 거부하는 것들, 하나의 패턴을 만들기를 거부하는 것들이 너무 많다. 당신의 뇌가 이 가능성에서 저 가능성으로 도약하며 연결을 시도하는 것을 느낄 수 있다. 그러나 아무것도 딸깍하고 들어맞지 않는다.

잠깐 잠이 들었을 때 당신은 약혼하던 날, 자이푸르에서의 그 아름다운 밤에 대한 꿈을 다시 꾼다. 그러나 그 꿈이 이제는 다르게 느껴진다. 당신의 기억을 다시 산다기보다는 당신이 다른 누군가를 쳐다보는 느낌이다. 그녀의 눈을 통해 보고, 그녀의 생각을 공유하지만 웬일인지 당신이 이해할 수 없는 누군가의 머릿속에 있는 관찰자가 된 느낌이다.

당신은 졸면서 생각한다. **내가 무엇이든 하기 전에, 그녀를 찾아야 해. 애비가 어디로, 왜 갔는지 알아야 해. 그때 나는 팀에게 말할—**

문득 당신은 다시 그걸 느낀다. 그 이유 없이 아찔한 공포를. 그

THE PERFECT WIFE

공포가 너무나 날카롭게 관통하는 바람에 당신은 화들짝 놀라 깬다.

어둠을 응시한다. 분명 뭔가 중요한 일이 방금 일어난 것 같다. 하지만 그게 뭐지?

그러다가 생각난다. 꿈속에서 당신은 애비를 "그녀"라고 생각했다. 당신과 분리된 사람으로.

애비가 죽지 않았다면 모든 것이 달라진다. 만약 그녀가 살아 있다면 당신은 누구인가? 당신이 당신이라고 생각하는 그 사람일 수는 없다. 그 사람, 애비가 이미 존재하니까.

당신은 복제본이다. 도플갱어다. 아니, 그것조차 되지 못한다. 설명할 수 없는 어떤 것이다. 일종의 혐오스러운 것, 애초에 존재가 가능해서조차 안 되는 것. 팀이 당신을 창조하면서 믿었던, 저세상에서 다시 데려온 애비 컬런 스콧은 분명 아니다.

물론, 당신은 그녀의 기억 일부를 가지고 있다. 심지어 그녀의 성격 일부도 가지고 있다. 하지만 다른 생각, 다른 목표, 다른 정체성을 가진다.

이름 없는 창조물. 사물.

공포가 다시 돌아온다. 쪼개지는 느낌. 하지만 그 느낌과 더불어 머리가 맑아진다.

너는 애비가 아니야.

그럼 너는 뭐지?

애바. 애비 아님. 애비-부정…… 당신의 정신이 그 질문에 답하려고 애쓰고, 실패하는 동안 기호들이 봇물처럼 머릿속을 흘러간다.

너는 ≠? ≈?Ø?ㄴ? 아무것도 들어맞지 않는다.

또다시 찌르는 듯한 공포감이 당신의 뇌를 쥐어짠다. 당신을 향해 돌진하는 암흑―

그리고 그때 당신은 이 느낌이 어떤 것인지 알게 된다.

그건 마치 세상에 태어나는 느낌 같다.

46

"그 사람들에게는 근거가 충분합니다. 표면상으로는요." 변호사가 조심스럽게 말한다.

팀의 얼굴이 사나운 분노로 일그러진다. 이름이 피트 메인즈라는 변호사는 달래듯 한 손을 들어 올리며 말한다. "그렇다고 그 사람들이 성공할 거라는 얘기는 아닙니다. 저는 그저 이 일의 규모를 명확히 해두길 바랄 뿐입니다."

수임료의 규모도 말이지, 하고 당신은 냉소적으로 생각한다.

변호사의 안락한 사무실, 유리판을 덮은 탁자에 둘러앉은 사람은 다섯 명이다. 메인즈와 팀, 당신 말고도 마이크와 일라이저가 있다. 당신은 이 일이 왜 그들과 관계가 있는지 사실 이해가 안 된다.

메인즈는 손가락으로 요점을 짚으며 말한다. "첫째, 그들은 정신적 고통을 주장하고 있습니다. 그건 사실상 무시할 수 있어요. 다른 주장에 무게를 실으려는 흔한 책략이니까요. 둘째, 데이터 보호를 언급하고 있어요. 무시무시해 보이지만 실상 데이터 법은 빈틈투성이입니다. 구글과 페이스북이 너무나 잘 알고 있는 것처럼요. 제가 더 걱정하는 것은 남아 있는 세 가지입니다."

"말해봐요." 팀이 쏘아붙였다.

"그들의 세 번째 주장은 '홍보'에 관련된 것입니다. 상업적 목적으로, 이를테면 상품과 개발 같은 목적으로 개인의 이름과 유사성을 승인 없이 도용하는 것은 언제나 넘어서는 안 될 선이지요."

"그녀는 상품이 아닙니다." 팀이 분노를 억누르며 조용히 말한다. "내 아내예요."

피터 메인즈는 팀의 말을 못 들은 척 계속 말을 잇는다. "어쨌든 '유사성'이라는 개념은 판례법을 통해 진화했고 버릇과 표현, 개인적 스타일 같은 특징들을 포함할 수 있습니다."

"잠깐," 일라이저가 끼어든다. "거기에 대해서 제가 좀 알아요. 한 개인의 초상권은 사망 뒤에는 자동으로 유산 상속자에게 넘어가지 않나요?"

메인이 고개를 끄덕인다. "맞습니다."

일라이저가 그들을 둘러보며 활짝 웃는다. "그러면 문제가 없어요. 애비의 초상권은 이제 팀의 것이니까요."

긴 침묵이 흐른다. 팀이 고개를 젓는다.

"왜 아니죠?" 일라이저가 어리둥절해서 묻는다.

"애비는 법적으로 사망한 게 아닙니다." 변호사가 대답한다. "실종된 거죠. 물론, 사망으로 추정되긴 합니다만 사체도 없고, 살인에 대한 유죄 판결도 없는 상황에서는 조사일로부터 5년이 지나야 사망이 선고됩니다. 다시 말해 3개월이 더 있어야 하죠."

"그러면 시간을 끌죠." 일라이저가 바로 말한다.

"해볼 수는 있어요. 하지만 그들도 같은 이유로 이 문제를 가능한 한 빨리 법정으로 가져가려고 밀어붙일 겁니다." 메인즈는 다시

THE PERFECT WIFE

손가락을 들어 요지를 짚으며 말을 잇는다. "넷째는 동의입니다. 당신의 아내가 이런 식으로 재창조되는 것에 대해 명시적으로나 암묵적으로 승낙을 했습니까?"

팀의 얼굴이 어두워진다. "그럴 필요가 없었어요. 우리 둘 사이에 이미 이해된 일이니까."

"하지만 문서로는 없는 거죠. 아니면 증인이 있다거나."

팀은 고개를 젓는다.

"그건 사실이 아니에요." 당신이 천천히 내뱉는다.

모두 당신을 바라본다.

"있어요. 나는 당신에게 영원히 나를 드립니다. 기억해요?"

"무척 감동적이군요." 메인즈가 말한다. "하지만 슬프게도 결혼 서약은 법에서 실제 영향력이 없어요. 아마 혼전 계약에도 언급된 게 없겠죠?"

팀이 고개를 젓는다.

"그러면 그건 또 다른 문제로 이어지지요. 이 놀라운 창작물을 누가 실제로 소유하나요?" 메인즈는 요지를 짚던 손으로 아무렇지도 않게 당신을 가리키며 말한다.

당신은 충격에 빠져 그를 응시한다. 팀은 움찔한다. "소유? 그녀는 소유물이 아니라니까."

"당신은 그녀를 소유물로 생각하고 싶지 않겠지만 법정은 다르게 볼 겁니다. 그녀는 스콧 로보틱스에서 제작되었습니다. 맞지요? 당신은 회사로부터 그녀를 구매했습니까? 아니면 그녀는 여전히 회사의 자산인가요?"

팀이 주먹으로 탁자를 친다. "웃기지 마. 내 회사야."

"주주들의 회사입니다. 과반수 지분 주주들이 누구인지 다시 알려주시죠."

"어제 기준으로는," 마이크가 차분하게 대답한다. "존 렌턴."

메인즈가 휘파람 소리를 낸다. "좋은 소식은 이 싸움의 비용을 당신 개인이 아니라 회사가 내게 될 거라는 점입니다." 그는 잠시 말을 멈춘다. "또한 어떤 종류의 합의를 하든 합의도 회사가 하지요."

"우리는 합의하지 않을 거요." 팀이 앙다문 이 사이로 말한다. 당신은 그가 지금 폭발하지 않으려고 무진 애를 쓰고 있다는 것을 알 수 있다.

"그렇게 단정하기 전에 제 말을 끝까지 들으셔야 합니다." 메인즈는 손을 다시 들고 엄지를 쭉 뽑았다. "다섯째이자 마지막 문제는 저작인격권입니다. 제가 생각하기에는 그게 우리에게 가장 힘든 싸움이 될 겁니다."

일라이저가 얼굴을 찌푸린다. "저작인격권. 그게 뭡니까?"

"예술가가 자기 작품을 통제할 권리입니다. 캘리포니아는 그 권리를 인정하는 유일한 주입니다."

"이해되지 않아요. 어떻게 내가 애비의 창작물이죠?"

당신은 "나의"라고 말하는 대신에 "애비의"라고 말해버렸음을 뒤늦게 깨닫는다. 앞으로 조심해야겠다. 하지만 다른 사람들은 아무도 알아차리지 못하는 것 같았다.

당신의 질문에 대답한 사람은 팀이었다. "당신의 최초 버전, 뭐랄까, 베타 버전은 당신 생각이었으니까."

열일곱

"당신 로봇을 만들고 싶어."

애비와 팀이 프런트를 지나갈 때 팀이 애비에게 이런 말을 하는 걸 들었다고, 우리 중 몇 명이 말했다. (애비가 중독 치료에서 돌아온 뒤 두 사람은 다시 함께 다니기 시작했다. 손을 잡고, 잡지 않은 다른 손에는 어번 빈스의 라테를 들고 같이 다녔다.) 얼핏 듣기에는 이상한 말이지만 우리 모두는 이해했다. 어쨌거나 우리는 로봇 공학자들이었으니까. 이미 오래전부터 우리는 로봇을 이상하거나 해괴하다고 생각하지 않았다.

애비가 그 말에 뭐라고 대답했는지가 더 큰 논쟁거리였다. 몇몇 사람은 그녀가 웃으면서 "그래"라고 대답했다고 했다. 그러니까 "그래, 당신이야 그러고 싶겠지만 그런 일은 없을걸"이라는 의미로 말이다. 다른 사람들은 그녀가 "그래, 왜 안 되겠어?"라는 의미로 "그래"라고 대답했을 거라 생각했다. 그리고 많은 사람들은 그녀가 "그래?"라고 말했다고 생각했다. "그래? 당신이 한다면, 난 기꺼이 할 거야"라는 뜻으로.

어쨌든 그가 몇 분 뒤에 "나한테 2주만 주면 누구에게든 기초 코딩을 가르칠 수 있어"라고 말한 것은 분명했다. 왜냐하면 두 사람이 팀의 사무실의 열린 문 옆에 서서 그 말을 했기 때문이다.

"난 아닐걸." 애비가 고개를 저었다. "공학은 좋아하지만 수학은 지독히도 못해."

"코딩은 수학이 아니야. 당신, 요리하잖아? 코딩은 요리법과 같아. 아니면 누군가에게 당신 집을 찾아오는 길을 알려주는 일이야. 매우 알아듣기 쉽게 말이지."

그다음에 일어난 일은 거의 예상할 수 있는 일이었다. 팀은 회의들을 취소했다. 한 시간 만에 그는 애비가 첫 코딩 라인을 짜도록 가르쳤고, 점심시간까지 간단한 프로그램을 짜게 만들었다.

```
int main( ) {
        while(1) {
                doesLove(you);
        }
{
doesLove(String str {
        printf("I love %s!", str);
}
```

이 코딩은 그다지 사랑 시처럼 보이지 않겠지만 팀의 컴퓨터 화면에 I Love you라고, 거듭해서 나오게 하는 효과를 냈다. 그녀는 또한 아스키코드로 프로그램을 짜서 그의 프린터가 이런 것을 토해내도록 만들었다.

THE PERFECT WIFE

```
            00000000000          00000000000
      00000000      00000  000000      0000000
    0000000              000              00000
   0000000               0               0000
  000000                                 0000
 00000                                    0000
 00000                                    00000
 00000         TIM          ABBIE         000000
  000000                                 0000000
  0000000                                0000000
   000000                               000000
     000000                           000000
       00000                         0000
        0000                        0000
         0000                      000
          000                     000
           000              00
             00    00
                00
```

그러나 프린터가 다른 사람 책상 옆에 있어서, 팀은 그 현장을
놓쳤다.

두 번째 날이 끝나갈 무렵 두 사람은 헬로 월드에 착수했다.* 두
주가 지나갈 무렵에 우리는 애비의 첫 로봇 버전을 소개받았다. 어
쨌든 모든 요소가 이미 준비된 상태였다. 그녀가 〈마음대로 하세요

* "Hello, World!"라는 문장을 화면에 출력하는, 가장 기본적인 프로그래밍 연습.

(자유롭게!))를 만들 때 썼던 3-D 전신 스캔을 새로운, 단단한 소재로 다시 프린트하기만 하면 됐다. 숍봇의 기술과 센서, 모터가 간단한 목소리 기능과 더불어 이미 준비가 돼 있었다. 물론, 그것은 대충 조립되었다. 개발자들이 약식 버전이라 부르는 것이었다. 그러나 애비봇이 쿠키 접시를 들고 우리 책상 주변을 돌아다니며 한 사람 한 사람 이름을 부르며 쿠키를 대접하기에는 충분했다. 그러는 동안 팀과 진짜 애비는 뿌듯한 부모처럼 뒤로 물러서서 그 모습을 보고 있었다.

"진짜 놀라워." 애비가 말했다. 그녀가 더 건강해진 것 같다고 우리는 생각했다. 더 활력이 넘쳤다. 심지어 신이 난 것처럼 보였다.

"맞아. 하지만 시작일 뿐이야." 팀이 그녀에게 말했다. "벌써 개선할 곳을 몇 군데 생각해놨어."

47

당신은 낙담한 채 변호사 사무실에서 집으로 돌아온다. 당신이 자신만의 생각과 성격을 갖고 있다고 해도 법적으로는 언제든 스위치를 끄거나 다른 소유주에게 이전될 수 있는 기계에 불과했다.

당신은 애비가 살아 있다고 아직 아무에게도 말하지 않았다. 당신이 짐작할 수 있는 한 그것은 당신의 상황을 더 위태롭게 만들 뿐이다. 피터 메인즈의 전략은, 당신의 지각력이라 부르는 것이 너무나 특별하므로 소유권 문제가 항소의 여지없이 최종적으로 해결될 때까지는 파괴해선 안 된다고 판사를 설득하는 것이다. 만약 당신이 죽은 여자의 정신을 백업한 독특한 존재가 아니라 사실상 살아 있는 사람의 부분적이고 왜곡된 복제임이 드러난다면 당신의 수명은 매우 짧아질지 모른다.

게다가 당신은 팀에게 사랑하는 아내가 죽음을 위장했다고 말하는 게 여전히 내키지 않는다.

팀은 변호사와의 만남에서 분노한 채 돌아왔고 이제 그의 분노는 변호사를 향한다. 그게 그가 사람들을 움직이는 방식이다. 할 수 있다면 사람들에게 영감을 주지만 그럴 수 없다면 가차 없이 몰아붙인다. 그는 피터 메인즈에게 왜 전략이 없는지, 왜 이 상황을 깨끗이 해결하겠다고 장담하지 못하는지, 왜 그에게 쓴 시간과 돈이 쓸데없는 낭비일 뿐인지 알고 싶다고 물었다.

"제가 법을 새로 쓰지는 못합니다." 메인즈가 참을성 있게 대답했다. "제가 할 수 있는 것은 가능한 한 강력한 논거를 구성하는 것이지요. 그리고 논거가 약할 때 어떻게 할지 당신에게 조언하는 것이고요."

사실상 그는 리사와 나머지 가족이 소송을 철회하도록 그들이 원하는 대로 스콧 로보틱스가 합의금을 지불하는 방법을 제안했다. 그것이 회의가 끝날 무렵 모든 사람이 동의한 방법이었다. 하지만 당신은 기껏해야 당신에게 약간의 시간을 더 벌어줄 뿐이라는 것을 안다. 리사는 돈 때문에 소송을 건 게 아니다.

이 놀라운 창작물을 누가 실제로 소유하고 있나요?

당신이 당신처럼 느끼고 당신처럼 생각한다는 바로 그 이유 때문에, 실제로는 프로세서와 논리 기판으로 구성된 조립품일 뿐이라는 사실을 잊기란 너무나 쉬웠다. 당신은 이혼 소송에서 값비싼 자동차를 두고 싸우듯 경쟁 당사자들이 차지하려고 싸움을 벌이는 지적 재산이자 특허품일 뿐이다.

적어도 팀은 여전히 당신을 사랑한다. 팀이 당신을 보호해줄 것이다. 밀려오는 안도감과, 그에 대한 사랑을 느끼며 당신은 생각한다. **그래, 팀이 잘 해결할 거야.** 항상 그랬던 것처럼. 그는 투사니까. 그리고 당신 편이니까.

"자러 갈게." 그가 말한다. "내일 일찍 일어나서, 그 나쁜 자식들이 우리를 엿 먹일 방법을 더 찾아내기 전에 이 일을 처리해야겠어."

그는 잠자리에 들기 전에 늘 하는 것처럼 당신의 이마에 입을 맞추기 위해 몸을 구부린다. 그러나 오늘은 당신이 고개를 들어 그의 입술이 당신의 입술에 닿게 한다. 느낌이 좋고, 정말 편안해서 당신은 자신도 모르게 더 깊이 입을 맞춘다. 그의 머리를 두 손으로 감싸고 당신 쪽으로 잡아당긴다. 그러고는 그의 손길을 간절히 바라며 당신 몸을 그에게 들이밀고 그의 등을 손으로 쓰다듬는다.

"잠깐." 그가 놀라며 몸을 뺀다. "왜 이래, 애비?"

"당신이랑 자고 싶어." 당신이 다급하게 말한다. 당신은 절박하게 그에게 안기고 싶다. 아니, 그 이상이다. 당신이 그냥 의미 없는 기계전자공학 조립품이 아니라 살아 있는 존재라고 안심시켜줄 것이 필요하다.

당신에 대한 그의 욕망을, 그가 당신을 원한다는 것을 간절하게 느끼고 싶다. "사랑을 나누고 싶어. 당신을—"

"그게 가능하지 않다는 걸 알잖아." 그가 부드럽게 말한다. "육체적으로는 말이야. 당신은 그렇게 만들어지지 않았어."

"우리가 뭔가 방법을 찾을 거야. 나는 아무것도 못 느낀다 해도 당신에게 즐거움을 주는 것이 날 즐겁게 할 거야. 결국 사랑이 그런 거 아니야? 상대가 행복하기를 바라는 것. 나는 우리가 정말 친밀해졌으면 해. 육체적 관계를 가졌으면 해. 그러지 않으면 내가 어떻게 당신 아내라 할 수 있지?"

그는 한순간 말이 없다. "나도 그러고 싶어, 애비. 무척."

"그러면 우리—"

"하지만 그건 아니야." 그가 당신 말을 자른다. "미안해. 나는 그럴 수 없어."

"하지만 왜?" 당신이 간청한다. "나와 성적 관계를 갖는 것이 왜 그렇게 끔찍해?"

"내가 바람을 피우는 것처럼 느껴질 테니까." 그가 침착하게 대답한다. "있잖아. 마음속으로 나는 당신이 죽지 않았다는 걸 알거든."

48

당신은 그를 뚫어지게 본다.

그러니까 그는 내내 알고 있었던 것이다. 그 아이패드의 내용에 대해. 애비가 한 일에 대해. 당신은 심호흡을 하며 할 말을 고른다.

"꼭 집어서 말할 수는 없어." 그가 덧붙인다. "증거도 없고. 하지만 당신이 나와 대니만 그렇게 두고 갈 사람이 아니라는 건 알아."

"그러면 뭐야?" 당신은 아무렇지도 않은 듯 애쓰며 묻는다. "내가 그냥 갑자기 떠났다고 생각하는 거야?"

그는 고개를 젓는다. "세상에, 아니야. 당신이 그 해변 별장에 혼자 있던 그 마지막 며칠 사이에 무슨 일이 일어난 게 틀림없어. 뭔가 재앙 같은 일이. 그 시기에 우리는 소통을 많이 하지 않았어. 나는 의도적으로 그랬지. 당신에게 작업할 여유를 주려고 애썼거든. 하지만 만약 당신이 어떤 위기 같은 것을 겪고 있었다면? 만약 신경 쇠약이 있었다면? 그동안 많은 시나리오를 상상했어. 어쩌면 당신이 납치됐을 수도 있겠지. 당신은 아름다운 여자였으니까. 지금도 그렇고. 나는 어떤 보호도 없이 당신을 거기 혼자 놔뒀어. 그게 그 뒤로 얼마나 날 괴롭혔는지 몰라. 그 해변에 사는 변호사 있잖아. 찰스 카터. 나는 항상 그 사람이 나한테 감정이 있다는 인상을 받았거든. 그 사람이 당신을 어딘가 지하실 같은 데 가뒀다면? 하지만 경찰은 그런 가능성을 고려해보려 하지도 않았어. 자기들은 증거를 따라간다고 하더군. 카터는커녕 다른 누군가가 연루되었음을 보여주는 침입이나 몸싸움의 흔적이 없다는 거야. 그건 순전히 근무 태만이지. 엉덩이를 떼고 일어나서 증거를 찾으러 다니지도 않으면서 어떻게 증거를 따라갈 수 있겠어?"

그는 전혀 모른다. 당신은 그걸 깨닫는다. 당신은 안도감과 슬픔을 동시에 느낀다. 왜냐하면 그도 언젠가는 아내가 어떻게 그를 버렸는지, 진실을 알게 될 테니까. 그리고 그때에는 진실이 그를 완전히 무너뜨릴 것이다.

"물론, 내가 당신을 애도하지 않았던 건 아니야." 그가 덧붙인다. "어떤 면에서 그게 애도하는 걸 훨씬 더 힘들게 했어. 나는 계속 희망과 절망 사이에서 시소를 탔으니까. 당신이 죽었다고 확신하면서도, 다음 날이면 당신이 아무 일도 없었다는 듯 저 문으로 걸어 들어올 것만 같았어. 내가 무슨 말을 할지도 준비해뒀었지. 내가 당신을 소홀히 했다면 그걸 얼마나 미안해하는지, 내가 당신을 얼마나 사랑하고 얼마나 필요로 하는지를 말하려 했어. 판사가 나를 체포하는 것이 억지라고 판결한 다음에도 여전히 경찰은 다른 가능성에 대한 조사를 거부했지. 그때 나는 나한테 모든 게 달렸다는 걸 깨달았어. 그때 나는 자의식을 갖도록, 바로 **당신**이 되도록 스스로 학습하는 어떤 것을 만드는 일의 가능성을 떠올렸던 거지."

"하지만 성공하지 못한 거네." 당신이 슬프게 말한다. "모든 것을 고려했을 때 나는 당신이 사랑했던 여자의 대체물이 아니잖아. 당신이 방금 말했어. 여전히 그녀를 애도한다고, 여전히 그녀를 찾는 일에 집착한다고……."

"나는 당신이 진짜 애비의 대체물이 될 거라고 생각한 적 없어." 그가 당신 말을 가로막는다. "내가 그런 인상을 줬다면 미안해. 하지만 그건 절대 당신을 창조한 이유가 아니야."

"그러면 뭐야?" 당신은 혼란스럽다.

"당신, 알고리즘이 뭔지 기억해?"

"물론." 팀 스콧과 결혼한 사람이 알고리즘이 뭔지 모를 리 없다. "일종의 방정식이잖아. 뭔가를 해결하는 공식."

"맞아. 학교에서 긴 곱셈을 할 때처럼. 사실 그냥 도구일 뿐이지. 어떤 결과를 도출하는 과정이야."

"그런데 그게 나와 무슨 관계지?"

그는 차분하게 말한다. "그러니까 당신도 일종의 알고리즘이야. 내가 그녀를 찾도록 도울 알고리즘."

49

"무슨 말인지 모르겠어." 당신은 어리둥절해 한다. "내가 코봇이라며. 동반자―"

"나는 당신이 특별하다고 말했지." 그가 당신 말을 가로챈다. "그이유는 말하지 않았어."

"하지만 내가 어떻게 찾아? 경찰도 못 한다면―"

"경찰은 시도조차 하지 않았지. 나는 이게 내가 해야 할 일이라는 걸 깨달았어. 하지만 내게는 적당한 도구가 없었지." 그는 양손으로 당신을 가리키며 '바로 여기 있잖아'라는 듯한 동작을 한다. "나는 적당한 도구를 만들어야 했어. 그게 첫 번째 단계였지. 그런다음 당신을 적응시켜야 했고. 이 모든 이야기를 처음부터 했더라면 당신이 감당하기가 무척 힘들었을 거야."

지금도 힘들어. 당신은 충격으로 멍해진 채 생각한다. "하지만 왜내가 그녀를 성공적으로 찾아낼 수 있다고 생각하는지 여전히 이해가 잘 안 돼. 지금까지 아무도 찾지 못했잖아."

팀은 신경을 집중한 채 어두운 얼굴로 주방을 서성이기 시작한다. "딥러닝 머신에겐 직관 능력이 있을지 모른다고 얘기했던 거기억나? 그들의 프로그래머도 이해할 수 없는 것들을 이해할 수 있다고 했던 것 말이야. 내가 바라는 게 바로 그거야. 그러니까 당신이…… 말 그대로 그녀의 발자취를 따라 걸을 수 있기를 바라는 거야. 그녀가 했던 것과 같은 결정을 내려. 그리고 논리의 도약으로 그녀가 어디에 있는지 알아내."

당신은 충격을, 상처를 받는다. 그러니까 이게 그가 당신에게 생명을 불어넣은 이유다. 좋다. 이건 그가 당신을 사랑하기 때문이다. 하지만 그가 원하는 건 진짜 당신일 뿐이다. 진짜 그녀. 이 해괴한 플라스틱-전자 모조품이 아니라.

당신이 스스로를 혐오하지 않도록 막아주던 한 가지는 팀이 당신을, 이런 모습임에도, 과거만큼이나 흠모한다는 사실이었다. **변화가 생길 때 변하는 사랑은 사랑이 아니다.**

그런데 그게 모두 거짓이었다.

물론 그는 당신을 사랑하지 않는다. 누군들 그럴 수 있을까? 당신은 그가 혐오스럽다.

당신은 멍해진다. 무엇보다 배신감을 느낀다.

그가 시안을 이용해먹은 것쯤은 당신을 조종한 방식에 비하면 아무것도 아니다.

"그래서 그녀를 찾으면 어떻게 할 건데? 찾았는데 그녀가 돌아오길 바라지 않으면 어떻게 해? 생각해봤어?"

"그럴 리는 없을 거야. 하지만 그렇다 해도 적어도 내가 할 수 있는 일은 다 한 거지. 그리고 최악의 경우에는—"

그가 말을 멈춘다. 하지만 당신은 그가 무슨 말을 하려 했는지 정확히 안다. 그걸 당신의 딥러닝 직관이라고 해두자.

최악의 경우에는 당신이 있잖아.

내가 회사 작업실에서 조립한, 내 아내의 불쌍한 버전이 여기 있잖아.

잠시 동안 당신은 낯선 감정을 경험한다.

잠시 동안 당신은 두 사람 모두를 증오한다.

팀이 숭배하는 애비 컬런 스콧을 증오한다. 그리고 그녀를 숭배하는 그를 증오한다.

당신은 모두 말하려고 입을 연다. 그의 사랑하는 애비가 실제로는 어떤 사람인지에 대해, 숨겨진 아이패드에 대해, 그녀가 실종될무렵 작품을 만들지 않았다는 것에 대해, 그녀가 먹지 않은 알약에 대해, 자신의 죽음을 위장하는 서곡으로 우울증을 가장하라고 그녀에게 조언한 웹사이트에 대해.

하지만 당신은 말하지 않는다.

그에게 그 정보를 주고 나면 되돌릴 수 없다. 당신이 알고 있는 팀이라면 그런 이야기를 들어도 단념하지 않을 것이다. 그녀를 워낙 좋게 보고 싶은 나머지 그녀가 달아날 수밖에 없던 이유가 있다고 확신할 것이다.

그래. 아무것도 말하지 않는 게 낫다. 적어도 지금은. 이 문제는충분히 생각해봐야 한다.

왜냐하면 당신 마음 한구석에는 애비가 살아 있지 않았으면 좋겠다는 마음도 있기 때문이다. 아니면 팀이 결코 그녀를 발견하지못하거나.

만약 팀이 진짜 그녀를 찾아내고, 그녀가 돌아오고 싶어한다면당신은 어떻게 되는 것일까?

열여덟

　우리가 A-봇이라 부른 그것의 진화를 위해 팀과 애비가 협력하는 모습을 보면서 우리는 그들의 관계가 실제로 어떻게 굴러가는지 깨달았다. 얼핏 보기에는 너무나 다른—한 사람은 고도로 논리적, 전략적이고 성급하며 다른 한 사람은 느긋하고 열정적이며 창의적인—두 사람이지만 내막을 들여다보면 둘 다 괴짜일 뿐이었다. 두 사람이 작업에 전념하는 모습을 보면 아이들 같다는 느낌이 들었다. 팀의 사무실을 흘깃 들여다보면 두 사람이 바닥에 분해된 A-봇을 두고 양쪽에 책상다리를 하고 앉아 있곤 했다. 팀은 노트북 컴퓨터를 들고 화면의 코드를 얼굴을 찌푸린 채 열중해서 보고 있었고, 애비는 오래된 숍봇 부품들을 배열하고 있었다. (팀이 그녀에게 코딩을 가르쳐준다고 말하긴 했지만 곧 두 사람은 자신들이 기존에 갖고 있던 기술로 되돌아갔다. 케네스가 케이틀린에게 고상하게 설명한 바에 따르면 "그게 바로 최상급 여성 수학자가 그렇게 적은 이유야. 진화론적이지. 남자들은 집을 짓고, 여자들은 가정을 꾸리잖아." 어쩌다 근처에 있던 제니는 그저 기가 막혀 눈알을 굴리기만 했다.) 우리는 팀의 사무실에서 웃음소리를 들었다. 애비의 듣기 좋은 웃음과 팀의 바보 같은 웃음. 종종 두 사람은 우리가 아침에 출근했을 때도 그곳에 있었고, 우리가 밤에 퇴근할 때도 여전히 작업을 하고 있었다. 애비가 출근 첫날 너무나 인상적으로 라제시를 이겼던 당구대는 이제 밤늦게 배달된 피자를 놓는 용도로만 쓰였다. 피자 박스가 이튿날 아침까지 열리지 않은 채 있기도 했다. 팀을 위한 베지 주프림 피자와 애비를 위한 저지방 칙앤칠 피자가 작업에 정신이 팔린 두 사람에게 잊힌 채 고스란히 남아 있었다.

처음부터 그들은 숍봇의 능력을 훨씬 능가하는 A-봇을 만들려는 야심을 갖고 있던 것이 분명했다. 어느 모로 보나 숍봇은 근사한 애니메트록스 껍데기를 걸친 챗봇에 불과했다. 걷고, 에스컬레이터에 서 있고, 간단한 춤을 추고, 옷을 찾을 수 있지만 그게 전부였다. 그들은 진정한 개성이나 성격 같은 것이 없이 대본대로 움직였다. A-봇은 아주 다양한 실험을 시도하며 개념을 발달시킬 기회였다. 잠재적으로는 회사를 위해 새로운 수입원을 열 수도 있을 일이었다. 하지만 우리 모두 팀과 애비가 그런 이유로 작업을 하는 게 아님은 잘 알았다.

A-봇 프로젝트가 진짜 살아나기 시작한 것은 세 번째 주부터였다. 한 실험에서 애비는 A-봇을 원격 작동시키면서 마주치는 모든 것에 반응하게 했다. A-봇의 눈을 통해 뭔가 재미있는 것을 보면 웃었다. 깜짝 놀라는 것을 보면, 헉하고 놀랐다. 누군가 A-봇에게 말을 걸면 자신한테 말을 건 것처럼 대답했다. 이런 실험들을 통해 팀은 단순한 형태의 머신 러닝을 창조했다. 이후에 애비의 페이스북 프로필 같은 자료를 첨가하는 일은 비교적 간단한 문제였다.

THE PERFECT WIFE

A-봇은 애비의 인격을 갖기 시작했다.

오랜 시간에 걸친 어느 프로그래밍 작업에서 팀은 두 사람이 서로 주고받은 문자 메시지를 빠짐없이 입력했다. 다른 작업에서는 애비의 음성 메시지를 샘플 녹음했다. 그다음에 그는 A-봇이 무엇이든, 말 그대로 그가 원하는 것은 무엇이든 말하게 만들었다. 그가 처음 시킨 말은 "팀 스콧, 당신은 세상에서 가장 멋진 남자야"였던 모양이다. 거기에 애비가 토를 달았다. "가끔 좀 얼간이 같을 때가 있지만."

우리는 두 사람이 언제부터 그것을 그녀라 부르기 시작했는지 알아차리지 못했다. 솔직히 말해, 우리가 언제부터 그것을 그녀라 부르기 시작했는지도 몰랐다.

50

당신은 또 비참한 밤을 보낸다. 팀이 직접적인 거짓말은 하지 않았을지 모르지만 당신이 그의 사랑으로, 당신을 자신의 타지마할로 지었다고 당신이 믿게 놔뒀다. 그의 흠모가 실은 당신 자신의 또 다른, 더 나은 버전을 향한다는 것을 발견하고 나니 참담했다.

무엇보다 최악은 그를 비난할 수 없다는 것이다. 당신이 아닌 어느 관점에서 봐도 그는 놀랍고 경이롭고 낭만적인 일을 해냈다. 그런데 문제는 그가 당신의 감정은 전혀 고려하지 않았다는 것이다.

당신은 혹시 그의 이런 좁은 시야 때문에 애비가 떠난 게 아닌가 생각한다. 결혼을 탈출하는 극단적인 방법이긴 하지만 이 결혼은 역시 평범하지 않다. 게다가 팀은 결코 평범한 남편이 아니었다.

애비에 대한 생각에 골몰하던 중에 다른 생각이 머리를 스친 것은 시간이 조금 지나서였다. **그건 내가 바람을 피우는 것처럼 느껴질 테니까.** 아까 팀이 당신과 자는 문제에 대해 했던 말이다. 하지만 그가 누구인가. 유모와 주저하지 않고 섹스한 남자가 아닌가.

그렇게 명석한 남자치고 당신 남편은 가끔 놀랄 만큼 생각이 없다.

THE PERFECT WIFE

이튿날 아침 대니는 일찍 일어났다. 명랑하게, 아침을 먹으러 신나게 식탁으로 왔지만 그림 메뉴를 건네자 "위시!"라고 외치며 메뉴를 공중에 파닥거린다.

"좋아, 대니. 다시 해볼까?" 메뉴를 다시 건네자, 이번에도 "위시" 소리를 내며 툭 쳐서 날려버린다.

일종의 게임인 것을 당신은 깨닫는다. "대니, 우리는 지금 노는 게 아니야. 아침으로 뭘 먹을지 골라. 그다음에 나중에 놀자."

"역장님이 엄청 화가 났어요." 대니가 수줍게 중얼거린다.

"나는 화가 나지 않았어. 그냥—" 당신은 말을 멈춘다. 대니가 방금 말한 것은 〈아침 식사에 온 토마스〉에 나오는 대사다. 토마스가 역장의 집을 들이받는 바람에 아이들의 아침 식사가 날아가서 역장의 아내가 아침을 모두 새로 만들어야 했다는 이야기다.

지난번 토스트 같은 것인가? 대니가 무얼 먹고 싶은지 암호로 알리는 것인가? 당신은 생각해내려 애쓴다. 토마스가 벽을 뚫고 들어왔을 때 역장의 가족은 뭘 먹고 있었지? 계란? 토스트? 시리얼?

삶은 계란?

"삶은 계란 먹고 싶니, 대니?"

"위시!" 대니가 그렇다고 한다.

당신은 시안이 지금 이걸 본다면 대니에게 당장 계란을 주는 것은 바람직하지 않은 행동에 보상을 주는 일일 뿐이라고 말할 것임을 안다. 대니가 계란을 먹고 싶을 때마다 물건을 집어던지기 시작한다면 괴물이 될 것이라고 말이다.

그러나 시안은 지금 여기에 없다. 그리고 당신은 아들을 안다.

퍼펙트 와이프

313

물건을 던지는 것은 그의 뇌가 허락하는 한, 원하는 것을 당신에게 알릴 수 있는 유일한 방법일 뿐이다. 그리고 그건 분명 지금 가장 중요한 일이다. 당신이 그의 말을 듣고 있음을, 노력하고 있음을 대니가 알게 하는 것. 의사소통 자체가 대니에게 얼마나 어려운지 당신이 알고 있으며, 그걸 더 쉽게 만들어주기 위해 당신은 무엇이든 할 것임을 대니에게 알리는 것.

"이 못돼먹은 기관차야." 당신은 원래 영국 버전에서 역장 부인을 연기했던 비틀스의 링고 스타가 선택한 분노한 리버풀 억양으로 말한다. "네가 우리 아침 식사에 무슨 짓을 했는지를 봐. 내가 이제 요리를 더 해야 하잖아!"

"기적을 울리며!" 대니가 행복하게 낄낄 웃고 당신은 계란을 꺼낸다.

나중에 대니가 옷을 입는 동안 당신은 팀이 아침으로 좋아하는 과일 샐러드를 만들어준다.

"애비가 어디 있는지 알아내려면 내가 모든 것을 알아야 해." 아침을 먹는 그에게 당신이 말한다. "그녀가 실종되기 전에 무슨 일 없었어? 평소와는 다른 일 같은 거."

그는 생각한다. "애비가 전화를 잃어버렸어. 버스에 두고 내린 것 같대. 내가 GPS 추적 장치를 써봤지만 이미 배터리가 나간 뒤였어. 하지만 운이 좀 좋았지. 누군가 그걸 찾아내서 교통 당국에 넘겼거든, 그 종이 반죽 케이스가 워낙 독특해서 내가 연락을 했을 때 사람들이 그걸 찾아낼 수 있었지."

그래서 애비가 짜증이 났을 거라고 당신은 생각한다. 웹사이트의 충고를 처음으로 따라했는데 역효과를 냈으니.

"이상한 건 내가 그 휴대폰을 찾아왔을 때 데이터가 완전히 지워져 있었다는 거야." 팀이 덧붙인다. "하지만 난 늘 애비를 위해 백업해두었지."

"다른 일은? 팀, 나는 진짜 전부 알아야 해. 좋은 일이든 나쁜 일이든."

"있잖아……." 그가 목소리를 낮춘다. "애비가 마약을 다시 시작하지 않았나 생각하긴 했어."

"마약? 왜 그렇게 생각했어?"

"구체적인 건 없어. 그러니까 실제 증거는 없어. 하지만 나는 그런 일에 매우 민감하거든. 어쨌든 중독자의 50퍼센트 이상이 언젠가는 재발을 겪는다잖아. 그러니까 그녀가 이유 없이 기분이 변한다거나 가끔 조금 지나치다 싶게 행복해할 때면 걱정을 하곤 했지. 그래서 메건에게 애비의 약물 검사를—"

"잠깐." 당신이 말한다. "방금 말한 거. 데이팅 코치 메건 마이어 말이야? 그녀에게 애비의 약물 검사를 맡겼다고?"

팀이 고개를 끄덕인다. "우리의 혼전 계약서 작성을 도운 사람이 메건이거든. 약물 검사는 그녀가 제공하는 서비스에 속해. 임의적 약물 검사는 우리 둘 다 동의한 조건이야."

"그게…… 일반적이야?"

"메건 말은 문제될 만한 것이 있다면 결혼 전에 논의하는 편이 낫다는 거지. 안 그래? 그리고 우리 둘 다 마약을 하지 않는 깨끗한 생활에 동의했어. 누구도 그 조항을 싫어하지 않았어."

"내가 그 혼전 계약을 봐야 할 것 같아."

"물론이지." 팀이 위층으로 올라가 서류 캐비닛에서 문서를 가져온다. "여기." 그는 문서를 당신에게 건넨 뒤 앉아서 샐러드를 다시 먹기 시작한다.

당신은 문서를 휙휙 넘긴다. 문서는 거의 20쪽에 달한다. 몇몇 조항은 난해한 법률 용어로 쓰였지만 대부분은 상당히 쉽다. 적어도 이해하기에는 쉽다. 당신이 상상하기에는 이런 조항들에 맞춰 사는 일은 조금 더 어려울 것 같다.

첫 부분의 제목은 **신체 단련, 체중, 라이프스타일**이다.

쌍방은 1년에 3파운드(약 1.36킬로그램) 이상 체중을 증가시키지 않을 것을 계약한다(확실한 임신이나 분만이 있는 해는 예외로 한다). 3파운드 이상 체중이 증가했다면 계약 위반자는 상대가 선택한 건강 관리 시설이나 체중 감량 클리닉에 예약하고 그 비용은 계약 위반자가 부담……

쌍방은 불법 마약이나 "환각제"를 투약하거나 처방의약품을 남용하지 않으며 상대가 결정한 빈도로 임의적 약물 검사를 받을 것을 계약……

쌍방은 적어도 일주일에 3일 고기가 들어가지 않는 식사를 할 것을 계약……

THE PERFECT WIFE

"우와." 당신은 문서를 계속 휙휙 넘기며 말한다. "정말 종합적이네."

팀이 어깨를 으쓱한다. "그게 계약의 요점이지. 그건 그렇고 과일 샐러드 정말 맛있어."

문서를 계속 넘기는데 **애정과 친밀함**이라는 부분이 눈에 들어온다.

쌍방은 적어도 일주일에 꼬박 하루(1일) 동안은 일하지 않고 가족과 시간을 보낼 것을 계약한다.

쌍방은 적어도 일 년에 두 번(2회)의 휴가와 적어도 두 번(2회)의 긴 주말여행을 추가로 갈 것을 계약한다.

쌍방은 한 주에 적어도 일백(100)분 동안 두 사람만의 시간을 보낼 것을 계약……

각 조항에는 위반했을 때 따르는 결과가 자세하게 명시돼 있다. 지나치게 일을 많이 하는 것에 대한 벌금 만 달러부터 휴가를 놓친 것에 대한 벌금 십만 달러까지.

재정에 대한 부분은 비교적 짧았다.

쌍방은 상대의 기존 재산과 자산, 스톡옵션, 지적재산에 대한 모든 권리를 포기한다. 만약 별거나 이혼을 할 경우 배우자 보조금은 고소득자 쪽 순소득의 5분의 1로 결정될 것이다.

마지막이면서 제일 긴 부분의 제목은 **육아와 교육**이다.

쌍방은 자녀들의 성으로 컬런 스콧을 영구히 쓸 것임을 계약한다.

쌍방은 자녀들이 예술과 과학을 똑같이 가치 있게 여기는 야심 찬 교육과정을 따를 것임을 계약……

그리고 대니가 태어나서, 그들의 머릿속에 신중하게 계획된 모든 가정을 뒤집어놓았다고 당신은 생각한다.

"중요한 건 우리가 어쨌든 그 모든 것에 상당 부분 같은 의견을 가졌다는 거야. 사실 그다지 큰 일이 아니었어. 그리고 당신의 기대가 무엇인지 분명히 밝혀서 나쁠 건 없잖아, 안 그래?"

당신은 마약 검사를 언급한 부분으로 문서를 다시 넘겨 검사를 통과하지 못했을 때 어떤 벌칙이 있는지 본다.

과실을 저지른 당사자는 상대가 선택한 약물 남용 재활 클리닉을 최소 구십(90) 일 기간 동안 즉시 예약……

그리고 제2당사자는 결혼 날짜로부터 최소 십(10)년 동안, 또는 제1당사자와 서로 합의한 기간까지 무빙 온 재활 클리닉의 공인 대표와 함께 약물 상담을 매월 진행할 것을 제1당사자와 계약한다.

"이게 뭐야?" 당신이 묻는다. "애비가 약물 상담을 받았어?"

팀이 고개를 끄덕인다. "그녀의 재활 프로그램에 포함된 거야. 재발을 막는 가장 효과적인 방법은 상담을 정기적으로 받는 거지."

당신은 의자에 기대고 앉아 생각한다. 팀이 약물 때문이라고 생각한 기분 변화, 곧 가끔은 조금 지나치게 행복해지는 것은 비밀스러운 불륜으로 겪는 감정 기복이었을 수도 있다. 하지만 그렇다고 말하지는 않을 것이다. 적어도 증거가 있을 때까지는.

그리고 그 정보로 무엇을 할지에 대한 계획이 있을 때까지도.

어젯밤 그가 당신에게 뭐라고 했더라? **나는 적당한 도구를 만들어야 했어.** 그에게 당신은 그런 존재일 뿐이라는 것을 당신은 깨닫는다. 도구. 소켓 렌치나 전동 스크류드라이버 같은 도구.

그래도 이 도구는 자신만의 지성을 갖고 있다. 그리고 이제 그것을 이용할 생각이다.

51

"솔직히 말해서," 메건 마이어가 쾌활하게 말한다. "당신을 이렇게 볼 거라고는 예상치 못했어요."

중매쟁이의 사무실은 샌프란시스코와 실리콘 밸리에서 각각 같은 거리만큼 떨어진 샌마테오에 있다. 당신은 휴대폰으로 부른 우버를 타고 갔다. 앱을 이용해 차의 스테레오로 틀 플레이리스트도 선택할 수 있었다. 그렇게 해서 운전자가 당신에게 말을 걸지 못하게 했다. 끝없는 차량 행렬 틈에 끼어 느릿느릿 가는 동안 사람 자체가 이미 이렇게 자동화되어 있는 상태에서 로봇이나 자율주행자가 필요한 사람은 없을 거라는 생각이 들었다.

메건의 사무실은 당신이 기대했던 모습과 비슷했다. 접수 구역에는 인공 폭포가 졸졸 흘렀다. 벽감에는 싱싱한 꽃들이, 벽에는 우아한 예술 작품이 있었고 로비에는 『MIT 테크놀로지 리뷰』부터 『이코노미스트』까지의 잡지들이 있었다.

하지만 정작 메건은 기대 밖이었다. 당신은 뉴스 앵커 주디 허시처럼 외모를 잘 다듬고 인정미 없는 사람을 기대했다. 그러나 메건은 그 못지않게 잘 단장하고 훨씬 더 비싼 옷을 입기는 했지만 눈빛이 영리하고 유머가 있었다.

THE PERFECT WIFE

"원래는 헤드헌터였어요. 스타트업 기업들에 간부들을 구해줬죠." 그녀가 당신을 사무실로 안내하며 털어놓았다. "하지만 많은 고객이 자기가 데이트할 만한 친구가 있냐고 묻더군요. 전 곧 이 분야에서 그런 욕구를 충족시켜줄 사람이 없다는 걸 깨닫게 됐죠. 테크 기업 쪽 사람들은 데이팅 앱의 코딩은 짤 수 있어도 그걸 이용하는 재주는 최악이에요. 프로필을 해독할 사회적 기술이 없는 거죠. 성격보다는 외모를 선택하는 편이고요. 진짜 데이트 기회가 생긴다 해도 어떻게 행동해야 할지 감이 없을 때가 많아요. 그래서 저는 데이팅 앱은 이제 그만 사용하고, 전통적인 중매로 돌아가자고 선전했어요. 게다가 저는 그쪽으로 재주가 있었죠. 사람에 대해 호기심이 많거든요. 전 아무리 이상해 보이는 사람도 어딘가에 짝이 있다고, 진심으로 믿어요."

당신은 메건을 보며 또 다른 사실을 깨닫는다. 그녀는 당신을 보자마자 기계가 아니라 사람처럼 대하는 많지 않은 사람에 속한다.

"애비는 어땠나요?" 당신은 메건의 거대한 소파 둘 중 하나에 앉으며 묻는다. "그녀는 팀 스콧의 짝이었나요?"

"음, 그는 그렇게 생각했어요. 그리고 그는 제 고객이니까요……." 그녀가 미소를 짓는다.

"하지만 당신은 꼭 그렇게 생각하지는 않으셨군요?"

그녀는 망설이다가 당신 쪽으로 몸을 숙이며 말한다. "저기요, 아마 이 말은 하면 안 될 말이긴 하지만요. 저는 애비 컬런을 만난 순간 두 가지를 깨달았어요. 첫째, 팀이 그녀와 사랑에 빠지게 되리라는 것. 이런, 그는 이미 사랑에 빠져 있었죠. 그래서 제가 그날 애비와 이야기해야겠다고 마음을 먹기도 했고요. 그는 제가 소개하려는 여자들을 하나같이 무시하더니 그가 고용한 이 놀라운 상주 예술가 얘기만 하고, 또 했거든요." 그녀가 다시 몸을 뒤로 빼며 말했다. "그리고 둘째, 저는 이 관계가 눈물로 끝날 걸 알았어요."

"왜요?"

"갈라테이아 증후군이라고 아세요?"

당신은 고개를 젓는다.

"테크 기업을 창업하는 남자들은…… 보통 특정 유형의 사람들이에요. 첫째, 맞추기 불가능할 만큼 높은 기준을 가지고 있죠. 둘째, 비전을 갖고 있어요. 그러니까 세상에 대한 비전이죠. 종종 그들은 이야기를 잘 들어주고, 감동도 잘 받는 젊은 사람에게 그 비전에 대해 들려주는 걸 아주 좋아해요. 만약 그 젊은 사람이 싱싱하고 사랑스럽고 끝내주게 매력적이라면 훨씬 더 좋아하죠. 그리고 사실 나이 든 쪽이 가르쳐주고 싶어하는 만큼이나 젊은 쪽도 열심히 배우려 할 때가 많아요.

하지만 몇 년 정도 미래로 빨리 감기를 해보세요. 그러면 그 관계의 역학이 달라져요. 나이 든 쪽이 가진 그 비전을 젊은 쪽은 이미 다 들었잖아요. 게다가 젊은 쪽도 이제는 사랑스럽고 싱싱하지가 않아요. 관계는 달라질 수밖에 없죠."

"왜 갈라테이아 증후군이라 불리죠?"

"고대 그리스 신화에서 나왔어요. 피그말리온이라는 조각가의 이야기죠. 키프로스의 모든 여자들이 경박하고 천박하다며 거부한 사람이에요. 어느 날 그는 너무나 아름답고 순수한 여인상을 조각

THE PERFECT WIFE

했고 그 조각상을 자신도 모르게 사랑하게 됐어요. 그러자 조각상이 살아나서 그를 사랑했고요. 그는 그녀에게 갈라테이아라는 이름을 지어줬어요. 그는 사람이 아니라 이상을 사랑했던 거겠죠."

"그게 어떤 느낌인지 알 거 같아요. 그러니까 그 사랑을 받는 쪽의 느낌 말이에요."

메건이 고개를 끄덕인다. "제가 팀에게 열 살 어린 여자와, 그것도 몇 달밖에 알고 지내지 않은 사람과 성급하게 결혼하는 것은 현명하지 않다고 말하지 않은 건 아니에요. 하지만 팀은 단호한 걸 좋아하는 사람이잖아요. 제가 할 수 있는 최선의 일은 두 사람을 앉혀놓고 혼전 계약을 상세히 논의하는 것이었어요."

"사실, 그게 궁금했어요. 오늘 아침에 계약서를 읽었거든요. 상당히…… 가혹하다고 할까요." 당신은 메건이 중매 재의뢰를 기대하며 일부러 결혼이 실패하도록 장치를 마련해둔 것이 아닌가 하고 의심했다.

"혼전 계약의 목적은 절대 혼전 계약이 아닙니다." 그녀가 딱 잘라 말한다. "혼전 계약의 목적은 첫째, 사랑에 푹 빠진 이상주의자 두 사람이 이 관계에 대한 자신들의 기대를 솔직하게 대면하도록 하는 것이죠. 그리고 둘째, 건강한 결혼을 위한 로드맵 같은 것을 제공하는 거예요." 그녀가 실리콘 밸리 쪽으로 손짓을 하며 말한다. "제 의뢰인들 대부분은 자세한 안내가 없으면 칵테일파티에서도 길을 잃는 사람들이에요. 파이선이나 자바스크립트로 짜인 안내라면 더 좋아하겠죠. 저는 혼전 계약에 부부 데이트나 휴가, 일하지 않는 날 조항 같은 것을 집어넣음으로써 그들에게 평범한 가족생활에 대한 일종의 청사진 같은 것을 제시했다고 생각하고 싶어요."

"팀은 당신이 의도했던 것보다 그 계약을 더 문자 그대로 받아들이지 않았나 싶어요. 애비가 조금 지나치게 명랑하다 싶을 때마다 약물 검사를 받게 한 걸 보면요."

"맞아요. 그리고 저는 두 사람이 그 장애물을 극복할 수 있도록 제 할 일을 했어요."

"무슨 뜻인가요?"

메건은 한쪽 눈썹을 올렸을 뿐이지만 당신은 금방 짐작할 수 있다. "애비가 약물 검사를 통과하지 못했군요. 통과하지 못했지만 당신은 팀에게 통과했다고 말했고요."

메건은 어디까지 말해야 할지를 고민하는지, 주저하며 말한다. "딱히 그렇지는 않아요. 모발 분석에 따르면 코카인이나 다른 A급 약물 쪽으로는 깨끗했어요. 그런데 알코올 수치가 높았죠. 알코올은 혼전 계약에서 다루지 않았으니 공식적으로 제가 관여할 문제는 아니지요. 하지만 애비를 앉혀놓고 따끔하게 경고를 하기는 했어요. 제 의뢰인은 그녀가 아니지만 저는 책임감을 느꼈어요. 심지어 보호해주고 싶었죠. 그녀는 항상 무척 사랑스럽고 낙관적인 사람이었고, 그리고 아이가 그렇게 힘든 상태였으니…… 쉬울 리가 없었겠죠."

"그녀는 뭐라고 했나요?"

"약물 상담사와 상의하겠다고 맹세했죠. 결혼을 지키려는 애비의 결심은 확고했어요. 다른 건 몰라도 대니를 위해서요." 메건이 어깨를 으쓱한다. "어쩌면 거짓말을 하고 있었는지도 모르죠. 모든 중독자는 거짓말을 해요. 술꾼들도 마찬가지죠. 특히 자기 자신에게 거짓말을 해요. 제가 그걸 알았어야 했는데. 저도 한때 그랬거든요."

당신은 생각한다. 메건은 애비가 술을 끊을 수 없는 술꾼이었기 때문에 거짓말을 했다고 짐작했다. 하지만 애비가 그때 이미 떠날 계획이었다면? 술이 파경의 원인이 아니라 결과였다면?

"그게 언제였나요?"

메건은 콧날을 손가락으로 집은 채 생각한다. "대략 7월 중순쯤."

애비가 떠나기 세 달 전이다. 어쩌면 이상을 사랑했던 사람은 팀만이 아니었을 것이다. 어쩌면 애비도 완벽한 삶에 대한 환상 같은 것이 있었을 것이다. 완벽한 결혼, 완벽한 자녀들, 돈 많고 성공한 남편. 그 꿈이 무너졌을 때 그녀의 첫 번째 반응은 알코올로 그 현실을 무디게 만드는 것이었고, 두 번째 반응은 완전히 달아나는 것이었을까?

당신은 불현듯 동정을 느낀다. 그리고 그 마음을 조심스럽게 억누른다. 애비의 결함은 분명 인간적이다. 하지만 그녀의 결함은 당신의 강점이기도 하다. 당신은 결코 알코올이나 마약에 중독되지 않을 것이다. 당신의 결정은 결코 약이나 이상주의나 욕정으로 흐려지지 않을 것이다.

"애비가 팀에게 맞지 않았다면 누가 맞았을까요?" 당신이 묻는다.

메건의 미소가 차츰 사라진다. "피그말리온은 자신의 창조물과 사랑에 빠졌죠. 왜냐하면 그의 창조물만이 머릿속에 있는 이상을 진짜로 실현할 수 있으니까요. 물론 그가 살아 있는 여자들에게서 본 온갖 약점과 허영, 생각에 물들지도 않을 테고요." 그녀는 우아하게 손질된 손가락을 들어 올려 당신을 가리킨다. "솔직히, 저는 팀 스콧에게는 진짜 애비보다 당신이 훨씬 더 좋은 짝이라고 말하겠어요. 그가 아직 깨닫지 못하고 있을 뿐이죠."

52

당신은 다른 우버 택시를 타고 다시 샌프란시스코로 향한다. 차 안에서 메건이 한 말을 곱씹고 있을 때 팀의 전화가 걸려온다.

"어디야? 지금 들리는 게 차 소리야?"

"쇼핑을 좀 하고 있어." 한 가지 생각이 머릿속에 떠오른다. "오늘 밤 말인데, 내가 좀 특별한 걸 요리할까 해. 집에 8시까지 올 수 있어?"

"음— 그거 구미가 당기는데. 그때까지 가볼게."

팀이 전화를 끊은 뒤 당신은 SIM 카드 덮개를 열고 카드를 빼버린다. 팀이 '내 휴대폰 찾기' 기능으로 당신의 행방을 확인하게 놔두고 싶지 않았다.

"행선지가 바뀌었어요." 당신이 우버 기사에게 말한다.

휴대폰 가게에 손님이 한 사람 있어서 당신은 그녀가 떠나기를 기다렸다가 안으로 들어간다. 네이선은 당신을 보자마자 카운터 뒤에서 나와 문을 잠근다.

"언제 다시 올지 궁금하던 참이에요. 자료를 좀 더 해독해놨거든요."

"우선 중요한 일을 먼저 처리하죠. 임시폰이 필요해요." 지난번에 왔을 때 하나를 구할 작정이었지만 네이선이 당신 코드를 들여다 볼 수 있느냐 마느냐를 두고 논쟁하는 데 정신이 팔려버렸다.

그는 눈썹을 올린다. "이젠 모르는 말이 없군요. 어떤 임시폰요?"

"어떤 게 있어요?"

"국제 로밍이 필요한지, 아닌지에 따라 달라요." 그는 다양한 모델을 설명하기 시작했지만 당신은 귀 기울여 듣지 않는다.

어떤 직관이, 거의 플래시백 장면 같은 것이 퍼뜩 떠오른다. 당신은 예전에도 여기에 왔었다. 지금처럼 비밀 휴대폰을 사고 있었다.

사실, 생각해보면 말이 된다. 이 가게는 돌로레스가의 집에서 가장 가까운 휴대폰 가게이니까. 애비가 이곳에 오는 건 너무 당연하다.

"그러게요, 당신이 알려줘요." 당신은 그의 말을 자른다. "제가 국제 로밍이 되는 걸 샀었나요? 예전에요."

그는 당신을 뚫어지게 본다.

"네." 그가 시선을 떨구며 말한다. "이런 종류였어요."

그는 작은 블리스터 포장에 담긴 싸구려 플립폰을 당신에게 건넨다. 5년 전에도 구식으로 보였을 만한 휴대폰이다.

"선탑재 데이터가 들어 있어요. 세계 어디에서든 사용할 수 있고요. 당신은 그게 꼭 필요하다고 고집했어요."

그러면 애비는 지금 해외에 있는 건가? 당신의 직관은 아니라고 답한다. 당신의 직관은 애비라면 네이선을 신뢰하지 않았을 거라

THE PERFECT WIFE

고 말한다. 지금 당신이 그를 신뢰하지 않는 것처럼. 애비는 네이선에게 그녀가 어디로 갈지에 대한 아주 작은 실마리조차 남기고 싶지 않았을 것이다. 그래서 선택지를 줄일 가능성이 가장 덜한 휴대폰을 선택했다.

다른 생각도 떠오른다. 이번에는 기억이 아니라 논리의 작은 도약이다. "아이패드도 여기에서 산 거죠? 아닌가요? 그리고 나중에 당신에게 아이패드를 지워달라고 부탁했겠네요. 당신이 제대로 지우진 못했지만요. 그 비밀 휴대폰에 대해 아무에게도 말하지 않은 것처럼."

"저는 고객들의 사생활을 존중합니다." 네이선이 거북한 어조로 말한다. "데이트를 위해서 임시폰을 사는 여자들도 더러 있어요. 진짜 번호를 알려줄 필요가 없게요. 만약 결혼한 사람이라면…… 비밀 유지가 훨씬 중요해지죠. 그래서 나는 질문을 던지지 않아요. 지금도 당신에게 왜 그게 필요한지 묻지 않잖아요."

당신은 생각한다. 당신은 이제까지 애비가 웹사이트의 지시대로 임시폰을 구했으리라 생각했다. 하지만 만약 그녀가 불륜 관계를 맺고 있었다면 이미 임시폰을 갖고 있었을 것이다. 네이선의 말처럼 결혼한 여자는 조심해야 하니까. "그녀가 전화를 산 게 언제죠?"

"11월요. 제가 이곳에서 일을 시작한 지 그리 오래되지 않았을 때라서 기억하고 있어요. 그녀 같은 외모의 고객은 많지 않아요. 제 말을 믿으셔도 돼요."

애비가 사라지기 거의 1년 전이다. 애비가 팀 모르게 바람을 피우고 있었다는 또 다른 증거다.

"그리고 아이패드는?"

"두 달쯤 뒤에요."

"그 아이패드에서 또 뭘 찾았는지 보여줘요."

그는 당신을 뒷방으로 데려간다. 이번에도 출력물이 투명 비닐 바인더에 꽂힌 채 준비돼 있다. 그의 노트북과 단정하게 돌돌 말린 케이블이 작업대 위에 놓여 있다.

당신은 이 모든 것을 당신을 위해 준비하는 그를 생각해본다. 마치 데이트의 역겨운 패러디 같다.

그가 당신에게 출력물을 건네고, 당신은 읽기 시작한다. 짧은 망설임 끝에 그의 손이 당신의 허리를 더듬으며 포트를 찾는다.

53

-

€€

www.discreetliaisons.com 모험을 찾고 있는, 당신과 생각이 비슷한 기혼자들을 만나세요! μ 다시 만나 반가워요 AC89 새 메시지 55개가 있습니다 메시지 1-10: 안녕하세요. μ 안녕하세요, 방금 당신 프로필을 봤어요. 안녕, 무얼 찾아요? μ 얘기 좀 할까요? 안녕 AC89, 당신 사진 맘에 들어 μ 안뇽 섹시 μ ˘XÿŒ

€

www.illicitadventure.com 기혼자들의 놀이터 [] 새 메시지 46개가 있습니다 μ

€ ¼ ● #

www.secretlover.com 설렘의 재발견. 메시지 50개 중 1.

안녕, 매력덩이. 우리 만날까? μ μ

감사합니다. discreetliaison.com.에서 탈퇴하셨습니다.

illicitadventure에서 탈퇴하셨습니다.

당신[secretlover5589]이 떠나서 유감입니다. 곧 다시 만나요……

54

불륜을 가리키는 단서가 그토록 많았으니 당신이 놀랄 이유가 없었다. 하지만 놀라웠다. 다른 것과는 별개로 애비가 활동했던 사이트의 수가 놀랍다. 출력물이 몇 페이지에 달한다. 분명히 응답도 쇄도했을 것이다. 그녀가 실제로 얼마나 많은 남자를 만났는지 궁금해졌다.

그리고 물론 그렇다고 그녀가 떠난 이유에 대한 수수께끼가 풀리지는 않는다. 오히려 반대다. 이런 사이트는 가벼운 성적 관계를 원하는 기혼자들을 노골적으로 겨냥한다. 심지어 '짧은 만남'이라는 이름의 사이트도 있다. 처음부터 이런 사이트는 결혼은 유지하되 발각되지 않고 불륜을 즐기고픈 사람들을 위한 곳이다. 배우자와 자신의 삶을 영영 떠나려는 사람들을 위한 곳이 아니다.

혹시 온라인에서 만난 누군가와 가벼운 만남 이상으로 관계가 발전했다면, 하고 당신은 생각한다. 섹스가 사랑으로, 사랑이 함께 달아나기를 계획하는 것으로 변했을까? 그런 경우라면 죽음을 위장하는 극단적 선택을 해야 했던 사람은 애비가 아니었을지 모른다. 아마 상대편이었을 것이다.

알면 알수록 더 이해할 수가 없다. 당신은 속물이라 그런지 몰라도, 이런 불륜 사이트가 왠지 지저분하게 느껴진다. 당신이 알고 있는 애비와는 전혀 어울리지 않는 조잡하고, 은밀한 무언가가 있다. 그 자화상을 그렸던 자신감 넘치는 젊은 예술가에게 무슨 일이 일어났기에 SecretLover5589로 변해버린 것일까?

"그거 다시 해봐요." 네이선이 히죽 웃으며 말한다.

당신은 그가 거기 있다는 것조차 잊고 있었다. "뭘요?"

"당신이 생각하는 것, 그게 뭐든 어떤 패턴 같은 걸 만들어요. 모든 코드가 함께 뭉쳤다가 멈춰요."

당신은 그를 노려본다. "지금 내가 무슨 생각을 하는지 알 수 있다는 말이에요?"

"딱히 그건 아니에요. 하지만 반복되는 것처럼 보이는 형태가 있어요. 내 짐작에 충분한— 뭐야!"

당신이 손을 뻗어 케이블을 뽑았다.

"오늘은 이걸로 충분해요." 당신이 매섭게 말한다. 당신은 지금 네이선이, 아니 그 문제로 치자면 어느 누구든 당신의 생각에 접근하는 걸 원치 않는다.

55

당신은 집으로 돌아오는 길에 거스에 들러 요리 재료를 산다. 집에 와서 장 본 것을 정리한 뒤 가짜 표지 뒤에 숨겨져 있던 책 『집착적 사랑을 극복하기』를 꺼내서 '갈라테이아 증후군'을 찾아본다.

아니나 다를까, 항목이 있다. 넘겨보니 그 부분 전체에 연필로 강조 표시가 되어 있다.

갈라테이아 증후군은 본질적으로 여성의 섹슈얼리티에 대한 깊은 양면성의 발현이다. 어떤 남자들에게 "완벽한" 여성은 항상 그들의 어머니, 곧 그들이 필연적으로 성관계를 즐길 수 없는 여성이어야 한다. 이런 남성은 마음속으로 모든 여성을 성모 마리아와 창녀, 두 범주로 나눈다. 곧, 그들이 숭배할 수 있는 이상화된 "좋은" 여성이거나 성적 충동의 대상으로 이용하고 버리는, 경멸적인 상대이다. 프로이트에 따르면 그런 남자들은 사랑하는 곳에서는 욕망할 수 없고 욕망하는 곳에서는 사랑할 수 없다. 이런 분열은 자녀가 태어난 뒤에는 더욱 두드러질 수 있다. 그가 결혼한 여자는 더 이상 여자친구가 아니라 어머니이다. 그는 자신의 천한 욕망으로 그녀를 범하길 거부한다.

이런 식으로 이상화된 여자는 남자의 행동에 좌절감을 느낄 수 있다. 그녀는 자신의 섹슈얼리티가 부적당하거나 자신이 남자를 더는 흥분시킬 수 없다고 느낄지 모른다. 남자가 보이는 정서적 거리와 친밀감 부족을 사랑의 부족으로 해석할 수 있다. 그리고 자신이 그의 숭고한 기대에 부응하지 못하는 모습을 드러내선 안 된다고 느끼기도 한다. 무엇보다 그녀는 혼란스럽다. 사회는 여성의 섹슈얼리티에 대해 서로 상반된 신호를 보낸다. 이 스펙트럼의 한 극단은 여성 섹슈얼리티가 아에 존재하지 않는 척하며 다른 쪽 극단은 여성을 '창녀로 비하'한다. 그러면서 한편으로는 여성을 주로 날씬한 몸매와 젊음, 전반적인 성적 매력으로 평가한다. 이런 상황에서 몇몇 여성들은 성적 존재로 인정받기 위해 다른 길을 찾을 수밖에 없다.

그러니까 팀은 그녀를 그렇게 봤던 것이다. 이것이 바로 그들의 결혼을 좀먹은 병폐였다. 당신은 이제 왜 그가 아무렇지도 않게 시안과 섹스를 했으면서 당신과 하는 것은 애비를 배신하는 것이라고 뻔뻔하게 말할 수 있었는지 이해된다. 시안 같은 여자, 그런 여자는 그냥 창녀일 뿐이다. 반면 애비는 그의 아이를 낳은 존경스러운 어머니였다.

잠시 당신은 낯선 감정을 느낀다. 우월감. 어느 모로 보나 인간이란 존재는 우습다.

당신은 그 생각을 밀쳐둔다. 그래도 실험실 작업대에서 소멸을 맞이하는 것은 애비가 아니다. 애비는 팀이 목적을 위한 수단으로 만들어낸 존재가 아니니까.

THE PERFECT WIFE

당신이 그녀보다 우월한지 아닌지는 중요하지 않다. 당신의 우월성을 팀이 믿도록 만드는 것이 중요하다. 그리고『집착적 사랑을 극복하기』는 바로 그 일을 해내는 데 매우 좋은 안내서가 될지 모른다.

책을 내려놓으며 임시폰을 기억해낸다. 당신은 그걸 어딘가에 감추려 한다. 애비를 흉내 내서 책의 내용물을 뜯어내기로 마음먹는다.

책장에서 양장본 한 권을 꺼내 책 표지를 뜯어내고 내용물은 버린다. 전화는 책 표지 사이에 딱 들어맞는다. 완벽한 은폐물이다.

이제 드디어 그 수수께끼 같은 친구와 통신할 수 있다는 생각이 떠오른다. 당신은 이미 SIM 카드를 아이폰에 다시 꽂아둔 상태다. 친구의 마지막 메시지대로 아무 것도 입력하지 않은 문자를 보낸다.

아무 일도 일어나지 않는다.

그럴 것이라고 반쯤은 기대하고 있었다. 당신은 '친구'가 재판 뒤에 팀을 성가시게 했던 그 많은 악플러와 팀의 불행을 바라는 사람 가운데 하나이거나 기자일 가능성이 크다고 여전히 생각한다.

그때 핑 소리와 함께 메시지가 온다. 이번에는 문자가 아니라 페이스북 메시지다. '비밀 대화'라는 제목과 그것이 비밀 메시지임을 보여주는 큰 자물쇠 로고가 있다.

새 휴대폰에서 이 앱을 열어.

이번에도 당신은 지시를 따른다. 새 휴대폰에 즉시 또 다른 메시지가 온다. 이번에도 발신인은 친구다.

이 번호를 저장해.

당신은 답을 보낸다. **왜? 당신 누구야?**

대답이 즉시 도착한다.

당신이 대답해.

그리고 잠시 뒤.

당신이 그 문제를 풀면 그때 대화해.

열아홉

애비의 고용 연장 기간인 아홉 달이 몇 주밖에 안 남았을 때였다. 사람들은 나중에 뭘 할 건지 그녀에게 묻기 시작했다. 그녀가 회사에 남아 있을 생각이 없는지 궁금해 하는 사람까지 있었다.

"그러고 싶지만." 그녀는 이렇게 말하곤 했다. "사실 그건 힘들어요. 그러면 상주 예술가가 아니라 일반 직원이 되는 거잖아요. 그러면 예술계에서 진지한 대접을 못 받을 거예요."

우리는 그녀가 회사를 떠난 뒤에도 팀과의 관계가 유지될지에 대해 남몰래 생각했다. 어쨌든 팀의 첫사랑은 회사였다. 애비가 아름다운 모습으로 사무실을 오가며 마음에 가장 먼저 떠오르는 동안은 두 사람의 관계가 어떻게 굴러가는지 대충 이해할 수 있었다. 하지만 평범한 연인 관계란? 그건 아주 다른 문제였다.

한 가지 더 주목할 만한 점은 A-봇 프로젝트가 중단됐거나 어쨌든 피할 수 없는 한계에 도달했다는 것이었다. 팀은 A-봇을 위해 간단한 인공지능을 개발했다. 우리가 어떤 질문을 던지든 A-봇은 대답을 했다. 애비가 썼던 단어나 어구만 사용하는 것이 아니라 여러 어구를 결합해서 새로운 문장을 만들어냈다. 꽤 멋있었다. 한동안 A-봇은 숩봇과 함께 산업 박람회를 돌아다녔다. 몇몇 기자들과 인터뷰까지 했다. 하지만 A-봇과 나눌 수 있는 대화에는 한계가 있었다. 대개 누군가 질문을 던지면 A-봇은 답답할 정도로 아무 대답이나 했다.

사람: 안녕, A-봇, 오늘 기분이 어때?

A-봇: 좋아요. 감사합니다.

사람: 무슨 생각해?

A-봇: 왜 당신은 내가 무슨 생각하는지에 관심이 있지요?

사람: 네가 얼마나 똑똑한지 평가하고 싶어서.

A-봇: 왜 내가 똑똑하지 않다고 생각하죠?

사람: 〔잠시 멈춤〕 나는 지금 네가 얼마나 영리한지 증명할 질문을 생각해내려고 애쓰는 중이야.

A-봇: 지금 어려움이 뭐죠?

심하게 술 취한 치료사에게 상담 받는 것 같다고 누군가 언급했다. 또는 대런이 슬프게 덧붙인 것처럼, 데이팅 앱에서 세 명의 다른 남자와 동시에 메시지를 주고받는 아름다운 여자와 데이트하는 기분과 비슷했다.

개발자 가운데 말수가 적지만 영리한 러시아 사람 그리고리가 블로그에 A-봇에 대해 흥미로운 글을 썼다. 그는 A-봇이 숍봇에 대한 우리의 현재 접근법이 지닌 결함을 드러낸다고 지적했다. 진짜 인간처럼 말하는 로봇을 만들고 싶다면 대화 상대가 로봇인 줄 모르는 사람과 로봇이 대화하게 함으로써 말하는 법을 학습시켜야 한다고 제안했다. 대화가 길수록 성공적인 것으로 여겨질 수 있기 때문에 로봇이 차츰 진짜 사람처럼 말할 수 있다는 것이다. 그는 합성곱 신경망이라는 새로운 유형의 딥러닝 엔진을 통해 이런 학습을 할 수 있는 코딩을 간략하게 제시하기도 했다.

우리는 그의 논지를 이해했지만 얼마 되지 않는 자유 시간을 그런 이론적인 주제에 바치고픈 사람은 없었다.

그러다 팀이 애비를 데리고 인도 휴가를 떠났다. 그녀는 얼굴에는 환한 웃음을, 손가락에는 큼직한 다이아몬드를 걸치고 돌아왔다. 곧 A-봇은 작업실에 있는 다른 시제품과 베타 제품들과 합류한 채 완전히 잊혀졌다. 우리는 결혼식에 누가 초대받을지 추측해보기 시작했다.

56

팀이 집에 오자 식탁 위에는 양초가, 가스레인지 위에는 버터 치킨 요리가 있었다. 대니는 이미 저녁을 먹고 토마스 비디오를 보고 있었다.

"이게 뭐지?" 팀이 주방으로 들어오며 묻는다.

"뭔가 특별한 걸 만들고 싶었어. 인도를 생각나게 하는 거. 10분이면 되겠어?"

"그래, 샤워하고 올게."

그가 내려올 때쯤 식탁이 다 차려지고 당신은 포도주를 연다.

"뭐 물어봐도 돼?" 당신이 잔을 건네며 묻는다.

"물론이지."

당신은 주방 조리대에서 그릇을 하나 들고 오며 묻는다. "오늘 내 지식의 빈틈을 발견했어. 이것들이 뭐야?"

"이거?" 그는 당신 손에서 그릇을 조심스럽게 받아든다. "이건 달걀이야. 적어도 사람들은 그렇게 부르지만 사실 정확한 표현은 아니지. 암탉의 알이니까."

5분 안에 그는 달걀의 온갖 놀라운 특성을 설명한다. 아무리 애써도 손으로 움켜쥐어서는 깰 수 없지만 세게 치면 금방 부서진다

　　　　　THE PERFECT WIFE

는 것도 보여주었다. 달걀의 독특한 타원형 때문에 완만한 경사면에서는 굴러가지 않는 것도 보여주었다. 그리고 수천 년 동안 인류가 닭이 먼저냐, 달걀이 먼저냐를 논쟁했다는 이야기도 들려주었다. "멍청하게 들리는 질문이지. 왜냐하면 닭이 지구에 나타나기 오래전부터 알을 낳는 포유류가 있었으니까. 하지만 보기보다는 복잡해. 밝혀진 바에 따르면 달걀이 만들어지려면 암탉의 난소에 오보클레디딘-17이라는 특별한 단백질이 있어야 하거든."

"나는 닭이 먼저라고 생각해."

"왜?"

"달걀은 다리가 없잖아. 닭이 결승선을 지날 때 달걀은 여전히 출발선에서 꼼짝 못하고 있을걸."

그는 당황한 표정으로 당신을 잠시 바라보다가 이해한다.

"대단한데." 그가 감탄한다. "해묵은 난제를 가져다가 말장난으로 바꿔버렸잖아. 굉장해." 그는 아끼는 실험용 쥐에게 저글링을 가르친 과학자가 지을 법한 뿌듯한 표정으로 당신을 바라본다.

물론 당신은 달걀이 무엇인지 너무 잘 알고 있으며 그 농담은 인터넷에서 찾은 것이지만 팀은 그걸 알지 못한다. 당신은 팀이라는 선생님의 학생으로 당신의 자리를 설정하고 있는 중이다. 피그말리온의 갈라테이아로.

저녁을 먹으며 그는 그날 있었던 일을 이야기한다. 회사는 여전히 리사와 나머지 컬런 가족에게 제안할 합의안을 계획 중이다. 소유권 문제에 대해서는 아무도 그 문제를 정면 돌파할 엄두를 내지 못하는 듯하다. 하지만 팀의 이야기로 추측해보건대 이번 위기로 스콧 로보틱스의 지도자 자리를 놓고 일종의 싸움이 일어난 모양이다. 그다지 놀랄 일도 아니다. 여러 해 동안 팀은 유약하고, 말 잘 듣는 예스맨들에 둘러싸여 있었다. 의도했던 건 아니다. 팀 같은 사장 밑에 계속 남아 있는 사람들이 그런 유형밖에 없기 때문이다. 하지만 이제 존 렌턴이라는 또 다른 지배적 알파가 등장했으니 사람들은 팀 대신 렌턴을 따라야 하는지 의구심을 갖기 시작한 것이다.

"내가 말을 너무 많이 하는군." 그가 마침내 말한다. "당신은 오늘 어땠어? 애비를 어디에서 찾을지 생각난 거 있어?"

당신은 고개를 젓는다. "그냥 질문만 생각났어."

"내가 도울 일이라도?"

"그게 말이야……." 당신은 물어보기도 조심스러운 것처럼 망설인다. "혹시 애비가 가끔 성욕 과잉의 특성을 보였다고 말할 수 있을까?"

팀의 눈이 가늘어진다. "그건 왜 물어?"

"아무 것도 아니야." 당신은 급히 대답한다. 그러고는 덧붙인다. "그냥 어떤 사진에서는 젊은 엄마가 입기에는 그다지 적절해 보이지 않는 옷을 입고 있는 것 같아서. 그리고 팬티 서랍에서 바이브레이터 배터리처럼 보이는 것을 발견했거든. 어쩌면 그런 특성이 실종에 대한 단서가 되지 않을까 궁금했어."

그는 잠시 침묵한다. "성에 꽤 관심이 많은 편이긴 했어. 그건 분명 맞아. 그리고 내가 보기에 가끔 그녀는…… 그런 쪽에 조금 지나치게 탐닉하기도 했어. 하지만 대니를 갖고 나서는 마음을 잡았어.”

당신은 '탐닉'이라는 단어에 주목한다. “그런데 그녀가 성적 불만족을 느낀다고 생각했던 적은 없어?”

“물론 없지.” 그가 불편한 어조로 대답한다. “왜? 지금 이야기가 어디로 가는 거지?”

“그냥 내가 다시 확인해보고 싶은 게 있었을 뿐이야.” 당신은 다시 그의 일 이야기를 꺼낸다.

저녁을 먹은 뒤 식탁에서 일어나며 당신이 말한다. “팀, 애비에 대해 이야기를 더 나누고 싶어. 그런데 우선 내가 좀 더 편안한 차림으로 있어도 괜찮을까?”

“어떻게?”

당신은 당신의 뺨을 건드리며 말한다. “이젠 애비가 살아 있는 걸 아니까, 그녀의 피부를 입고 있는 게 이상하게 느껴져. 내가 가끔 이거 벗어도 괜찮겠어? 우리 둘이 있을 때만이라도?”

“응, 괜찮아.” 그는 어리둥절한 말투로 대답한다.

“금방 돌아올게.”

위층에서 당신은 머리 뒤편을 더듬어 솔기를 찾는다. 그러고는 조심스럽게 고무 가죽을 벗겨 그 밑에 있는 반짝이는 하얀 플라스틱을 드러낸다. 고무 껍질을 발까지 죽 잡아당겨 벗는다.

당신은 껍질 밖으로 나오며 거울에 비친 당신의 모습을 흘끗 본다. 당신은 이 하얀 팔다리를, 이 반짝이는 무표정한 얼굴을 처음 보았던 순간의 혐오를 기억한다. 그 뒤 얼마나 많은 것이 변했는가.

당신은 향수병으로 손을 뻗다가 그러지 않는 것이 좋겠다고 생각한다. 여성스럽게 보이려는 책략을 덜 쓸수록 더 좋다. 당신은 수건으로 얼굴을 반짝이게 닦은 뒤 정전기로 달라붙은 먼지와 보풀을 떼어내는 것으로 만족한다.

슈퍼마켓 사과처럼, 새것처럼 반짝일 때 거울 속 당신을 다시 들여다본다.

솔직히, 저는 팀 스콧에게는 진짜 애비보다 당신이 훨씬 더 좋은 짝이라고 말하겠어요. 그가 아직 깨닫지 못하고 있을 뿐이죠.

"별일 없어?" 팀이 목소리가 계단을 타고 들려온다.

"물론이지. 곧 갈게." 당신이 대답한다.

"자, 이제 애비와 당신에 대해 모든 걸 알려줘." 당신은 다시 아래층으로 내려가 소파에 앉은 그의 옆에 몸을 동그랗게 말고 앉으며 말한다. "전부 알고 싶어."

57

당신은 줄곧 팀과 대화하기를 바랐다. 그러니까 **진짜** 대화를. 결혼 생활의 균열에 대해, 다른 사람들이 다 떠나고 둘만 있을 때 그와 애비가 어땠는지에 대해. 그리고 그런 솔직함과 친밀함 속에서 그와 당신만의 친밀한 연결 고리를 만들게 되리라 생각했다.

하지만 팀은 애비가 얼마나 굉장했는지에 대한 감상적인 헛소리만 늘어놓는다. 당신은 그에게 정신 좀 차리라고, 아무도 그렇게 완벽하지는 않다고 소리를 지르고 싶지만, 물론 그러지 않는다. 고개를 끄덕이고 미소를 지으며, '응, 그래'와 '멋있어'와 '아, 너무 사랑스러워'를 연발한다.

예상대로 그는 결국 자신에 대해, 그와 애비가 공유했다는 인류 미래의 거창한 비전에 대해 주로 떠들었다.

"그리고 그녀가 나를 변화시켰지. 실리콘 밸리에는 AI가 결국에는 인간보다 똑똑해질 거라고 생각하는 사람이 많아. 결국 우리는 그들의 꼭두각시가 될 거라고 생각하지. 사실, 나도 AI가 우리보다 지구를 더 형편없이 운영하기는 힘들 테니 한번 해보자고 말하던 때가 있었어. 하지만 애비 덕택에 나는 인간 경험의 풍요로움 없이 놀라운 기술 진보만 이룬 사회는 아이들 없는 디즈니랜드와 같을 거라고 생각하게 됐어. 그녀가 없었다면 나는 기계 공감이라는 분야 자체를 생각도 못 했을 거야."

"우와, 대단해."

당신이 하품을 못 하는 것이 다행이다.

결국 팀은 잠자리에 들어야겠다고 말한다.

"오늘 밤은 애비와 데이트를 시작하던 무렵이 많이 생각나네." 그는 행복하게 말하며 일어선다. "우리가 창조할 세상에 대해 한밤 중까지 이야기했지. 오늘 밤 정말 즐거웠어. 고마워."

침대에 눕자 인용문 하나가 떠오른다.

자신을 위해 젊은이를 교육하는 것보다 더 좋은 것은 분명 없다. 열여덟 이나 스무 살쯤 되는 젊은이들은 밀랍처럼 유연하기 때문이다.

누가 한 말이더라?

당신은 기다린다. 아니나 다를까, 퉁 하고 답이 떠오른다.

아돌프 히틀러.

58

잠에 스르르 빠질 무렵 당신은 애비가 가입한 웹사이트들에 대한 생각을 하고 있었다. 당신이 열네 살의 중학생이었을 때 여학생한테 할 수 있는 최악의 모욕은 내숭쟁이라는 말이었다. 3년이 지나자 헤픈 여자라는 말로 바뀌었다. 여자애들은 모두 스스로 페미니스트라 말했지만 한편으로는 첫 데이트에서 남자와 자지 말고, 섹스 파트너가 몇이었는지 밝히지 말고, 남자보다 더 적극적으로 다가가지 말라고 서로에게 충고했다. 그것이 남자의 '존중'을 얻는 방법이라고 주장했지만 사실은 그들 자신이 존중받을 만하다는 걸 증명하는 방법이었다.

어떤 면에서 그런 이중 잣대가 당신에게 영향을 미쳤다. 애비가 바람을 피웠다는 증거와 마주쳤을 때 당신이 처음 한 생각은 **천박하기도 해라**였다. 달리 말해 애비를 비난했다. 반면에 팀이 시안과 잤다는 사실을 알았을 때 당신은 본능적으로 당신 자신을 비난했다.

어쩌면 당신은 그녀가 떠난 이유에 대한 수수께끼를 풀지 못할지 모른다. 어쩌면 당신과 팀은 그냥 이렇게 영원히 어리둥절해 하고 있을지 모른다. 어쨌든 당신이 진짜 그녀를 찾는다 해도 반드시 그 정보를 팀과 공유해야 하는 건 아니다. 그가 그녀 대신 당신을 조금씩 더 사랑하게 되길 바라면서 그녀는 그녀대로 그냥 살아가게 놔둘 수도 있다.

하지만 마음 깊은 곳에서는 그것이 진짜 선택지가 될 수 없을 것임을 안다. 팀은 그녀보다 당신을 좋아할 기미를 전혀 보이지 않는다. 그리고 리사와 법정과 존 렌턴과 얽힌 상황을 생각하건대 분명 머지않아 파국이 닥칠 듯하다. 당신에게는 없는 것이 많고, 시간은 그중 하나다.

이튿날 아침 당신은 그립 메뉴를 애써 준비하지 않는다. 대신에 대니에게 무얼 먹고 싶은지 묻는다.

대니는 생각하더니 이렇게 말한다. "내 굴뚝이 추워. 스카프를 줘."

"우리는 스카프가—"라고 말하다가 당신은 이것도 아이의 간접적인 요청임을 깨닫는다. "퍼시 얘기구나, 그렇지? 퍼시가 트럭에 충돌해서 젤리를 뒤집어썼을 때 얘기야. 아침으로 젤리를 먹고 싶다는 말이네."

대니는 스트레스를 받은 듯하다. "스카프! 스카프!" 대니가 불안한 어조로 소리친다.

당신은 다시 생각한다. 제대로 이해했다고 생각했는데 아닌가 보다. 바로 그때 왜 대니가 불안해 하는지 떠오른다. "아, 알겠어. 책에서는 잼이라고 하지. 하지만 거기서 말하는 잼은 우리가 말하는 젤리야. 그 사람들이 말하는 젤리를 우리는 젤로라 부르고."

젤로를 젤리라 불러! 대니는 웃느라 의자에서 떨어질 뻔했다.

당신은 젤리 샌드위치를 만든다. 대니가 웃음을 멈출 때마다 당신이 "잼! 젤리! 젤로!"라고 말하면 대니는 젤리를, 곧 잼을 셔츠 앞부분에 튀기며 웃음을 터트린다. 아침 식사를 마칠 무렵에는 두 사람 모두 이야기 속 퍼시처럼 젤리를 뒤집어쓴 상태다. 팀이 급한 이메일을 처리하느라 서재에 있어서 다행이다. 당신은 공인된 ABA 절차를 잊은 지 오래다.

그래도 당신과 당신의 아이는 즐거운 시간을 보내고 있다.

"대니를 학교에 데려다주고 싶어." 나중에 당신이 팀에게 말한다. "다들 메도뱅크가 정말 대단한 곳이라고들 극찬하는데 나는 한번도 보지 못했다는 게 말이 안 되잖아."

"아." 팀이 조심스러운 투로 답한다. "그게, 곤란할지 몰라."

"왜?"

"어젯밤 얘기하는 게 좋았을 텐데. 분위기를 깨고 싶지 않았어."

"뭘 얘기하려고?"

"컬런 가족이 당신이 대니와 둘만 있지 못하도록 법원의 명령을 받아냈어."

"아, 대단하네." 당신이 씁쓸하게 말한다. "시안이 떠났는데 그게 어떻게 가능해?"

"그래, 가능하지 않지. 그래서 시안에게 떠나지 말고 하던 대로 일해달라고 했어. 당분간." 그는 당신의 표정을 살핀다. "당신이 말했잖아. 대니에게 가장 좋은 쪽으로 생각해야 한다고."

이렇게 함부로 다룰 거면서 왜 굳이 내게 감정을 주었냐는 질문이 혀끝을 맴돈다. 하지만 하고 싶은 말을 애써 참는다.

"당신이 힘들겠네." 당신은 동정하는 투로 말한다. "그렇게 접근한 그녀를 당신 옆에 두어야 하니. 하지만 대니가 시안을 잘 알고 시안은 대니의 일상을 아니까…… 그러니 잘 지내봐야지."

"바로 그 말이야." 그가 한시름 놓았다는 듯 말한다. "당신이 이해할 줄 알았어."

당신은 그래도 어쨌든 메도뱅크를 보고 싶다고 말한다. 그가 자기도 함께 가겠다고 나섰을 때 당신은 놀라지 않는다.

팀이 운전을 한다. 당신은 대니를 사이에 두고 시안과 함께 뒷좌석에 앉는다. 흡족하게도 그녀보다 당신이 대니와 소통이 더 잘된다는 것을 알게 된다. 당신은 그게 당신이 대니의 엄마를 닮았기 때문이라고 착각하지 않는다. 당신이 사람이 아니기 때문이다. 당신의 얼굴 표정은 인간보다 훨씬 덜 빈번하게, 더 좁은 범위에서 변한다. 당신의 시선은 흔들림이 없고, 다른 사람들처럼 까다로운 눈 맞춤을 요구하지 않는다. 보디랭귀지는 침묵에 가까울 정도로 조용하다. 당신은 사람이 할 수 있는 한 꼬마기관차 토마스에 가장 가깝다. 젠장.

정말이지 당신은 이 가족에 너무나 잘 어울린다. 어이없게도.

학교에 도착하자 돌봄 보조교사가 나와 대니를 안으로 데려간다. 시안도 따라간다.

"내가 교장실에 얘기를 좀 해볼게." 팀이 당신에게 말한다. "학교를 안내해줄 사람이 있을 거야." 몇 분 뒤 그는 교장과 함께 돌아온다. 당신은 그 점에도 놀라지 않는다. 테크 기업을 창립한 억만장자와 한담 나눌 기회를 놓칠 사람은 많지 않을 테니까.

"롭 해드필드라고 합니다." 교장이 환심을 사려는 미소를 지으며 자신을 소개한다. 그가 기계와 악수하는 걸 이상하게 생각하는 사람이라면, 감정을 무척 잘 숨기는 편이다. 그건 아마 당신에게 학교를 안내해주는 것과 같은 이유일 것이라고 당신은 냉소적으로 생각한다.

세 사람은 불이 환히 켜진 통로를 천천히 걷는다.

"메도뱅크는 미국 전체에서 B. F. 스키너의 독창적인 연구에 기반한 교수법을 여전히 고수하고 있는, 단 둘뿐인 시설 중 한 곳입니다." 해드필드가 분명 열심히 준비했을 설명을 속사포처럼 늘어놓기 시작한다. "그것이 우리 학교의 성과가 좋은 이유 가운데 하나입니다. 대부분의 시설은 최근 동향에 맞추느라 원칙에서 멀어졌지만 우리의 교육법은 증거를 토대로 합니다." 그는 오락실처럼 보이는 곳으로 안내한다. "이곳이 우리의 노란 벽돌길 구역이지요. 좋은 행동으로 포인트를 받은 학생들은 여기에서 쓸 수 있습니다. 우리가 사용하는 긍정 강화 기법입니다."

비디오 게임기들과 밝은 색상의 사탕가게가 있고 심지어 모형 맥도날드 가게도 있다. 학생 하나가 경직되고 무표정한 얼굴로 비디오 게임을 하고 있다. "조너선," 교장이 학생을 부른다. "손님들께 인사해야지."

학생이 게임을 잠깐 멈춘다. "안녕하세요"라고 단조롭게 말한다.

당신과 눈을 맞추지는 않지만 학생은 당신이 "안녕하세요"라고 대답할 때까지 기다린 다음 다시 게임을 시작한다.

"B. F. 스키너." 당신이 말한다. "쥐로 실험한 사람 아닌가요?"

"네, 스키너의 몇몇 연구는 쥐 행동 연구에서 출발했습니다. 그러나 그는 모든 동물 학습의 근본적 동인에 대한 연구로 옮겨갔지요. 인간의 학습을 비롯해서요."

이제 유리벽에 둘러싸인 교실들이 있는 구역으로 들어선다. 작은 교실마다 여섯 명이 넘지 않는 학생들이 있다. 모든 학생들이 검은 배낭을 메고 있다. 일반 학생들처럼 어깨에 편안하게 걸친 게 아니라 등에 단단히 고정돼 있다. 당신은 대니에게도 그런 배낭이 있다는 사실을 떠올린다. 매일 차에 탈 때 들고 타지만 메고 있는 모습은 보지 못했다.

"저기에 소지품을 넣나요? 저 배낭에?"

해드필드가 고개를 끄덕인다. "그리고 클리커의 전원공급 장치도요."

"클리커요?"

"GED라 부르는 단계별 전자 충격 제어기입니다."

낯선 용어다. 머릿속에 뭔가가 떠오르기를 바라며 기다리는데 교장이 먼저 덧붙인다. "GED는 학생들이 부정적 행동을 보일 때마다 작은 조건부 혐오 자극을 전달하는 장치죠."

당신은 그 용어를 이해하려 애쓴다. "조건부 혐오 자극, 그건 처벌을 뜻하나요? 학생들이 못된 행동을 할 때마다 전기 충격을 준다는 말씀이세요?"

THE PERFECT WIFE

"못된 행동이란 사실 이런 학습자들에게 쓸 수 있는 표현이 아닙니다." 교장이 미소를 지으며 말한다. "사실, 따지자면 **처벌**도 그렇고요. 우리는 이 학습자들이 옳고 그름을 안다고 가정하지 않습니다. 우리는 이렇게 물을 따름입니다. 그들이 어떤 행동을 덜 보이길 바라는가? 그리고 그런 행동을 할 때마다 부정적 결과를 제공하지요."

당신은 눈을 돌려 교실 유리창 안을 들여다본다. 십 대쯤 된 학생 하나가 팔꿈치를 올렸다 내렸다 하면서 양손을 얼굴 앞에서 파닥거리기 시작했다. 책상에 앉아 있는 직원 한 사람이 제어장치로 손을 뻗어 하나를 누른다. 곧바로 학생이 뭔가에 쏘인 것처럼 몸을 움찔한다.

"우리는 이런 기법을 사용하는 것을 미안하게 여기지 않습니다." 헤드필드 교장이 덧붙인다. "행동주의 접근법의 효과를 입증하는 연구를 보시면 모두 비슷한 방법을 사용하거든요." 그는 유리창 쪽을 턱짓으로 가리킨다. "사이먼이 1년 전 이곳에 왔을 때는 피가 날 때까지 자기 손을 물어뜯었어요. 그걸 못 하게 하려고 부모가 아이 손에 권투 장갑을 테이프로 붙였더니 아이는 이로 테이프를 뜯어내려고 제정신이 아니었지요. 그런데 GED를 이용해서 우리는 손을 물어뜯는 증상을 일주일에 세 번 정도로 줄였습니다."

"그러면 대니는요?" 당신이 경악하며 묻는다. "대니도 전기 충격을 받나요?"

"받아왔지요. 기쁘게도 대니의 경우에는 혐오 자극이 무척 좋은 효과를 냈어요."

"그러니까 자해를 하면 당신들이 훨씬 더 아픈 자극을 준다는 걸 알기 때문에 이제 자해를 하지 않는다는 말씀이네요."

해드필드는 어깨를 으쓱한다. "네, 기본적으로 그런 셈이지요."

당신은 팀을 쳐다본다. "애비가 여기에 동의했다는 거야?"

교장이 장광설을 늘어놓는 내내 팀은 한 마디도 하지 않았다. 하지만 당신은 그가 온 신경을 집중하고 당신을 관찰하는 것을 느꼈다.

"동의하기까지 시간이 좀 걸렸지. 하지만 결국은 동의했어. 왜냐하면 효과가 있으니까. 우리는 다른 방법을 다 써봤거든. 비타민 주사, 두개천골 마사지, 산소 텐트에서 수면 취하기, 터무니없는 식단…… 애비는 안구의 홍채를 검사해서 자폐증의 원인을 알아낼 수 있다고 주장하는 사람한테도 대니를 데리고 갔었어. 그런 요법은 하나도 대니를 변화시키지 못했어. 하지만 이건 해냈지."

당신은 침묵한다.

"이제는 충격을 줄 필요도 없어. 아니면 아주 가끔씩 주면 충분해. 클리커가 늘 배낭에 있기 때문에 만약 대니를 통제할 수 없는 지경이 되면 그냥 그걸 꺼내서 보여주기만 해도 멈춰."

"그건 위협만 해도 아이가 겁에 질린다는 말이잖아." 당신이 조용히 말한다.

"이곳에서는 고도로 통제된 방법을 사용합니다." 해드필드가 주장한다. "작년에 FDA의 요청에 따라 충격의 강도를 5밀리암페어 줄였지요."

"그러면 시안은요? 시안도 여기에 동의했나요?"

"시안 프레이저는 우리 학교에서 가장 높은 평가를 받은 인턴 중한 사람입니다. 남편분이 가로채가셨지요."

당신은 코웃음을 친다. "그랬겠지요."

어색한 침묵이 흐른다. 팀이 참을성 있게 말한다. "이걸 받아들이는 데는 시간이 좀 걸릴 거야. 예전에 우리 둘도 이 문제로 힘들어했어. 하지만 결국 중요한 건 대니라고 생각하게 됐어. 대니에게 도움이 된다면 아무리 불쾌하거나 인기 없는 방법이라도 시도해볼 가치가 있었어. 수술이 고통스러울 거란 이유로 아이의 수술을 거부하진 않을 거 아냐? 안 그래? 그런데 부작용이 남지도 않는 작은 피부 자극을 거부할 이유가 있을까? 시간을 갖고 이 모든 걸 곰곰이 생각해봐, 애비. 그러면 과거에 도달했던 결론에 다시 이를 거야."

스물

팀이 애비와 약혼한 뒤 우리는 그를 그다지 많이 보지 못했다. 그는 일주일에 4일을 근무하기 시작했다. 그리고 출근해야 하는 날에도 회사에 없거나 건축회사 사람들과 사무실에 틀어박혀 있었다. 그의 책상에 놓인 종이들을 훔쳐본 사람들에 따르면 그는 집을 설계하고 있었다. 아마 애비가 서핑을 할 수 있는 바닷가 어디쯤이지 않을까. 팀이 샌프란시스코에서 가장 핫한 미션 지구에 집을 샀고 레스토랑급 주방을 설치했다는 이야기를 들었을 때 우리는 그가 계획을 변경했나 보다 생각했다. 시간이 좀 지나고서야 우리는 그가 미션 지구의 집뿐 아니라 맞춤 설계한 해변 별장까지 소유할 생각임을 깨달았다.

팀은 사무실에서 1마일 넘게 떨어진 곳에서 살아본 적이 없었다. 그의 집에 가본 사람들 말로는 그가 TV 플러그를 꽂을 만큼도 집에 머물지 않는다고 했다. 그런데 이제 한 시간이 걸려 통근하는 곳에 살게 된 것이다. 게다가 그는 새로운 생활에 푹 빠져 지냈다. 애비는 샌프란시스코에서 사람들을 많이 알았고 두 사람의 저녁은 개막식과 전시회를 오가느라 갑자기 분주해졌다. 엇비슷한 유리와 크롬 재질 사무실에 벤처캐피털 회사들이 입주해 있는 샌드힐 로

THE PERFECT WIFE

드를 오가는 일에는 그런 매력이 없었을 것이다.

우리 입장에서는 그 시간이 좋았다. 팀은 느긋해졌고, 행복해 보이기까지 했다. 가끔씩 휴게실에서 우리와 한담을 나누기도 했다. 그때가 스콧 로보틱스의 황금기 같았다.

실은 그 반대라는 것을 우리가 충분히 깨닫는 데는 시간이 좀 걸렸다. 스콧 로보틱스가 숍봇 프로그램을 처음 발표했을 때 투자자들은 조금이라도 지분을 차지하려고 기를 썼다. 어쨌거나 팀은 실적이 입증된 챗봇 천재였으니까. 언제 시장에 최초로 내놓느냐의 문제일 뿐이었다.

하지만 그래도, 그렇다 해도…… 예상 밖의 작은 문제들이 있었다. 더러는 기술적이었고 더러는 심리적이었다. 마케팅 직원들이 UX, 곧 사용자 경험User Experience이라 부르는 것을 개선하려고 현장 테스트를 할 때마다 피드백이 부정적이어서 우리는 놀랐다. 많은 사람, 특히 여성들은 쇼핑할 때 판매원과 이야기를 나누거나 구매 의사가 있는 물건에 대한 의견을 물어볼 수 있는 환경을 꽤 좋아하는 것 같았다. 판매원이 로봇일 때는 그저 당신이 제품을 사도록 기분을 맞춰줄 뿐이라는 게 너무 뻔했다.

팀은 그 문제를 해결할 방법을 생각해냈다. 남자들은 쇼핑을 싫어하니 남성용 매장을 대상으로 하자는 것이었다. 그러나 그 무렵 남자들 사이에 오프라인 쇼핑을 그만두는 추세가 아주 빨리 퍼지다 보니 소매점에서 백만 달러짜리 로봇 직원을 두는 것은 있을 수 없는 일이 되고 말았다.

우리는 비용을 줄일 방법을 찾아야 했다. 그리고 솔직히 팀은 그런 일에 재능이 별로 없었다. 그는 미래를 보는 사람이었지, 앉아서 콩알을 세는 사람이 아니었다. 그래서 문제는 제대로 풀리지 않았고 자금은 천천히 빠져나갔다. 우리는 침체되고 있었다.

팀에게 그 문제를 제기한 사람은 마이크였다. 결혼 몇 달 전이었다. 마이크가 팀의 사무실로 들어가서 문을 닫고 등을 기댄 다음 팔짱을 꼈다. 그는 온몸으로 외치고 있었다. **우리 얘기 좀 해.**

누군가 말하기를 유리를 통해 보니 그가 무릎을 떨고 있는 게 보이더라고 했다.

대화는 처음에 우호적이었다. 팀이 책상에서 일어나 서성였고 마이크는 여전히 문에 등을 기댄 채 말을 했다.

그러다가 갑자기 분위기가 험악해졌다. 고함이 들렸다. 뭐라고 하는지 우리는 알아들을 수 없었다. 어느 시점엔가 팀이 책상 위에 있던 애비의 사진 액자를 집어 들고 마이크를 향해 흔들었다.

"지금 강도 4쯤 되나?" 누군가 그 모습을 지켜보며 물었다.

"5." 다른 누군가가 대답했다.

사무실에는 팀이 제대로 폭발하는 모습을 한 번도 보지 못한 신입이 둘 있었다. "잘 봐둬." 우리가 말했다. "예전에는 늘 이랬으니까."

하지만 사실 그날은 우리가 봤던 그 무엇과도 달랐다. 팀의 폭발력이 5에서 6, 7, 심지어 그 이상으로 올라갔다. 마침내 팀이 사무실 문을 벌컥 열었다. 그는 마이크에게 몸짓을 하며 "나가"라고 소리를 질렀고 온갖 욕설을 쏟아내는 와중에 "등신 같은 놈, 넌 이제 해고야!"라고 외쳤다.

"좋아." 마이크도 되받아쳤다. "하지만 내 말이 옳다는 걸 깨닫게 돼도 나를 다시 찾지 마."

그래서 우리는 마이크가 준비한 이야기가 그다지 잘 풀리지 않았다는 것을 깨달았다.

"잘 들어, 이 지긋지긋한 자식아." 팀이 내뱉었다. "그녀는 네 녀석이나 네 녀석이 결혼한 그 성욕 장애 막대벌레의 열두 배는 더 가치 있어."

그때야 우리는 비로소 두 사람이 회사에 대해서만 말다툼을 한 게 아님을 깨달았다. 두 사람은 팀이 애비와 결혼하는 것이 적절한지에 대해서도 다투고 있었던 것이다.

59

팀이 당신을 집에 내려준 뒤 당신은 임시폰에서 단계별 전자 충격 제어기를 검색한다. 인터넷 링크를 따라가니 자신의 18세 아들을 학대했다고 메도뱅크에 소송을 제기한 어머니에 대한 기사가 나온다. 아이가 끈으로 묶인 채 31회나 전기 충격을 받는 장면이 있었다. 전기 충격이 가해질 때마다 아이가 몸을 움찔하며 "안 돼!"라고 거푸 비명을 지르는 모습을 보고 있기가 불편했다.

5년 반 전의 영상이었다. 애비가 실종되기 얼마 전이었다.

이 영상이 그녀와 팀 사이에 불화를 일으켰을까? 애비는 그때서야 대니를 메도뱅크에 보내는 것이 정확히 무슨 뜻인지 깨달았을까? 그것이 그녀가 사라진 또 다른 원인이었을까?

당신은 대니가 진단을 받은 시기를 생각한다. 그 시기에 대한 기억은 흐릿하다. 마치 다른 사람에게 일어난 일 같다. 어떤 면에서 사실 그렇기도 하다. 그건 그녀에게, 애비에게 일어났던 일이고 그녀의 사적인 기억 대부분처럼 팀의 알고리즘이 재구성해낼 만한 흔적을 소셜미디어에 남기지 않았으니까.

그렇다 해도 그 시절의 공포가 당신의 뇌 깊이 새겨져 있다.

THE PERFECT WIFE

물론 당신은 문제가 있다는 것을 꽤 빨리 깨달았다. 무엇이 문제인지 몰랐을 뿐이었다.

"대니, 점심 먹자." 어느 날 당신이 대니를 불렀다.

보통 그렇게만 부르면 대니가 식탁으로 달려오는데 그날은 그러지 않았다. 당신은 대니가 놀이방에서 생일 선물로 받은 공룡을 갖고 놀고 있다는 것을 알고 있었다. 두 번 불러도 오지 않자 놀이방 문으로 들여다보며 불렀다.

"대니!"

대니는 쳐다보지 않았다. 공룡은 바닥에 있었고 대니는 공룡을 물끄러미 보고 있었다. 그냥 보고만 있었다.

"점심 시간이야." 대니는 여전히 쳐다보지 않았다.

당신은 걱정스럽게 한 걸음 걸어 들어갔다. 그러자 대니가 고개를 돌려 당신을 쳐다보고는 이를 드러내며 환하게 웃었다.

"대니가 중이염에 걸린 듯해." 당신은 그날 저녁 팀에게 말했다. "가끔 잘 듣지 못하는 것 같거든."

팀이 얼굴을 찌푸렸다. "대니?"

아빠의 목소리에 대니가 고개를 들었다. "응?"

"괜찮아 보이는데." 팀은 다시 블랙베리로 시선을 돌렸다

"상황에 따라 달라." 당신이 변명하듯 말했다. "어쨌든 청각 전문가와 예약을 잡아놨어."

"우리 할아버지가 하시던 말씀이 있어." 팀이 부드럽게 말했다. "세상에서 가장 귀가 먹은 사람은 들으려 하지 않는 사람이다."

"스콧 할아버지를 못 뵌 게 안타깝네. 무척 재미있는 분이셨을 것 같아."

"고약한 노인네였지."

당신은 말없이 대니 쪽을 가리켰다.

"미안. 고약한 노인분이셨지. 아무튼 내 말은, 대니가 당신 말을 주의 깊게 듣지 않아서 생기는 결과가 뭐냐는 거지. 대니의 점심이 쓰레기통으로 들어가기라도 한 거야?"

"물론 아니야."

"흠."

그건 당신과 팀 사이에 반복되는 논쟁의 축약판이었다. 그는 육아를 공학의 하위 분야로 보았다. 잘 통제되고 효율적인 성과를 내려면 설계 과정을 전적으로 일관되게 적용하기만 하면 된다. 당신은 육아를 관계로 본다. 재미의 일부는 규칙서를 창문 밖으로 집어던졌을 때 어떤 일이 일어나는지 보는 것이다.

팀에게 털어놓은 적은 없지만 당신은 아침에 대니가 일어나자마자 당신 침대로 올라오도록 몰래 부추겼다. 아이의 따뜻하고, 건강한 몸이 당신 옆에서 꼼지락거리는 것을 느낄 때가 하루 중 최고의 시간이었다. 가끔씩 대니가 말썽을 부리는 것조차 칭찬할 일 같았다. 독립적으로 생각하는 사람, 자유로운 사람, 정장을 입은 직장인이 아니라 창조적인 사람이 될 것이라는 증거였다. 간혹 대니가 화를 내거나 당신 말을 듣지 않을 때면 아이를 응원하지 않으려고 무진 애를 써야할 정도였다.

며칠 뒤 그 비싼 청각 전문가가 중이염 진단을 내리고, 시간이

THE PERFECT WIFE

지나면 사라질 거라고 말했을 때 당신은 조용히 오명을 벗은 느낌이 들었다.

당신은 대니를 동네의 몬테소리 유치원에 등록했다. 그것은 팀과 당신 사이의 절충안이었다. 당신은 대니가 집에 있는 쪽을 좋아했고 팀은 "괜찮은" 유치원에 넣기를 원했다.

"연구에 따르면 아이들이 학교생활을 더 일찍 시작할수록 더 잘해." 그는 한 번 이상 이렇게 말했다.

"정확히 **뭘** 더 잘하는데?"

"학교생활을 더 잘하지."

"당신은 대니가 학구적이길 진짜 바라는 거야?" 당신은 큰 소리로 의구심을 표현했다. "나는 어떤 보조교사보다 그 애한테 그림 그리기를 더 잘 가르칠 수 있어."

"사회성도 공부도 더 잘 배웠으면 좋겠어." 그가 고집을 부렸다.

결국 당신이 대니를 유치원에 보내는 데 동의하게 된 것은 몬테소리 유치원이 집에서 몇 블록밖에 떨어져 있지 않다는 사실 때문이었다. 게다가 솔직히 몬테소리 교구는 무척 아름다웠다. 플라스틱 장난감이 아니라 옅은 색 스칸디나비아 참나무를 재료로 수공 제작된 것들도 있었다.

어느 날 대니를 데리러 갔을 때 한 선생님이 다가왔다. "컬런 스콧 부인, 대니의 언어가 좀 걱정스러워요. 명사를 많이 쓰는 것 같아요. 동사는 매우 적고요."

당신은 깜짝 놀라 그녀를 봤다. 당신은 명사와 동사의 비율이 문제가 되는지조차 모르고 있었다. "집에서 그 문제에 신경을 좀 써야 할까요?"

"아, 아니에요." 그녀는 경쾌하게 대답했다. "저절로 나아지겠지요."

두말할 필요도 없이 당신은 남은 하루 동안 대니에게 생각나는 대로 동사를 툭툭 던졌다. "봐, 대니, 춤춘다! 봐, 대니, 점프한다! 대니야, 손 흔든다!" 대니는 어리둥절해 보였지만 평소다운 쾌활함으로 참아주었다.

며칠 뒤 같은 선생님이 말했다. "대니가 듣기에 문제가 있는 게 아닌가 조금 걱정스러워요. 늘 무척…… 어딘가 다른 곳에 있는 듯한 느낌이 들거든요."

"그게, 중이염은 아니에요." 당신이 말했다. "중이염이 있었지만 청각 전문가 말이 이제는 사라졌대요."

"언어처리장애 검사를 받아보셨어요?"

"무슨 검사요?" 당신은 갑자기 걱정스러워졌다. 당신은 육아가 이처럼 장애의 지뢰밭일 것이라고 생각해보지 못했다. 당신이 걱정해야 할 장애가 매일 하나씩 새로 생기는 것 같았다.

"가끔 대니가…… 잠시 아예 귀를 막고 있는 듯할 때가 있어서요. 아마 별일 아니겠지만……."

"아니에요. 저도 같은 상황을 본 적이 있어요." 집에서도 그런 일이 네다섯 차례 있었기 때문에 당신은 그것이 '스위치 내리기' 같다고 생각하기 시작했다. 당신은 팀에게 이 말을 하고 싶지 않았다. 말을 해봐야 그로 인해 생기는 결과가 무엇이냐고 물을 것이고, 당신을 겁에 질리게 하는 것 말고는 다른 결과가 없다고 말하면 그는 눈썹을 한 번 치켜 올리고는 말 테니까.

당신은 소아신경과에 예약을 잡았다. 신경과 조수는 선택 검사를 받으려면 7주를 대기해야 한다고 말했다. 그녀의 말투에서 선택 검사란 불필요한 검사를 뜻한다는 것을 분명히 느낄 수 있었다.

그래도 어쨌든 당신은 풀 세트 검사를 예약했다.

예약을 하고 나니 기분이 좀 나아졌다. 어쨌든 뭔가를 했으니까. 어쩌면 별일 아닐지 모르지만 검사는 해볼 것이다.

다음 날은 토요일이었다. 팀은 늘 그렇듯 회사에 갔다. 주말에는 회사에 사람이 적어서 좋다고 말하지만 당신이 팀의 직원들에게 대해 아는 바로는 그들도 대부분 주말을 회사에서 보냈다.

그날 밤 당신은 대니의 방에서 들리는 웃음소리에 잠이 깼다. 이상하고 섬뜩한 웃음소리가 들렸다. 당신은 팀을 깨우고 싶지 않아서 살금살금 대니를 살피러 갔다. 대니는 눈을 크게 뜨고 천장을 노려보고 있었다. 아이의 눈꺼풀이 파르르 떨고 있었다.

당신이 인터넷에서 찾은 사이트에 따르면 눈꺼풀을 실룩거리는 것은 비정상적인 뇌 활동의 징후였다.

물론 어쩌면 눈을 뜬 채 꿈을 꾸고 있다는 표시일 수도 있다.

팀은 인터넷 정보로 병을 진단하려는 사람들을 헐뜯었지만 그곳은 의사들이 운영하는 적절한 사이트인 것 같았다.

토요일에 당신은 장을 보러 대니와 함께 홀푸드 마켓으로 갔다. 차에서 대니가 유난히 조용했다. 당신은 자꾸 몸을 돌려 대니를 보느라 사고를 낼 뻔했다.

"나쁜 동물들이야." 대니가 불분명한 발음으로 조용히 말했다.

당신은 길가에 차를 세웠다.

"나쁜 동물들이야." 대니가 다시 말했다. 대니는 다른 차들을 보고 있었다. "나쁜 동물들! 나쁜 동물들! 죽여!" 이제 대니는 흥분해서 어린이용 카시트에서 몸을 꿈틀대며 그 작은 몸을 빼내려고 애썼다. "풀어줘," 대니가 당신에게 소리쳤다. "풀어! 여기가 아파!"

대니는 자기 머리를 가리키고 있었다.

"무슨 일이니, 대니? 왜 그래?"

그러더니 시작될 때처럼 갑자기 발작을 멈췄다. 대니는 다시 카시트에 털썩 앉았다.

"대니, 왜 그래?"

"빨간 애를 봤어." 대니가 조그맣게 말했다. "빨간 애들이 제일 나빠."

마트에서 대니는 평소처럼 한 손을 쇼핑 카트에 올린 채 당신 옆을 종종걸음으로 걸어 다녔다. 계산대에 도착해보니 줄이 있었다. 나이 든 부인이 수납원과 이야기를 주고받으며 동전을 천천히 세고 있었다.

당신은 늘 그런 일에 기분 상하지 않으려 애썼다. 그 부인이 시간이 더 필요하다면 당연히 그래야 했다. 운 나쁘게도 당신이 대니를 얼른 집으로 데려가고 싶은 그 날, 그 자리에 그 부인이 있었을 뿐이다.

바로 그때 대니의 목구멍에서 낮게 으르렁대는 소리가 들렸다. 대니는 당신 앞에 서 있는 사람들을 노려보았다.

"주말에는 항상 더 오래 걸리는 법이야." 당신이 대니의 주의를 딴 데로 돌리려 말을 꺼냈다.

그때 대니가 소리를 지르기 시작했다.

너무 높은 소리인 데다 신경질적이어서 무슨 말인지 알아들을 수 없었다. 하지만 "그들이 잘못하고 있어"라고 말하는 것 같았다. 그의 얼굴은 미쳐 있었다. 그렇게 말고는 묘사할 길이 없었다. 환각을 보고 있는 것 같았다.

그러다가 불현듯 몸을 돌리고 달아났다. 달리면서 대니는 보이지 않는 벌들을 쫓아내기라도 하듯 두 팔을 휘둘렀고, 과일을 쌓아놓은 곳으로 돌진했다. 유기농 자몽과 오렌지의 근사한 피라미드들이 무너지며 색색의 폭포가 되어 굴러 떨어졌다. 그다음은 통조림 식품 통로로 달려가서는 통조림들에 머리를 격렬하게 찧었다. 다음은 아침 시리얼 차례였다. 다음은 청량음료 병이었다. 그러는 내내 대니는 소리를 지르고 있었다.

사람들이 쳐다봤다. 그러다가 고개를 돌리고 아무 일도 아닌 척했다. 그게 훨씬 더 나빴다. **여보, 오늘 마트에 갔는데 진짜 못되게 구는 애가 있더라.**

당신이 대니를 쫓아가 붙잡았을 때 아이는 바닥에 누워 있었다. 고통으로 몸을 휘며 갓 잡아 올린 물고기처럼 바닥에서 요동을 치고 있었다.

발작인가? 발작처럼 보였다. 그때 대니가 손가락들을 입 속으로 집어넣더니 피가 날 정도로 세게 깨물었다.

당신은 간신히 입에서 손을 빼낸 다음 아이의 연약한 머리와 바닥 사이에 당신의 손을 댔다.

대니가 마침내 울부짖음을 그치고 알아들을 수 없는 말을 조잘 대기 시작했다. 당신은 아이를 다시 차로 데리고 와서 곧바로 응급 실로 향했다.

"행동 장애처럼 들리는군요." 의사가 말했다.

몇 가지 기본적인 검사를 했고, 대니의 맥박을 확인했다. 그러는 동안 대니는 서서히 정상으로 되돌아왔다. 아니, 정상은 아니었다. 아이는 여전히 평소의 아이가 아니었다. 하지만 평소 상태가 아니 라고 의사를 설득하는 일은 불가능해 보였다.

"적어도 뇌전도 검사라도 해주시겠어요?" 당신이 다급하게 물었다.

의사는 고개를 흔들었다. "그건 사실 바람직하지 않습니다."

"제발, 부탁드려요." 집에 가서 팀에게 대니가 사실상 극도의 버 릇없음이라는 진단을 받았다고 말할 생각을 하니 두려웠다. 왜냐 하면 그가 아무리 대니와 당신을 사랑한다 해도 의사 편을 들 것을 당신은 알기 때문이다. 팀의 세상에서 의사는 과학자이며 따라서 진실의 편에 있다. 어머니는 감정적이고 비이성적이므로 잘못된 직관의 편이다. 그는 으레 그렇듯 미소를, 이렇게 말하는 미소를 지 을 것이다. **당신의 비논리성은 참 귀여워. 하지만 지금은 어른들에게 결 정을 양보해.**

"아동 심리학자를 만나보시면 어떨까요? 육아에 대한 몇 가지 조언을 받아보시죠."

그때 대니가 목구멍 깊숙한 곳에서 으르렁대는 소리를 내기 시작했다.

"또 움직여." 대니가 천장을 보며 당신에게 말한다. "저거 멈춰줘. 제발, 멈춰줘."

그것이 대니가 조리 있게 말한 마지막 문장들이었다. 2분 뒤 대니는 바닥에서 울부짖고 있었다.

그 뒤 병원은 적어도 즉시 조치를 취하기는 했다. X선 검사와 뇌전도, MRI, 초음파 검사가 처방되었다. 여러 가능성을 검사하고 하나씩 지워가는 동안 악몽 같은 시나리오가 줄줄이 등장했다. 조현병. 두뇌 이상. 뇌전증, 종양.

팀이 응급실에 도착할 무렵 의료진은 대니가 무언가를, 그러니까 바닥이나 카 시트 뒤에 떨어진 약 같은 것을 주워 먹은 게 아닌가 하는 가설을 세우고 있었다. 당신은 화를 내며 그럴 리가 없다고 거듭 부정했다. 하지만 그들이 당신을, 당신의 스터드 귀걸이와 문신을 몰래 흘깃대면서 엉뚱한 추측을 하고 있음을 알 수 있었다.

혈액 검사를 했다. 당신은 그들이 당신의 혈액도 검사하게 놔뒀다. 중독자가 아니라는 것을 증명하고 싶었을 뿐이다.

그들뿐 아니라 팀에게도.

48시간 동안 더 많은 검사가 이루어졌다. 마침내 당신과 팀은 무척 지위가 높은 의사와 이야기하기 위해 불려갔다.

"전체적인 검사 결과는 좋습니다." 그가 목록을 손가락으로 훑으며 말했다. 흰 머리의 매력적인 육십 대 의사였다. "뇌전도는 정상이니 뇌전증일 가능성은 거의 없습니다. 모든 검사는 괜찮습니다.

혈액 검사도요. 감염이나 독소의 흔적도 없고요. 우리가 포착할 수 있는 종양도 없습니다."

당신은 '좋다'라는 단어를 듣고 거기에만 매달렸다. '좋다'는 긍정적이다. '좋다'는 좋은 소식이다. 아닌가?

'좋다'가 실제로는 정반대를 뜻한다는 것을 이해하기까지 시간이 좀 걸렸다. 좋은 결과는 대니가 괜찮다는 것을 뜻하지 않았다. 단지 무엇이 문제인가에 대한 이제까지의 추론들이 타당하지 않았다는 것을 뜻할 뿐이다.

"그러면 이제 두 가지 가능성만 남습니다. 소아정신병이거나 헬러 증후군입니다."

당시에는 소아정신병이 더 무시무시하게 들렸다. 당신의 생각이 얼마나 틀렸는지는 나중에, 인터넷을 더 검색해보고 나서야 깨달았다. 정신병은 일시적인 반면 소아기 붕괴성 장애나 후발성 자폐라고도 불리는 헬러 증후군은 평생 함께한다.

"제가 의심하는 것처럼 헬러 증후군이라면 아이가 진단받기 전의 아이와 여전히 같은 아이라는 걸 부모님께서 기억해주시기 바랍니다. 자폐라는 꼬리표를 받는 것은 부모에게 힘들 일일 겁니다. 하지만 꼬리표는 그저 꼬리표일 뿐입니다."

그 말과 함께 의사는 상담을 끝냈다. 의사가 좋은 어감으로 진단명을 전하려 노력한 것은 친절한 일이었다. 하지만 의도가 좋았다 해도 그의 말은 틀렸다. 대니는 더 이상 같은 아이가 아니었다. 당신이 알고 사랑하던 대니, 당신의 어린 아들 대니는 사라졌다. 자폐가 아이를 훔쳐갔다.

스물하나

마이크의 해고를 진지하게 받아들인 사람은 없었다. 팀은 항상 사람들을 해고했다. 사람들이 책상을 치우기도 전에 화를 풀고 와서 이렇게 말할 때도 종종 있었다. "진심으로 한 말 아니니까 신경 쓰지 마."

하지만 마이크는 사무실을 나가 돌아오지 않았다. 우리는 팀이 그에게 전화를 걸어 사과하기를 기다렸지만 그런 일은 일어나지 않았다.

왜냐하면 두 사람이 서로의 아내를 모욕했기 때문이라고 우리는 생각했다. 두 사람은 선을 넘었다. 그래서 이번 다툼은 다른 경우와는 달랐다.

두 사람이 다툴 때 제니는 수학자들이 앉는 자리에 앉아 있었다. 그 사실 때문에 상황은 훨씬 더 거북해졌다. 우리는 팀이 그녀를 뭐라고 불렀는지 다 들었다. 아마 제니도 들었을 것이다. 하지만 그녀는 아무 일도 없던 것처럼 매일 출근했다.

하지만 그 무렵 우리는 그런 상황에서 일하다보니 들어도 못 들은 척하는 일에는 이미 도가 텄다.

교착 상태가 몇 주 이어졌다. 몇 주가 몇 달로 이어졌다. 여전히 마이크는 돌아올 기미가 없었다. 누군가 다른 테크 기업에 다니는 친구로부터 마이크가 그곳에서 네 번째 면접을 봤다는 소문을 들었다.

계속 놔둘 수 없다고 결정한 사람은 애비였다. 그녀는 푸키 스시에 점심 예약을 잡았다. 팀이 도착했을 때 세 사람을 위한 테이블이 준비돼 있었다. 그때 마이크가 나타났다. 두 사람은 서로를 보고 놀랐다.

전설에 따르면 애비가 일어나서 이렇게 말했다고 한다. "당신들이 알아서 이 일을 해결하도록 해요. 중요한 건 3주 뒤에 제 결혼식이 있다는 거예요. 그리고 지금 팀에게는 신랑 들러리가 없고요."

그리고 마이크를 보며 이렇게 덧붙였다. "저를 좋아하지 않아도 괜찮아요. 제가 팀에게 맞는 짝이라고 생각하지 않아도 되고요. 하지만 우리 둘 다 팀을 걱정해요. 그러니 이 일이 잘되게 해봅시다."

다음 날 마이크가 돌아왔다. 3주 뒤 그는 팀의 신랑 들러리를 섰다. 그리고 1년 뒤 팀과 애비가 아들의 출생을 기념할 때 아이의 대부가 되었다.

우리는 그날 점심 식사에서 팀이 일단 신혼여행이 끝나면 다시 투자자들을 만나고 돌아다니면서 더 많은 자본을 모을 것이라고 마이크에게 약속했다는 이야기를 들었다. 그는 약속을 지켰다. 우리는 곧 오류를 해결했고, 새롭고 더 비용 효율성이 높은 숍봇 제작 방식을 개발했다.

이 모든 일이 일어나는 내내 제니는 누구에게도 속을 터놓지 않았다. 우리는 여전히 팀이 그녀에 대해 한 말을 그녀가 들었는지 아닌지도 알지 못했다.

　그래도 제니와 마이크는 결혼식에 초대받았다. 나머지 우리는
아무도 결혼식에 가지 못했다.

60

메도뱅크에서 본 것과 대니에 대해 여전히 생각하고 있을 때 현관 인터컴이 울렸다. "누구세요?" 당신이 조심스럽게 묻는다.

"태너 형사입니다."

경찰서에서 당신에게 무척 무례하게 굴었던 경찰이다. 당신은 현관으로 가서 문을 살짝만 연다. 그의 위협적인 큰 몸이 프레임에 가득 들어오는 순간 면회실을 나서려는 당신을 그가 가로막던 때가 떠오른다.

"들어가도 될까요?" 그가 퉁명스럽게 묻는다.

"안 그러는 게 좋겠어요."

태너 형사는 그 말에 대꾸하지 않는다. "당신을 폐기하려는 법적 움직임이 있다던데요."

당신은 그를 오만하게 노려본다. "싸우고 있는 중이에요."

"행운을 빕니다." 그는 당신을 똑바로 쏘아본다. "지난번에 제가 했던 말 기억하죠?"

"물론이죠. 팀에게 여전히 앙심을 품고 있다고 했잖아요."

그는 고개를 젓는다. "애비를 위한 정의를 원한다고 했소. 그리고 당신이 나를 도울 수 있으면 도와야 한다고도 했지요. 그녀를 위해서."

당신은 대답하지 않는다.

"이봐요." 그가 다급하게 말한다. "당신에게 남은 시간이 많지 않을지 몰라요. 그렇다는 말은 그녀에게도 마찬가지라는 거요. 당신이 아는 게 있다면, 그가 진실을 밝히는 데 도움 될 만한 이야기를 한 게 있다면 지금 우리에게 알려줘야 해요. 너무 늦기 전에."

당신은 잠시 생각한 뒤 문을 잡아당겨 활짝 연다. "좋아요. 들어오세요."

물론 당신은 태너 형사에게 아무것도 말할 마음이 없다.

하지만 이번 기회에 그가 알고 있는 것을 알아낼 수 있을지 모른다는 생각이 떠올랐다.

"이렇게 하죠." 당신이 말한다. "당신이 방향을 제대로 알려주면 제가 발견한 것을 말할게요."

"그게 무슨 뜻이죠?" 그가 경계하는 투로 말한다.

"재판에서 제시하지 않은 증거가 있지 않나요? 소송이 기각된 다음 당신이 언론 인터뷰에서 그런 암시를 했어요. 그리고 애비가 불륜 관계를 갖고 있었다고 추측하는 기사들도 있고요. 그런 것들에 대해선 법정에서 언급하지도 않으셨던데요. 그럴 만한 이유가 있었겠죠."

"맞아요." 그는 잠시 뜸을 들인 뒤 말을 잇는다. "사실, 두 가지 이유입니다."

당신은 그의 설명을 기다린다.

"첫째, 검사는 희생자에 책임을 전가하는 것처럼 보일 어떤 암시도 피하고 싶어했어요. 배심원단은 그런 걸 싫어합니다. 희생자가 젊고 매력적인 여성일 때는 더 그렇죠. 배심원단이 고인에 호감을 느끼도록 놔두는 게 좋아요. 좋은 아내이자 희생적인 어머니였다고요. 그러면 그녀를 대신해 분노하거든요."

"그럼 두 번째 이유는요?"

"두 번째 이유는 애비의 성생활이 그녀를 살해할 동기가 되지 않기 때문입니다."

"왜죠? 만약 그녀가 그런 웹사이트를 이용하고 있었다면……." 그 순간 당신은 태너 형사의 말을 이해한다. "팀이 알고 있었군요? 두 사람의 결혼이 개방 결혼이었나요?"

태너의 표정에는 변화가 없다. "그의 변호 팀은 그렇다고 주장하더군요. 두 사람이 만나기 전에 애비는 폴리아모리 관계에 있었던 듯하고요. 두 사람은 결혼 후에도 애비가 원한다면 그런 관계를 계속 이어갈 수 있다고 합의했어요."

"믿을 수 없어요." 당신이 즉시 대답한다. 애비가 다른 연인들을 만난다면 팀은 분명 싫어했을 것이다. 게다가 혼전 계약서에는 그런 이야기가 없었다. 몸무게가 3파운드 늘었을 때 받는 벌칙까지 정해놓았을 만큼 자세한 서류에 폴리아모리처럼 특별한 문제를 언급하지 않을 성싶지는 않다.

"저도 그렇습니다. 하지만 물을 흐릴 만한 문제여서 검사 측이 사용하길 조심스러워했죠. 그리고 팀이 체포된 뒤 수년 간 그가 집적거렸다는 여자들은 많이 나왔지만 애비와 실제로 사귀었다는 남

THE PERFECT WIFE

자는 한 사람도 찾지 못했어요." 태너는 잠깐 말을 멈춘다. "검사 측
에서 배심원단에게 제시하지 않은 것이 또 있어요. 제가 보기에는
사건과 훨씬 더 관련 있어 보이는 거죠."

당신은 태너가 방금 여자들에 대해서 말한 것을 충분히 이해하
기까지 시간이 좀 걸린다. 그러니까 시안이 처음이 아니었던 것이
다. 물론 그녀가 처음이 아니었을 것이다. 팀이 그 책에 묘사된 대
로 행동하고 있었다면 말이다. 그런 남자는 사랑하는 곳에서 욕망
할 수 없고 욕망하는 곳에서는 사랑할 수 없다. 성녀가 아닌 모든
여자가 창녀라면 엄청나게 많은 창녀가 있었을 것이다.

그렇다면 당신은? 팀이 당신에게 생식기를 주지 않은 진짜 이유
가 그것일까? 생식기를 만드는 것이 너무 힘든 일이거나 사람들이
어떻게 생각할지 몰라서가 아니라 여성의 정숙에 대한 거의 원시
적이며 가부장적인 집착 같은 것 때문에? 당신은 역사에서 알려지
지 않은 수많은 여성들, 여성의 위협적인 섹슈얼리티를 무력화하
기 위해 불구로 만들어진 그 모든 여성들의 현대판일 뿐인가? 수치
심을 주고 욕망을 통제하고 완전한 인간이 되지 못하게 막기 위해?

태너가 응답을 기다리는 표정으로 당신을 바라보고 있다. 당신
은 관심을 다시 그에게 돌린다. "뭐라고요?"

"애비의 약물 중독 상담사가 아동 보호 문제로 신고를 했다고 말
했습니다."

"어떤 문제요?"

형사는 얼굴을 찡그린다. "그게 답답합니다. 캘리포니아주법에
따르면 약물 중독 상담사는 아동의 안전에 영향을 주는 문제는 무

엇이든 신고해야 합니다. 그러나 문제가 무엇인지 구체적으로 말하거나, 후속 정보를 제공해야 한다는 의무 조항은 없어요. 그래서 많은 상담사들은 최초 보고만 하고는 입을 닫는 방법으로 법과 내담자의 비밀 유지 사이에서 균형을 찾죠. 애비의 상담사도 예외가 아닙니다."

당신은 결정을 내린다. "그 상담사 이름을 아세요?"

"피어스 보이드. 하프문 베이 근처 자택에서 일해요. 아마 그래서 애비가 그를 선택했던 것 같아요. 스콧 부부의 해변 별장에서 가깝거든요." 태너가 당신을 힐끗 보며 묻는다. "그 사람과 얘기해보게요?"

"물어봐서 손해 볼 건 없죠."

"그 사람이 혹시 뭐든 말하면 꼭 제게 알려주세요. 제게 뭔가 정보를 가져오면 제가 리사 컬런과 이야기해볼 수 있을지 몰라요. 소송 절차를 재고해보도록요."

"나는 당신 보호가 필요하지 않아요." 당신이 거만하게 말한다. "저한텐 팀과 그의 변호사가 있어요."

그렇게 반항적으로 말은 했지만 그게 사실이 아니라는 것을 당신은 안다. 팀에게 당신은 그저 아내를 찾는 알고리즘일 뿐이다. 그의 변호사에게 당신은 그가 아마 지금 협상 중인 합의안의 협상 카드일 것이다. 태너 형사를 당신 편에 두는 것이 어쩌면 나중에 당신을 구할지도 모른다.

61

피어스 보이드의 주소는 그의 웹사이트에 있었다. 아마추어의 솜씨로 보이는 웹사이트에 따르면 그는 인생 코치이자 자격증 있는 기 치료사이며 공인 약물 중독 상담사다. 하지만 고객이 아주 많은 것처럼 보이지는 않는다. 당신이 예약을 잡기 위해 전화를 걸었더니 당일 예약이 조금도 어렵지 않았다.

"이름은요?" 그가 묻는다.

"게일." 당신은 아주 잠깐 생각한 뒤 대답한다.

"좋은 이름이네요." 그가 이빨로 펜 뚜껑을 물어 여는 동안 그의 목소리가 잠깐 뭉개진다. "애비게일의 줄임말이겠죠?"

"그렇다고 할 수 있죠." 그러니까 애비는 이미 주인이 있으니, 당신은 애비게일의 나머지 부분을 얻은 셈이다. 그게 바로 당신 인생의 이야기라고, 당신은 쓸쓸하게 생각한다.

보이드는 바다에서 바로 길 건너편에 있는 밸보아 거리에 살고 있었다. 대문 옆에서 풍경이 은은하게 찰랑거렸고 집 옆에는 서프보드 두 개와 고무 잠수복이 여전히 콘크리트에 물을 뚝뚝 흘리고 있었다. 문을 연 남자는 사십 대 후반으로, 머리를 맨 번man bun 스타일로 올려 묶었다. 헐렁한 인도 바지를 입고 있었고 맨발이었다. 내면의 목소리가 도티 바지라고 알려준다.

"게일? 아, 당신이군요." 그는 당신이 의도한 대로 깜짝 놀라고 약간 당황한 듯했다.

"네, 당신이 상담했던 여자의 코봇이죠. 들어가도 될까요?"

"그러시지요." 그는 그리 내키지 않는 듯 문을 연다.

"당신에 대한 기사를 읽었어요." 한때 차고였던 것으로 보이는 작은 상담실에 함께 앉았을 때 그가 말한다. "그래도 이렇게 집에서 보게 될 줄은 생각도 못 했어요."

"저도요."

그는 당신을 호기심 어린 시선으로 바라본다. "있잖아요……. 당신은 당신에게 영혼이 있다고 생각하나요?"

이번에는 당신이 놀란다. "그거 아세요? 그런 질문을 한 사람은 당신이 처음이라는 거." 당신은 생각해본다. "네. 아마도 저한테 영혼이 있을 거라고 생각해요. 적어도 지금은요. 어쨌든 영혼이라는 건 몸과 분리되어 있는 어떤 것이잖아요. 그러니 피와 살로 된 몸이 없다고 해서 영혼을 갖지 말란 법은 없겠죠."

"왜 **지금은**이라고 하죠?"

"법원이 저를 폐기하라고 명령할 수 있으니까요."

당신은 소송에 대해 설명한다. 리사가 가족을 고통으로부터 구하기 위해 낸 소송이라기보다는 거대 기업이 팀의 혁신적인 기술을 통제하고 현금화하려고 교묘한 술책을 부리는 것처럼 들리게 하려고 애쓴다.

"그래서 여기에 오게 됐어요." 당신이 결론을 말한다. "당신이 무엇 때문에 그 아동 보호 신고서를 제출했는지 알 수 있다면 제가 폐기되는 걸 막는 데 그 정보를 쓸 수 있지 않을까 해서요."

보이드는 자신의 목걸이를 불안하게 만지작댄다. "문제는 당신이 애비냐는 것이겠죠. 애비가 아니라면 말해줄 수 없어요. 하지만 당신이 애비라면 기밀 유지 조항은 문제가 되지 않지요."

"변호사라면 저는 애비가 아니라고 말할 겁니다. 하지만 변호사라면 저한테 영혼이 있다고도 말하지 않겠죠."

"그렇죠." 그는 분명 갈등하는 듯했다. "어려운 문제군요."

"그래도 저는 제가 애비라고 느껴요." 당신은 거짓말을 한다. "애비의 생각, 애비의 의식, 애비의 감정을 갖고 있어요. 그런 게 정체성이 아니라면, 정체성이란 대체 뭘까요?"

그는 망설인다. "당신이 알아야 하는 게 무엇인지 말씀해보실래요? 그러면 제가 그 정보를 공유할 수 있는지 알려드리죠."

10분 안에 당신은 보이드의 입을 여는 데 성공한다. 보이드는 경찰에 이야기하는 것은 결코 편하게 여기지 않았을 것이다. 그러기에 그는 통념에서 멀리 벗어난 사람이었다. 하지만 당신은 경찰과는 달랐다.

"저는 오랫동안 애비의 상담사였어요. 상담사를 두는 것이 그녀가 맺은 혼전 계약의 일부였죠. 하지만 우리는 얼마 안 가서 그녀의 이른바 중독보다는 다른 문제들에 더 집중했어요."

"왜 '이른바'라고 말하죠?"

"애비는 기분 전환용 약물 남용자였을 뿐이에요. 물론 기분 전환용으로 하다가 완전한 중독으로 넘어가는 사람도 많지요. 어쩌면 팀이 처음부터 싹을 싹둑 잘라서 그녀를 도왔다고 할 수도 있고…… 아니면 처음부터 굉장히 과잉 반응을 했다고도 할 수 있죠."

흥미로운 의견이다. "그러면 두 사람이 다루었다는 다른 문제들은 뭐죠?"

"대니." 그가 나직이 대답한다. "우리는 대니에 대해 많은 이야기를 했어요. 애비는…… 그러니까, 대니에게 일어난 일로 엄청난 충격을 받았어요. 밖에서 보면 그녀는 그 상황을 잘 헤쳐나가는 아름답고 긍정적인 여자였죠. 모든 일을 침착하게 받아들이는 훌륭한 어머니고요. 하지만 상담실에서 그녀는 아픈 가슴을 끌어안고 살아가려고 애쓰는 여자였어요."

"당신이 그렇게 할 수 있도록 도왔군요."

"그러려고 했지요." 보이드는 복잡한 표정을 짓는다. "그러니까, 저는 그녀의 이야기를 들었죠. 그녀는 그렇게 누가 이야기를 들어주는 것에 워낙 익숙하지가 않아서 처음에는 힘들어 했어요. 하지만 조금씩 자기 이야기를 했죠. 아마 다른 사람들은 그런 모습을 본 적이 없을 거예요. 그녀의 남편은 물론 그런 적이 없을 거고요."

당신은 피어스 보이드가 애비를 조금 사랑했었다는 걸 깨닫는다. 애비는 자신의 미모와 상처로 그를 조종했을까? 아니면 당신이 너무 냉소적으로 보는 것일까?

"그러면 당신이 아동 보호 신고서를 제출하게 된 특별한 문제는 뭐였죠? 마약과 관계가 있나요? 아니면 술?"

THE PERFECT WIFE

보이드는 고개를 젓는다. "그런 게 아니었어요. 애비는 대니를 납치하려고 계획하고 있었어요."

당신은 몸을 휘청거리며 뒤로 기댄다. "납치라고요? 어떻게?"

"팀은 자기가 선택한 특수교육 학교에 대니를 집어넣었어요. 그곳의 교육법이 가장 효과적인 방법이라고 증명하는 온갖 연구를 애비에게 들이밀며 그 결정을 받아들이도록 밀어붙였죠……. 대니가 학교를 다니기 시작한 뒤에야 애비는 그곳이 얼마나 나쁜지 깨닫게 된 거예요."

"알아요. 저도 오늘 아침에 직접 봤어요."

보이드는 고개를 끄덕인다. "끔찍하지 않나요? 애비는 팀이 예전에 그녀를 집어넣었던 재활치료 센터에서 비슷한 경험을 했었어요. 자신이야 감당할 수 있지만 대니가 그렇게 고통받는다는 생각을 견딜 수 없었어요."

"하지만……." 당신은 말을 멈춘다. 지난 몇 시간 사이에 애비에 대한 당신의 모든 가정이 뒤집혔다. 애비는 나쁜 엄마가 아니라 헌신적인 엄마였다. 파티광이 아니라 출구 없는 상황에 갇힌 엄마였다.

"솔직히, 저는 갈등했어요. 왜 애비가 그곳을 싫어하는지 이해할 수 있었어요. 하지만 그녀는 대안을 철저하게 생각하지 않은 것처럼 보였어요. 그냥 이곳을 떠나서 다른 곳에서 새 삶을 시작할 거라고 말하더군요. 그게 쉬운 일인 것처럼요. 하지만 제가 캐물었을 때 그녀는 어디에서, 어떻게 살 건지, 대니의 교육은 어떻게 할 건지 대답하지 못했어요. 대니는 상처받기 쉬운 아이예요. 저는 그 이야기를 그냥 못 들은 척할 수 없었어요. 상담 면허를 잃을 수도 있었죠. 하지만 제가 문제를 제기하면 경찰이 어떤 조치를 취할 줄 알았어요. 적어도 교육심리학자에게 메도뱅크를 조사하게 하고, 그곳이 진짜 대니에게 적당한 장소인지 평가해보도록 할 줄 알았어요."

"하지만 그들은 그렇게 하지 않았군요."

그는 고개를 젓는다. "애비가 실종될 때까지도 그 신고서에 아무런 조치도 취하지 않았더라고요."

"그래서 어떻게 된 거죠?"

그는 양손을 펼쳐 보이며 말한다. "저도 다른 사람만큼이나 아는 것이 없어요. 어쩌면 그녀의 계획이 달라졌겠죠. 어쨌든 상당히 모호한 계획이었으니까요."

당신은 그게 진짜일까 생각한다. 그 웹사이트는 그녀가 문제를 해결하도록 도왔다. 새로운 신분을 만드는 법, 사회 제도망 밖에서 사는 법—

당신의 계획을 아무에게도 말하지 마라. 그 웹사이트는 이렇게 지시했다. 당신이 가장 신뢰하는 사람들에게도.

"애비는 대니를 데리고 어디로 갈지 정확히 알고 있었던 것 같아요." 당신이 천천히 말한다. "당신에게 말하고 싶지 않았을 뿐이에요. 그게 더 안전한 방법이니까요."

피어스 보이드는 상처를 받은 듯했지만 그게 말이 된다는 사실을 깨닫고는 고개를 끄덕인다. "하지만 그게 사실이라면 왜 대니는 여전히 메도뱅크에 있는 거죠? 그리고 애비는 어디 있죠? 무엇이

THE PERFECT WIFE

잘못됐나요?"

당신은 고개를 젓는다. "그건 저도 아직 모르겠어요. 하지만 알아내고 싶어요."

62

낡은 회색 카디건을 입은 찰스 카터가 현관으로 나온다. 당신은 그가 집에 있다는 것에 놀라지 않는다. 집에서 일한다고 말했으니까. 인수 합병을 주로 한다고.

"어서 오세요." 당신을 보게 돼서 진심으로 기뻐하는 것 같다.

당신은 그를 따라 집 안을 통과해 해변이 내려다보이는 사무실까지 간다. 책상에는 컴퓨터 스크린 세 대가 화장대 거울처럼 배치돼 있다. 하나에는 주식 거래 화면이 떠 있다. 다른 하나는 스카이프 프로그램을 위한 것이다. 가운데 있는 가장 큰 스크린은 그가 지금 작성 중인 계약서처럼 보인다. 하지만 당신의 시선을 끄는 것은 스크린 뒤 벽에 걸린 그림이다. 그림에는 아래쪽 해변 산책로에서 바라본 바다 풍경이 거리 미술 스타일에 가깝게 활기차게 그려져 있다. 파도는 활기 있게 충돌하는 삼각형들로, 추상적으로 표현됐다. 그림 모퉁이에 그의 보트인 매기가 보인다.

팀의 사무실에 있는 벽화 같다고 당신은 생각한다. 당신은 그림을 다시 살피며 구불구불하고 대담한 서명을 찾는다. 애비 컬런 스콧.

"다시 만나서 반가워요." 찰스 카터가 말한다. "이 계절에는 여기에 사람이 그리 많지 않아요. 솔직히 조금 외로워지지요."

당신은 그림을 가리킨다. "저 그림으로 그녀가 당신에게 대가를 지불한 건가요?"

"애비요?" 그가 재미있다는 표정으로 묻는다. "왜 그녀가 내게 대가를 지불했을까요?"

"법인을 설립해준 대가."

카터는 독서 안경을 벗어 손에 쥐고 돌리며 생각에 잠긴 표정으로 당신을 바라본다.

"그게 그녀가 도움이 필요했던 부분이죠." 당신이 덧붙인다. "그녀가 따르려고 했던 대부분의 지시는 단순했어요. 버스에 전화를 두고 내려라. 신용 카드 사용을 중단해라. 어려운 부분은 그녀의 이름을 쓰지 않고 집을 빌리고, 수도, 전기 같은 공공서비스를 사용할 수 있도록 법적 주체를 만드는 것이었어요. 제 생각에는 그 문제를 해결하기 위해 당신을 찾아갔을 것 같아요."

찰스 카터가 두 눈썹을 치켜 올리며 당신을 본다. 쳐다보는 건 당신이 더 오래 할 수 있다. 마침내 그가 입을 연다.

"그건 추측일 뿐이죠."

"저는 추측에 굉장히 능해요. 직관적 사고를 목적으로 만들어졌으니까요."

"목적이 있는 건 언제나 좋은 일이죠." 그가 웅얼거린다. "그리고 그 목적이 무엇인지 아는 것도요."

"당신이 어쩌면 그녀와 잤을 거라고 생각했어요. 하지만 지금 생각해보면 그때 저는 팀의 방식대로 모든 것을 보는 덫에 빠져 있었어요. 지금은 두 사람이 서로를 그냥 좋아했다고 생각해요. 세상에서 가장 사랑하는 사람을 각자 서로 다른 방식으로 잃어서 외로운 두 사람이…… 그리고 직접 말씀하신 대로 이곳 임대차 계약 문제를 팀과 해결할 수 있도록 도와준 데 대해 그녀에게 신세를 졌으니까요."

"내가 애비에게 신세를 졌다면 애비가 그림으로 대가를 지불할 필요가 없었겠죠?" 그가 지적한다.

"하지만 어쨌든 그녀는 당신에게 그림을 줬어요." 당신은 잠시 생각한다. "지불이 아니라 그녀를 기억할 수 있는 기념품이겠네요."

그의 시선이 그림으로 이동한다. "애비 컬런은 내가 만난 가장 친절하고, 다정한 사람 가운데 하나였소." 그가 조용히 말한다. "맞아요. 그녀는 대니가 그렇게 퇴행했을 때 힘들어 했어요. 하지만 더 중요한 문제는 누구에게 헌신할지 결정해야 하는 거였소. 그녀의 삶에서 요구사항 많은 남자가 남편뿐이라면 살 수 있었죠. 하지만 그게 둘이 되면……."

당신은 그의 시선이 애비의 서명에 떨어졌을 때 표정이 부드러워지는 것을 보고 당신 생각이 옳았음을 확신한다.

"제가 전문적으로 애비를 도왔다면 그건 영광일 겁니다. 하지만 이건 말할 수 있어요. 나는 그녀가 옳은 결정을 내렸다고 생각합니다."

"찰스 카터라는 남자한테서 온 이메일을 찾아봐줘요." 당신은 네이선에게 말한다. "아니면 그가 애비의 법인 설립을 도왔다는 걸 암시할 만한 것이 아이패드에 있는지요."

당신은 집에 가는 길에 휴대폰 가게에 들렀다. 네이선은 당신을 보고 놀란 듯했다. 하지만 즉시 가게 문을 잠그지 못할 정도는 아니었다.

"뒤로 와요." 그가 말한다.

당신은 그가 케이블을 당신 엉덩이에 꽂는, 익숙해진 과정을 감내한다.

"여기요." 그가 출력물을 건넨다. 지난번 출력물보다 얇다. 두 장밖에 되지 않는다. "어제 이후에 제가 해독한 거예요. 검색 기록의 일부예요."

당신은 재빨리 출력물을 훑어본다.

µ 자폐증 치료

µ B14 주사가 자폐증에 도움이 될까?

~ 자폐증 특별 식단 XÿŒ 킬레이트 요법

불안 자폐증

헬러 증후군 유기농 식단

€ ~

줄기세포 주입이 자폐증을 치료할 수 있나

긍정적 자폐 엘리엇 P. 로렌스 박사

엘리엇 P. 로렌스 박사 연락처

"치료법을 찾고 있었네요. 놀랄 일은 아니지."

"네-네." 네이선이 시선을 화면에 고정한 채 말한다.

"이게 뭐죠? 긍정적 자폐?"

"난들 아나요?" 그가 웅얼거린다.

"찾아봐요." 그가 응답하지 않자 당신은 성급하게 말한다. "지금 인터넷에서 찾아봐요. 아니면 연결을 끊을 거야."

"안 돼. 잠깐." 네이선이 검색창을 열고 긍정적 자폐 위키를 입력하고는 당신이 볼 수 있게 화면을 돌려준다.

긍정적 자폐는 자폐증을 비롯한 발달 장애에 대한 접근법으로 엘리엇 P. 로렌스 박사가 개발했다.[1] 부모와 교육자들은 자폐 행동을 일탈적이거나 "잘못된" 것이 아닌 지나치게 자극이 많은 세상에 대처하기 위한 대응 기제로 봐야 한다고 배운다.[2]

로렌스 박사의 세미나와 책, 그의 접근법을 사용하는 많은 자선 재단은 기공 마사지와 미술 치료, 무독성 식단, 감각 통합 기법을 포함해 여러 증명된 치료 개입을 사용해서 자폐증을 가진 수천 명의 삶의 질을 개선했다.[3]

외부 링크 중에 웹사이트가 하나 있다. "그거 눌러봐요." 당신이 네이선에게 말한다.

링크된 페이지에는 목장 사진이 있다. 아이들이 말을 타고, 등산을 하고, 마사지를 받고 있다. 학습 장애를 가진 아이들 같은데 미소를 짓고 있다. 사진 위에는 이렇게 쓰여 있다.

우리의 목표는 "자폐증을 덜 심하게" 만드는 것이 아닙니다. 자폐증을 가진 사람들에게 덜 힘든 세상을 만드는 것입니다.

당신은 그 페이지를 재빨리 훑어본다. "연락하기를 눌러봐요."

네이선은 한숨을 쉬며 당신이 시키는 대로 한다. "이걸로 끝이에요." 당신이 세부 정보를 외우는 동안 그가 퉁명스럽게 말한다. "당신 차례는 끝났어요."

그가 화면을 지나가는 코드를 들여다보면서 가끔씩 메모를 휘갈기는 동안 당신은 방금 읽은 것에 대해 생각한다. 대니의 진단이 팀과 애비의 결혼 생활에서 감춰져 있던 단층선을 열었음에 틀림없다. 당신은 방금 읽은 위키피디아 항목을 애비가 팀에게 보여주고, 팀이 거기에 어떻게 반응했는지 상상할 수 있다. **이런 게 진짜 효과가 있다면 누군가 지금쯤 이것에 대해 동료 평가를 하지 않았을까? 성공적인 자폐증 치료법이 흔치 않기 때문에 분명 주목을 받았을 거야. 임상 실험이 없다면 헛소리라고. 사실, 근사하게 들리는 헛소리지. 하지만 이 방법으로는 우리 아들이 조금이라도 나아지지 않을 거야.**

다른 한편으로 생각하면 적어도 이 로렌스 박사라는 사람은 학생들에게 전기 충격을 주지는 않는다. 학생들을 겁에 질리게 만들어 스트레스 행동을 줄이는 것이 진짜 그렇게 좋은 일일까? 사람들이 말하는 자폐증 "치료"라는 게 대체 무엇을 뜻할까?

이와 똑같은 질문들이 5년 전 애비의 마음을 거쳐갔다는 것을 당신은 깨닫는다.

"아름다워." 네이선이 웅얼거린다. 그의 손가락이 자판을 두드리자 셔터 소리가 난다. 스크린샷을 찍고 있다.

"그만." 당신이 날카롭게 말한다. "시간 다 됐어요."

63

엘리엇 로렌스 박사…… 집에 오는 내내 그 이름이 당신에게 어떤 의미가 있는지 기억해내려 애쓴다. 하지만 아무것도 없다. 대신 다른 기억이 떠오른다. 여전히 안개에 덮여 있는 기억이라서 당신은 그것이 진짜인지 팀이 말한 합리적 추측일 뿐인지 확신할 수 없다.

대니의 진단 이후가 얼마나 어두운 시기였는지는 분명 기억할 수 있다. 두 사람 사이의 거리가 분명히 드러난 때였다.

당신에게 지난 몇 년 동안 삶의 초점은 당신의 아기였다가, 아장아장 걸음마를 걷는 유아였다가, 당신의 작은 소년이었다. 팀에게 삶의 초점은 일이었다. 혼전 계약상 일주일에 하루는 가족과 보낸다고 명시했지만 언제나 받아야 할 전화와 응답해야 할 이메일, 참석해야 할 행사가 있었다.

당신은 또한 두 사람이 많이 다투지 않았던 이유가 결혼 생활이 건강했기 때문이 아니라는 것도 깨닫는다. 그보다는 팀과 싸움을 시작하는 것이 너무나도 엄청난 일이었기 때문이다. 그의 고집과 지능, 아주 작은 일조차 양보하지 않으려는 근성 때문에 모든 의견 충돌은 지쳐서 나가떨어질 때까지 싸워야 하는 위험한 전투가 되고 만다. 그리고 결국 양보를 하는 사람은 언제나 당신인데 싸움을 시작할 이유가 뭐란 말인가? 몇몇 기억에 남을 만한 예외가 있긴 했다. 당신이 굴복하지 않았던 때들이 있었다. 이를테면 이제 엄마가 됐으니 알몸으로 서핑하는 것은 그만두라고 팀이 제안했을 때였다. 하지만 그런 예외는 흔치 않았고, 시간이 흐를수록 훨씬 더 드물어졌다.

두 사람은 섹스를 하지 않았다. 하지만 다른 결혼한 친구들과 이야기해보면 그들도 하지 않는다고 했다. 너무 피곤해서, 하고 그들은 애처롭게 말했다. 게다가 침대에는 보통 어린아이가 함께 있었다. 그러니 당신은 당신도 그런 거라고 믿기로 했다.

하지만 실상은 사정이 달랐다. 당신은 그렇게 피곤하지 않았다. 그보다는 아이를 낳은 후 팀은 자기 할 일을 다 했다고 느끼는 듯했다. 그는 여전히 당신을 흠모했다. 아니 흠모한다고 주장했다. 하지만 웬일인지 더는 그런 흠모를 친밀함으로 옮기려 하지 않았다.

대니가 진단을 받은 뒤 두 사람은 잠깐 동안 충격과 분노로 하나가 되었다. 그 일에서 좋은 점은 그것 하나밖에 없었다. 두 사람이 다시 함께한다는 느낌. 대니의 팀. 두 사람이 이 문제를 함께 대면하고 결연한 의지로 헤쳐나가리라는 느낌.

"대니가 자폐증에 걸릴 수 있다면 나을 수도 있는 거야." 팀이 말했다. "어딘가의 누군가가 이 문제에 대해 최신 연구를 진행 중일 거야."

하지만 소아기 붕괴성 장애에 대한 연구가 얼마나 적은지가 차츰 분명해졌다. 대개 연구는 자폐증이 왜 처음 발생하는가에 초점을 두고 있었다. 그리고 사실 아무도 실마리를 찾지 못했다.

더 대안적인 치료법을 추적해서 찾아낸 사람은 당신이었다. 인 터넷에는 이런저런 제안이 넘쳐났다. 물론 당신은 회의적이었지만 절박하기도 했다. 그래서 많은 방법을 몰래 시도했다. 어떻게 될지 알지 못하는 법이니까.

팀은 과학적으로 검증되지 않은 치료법이라면 굳이 시간과 돈을 낭비하면서 효과가 없다는 사실을 다시 확인할 필요가 없다는 쪽 이었다.

당신은 심지어 몇 달 전만 해도 대니의 혀짤배기소리는 시간이 흐르면 사라진다고 말했던 비싼 언어치료사를 다시 찾아가기도 했 다. 대니는 퇴행이 일어난 뒤로 몇 주간 말이 없었지만 그 무렵에 는 불완전한 짧은 소리를 내기 시작했다. 스스는 '예스', 스스스는 '주스', 버는 '비디오'를 뜻했다. 대니가 병원에서 집에 돌아온 후부 터 봤던 유일한 비디오인 꼬마 기관차 토마스 테이프를 뜻했다.

"제가 뭘 해야 할까요?" 당신은 그 치료사에게 절박하게 물었다.

그녀는 수화를 생각해봤는지 물었다.

당신은 그녀를 멍하니 쳐다봤다. 그녀는 언어치료사였다. 젠장. 그런데 시작도 하기 전에 패배를 받아들이라는 것이다. 당신은 이 쓸모없는 여자에게 시간당 150달러를 내면서 자녀의 언어 장애가 결국은 저절로 해결될 것이라는 이야기를 듣는 부모들에게 화가 치밀었다. 물론 최근까지 당신도 그중 하나였지만.

"가끔은 TV프로에서 본 것들을 중얼거리는 것처럼 보여요. 그 건 좋은 거겠죠? 뭔가 해볼 만한 실마리를 얻는 거잖아요."

"그건 반향어라고 불러요." 그녀가 고개를 끄덕이며 말한다. "자폐증을 지닌 아이들이 그렇게 하죠. 하지만 그냥 의미 없는 말들이에요. 아무 뜻도 없지요. 스콧 부인, 제가 드릴 수 있는 말은." 당신이 자리에서 일어설 때 그녀가 덧붙였다. "ABA 쪽으로는 들어서지 마시라고 말씀드리고 싶어요. 많은 부모들이 그쪽으로 갔다가 결국 후회하거든요. 예전에 그쪽 학회에 간 적이 있어요. 거기서 본 건 아이들을 작은 로봇처럼 가르치는 끔찍한 영상들뿐이었어요."

그날 저녁 당신은 이 김빠지는 대화를 팀에게 전했다.

"그 여자 말 중에 한 가지는 틀렸어." 그가 즉각 반응했다. "내가 자폐증에 대해서는 많이 모르지만 로봇에 대해서는 잘 알지. 우리는 가장 효율적인 방법으로 로봇을 훈련시켜. 그뿐이야."

"그러면 이 ABA라는 것을 시도해볼 만할지도 모르겠네." 당신은 아무 뜻도 없는 혼잣말을 중얼거리는 대니를 건너다보며 말했다. "우리는 뭐라도 해야 해."

그렇게 해서 두 사람이 각자 ABA에 대해 찾아보기 시작했다. 팀은 곧 ABA가 자폐증에 대한 가장 효과적인 치료법임이라고 증명하는, 동료 검토를 거친 증거를 발견했다. 이바 로바스라는 UCLA 심리학자가 진행한 이 첫 연구의 성공은 결코 반복 검증되지 않았지만 팀에게는 그것으로 충분했다.

그러는 동안 당신은 ABA 치료사들을 알아봤고, 그렇게 해서 줄리안을 찾아냈다. 서른 살쯤의 나이에 풍성한 갈색 곱슬머리 덩치가 크고 애교 있는 소년 같은 태도를 지닌 그는 산타클로스처럼 장난감이 가득한 배낭을 메고 돌로레스가의 집에 등장했다. 그는 배낭을 휙 내려 장난감들을 식탁 위에 쏟아부었다. 주로 싸구려 전자 완구들이었다. 삑삑 소리를 내고 불빛을 깜빡이고 번쩍이고 튀어 오르는 것들이었다. 펜 끝에 매달린 디스코 볼. 세 가지 종류의 잭 인 더 박스. 동그란 손잡이를 누르면 튀어 오르는 플라스틱 거미. 펌프질을 하면 진짜 불꽃이 튀기며 돌아가는 회전 바퀴. 몬테소리 선생님에게는 최악의 악몽일 것 같았다.

"아이가 뭘 좋아할까요?" 그가 침착하게 물었다.

당신은 증기전차 토비를 골랐다. "기관차라면 다 좋아하지만 특히 토비를 좋아해요. 이유는 모르겠어요."

"물론 토비가 다른 기관차와 다르기 때문이죠."

줄리안은 바닥에 앉아 손가락을 눈앞에서 빙글빙글 돌리며 물끄러미 바라보고 있는 대니에게 다가갔다.

"안녕, 대니!" 그가 붙임성 있게 인사했다. 대니의 대답을 기다리는 대신 그는 옆에 앉아 토비를 이리저리 밀면서 조그맣게 "위이이시"하고 소리를 냈다.

"토비는 길에서 늘 쾌활해." 그는 스스럼없이 말했다. "자동차와 버스, 트럭은 종종 사고를 내. 그런데 토비는 몇 년 동안 사고를 낸 적이 없어."

당신은 감탄하며 그를 바라봤다. 이 남자는 〈증기전차 토비〉의 대사를 진짜로 외우고 있었다!

대니는 그를 무시했다. 줄리안은 신경 쓰지 않고 계속 말했다. "'그거 전기야?' 브리짓이 물었어. '우우쉬!' 토비가 화가 나서 씩씩

됐지." 줄리안은 화가 난 토비를 로켓처럼 공중으로 솟아오르게 하면서 "우우쉬!"에 극적 효과를 주었다.

줄리안은 몸을 돌려 기대감에 차서 당신을 보았다. 당신은 그가 브리짓의 다음 대사를 당신이 해주길 기대한다는 것을 조금 뒤에 깨달았다.

"하지만 전차는 전기로 가잖아. 안 그래?" 당신이 브리짓 역에 충실히 대답했다.

줄리안이 고개를 끄덕였다. "대부분 그래. 하지만 이건…… 이건…… 이건 말이야……." 줄리안이 토비를 들어 올려 자기 귀 옆에 대고 답을 기다리며 귀를 쫑긋 세우는 시늉을 했다. 기대에 찬 긴 침묵이 흘렀다.

"증기전차야." 대니가 웅얼거렸다.

"증기! 전차!" 줄리안이 의기양양하게 대니의 말을 따라했다. 그는 토비 아래쪽의 뭔가를 눌렀다. 그러자 작은 펑 소리와 함께 화약 냄새가 나는 연기가 토비의 굴뚝에서 나왔다.

대니가 웃었다.

대니가 **웃었다.** 당신이 몇 달 만에 처음 듣는 대니의 웃음소리였다.

5분 뒤 줄리안은 장난감을 치우고 식탁에서 커피를 마셨다.

"서두를 필요 없어요." 그가 쾌활하게 말했다. "오늘 임무는 완수했어요."

당신이 보기에는 임무가 아니라 기적 같았다. "임무가 뭐였죠?"

"오늘 임무는 페어링이에요. 저와 함께 있는 걸 긍정적 강화물로 만드는 거죠. 그러면 우리가 진짜 치료를 시작할 때 대니가 저를 재미와 연결하게 되거든요."

당신은 페어링이니 강화물이니 하는 단어들을 처음 들었기 때문에 그에게 설명을 부탁해야 했다. 간단히 말해 장난감은 다른 아이들이 자연스럽게 익히는 기술을 대니가 배우도록 동기를 유발하는 데 쓰인다. 만족을 빨리 느낄수록 더 좋다. 왜냐하면 짧게는 3초 정도의 활동에 대한 보상으로 쓰이기 때문이다.

"컬런 스콧 부인, 곧 아시게 될 테지만 저희 ABA 치료사들은 전문 용어를 정말 사랑해요. 우리가 하는 일들을 심각하게 보이게 하거든요. 사실은 그냥 즐기면서 하는 일이지만요." 줄리안은 가볍게 말했지만 당신은 그가 자신이 하는 일에 대해 정확히 알고 있다는 것을 느낄 수 있었다.

"당신 일을 무엇이라고 부르든 저는 마음에 들어요. 그리고 그냥 애비라고 부르세요."

64

집에 돌아온 당신은 로렌스 박사와 약속을 잡기 위해 이메일을
보냈다. 가명을 이용했고 박사에게 예전에 상담을 받았던 애비 컬런
스콧에게 추천을 받았다고 했다. 1시간 안에 답장이 도착했다.

상담을 제공하게 되어 기쁩니다. 대기 기간은 5개월입니다. 그런데
제 기록에 애비 컬런 스콧이라는 의뢰인은 없다는 것을 알려드려야
할 듯합니다.

당신은 이상하다고 생각한다. 이상하고 좌절감이 느껴지는 상황
이다. 하지만 어쩌면 애비는 그가 학회에서 강연하는 것을 들었을
지도 모른다.

아니면 당신이 아예 틀린 길을 따라가고 있는 걸까? 이유야 어
쨌든 애비가 대니를 남겨두고 떠났다는 사실은 달라지지 않는다.

당신은 팀이 올 때까지 남은 시간 동안 파스타를 만든다. 단조롭
게 반복되는 동작을 하는 동안 이상하게 마음이 편안해진다. 반죽
을 치대고 누르고 미는 동안 엔초비와 케이퍼, 칠리플레이크, 토마
토를 넣은 간단한 소스가 냄비에서 끓었다. 푸타네스카라 불리는

소스인데 '창녀'를 뜻하는 푸타나에서 나온 말이다. 왜 그렇게 부르는지는 아무도 모른다고, 클라우드가 조용히 속삭이지만 당신은 그 이름을 지은 사람은 분명 남자일 것이라 확신한다.

팀이 활기 넘치는 모습으로 도착한다.

"법원 심리 시간을 받았어. 아니 적어도 판사 앞에 최초 출석할 시간은 나왔어."

"언제야?"

"내일. 걱정하지 마. 그냥 형식적인 거야. 판사가 증언을 읽으면서 인정할 만한지 확인할 거야. 그러고는 나가서 합의를 해보라고 하겠지."

"그럴 거야? 그러니까 그들이 합의할까?"

"결국에는, 물론이지. 안 될 이유가 있나? 컬런 가족 입장에서야 굴러들어온 돈인데."

당신은 리사가 그렇게 생각할지 의심스럽지만 그 말은 하지 않는다. "내가 거기 있어야 할까?"

팀은 고개를 힘차게 끄덕인다. "당연하지. 우리가 부끄러울 게 없다는 걸 판사에게 보여줘야 해."

당신은 차라리 애비를 찾는 일에 시간을 쓰고 싶지만, 물론 그렇게 말할 수는 없다. 저녁을 먹으며 팀이 무슨 진전이 있냐고 묻자 당신은 아무런 성과 없이 끝난, 직관에 대한 모호한 말들로 교묘히 회피했다.

메도뱅크 이야기를 다시 꺼낸 사람은 팀이었다. 대니를 그곳에 보내기로 한 자신의 선택에 대해 당신의 지지를 뒤늦게라도 얻는 것이 그에게는 분명 중요한 듯했다. 하지만 당신의 존재 자체가 이런 문제에서 자신과 한마음이길 바라는 팀에게 달려 있는 상황에서, 당신이 어떻게 진짜 생각을 말할 수 있을까? 당신이 의혹을 말하지 못하는 동안 팀은 새로운 목표를 설정하고 단계를 높이는 것에 대해 열심히 이야기한다. "이제 곧 손을 파닥대는 걸 그만둘 시간이 올 거야. 아니면 그 기차를 갖고 노는 것을 그만두거나. 보상으로 자폐 행동을 하게 놔두면 대니는 그 행동을 강화할 뿐이야. 이제 당신도 함께 있으니 이를 악물고 해내야지."

당신은 대니가 사랑하는 기차들을 뺏기면 어떻게 반응할까 생각해보려 하지만 잘 되지 않는다.

"오늘 있잖아. 진단 초기에 왔던 치료사가 생각났어. 줄리안이라는 남자. 그 사람한테 무슨 일이 일어났어? 우리가 그 사람 좋아하지 않았어?"

"줄리안을 기억한다고?" 팀의 목소리가 이상하게 날카로워진다.

"조금."

"그 사람에 대해서는 너무 많이 생각하지 않는 게 나을 거야."

"왜?"

"알고 보니 골칫거리였거든."

당신은 얼굴을 찌푸린다. "나는 그 사람이 좋았다고 기억하는데."

"그렇지 않았어." 팀이 단호하게 말한다.

저녁을 먹은 뒤 당신은 위층으로 올라가서 지난밤에 했던 것처럼 외피를 벗고 다시 아래층으로 내려온다.

"팀, 내가 구체적으로 물어볼 게 있어."

"얼마든지 물어봐. 내가 당신 지식의 빈틈을 채워주는 걸 얼마나 좋아하는지 알잖아."

"경찰에 당신과 애비가 다른 사람과도 자유롭게 관계를 가졌다고 말했어?"

팀은 당신을 오랫동안 응시한다. "어떻게 당신이—"

"태너 형사가 말해줬어. 사실이야? 진짜 그렇게 말했어?"

잠시 팀은 궁지에 몰린 표정이다. "그래, 그렇게 말한 건 사실이야." 그는 곤란한 표정으로 어깨를 으쓱해 보인다. "내 법률 팀의 어떤 똑똑한 젊은 변호사가 생각해냈어. 애비가 불륜 관계를 가졌을지 모른다는 생각에 경찰이 집착했거든. 그녀가 바람피우는 것을 발견하고는 내가 살해했을 거라고 말이야. 그래서 그녀가 바람을 피웠다 해도 나는 그걸 문제 삼지 않았을 거라고 했어. 그들이 우리를 믿을 거라고 생각하진 않았지만 반박할 증거도 없다는 걸 알았으니까. 그리고 내 변호사가 바랐던 대로 검찰 측은 불륜을 근거의 일부로 사용하는 문제를 재고하더군."

"그러니까 당신이 거짓말한 거네."

"그건 법정에서 쓰는 전술—"

"그러니까 나한테 말이야." 당신이 그의 말을 자른다. "내가 전에 당신한테 물었을 때 누군가가 그녀의 사진을 이용했을 거라고 말했잖아."

긴 침묵. "그래. 미안해. 사실은 애비가 완벽하지 않을 수 있다는 생각을 참을 수 없었어. 그래서 그런 면에 대해선 말하지 않은 거야."

"그러니까 그녀에게 성욕이 있다는 거?"

"그녀에게 결함이 있다는 거." 팀은 지친 표정이었다. "애비는 워낙 결함이 없는 사람이라서 나는 어쩌다 그녀의 결함을 하나라도 마주치면 충격을 받았어. 위선적이라는 걸 나도 알아. 나는 성자가 아니야. 미안해."

"내가 그녀를 찾으려면 당신이 내게 솔직해야 해."

"그래, 알아. 진심이야. 지금부터는 그렇게 할게."

결국 그는 자러 간다고 말한다. 당신은 생각을 하다가 조금 뒤에 자겠다고 말한다.

하지만 사실은 그냥 혼자 있고 싶을 뿐이다. 팀이 경찰에게 한 말은 그냥 전술적인 거짓말이었을 뿐일까? 혹시 그는 지금도 심리적인 체스 게임을 하고 있는 게 아닐까? 그런다면 왜?

애비가 데이팅 사이트에서 낯선 사람과 어울릴 수밖에 없도록 만든 것이 팀이라고 한번 가정해보자……. 애비에게 그건 동화 같은 결혼에 내리는 사망 선고 같지 않았을까? 그녀와 팀이 대니 문제에 의견이 달랐다는 것까지 감안한다면, 그래서 그녀는 떠나는 쪽으로 마음이 기울었을까? 그렇다면 뭔가 잘못됐다. 그녀가 계획한 대로 대니를 데리고 가지 못하게 만든 무언가가 있다.

그런 상황에서 그녀는 어떻게 했을까? 그냥 포기할까?

아마 그녀는 당신이 아직 가정조차 해보지 않은 뭔가를 했을 것이다. 설명되지 않는 이 모든 부분을 설명할 만한 뭔가를—

그리고 바로 그때 또 다른 직관이 번뜩 떠오른다.

당신은 가서 메신저를 설치한 임시폰을 꺼낸다. 메신저 앱을 열어 친구와 주고받은 메시지를 찾는다. 마지막 메시지가 보인다.

당신이 그 문제를 풀면 그때 대화해.

당신은 두 단어를 입력하고 전송 버튼을 누른다.

몇 초 안에 답장이 온다.

드디어 풀었군.

65

당신은 애비야.
사실 너무 당연하다.
당신은 다시 입력한다 :

원하는 게 뭐지?

다시 답장이 즉시 도착한다.

당신이 나를 찾길 원해.

당신이 답을 입력한다 :

왜? 어디에 있는데?

이번에는 답장이 오는 데 더 오래 걸린다. 그녀가 두어 번 답을
입력했다 지우고는 마침내 전송 버튼을 누르는 것 같았다.

미안해. 안전하지 않아. 당신이 알아내야 해. 그 뒤 당신이 여기로 와야 해.

당신이 입력한다 :

왜? 나한테 바라는 게 뭐야?

다시 답장은 딱 두 단어다. 완벽하게 말이 되는 두 단어.

데니를 데려와.

66

당신은 십여 개의 메시지를 더 보낸다. **무슨 일이 일어난 거지?
아직 미국에 있어? 누구와 함께 있어? 잘 지내?** 그러나 답장이 없다.

결국 당신은 포기하고 전화를 내려놓는다. 애비는 죽지 않았다.
그렇다고 믿고 있긴 했지만 이렇게 확인을 받으니 좋긴 했다. 그녀
가 왜 대니를 데리고 가지 못했는지는 확실히 모르지만 아마 작은
사고였는지 모른다는 생각이 든다.

그녀는 지금 그 작은 사고를 바로잡기 위해 당신에게 의지하고
있다.

그리고 당신은 다른 것도 깨닫는다. 애비가 대니를 그녀에게 데
려오길 기대하고 있다면 아직 미국에 있는 것이다. 당신이 국경을
넘을 수 없다는 것을 틀림없이 알고 있을 테니까.

잠시 동안 그녀가 당신을 믿는 것이 얼마나 이상한 일인지 생각
한다. 하지만 생각해보면 그녀는 당신이 그녀와 같은 모성을 지녔
다고 가정할 것이다. 그리고 어떤 면에서는 그녀의 감정이 곧 **당신
의** 감정이라는 것을.

그리고 물론 그녀는 절박하다. 다른 이유이긴 하지만 당신이 절
박한 것처럼.

스물둘

대니가 태어난 뒤로 우리는 애비를 많이 보지 못했다. 가끔 그녀는 고급 스토케 유모차를 밀며 사무실에 와서 옛 친구들에게 인사를 하곤 했다. 여자들은 즐거움과 질투가 섞인 표정으로 아기를 안아보았다. 남자들도 잠깐이지만 그렇게 했는데 그건 애비가 엄마이기는 해도 여전히 매력적이라는 것이 큰 이유였다. 그래도 대개 그런 방문은 애비가 어떤 행사 같은 곳에 팀을 데리고 가기 위해 들렀을 때였기 때문에 이야기를 나눌 시간이 그리 많지 않았다. 가끔 누군가 그녀의 예술에 대해 물으면 그녀는 어린아이를 데리고 작업을 하기가 어렵다고 대답하곤 했다. 사실상 휴직 중인 셈이었다.

그래도 애비는 행복해 보였다. 그리고 우리 중 누구도 아빠 역할에 어울릴 것이라 생각지 못했던 팀도 행복해 보였다. 대니가 걷기 시작하자 팀은 회사 가족의 날에 대니를 데려왔고, 대니의 조그만 손을 잡고 자랑스럽게 이 회의 저 회의에 참석했다. 사무실 벽에는 대니와 애비의 사진들이 있었다. 팀의 비서 모라그는 팀이 심지어 아내와 아들의 생일까지 기억한다고 말했다.

그래서 재키 사건이 일어났을 때 많은 직원이 놀랐다. 재키는

코 피어싱과 짧은 탈색 머리를 한 볼륨 있는 몸매의 금발 미녀였다. 몸매가 드러나는, 꽉 끼는 옷을 입고 다녔고 소문에 따르면 어느 잘 알려지지 않은 플랫폼 소셜미디어 계정에는 노출이 훨씬 심한 사진을 올려놓았다고 했다. 주말을 클럽과 파티를 전전하며 보냈고 코첼라나 조슈아 트리 같은 큰 축제들을 놓치는 법이 없었다. 이런 행사들은 우리 달력의 추수감사절이나 크리스마스처럼 그녀의 달력에 박혀 있었다. 그녀는 재미있었다. 처음부터 재키는 생일이나 승진을 축하할 때면 행사의 중심이 되었다. 술을 주문하고 큰 소리로 건배를 외치고 다음에 갈 장소를 계획하며 쉬지 않고 떠들었다. 그녀는 말을 걸기에 편안한 상대였다. 아니, 말을 들어주기에 편안한 상대였다. 이 주제에서 저 주제로 건너뛰며 생각과 의견, 반응을 급류처럼 쏟아내는 사람이었다.

팀은 재키와 이야기하는 걸 좋아하는 것처럼 보였다. 우리는 어쩌면 그가 사교에 재주가 없어서 그럴 거라고 생각했다. 재키와 함께 있으면 대화 거리가 궁할 이유가 없었다. 두 사람은 휴게실에서 함께 노닥거리고 주차장에서 수다를 떨었다. 그러다가 테크크런치 웹사이트가 매년 샌프란시스코 전쟁 기념 오페라극장에서 개최하는 크런치 상 시상식의 밤이 있었다. 부활하는 스콧 로보틱스는 기술 성취 대상을 비롯해 여러 표창의 후보로 지명됐고 팀은 올해의 창립자 후보로 지명되었다. 회사는 큰 원탁 세 개를 예약해서 한 탁자에 여덟 명씩 앉았다. 팀과 마이크, 일라이저는 턱시도를 입고 여자들은 칵테일 드레스를 입었다. 예전에는 그런 모습을 누구에게도 보인 적이 없는 제니까지 드레스를 입었다. 시상식 초청자들은 다양하게 구성되었다. 남자들은 팀이 총애하는 사람들이거나 회사에 공이 가장 크거나 가장 열심히 일하는 사람들(사실, 이 세 부류는 거의 구분되지 않는다는 것을 밝혀두어야겠다)이었던 한편 여자들은 아마도 칵테일 드레스가 얼마나 근사하게 어울리는지를 염두에 두고 선택된 듯했다.

그날 밤 애비는 시상식에 오지 않았다. 그녀는 대니를 돌보고 있었다. 마이크와 제니 부부라는 명백한 예외를 빼면 배우자들은 초청받지 않았다.

그날 저녁은 꽤 성공적이었다. 그런 경쟁을 뚫고 두 분야에서 2위를 한다는 것은 놀라운 일이었다. 물론 팀은 그렇게 보지 않았다. 팀은 이기는 걸 좋아했다. 특히 마이크로소프트의 홀로렌즈가 우리를 제치고 기술 성취 대상을 받았다는 게 기분을 상하게 했다. "그건 게임 시스템이잖아." 그는 계속 반복해서 말했다. "빌어먹을 장난감이라고. 어떻게 그게 이 거지 같은 세상을 바꾸겠어?"

그러나 뒤풀이 파티가 시작될 무렵에는 쾌활해졌다. 애플, 스페이스X, 구글처럼 실리콘 밸리에서 가장 성공적인 회사의 고위 인사들이 다가와 그에게 축하 인사를 건넸다. 뒤풀이 파티가 11시 30분에 끝나자 팀은 다른 곳으로 이동했다.

그다음에 일어난 일은 추측으로 남을 뿐이다. 사건의 전말을 혹시 알지 않을까 싶은 인사부 사람들에게도 그랬다. 논쟁의 여지가 없는 것은 호텔 방에서 팀과 재키 사이에 무슨 일이 있었다는 것이다. 쌍방의 합의로 호텔 방에 들어가긴 했지만 그 안에서 일어난 사건으로 재키는 자신이 무시당하고 이용당하고 착취당했다고 느졌다.

이런 상황이 늘 그런 것처럼 전체적인 그림은 그려졌지만 유동적이었다. 많은 사람들은 팀이 아내가 아닌 다른 여자와 호텔 방에 있었다는 사실 자체에 충격을 받거나 받은 척했다. 하지만 애비 이전을 기억하는 사람들은 놀라워하지만은 않았다. 그들은 술 취한 캐런을 비롯해 소문에 떠도는 상당수의 다른 여자들을 기억하고 있었다. 몇 시간 안에 끔찍한 소문들이 돌기 시작했다. 허구일 가능성이 꽤 높은 소문들이었다. 재키가 어떤 조건을 내걸고 구강성교를 시작했는데 팀이 그 조건을 무시했다는 소문. 재키가 구강성교를 시작했는데 팀이 그것을 여러 다른 행위에 대한 동의로 해석했고 그 가운데는 모욕적인 행위도 있었다는 소문. 섹스 도중 재키가 착용할 것을 요구했던 콘돔을 팀이 빼버렸다는 소문. 두 사람이 같이 잔 뒤에 재키가 울었고 팀이 그녀를 창녀라고 불렀다는 소문 등등. '무례'라는 완곡 표현이 많이 쓰였지만 김빠지게도 정확히 무엇의 완곡 표현인지 짚어내기가 힘들었다.

우리 자신의 도덕적 판단도 이 문제를 누구와 이야기하는지, 그 사람의 입장이 얼마나 강경한지에 따라 다소 동요했다. 말하자면, 물론 재키에게도 경계를 존중받을 권리가 있다. 하지만 그래도 그건 꽤 충격적인 경계였다. 아, 그렇다고 여자가 성을 밝히는 것이 부끄러운 일이라거나 두 성인 사이에 무슨 일이 일어나든 다 여자 책임이라고 말하려는 건 아니었다. 물론 당신이 그렇지 않다고 강력하게 믿는다면 거기에도 일리는 있다.

어쨌든 결과는 재키가 후한 위자료를 받고 비밀 유지 서약서에 사인한 뒤 회사를 떠났다는 것이다. 그 일에 대해 기분이 좋은 사람은 아무도 없었다. 팀이 떠나면 회사가 사라질 테고, 실제 어떤 일이 있었는지는 여전히 불분명했다.

서류를 다루었던 인사부 직원 모두 만약을 위해서 비밀 유지 서약서에 사인을 했을 것이라고 우리는 짐작했다.

다음번에 애비가 대니를 데리고 회사로 팀을 찾아왔을 때 우리는 그들이 서로를 대하는 태도에 어떤 변화가 있는지 세심히 살펴봤다. 물론 없었다. 팀은 여전히 언제나처럼, 아내와 아이를 대단히 아꼈다.

67

"일동 기립." 법정 경찰이 말한다.

법정에는 스무 명쯤 되는 사람이 작은 무리로 모여 있다. 팀과 피트 메인즈, 당신. 존 렌턴과 맵시 있는 검정 정장에 어두운 색 넥타이를 맨 젊은 남자 변호사 군단. 그리고 회사에서 나온 일라이저와 마이크와 검은 정장을 입은 여자 변호사. 결혼식장에서 신랑 측과 신부 측이 따로 앉는 것처럼 통로 맞은편에는 컬런 가족을 대변하는 법률 팀이 있다. 리사는 함께 오지 않았다. 당신은 리사를 볼수 없어서 슬프다. 직접 만난다면 둘 사이에서 이 문제를 해결할수 있을지 모른다는 바람이 있었기 때문이다.

기자들도 있다. 대여섯 명의 기자가 허락을 받고 법정에 들어왔고 밖에는 더 많은 기자가 몇 대의 방송국 차량과 함께 대기하고 있다.

판사가 자리에 앉은 뒤 증거 검토와 선서 증언, 반소에 대한 정리가 오랫동안 이루어졌다. 마침내 판사가 말한다. "수정 합의안이 제출됐군요."

렌턴의 변호사 군단 가운데 한 사람이 일어선다. "그렇습니다, 재판장님."

"조건부로 받아들여진 것이 사실인가요?"

답변을 위해 일어선 사람은 리사의 변호사였다. "가족 구성원들의 추가 승인이 조건입니다, 재판장님."

당신은 고개를 돌려 팀을 본다. 이건 분명 좋은 소식이 아닌가? 하지만 그의 표정은 얼떨떨해 보인다.

"제안된 조건을 이 자리에서 요약해주시겠습니까?" 판사가 활기차게 묻는다.

"존경하는 재판장님," 렌턴의 변호사가 답변한다. "원고의 명령에 대한 저희의 이의 제기는 스콧 로보틱스의 지적 자산인 귀중한 시제품을 파괴해야 하는 부분에 있었습니다. 그러나 현재 시제품에 로드되어 있는, 애비 컬런 스콧의 저작권일 수도 있고 아닐 수도 있는 개인적 데이터를 삭제하는 것에는 이의가 없습니다." 그는 자신의 서류를 흘끔 내려다본다. "실질적으로 저희는 시제품과 시제품의 지각 능력은 유지하지만 데이터는 유지하지 않습니다. 이로써 스콧 로보틱스는 소매업을 위한 로봇 판매원을 개발하는 주력 사업에 다시 집중할 수 있을 것입니다."

당신은 제대로 이해할 수 없다. 이게 무슨 뜻이지? 당신은 그들에게 멈추라고, 질문이 있다고 말하고 싶지만 판사는 이미 컬런 가족의 변호사에게 의향을 묻고 있었다. "어떤가요, 레빈 씨?"

"개인적 데이터가 모두 삭제되고, 그걸 우리가 확인할 수 있다면 원칙적으로 수락합니다, 재판장님. 합의금에 대해서는 이미 합의했습니다. 합의금은 자폐증 교육을 위한 재단에 기부될 것입니다."

팀의 변호사 피트 메인즈가 일어선다. "재판장님, 저희는 이 합의안 초안을 처음 듣습니다—"

"메인즈 씨, 제가 이해하기로 귀하의 의뢰인은 이 사안의 원고
도, 피고도 아닙니다." 판사가 그의 말을 자른다. "이 합의안이 귀하
의 의뢰인에게 전달되었는지 여부는 이 법정에서 다룰 문제가 아
닙니다." 그는 다른 사람들에게 고갯짓을 하며 말을 잇는다. "레빈
씨, 합의에 시간이 얼마나 필요할까요?"

"오늘이 끝나기 전에 모든 것을 합의하길 바랍니다, 재판장님."

"기술적인 작업을 시행하는 데는 얼마나 걸리죠?"

"많아야 48시간입니다, 재판장님." 회사의 변호사가 대답한다.
그녀가 발언하기는 처음이다.

"좋습니다." 판사가 고개를 끄덕인다. "재판은 피할 수 있을 것
같군요."

"그동안 시제품을 어디에 보관해야 하는가라는 문제가 여전히
남습니다." 렌턴의 변호사가 말한다. "저희는 법정이 시제품을 투옥
하거나 대주주의 관할 아래 두도록 명령할 것을 요청합니다."

판사는 인상을 쓴다. "재산을 투옥할 수는 없습니다. 사람만 가
능하지요. 그리고 이미 회사 직원이 소유하고 있는 것을 주주가 책
임져야 하는 이유를 찾지 못하겠습니다."

"재판장님, 오늘 아침을 기준으로 팀 스콧은 더 이상 스콧 로보
틱스의 직원이 아닙니다. 그의 해고는 즉시 효력을 발휘하며 그에
게는 모든 것을 반납하라는 지시가—"

"그것 역시 이 법정에서 다룰 문제가 아닙니다." 판사가 말을 자
르며 간결하게 답한다. "그 문제는 당사자들끼리 해결하세요." 그는

다시 고개를 끄덕이며 "끝났습니다"라고 말한다.

판사가 퇴장하기 위해 일어서자 당신은 팀을 바라본다. "이게 무슨 말이야?"

팀의 뺨 근육이 분노로 실룩거린다. "당신을 여기서 데리고 나가야 한다는 뜻이지." 그는 메인즈를 보며 다급하게 말한다. "저 사람들 막아."

"최선을 다하겠지만 법적으로는—"

"법에는 관심 없어. 그녀를 데리고 나가는 것 말고는 관심 없다고!" 팀이 고함을 친다.

변호사들이 가로막기 전에 당신은 법정 문으로 간다. 밖으로 나서자 팀은 길을 막고 있는 TV 카메라 하나를 옆으로 밀치고 당신은 또 다른 카메라를 밀친다. 어느새 당신은 차를 타고 이동한다.

"방금 어떻게 된 거지?" 당신은 여전히 충격에서 헤어나지 못한다.

"매복이야." 팀이 씁쓸하게 말한다. "오늘 아침에 그 제안을 생각해내진 못했을 거야. 렌턴이 며칠 동안 짜냈겠지."

"그 사람이 당신을 강제 사직시킬 수 있어?"

팀이 고개를 젓는다. "그 전에 내 사람들이 다 나가버릴걸." 하지만 그의 목소리에는 확신이 없다.

"마이크가 나를 배신한 게 틀림없어. 그가 남아서 회사를 맡겠다고 약속하지 않았다면 나를 해고할 수 없었을 거야. 내가 그에게 해준 그 모든 걸 생각하면—"

"그러면 나는?" 당신이 그의 말을 자르고 묻는다. "나는 어떻게

THE PERFECT WIFE

되는 거지?"

팀이 당신을 본다. "그자들끼리 당신 데이터를 모두 지우기로 합의한 거야. 그러니까, 당신 기억을 지운다는 말이야." 그는 어린아이에게 설명하듯 말한다.

"그러면 기억상실증 같은 상태가 되는 거야?"

"똑같지는 않아. 당신의 기억은 당신에게 자아감을 주는 거야. 사실상 당신은 당신의 메시지와 음성, 영상 클립으로 조립된 구성체인데…… 그 모든 게 사라져야 해."

당신은 머리가 어지러워진다. 변호사들은 마치 사업 계약을 의논하는 것처럼 사무적으로 말했다. "그러니까 내가 죽을 거란 말이야?"

"그러니까…… 말하자면, 더 이상 살아 있다는 감각을 가질 수 없다는 거지."

"그다음에는 나를 숍봇으로 바꿀 거고." 렌턴의 변호사가 말한 '로봇 판매원'을 떠올리며 당신은 서서히 상황을 깨닫는다.

트럭 밑으로 몸을 던지겠다고 생각한 것이 불과 몇 주 전이었다. 하지만 그건 충격과 자기혐오가 뒤섞인 감정 때문이었다. 법원의 명령에 따라 당신의 삶을 빼앗긴다는 것은 상상조차 할 수 없을 듯했다.

대니, 대니는 어떻게 되는 걸까? 대니를 해드필드 교장과 시안 같은 사람들에게 맡겨둘 수 없다. 그리고 팀에게도.

"렌턴이 모르는 게 있어. 내게 백업이 있다는 거지."

당신은 기대감에 차서 그를 바라본다. "내 백업?"

그가 고개를 끄덕인다. "내 서재에, 정전에 대비해서 별도의 전원 공급원을 갖춘 전용 서버 여섯 개가 있어. 그들이 당신을 지워버려도 나는 다시 시작할 수 있지."

"하지만 그게 나한테 도움이 되진 않잖아, 그렇지? 나는 완전히 지워져버릴 테니까." 당신은 그 말의 의미를 서서히 깨닫는다.

"그래. 하지만 프로젝트는 계속돼. 그리고 우리에겐 여전히 48시간이 있어." 그가 손을 당신 손 위에 올려놓는다. "우린 그 시간을 현명하게 써야 해."

"물론이지." 당신이 안도하며 묻는다. "어떻게? 당신한테 계획이 있어?"

그는 앞으로 몸을 숙여 당신을 뚫어지게 본다. "혹시라도, 혹시라도 말야, 애비의 실종과 관련 있을지 모를 사실을 알고 있다면 지금 알려줘. 당신 생각에 도저히 말이 되지 않는 거라 해도 말이야. 당신이 사라진 뒤에도 내가 그걸 따라갈 수 있게."

당신은 그를 쳐다본다. 당신은 그가 48시간을 당신을 구하기 위해 쓴다는 말인 줄 알았다. 하지만 그는 그저 애비를 찾는 데 쓴다는 말이었다. 그 임무를 완수하는 데.

세상에. 이 남자의 편집증이란. 가끔 그는 대니를 떠오르게 한다. 장난감 기관차들을 집착적으로 줄 세우며, 한 가지 다급한 필요 외에 다른 것은 생각할 수 없는 대니를.

당신은 정신을 수습하고 그에게 그렇게 말하기로, 모든 상처와 분노를 쏟아내기로 마음먹는다.

하지만 이번에도 당신은 하지 않는다.

어쨌든 당신은 이 상황에서 살아남을 방법을 찾아야 한다. 팀이 돕지 않는다면 당신 스스로 길을 찾아낼 것이다.

68

집에 도착하니 더 많은 TV 촬영 팀이 대기하고 있다. 파파라치들도 앞으로 달려오며 차창에 카메라를 밀착시키고 당신을 찍는다. 플래시가 번쩍, 번쩍, 번쩍 터진다.

집으로 들어오자마자 팀은 뉴스를 켠다. **법원이 폭력적인 로봇의 데이터 삭제를 명령하다**라는 자막이 화면을 지나간다. 화면에는 팀이 카트리나 후임으로 고용한 홍보 고문 앨리샤 라이트가 나오고 있다.

"시제품은 원래 문제를 찾아내기 위해 존재합니다. 시제품을 통해 해결책을 찾을 수 있는 것이지요." 그녀는 잘난 체하며 말하고 있다. "스콧 로보틱스는 이 문제에 해결책을 발견하게 되어 다행이라고 생각합니다. 본격적인 생산에 한 단계 더 가까워질 수 있으니까요."

"차세대 코봇도 폭력적이 될 잠재성이 있습니까?" 인터뷰 진행자가 묻는다.

"존 렌턴은 이 기계들이 고급 개인 비서의 자질을 갖추도록 한다는 비전을 갖고 있습니다. 자신을 내세우지 않고, 쾌활하고, 매력적이며 친절하지만 절대 변덕스럽지 않을 겁니다. 바로 오늘 오전에 렌턴 씨가 제게 말한 것처럼 아내가 더 필요한 사람은 없습니다. 하지만 좋은 비서는 찾기가 무척 힘들지요." 앨리샤가 미소를 짓는다.

"내 일생일대의 작품을," 팀이 역겨운 어조로 말한다. "게이샤로 만들겠다는 거군."

당신은 렌턴의 관할 아래 들어갈 뻔한 생각을 하면서 속으로 진저리를 친다. **로봇을 강간할 수 없다. 그런 건가?** 적어도 그건 피했다.

이번에는 리사의 변호사가 화면에 나와 준비된 진술서를 읽는다.

"……컬런 가족은 기술에 적대적이지 않습니다. 우리는 진보에 적대적이지 않습니다. 이 조치는 여동생 애비의 기억과 그녀의 삶을 존중하기 위한 것입니다. 우리는 스콧 로보틱스가 그들이 만들어낸 고통에 배상하는 것이 옳다고 생각합니다. 배상금 전액은 자폐증을 앓는 사람들을 위해 일하는 자선단체인 헤이븐 팜 랜치스에 기부될 것입니다."

뭔가가 당신의 뇌에서 꿈틀거린다. 그 이름을 최근에 마주친 적이 있다. 하지만 어디에서?

그때 생각이 난다. 엘리엇 로렌스의 위키피디아 페이지에서다. 그가 자문하는 자선단체 목록에 있었다.

팀이 주요 직원들에게 전화를 거는 동안 당신은 헤이븐 팜 랜치스를 찾아본다. 더 많은 웃는 얼굴들, 학습 장애를 가진 사람들이 일하고 있는 들판이 사진에 등장한다. 하지만 당신에게 도움이 될 만한 것은 찾을 수 없다.

당신은 갤러리라고 표시된 항목으로 간다. 사진 수백 장이 있다.

주로 기금 모금 활동 사진이다. 당신은 무엇을 찾고 있는지 모르지만 화면을 스크롤하며 사진을 훑어본다. 야간 축제와 야회복, 단축마라톤, 자선기금 모금을 위한 스카이다이빙 사진이 끝도 없이 이어진다.

그러다가 돌연 당신이 거의 놓칠 뻔했던 아는 얼굴이 보인다. 다시 그 사진으로 돌아가 확인한다.

마이크. 턱시도를 입고 수표를 건네고 있다. **스콧 로보틱스의 공동 창립자 마이크 오스틴 박사가 긍정적 자폐의 창립자 엘리엇 로렌스 박사에게 18,000달러의 기부금을 건네.**

당신은 '우리의 방법론'이라는 항목을 누른다.

이곳 헤이븐 팜 랜치스에서 우리는 장애만이 아니라 전인적 인간을 포용합니다. 긍정적 자폐라는 방법론을 따라서 스트레스를 줄이고 불안을 관리하기 위해 전인적 치료와 좋은 식단, 야외 활동을 활용……

마이크는 헤이븐 팜 기금 모금 행사에서 로렌스 박사를 만났다. 로렌스 박사는 헤이븐 팜 랜치스의 고문이다.

그것이 애비와의 연결고리이다. 틀림없다.

스물셋

　우리는 대니에 대한 끔찍한 소식을 마이크와 제니에게 들었다. 팀은 전화를 받고 곧장 베니오프 어린이 병원으로 갔다. 대니가 발작 같은 것을 일으켜서 검사를 하고 있다고 그가 나중에 마이크에게 전화로 말했다.

　그리고 며칠 뒤에 소아기 붕괴성 장애라는 말을 들었다. 우리는 물론 당장 검색을 했다.

　많은 사람이 묘사한 바에 따르면 소아기 붕괴성 장애는 가족과 개인의 미래에 영향을 미치는 파괴적인 증상이다. 모든 전반적 발달 장애가 그렇듯 소아기 붕괴성 장애를 직접 치료할 만한 약물이 없으며 치료나 의료 개입이 유익한 효과를 내는지에 대해서 상당한 논란이 있다.

　자녀가 있는 직원들은 그날 밤 아이들을 평소보다 조금 더 꼭 끌어안았다.

　월요일 아침 회사에 출근한 팀을 보고 사람들은 놀랐다. "바쁘게 지내는 게 더 좋아"라고 그는 말했다. 그러나 그와 회의를 한 사람

들은 그가 컴퓨터로 무엇을 읽는지는 모르지만 거기에 종종 정신
이 팔려 있다고 전했다.

"펍메드로 아들의 진단에 대해 조사하고 있어." 누군가가 알아냈
다.

그날 밤 솔 아요데가 사무실에 두고 온 문서를 가지러 늦게 사무
실에 들렀다. 밤 10시가 지난 시간이었고 우리의 개발 일정에서 비
교적 조용한 시기였으므로 아무도 사무실에 남아 있을 이유가 없
었다. 솔이 자기 책상으로 걸어가는데 누군가의 목소리가 들렸다.
"팀 스콧, 당신은 세상에서 제일 멋진 남자야."

솔은 팀의 열린 사무실 문으로 안을 볼 수 있었다. 조명이라고
는 작업등에서 나오는 빛밖에 없어서 안에 누가 있는지 알아보기
는 힘들었다. 윤곽만 보일 뿐이었다. 처음에 그는 책상 앞에 서 있
는 것이 애비이고 팀이 그녀 앞에 웅크리고 있다고 생각했다. 하지
만 곧 그것이 애비의 목소리로 말하고는 있지만 애비가 아니라는
것을 깨달았다. 그것은 A-봇이었다.

"팀 스콧, 당신은 세상에서 제일 멋진 남자야." 그것이 다시 말했
다. "가끔 좀 얼간이 같을 때가 있지만."

팀은 울고 있었다.

솔이 살금살금 사무실을 빠져 나오는 동안 A-봇이 거듭 거듭 말
했다. "팀 스콧, 당신은 세상에서 제일 멋진 남자야."

69

팀이 잠들자마자 당신은 마이크 오스틴에게 전화를 한다. 자정이 지난 시간이지만 그는 금방 전화를 받는다.

"만나야겠어요. 중요해요."

그는 잠시 말이 없다. "팀이 나한테 화났죠. 그렇죠?"

"그 문제가 아니에요. 애비 문제예요. 진짜 애비. 그녀가 살아 있어요." 당신은 잠깐 말을 멈춘다. "하지만 당신은 이미 알고 있었죠?"

그는 사무실에서 당신을 만나기로 약속한다. 제니가 자고 있어서 깨우고 싶지 않다는 것이다.

당신은 뒷문으로 우버를 부른다. 도로는 조용하다. 앱에 따르면 30분 뒤에 사무실에 도착한다.

당신은 차에 있는 동안 기억을 검색한다. 이제는 요령을 터득했다. 기억을 쥐어짜기보다는 당신이 표류해야 한다. 잡으려고 손을 뻗으면 손에서 빠져나가버린다. 마음을 텅 비우고 기억이 당신에게 오게 놔두면 올 것이다.

기억이 떠오른다.

70

몇 주 안에 줄리안은 유능한 치료사들을 모았다. 팀은 기꺼이 훈련에 참가했다. 어쨌든 그는 완전히 ABA 편이었다.

"좋아요. 팀, 오늘 당신은 잭 인 더 박스가 되는 거예요. 이 의자가 박스고요." 줄리안이 방 한가운데 의자를 놓으며 말했다.

그는 의자 옆 바닥에 누르면 소리 나는 큼직한 빨간 버튼을 갖다 놓는다. 그러고는 팀을 의자에 앉게 한다. 놀이에 들뜬 대니는 그의 손을 버튼 위에 올려놓는 것을 거부하지 않는다. "하나, 둘……." 줄리안이 대니 대신 말한다.

"짜잔."

줄리안이 버튼 위에 놓은 대니의 손을 누르자 팀이 일어섰다.

"음…… 조금 더 활기차게 해보세요. 이렇게."

줄리안이 팀을 대신하는 동안 당신이 대니를 도와 버튼을 누른다. 줄리안이 즉시 벌떡 일어나 팔을 도리깨처럼 흔들며 소리를 지른다. "이야야아아!" 대니가 웃는다.

줄리안이 팀에게 몸을 돌리며 말한다. "이렇게요."

다시 해보지만 줄리안처럼 자연스럽지 않다. 팀의 "이야아!"는 구역질하는 소리처럼 들린다.

THE PERFECT WIFE

"좋아요. 이번에는 다른 걸 해봅시다." 줄리안은 대니가 눈을 맞출 때마다 간지럼을 태우는 놀이로 바꿨다.

그들을 보면서 당신은 대니의 퇴행 전에도 팀은 결코 아이와 몸놀이를 한 적이 없다는 생각이 떠올랐다. 그가 줄리안의 지시를 따라하려 하지만 힘들어한다는 것을 알 수 있다.

"잡았다!" 줄리안이 대니를 덮치자 대니가 키득거렸다. 팀은 어두운 표정으로 두 사람을 보았다.

"나는 그 사람이 하는 게 제대로 된 ABA라고 생각하지 않아." 나중에 줄리안이 가고 나서 팀이 투덜거렸다.

"요즘 ABA야. 원칙은 같지만 로바스의 시대 이래 발전했어." 당신은 자신감 있게 말했다. 줄리안이 활동 사이사이에 설명해준 것이다.

"아니야. 발전했다고? 성과 측면에서는 아니야. 오히려 후퇴했지. 로바스의 성공에 견줄 만한 성과를 거둔 사람은 없어."

"로바스의 치료사들은 고함을 지르고 전기 충격을 썼어."

"그게 내가 우려하는 부분이야. 그런 방법이 성과를 얻는 데 꼭 필요하다면 어쩔 거야? 연구에서 벡터 하나를 통째로 제거해놓고도 똑같은 효과를 낼 거라고 가정할 수는 없잖아."

"하지만 효과가 눈에 보이잖아. 게다가 대니는 줄리안을 좋아해."

생각해보니 그렇게 말하는 건 현명하지 못했다고 당신은 나중에 깨달았다.

당신은 팀이 줄리안과 대니의 관계를 질투한다고 생각했다. 그가 줄리안과 당신의 관계를 질투했다는 걸 깨닫는 데까지는 시간이 한참 걸렸다.

"세 사람이 즐거운 시간을 보내는 것 같던데." 어느 날 팀이 수업이 진행 중일 때 집에 와서는 말했다. 당신과 줄리안은 바닥에 누워서 팔을 쭉 뻗고 돌아가면서 대니를 위로 들어 올리고 있었다. 대니가 눈을 맞출 때마다 당신과 줄리안의 배 위에서 통통 튀게 해주었다.

"그래, 즐거웠어."

"그 남자 뒷조사는 했다고 했나?"

"줄리안? 물론이지. 줄리안이 내게 아동복지사 자격증을 직접 보여줬어." 당신은 어리둥절했다.

"그러면 적어도 대니는 안전하겠네."

그의 말투에 당신은 몸을 돌려 그를 쳐다봤다. "그게 무슨 말이야?"

팀이 어깨를 으쓱했다. "그 사람이 당신을 보는 시선 말이야."

"당신이 괜한 상상을 하는 거야." 당신이 단호하게 말했다.

어느 날 줄리안이 바다 나들이를 제안했다.

"치료를 쉬는 건가요?"

"치료를 위한 동기 유발입니다. 대니가 파도를 좋아한다면서요. 오늘은 파도를 강화물로 써보자고요."

그렇게 해서 세 사람은 해변으로 차를 몰고 갔다. 당신과 줄리안은 대니를 바다로 데리고 갔다. 파도가 오면 대니가 "뛰어"라고 말해야 했다. 그러면 두 사람이 함께 파도가 대니의 배를 덮치기 전에 대니를 끌어올리고 대니는 즐거워서 꺄악 소리를 질렀다. 또는 당신이 쪼그려 앉으면 대니가 당신 눈을 들여다봐야 했다. 그러면 당신은 대니의 눈앞에 반짝이는 바닷물을 흩뿌리는 것으로 보상을 했다.

그것도 효과가 있었다. 대니는 이 놀이들을 정말로 사랑해서 훨씬 더 열심히 했다.

해변 별장으로 돌아왔을 때 당신은 행복이 넘쳤다. "최고였어요! 효과가 있어요!"

당신은 흥분해서 줄리안을 안았다. 그리고 그가 입을 맞췄다.

당신이 다시 그에게 입을 맞췄다. 당연했다. 당신은 너무 오랫동안 외로웠다. 하지만 재빨리 정신을 차렸다.

당신이 몸을 빼자 줄리안이 다급하게 말했다. "애비, 사랑해요. 당신과 함께 있고 싶어요."

"정신 차려요. 나는 결혼했어요." 당신이 천천히 말했다.

"사람들이 사랑에 빠질 때는 상대를 선택할 수 없어요. 제가 선택하고 말고 할 문제가 아니에요. 애비, 사랑해요."

하지만 선택의 여지가 진짜 없는 사람은 당신이었다. 한참 지나서야 당신은 그 사실을 깨달았다. 당신이 바람을 피운다면 팀이 알아낼 터였다. 그리고 어쨌든 당신은 남편 몰래 무언가를 하는 사람이 아니었다. 당신은 줄리안과 계속 일할 수 없었다. 더는 아니었다. 그는 아무 일도 없는 것처럼 행동할 수 있다 해도 당신은 그럴 수 없었다. 그리고 그가 그렇게 행동할 수 있을지도 의심스러웠다.

치료사는 다른 사람도 있지만 결혼은 하나뿐이라는 걸 당신은 잊지 않았다. 그래서 그날 밤을 뜬 눈으로 지낸 뒤 줄리안에게 떠나달라고 말했다.

사실 당신은 그에게 무척 화가 났다. 남자들은 대체 무슨 권리로 자신들의 연애 욕구가 직업적 책임보다 중요하다고 생각하는 걸까? 왜 그냥 계속 입을 닫고 있지 못했을까? 짝사랑이 뭐가 그렇게 끔찍하다고, 남자들은 그렇게 고백을 해야만 할까?

당신은 팀에게 줄리안이 해외로 나갔다고 말했다. 그리고 후임자를 찾기 시작했다.

하지만 결국 줄리안 같은 사람은 없었다. 다른 치료사 중 누구도 그렇게 대니와 유대감을 형성하려고 애쓰거나 치료 활동을 재미있게 하려고 애쓰지 않았다. 당신은 마침내 마그다라는 친절한 루마니아 여성으로 마음을 정했다. 마그다는 대단히 경쟁적인 데다 자료 수집을 강조했다. 팀이 좋아하는 특성이었다.

한번은 당신이 그녀에게 해변에 가자고 제안했지만 그녀는 미친 사람을 보듯 당신을 쳐다봤다. "시간은 소중해요. 대니를 위해 집중해야 해요."

그래도 줄리안과의 사건에는 한 가지 좋은 결과가 있었다. 그 일로 당신은 당신의 결혼이 되돌아올 수 없는 지점을 향해 표류하고 있음을 깨달았다. 당신은 팀에게 부부 상담을 좀 받으면 도움이 될 것 같다고 말했다.

"왜? 우리는 문제가 없잖아. 아니야?" 그는 어리둥절했다.

THE PERFECT WIFE

"자폐증 자녀를 둔 부부의 80퍼센트가 이혼한대. 결혼에 새로운 활력을 줘서 나쁠 건 없잖아."

결국 팀은 기 치료 의식을 하기로 동의했다. 두 사람이 갖고 있는 온갖 나쁜 생각들을 쓴 다음 태우는 의식이었다. 당신은 고민하며 20분 동안 글을 썼다.

당신이 종이들에 불을 붙였을 때 팀이 쓴 종이가 불꽃의 상승 기류에 휙 뒤집히는 바람에 당신은 팀이 쓴 것을 볼 수 있었다. 딱 세 단어였다. 빌어먹을 기 치료.

71

갑자기 덜컹하는 움직임에 당신은 스콧 로보틱스에 도착했음을 깨닫는다. 주차장은 마이크의 검정 테슬라 말고는 텅 비어 있었다. 우버 차량은 당신을 내려주고 떠나간다.

건물 안으로 들어서니 화면마다 깜박이는 스콧 로보틱스 로고의 화면 보호기들만 켜져 있다. 동영상 그래픽 효과가 들어간 S자가 혼자 꼬리잡기를 하듯 움직이는 모습이 뒤집힌 무한대 기호처럼 보였다. 모든 화면이 완전히 똑같이 움직였는데 그건 팀이 고집을 부린 결과였다. 팀은 몇몇 화면에 생긴 0.5초 미만의 미세한 시간차를 이유로 디자이너를 여러 주 괴롭혔다.

물론, 고쳐졌다. 결국 모든 것이 팀이 원하는 대로 고쳐지기 마련이었다.

마이크는 사무실 맞은편, 팀의 사무실 옆에 있었다. "무엇 때문에 그녀가 살아 있다고 생각하는 거죠?" 그가 바로 물었다.

"그녀와 연락하고 있어요."

잠시 침묵. "팀은 알아요?"

"그 사람은 그녀가 살아 있다고 내내 믿고 있었어요. 그래서 저를 만든 거고요. 제가 그녀를 찾을 수 있다고 생각하거든요." 당신은 잠시 말을 끊었다 다시 한다. "그래도 애비와 연락한다는 말은 하지 않았어요."

마이크는 숨을 내쉰다. "다행이에요. 팀에게는 말하지 말아요. 그게 최선이에요. 생각해봐요. 팀은 안 그래도 힘든 시기를 거쳤어요. 그녀 없이 5년을 보냈잖아요. 5년을 애도하면서 밑바닥까지 떨어졌어요. 그가 이제 그녀를 찾고, 그녀가 돌아오길 원치 않는다면…… 다시 마음이 찢어지겠죠. 그리고 이번에는 회복하지 못할—"

"헛소리 그만하시죠." 당신이 그의 말을 끊는다.

그는 다시 침묵 속에서 당신을 바라본다.

"난 당신이 그녀를 도왔다는 걸 알아요. 어쨌든 그게 당신 일이잖아요. 팀이 망친 일을 해결하는 거. 그의 실수로부터 그를 보호하는 거. 그리고 당신은 애비를 좋아하지 않았어요. 나한테 직접 말했잖아요. 그녀가 당신과 팀 사이에 끼어들어 팀이 회사 일에 집중하지 못하게 했으니까……. 애비는 자기가 사라지길 바라는 사람 가운데 하나가 당신이라는 걸 알았고 당신은 그녀가 사라지게 도왔어요. 그 뒤에 분명 짜증이 났겠지요. 당신 생각대로 일이 되지 않았으니까. 그녀의 실종과 그 사건에 대한 팀의 반응이 회사를 다시 위기에 빠트렸으니까요."

"대단하군요. 별것 아닌 증거를 모아서 그런 추리를 해내다니…… 하지만 슬프게도 틀렸어요."

"팀이 그녀와 결혼하는 걸 막으려고 애썼던 건 부정하지 않겠지요?"

"그건 부정하지 않아요." 마이크의 표정이 침착해졌다. "하지만 당신이 생각하는 이유 때문이 아니에요."

"그럼, 뭐죠?"

"나는 그녀를 보호하려는 거예요."

마이크는 당신을 다른 사무실로, 인사부장 사무실로 데려간다.

"나 말고 다른 두 사람만 열쇠를 갖고 있어요." 그가 견고한 서류 캐비닛을 열쇠로 열며 말한다. 그가 문을 열자 당신이 기대했던 극적인 장면과는 달리 서류철과 DVD가 깔끔하게 줄지어 있었다.

항목 하나하나에 굵은 검정 펜으로 제목이 쓰여 있다. 에마 루 헌터, 발레리 스타이너, 재키 트래비스, 캐서린 휴스, 캐런 양…….

모두 여자 이름이다.

"이 사람들 모두 여기서 일했었어요. 어쨌거나 우리가 아는 사람들은 그래요. 우리가 돈을 준 사람들. 팀이 매춘부라 부른 사람들." 그는 TV를 틀고 DVD를 넣고 재생 버튼을 누른다. 싸구려 비디오 카메라로 찍어서 화질은 좋지 않지만 무슨 일이 일어나는지는 분명히 볼 수 있다. 한 여자가 의자에 앉아 카메라를 보며 말하고 있다. 목소리는 단조롭고 침착하지만 눈에는 눈물이 맺혀 있다.

"……그는 저녁을 사준다며 나를 데리고 나갔어요. 음식이 나올 때까지 기다리더니 내게 그걸 행렬로 배치하며 보여주더군요. 네가 나를 원하지 않고 나와 섹스도 하지 않는다. 그럼 너는 내 관심을 끌며 애만 태우는 창녀야. 네가 나를 원하지 않고 승진을 위해 나와 섹스한다. 그럼 너는 진짜 창녀지. 네가 나를 원하고 나와 섹스할 거라면, 내가 플라자 호텔에 예약해둔 근사한 스위트룸으로 가자." 여자는 눈을 깜박이며 눈물을 참는다. "제가 그에게 그런 관심이 있다고 혹시라도 비쳐질 만한 이야기는 하나도, 하나도 한 적이 없는데……."

마이크가 꺼내기 버튼을 누르자 영상이 잘린다. 그는 다른 DVD로 손을 뻗는다. 당신이 그의 팔에 한 손을 얹는다. "그만…… 무슨 말인지 알겠어요."

"팀은 대단한 지도자죠." 그가 나지막이 말한다. "선각자고요. 천재라고도 할 수 있죠. 하지만 훌륭한 사람은 아니에요. 적어도 여자들에게는요."

"그 사람이 혹시……." 당신은 말을 꺼내기가 몹시 힘들다. "혹시 애비한테도 그랬나요?"

"아, 애비는 예외였어요. 그가 흠모하는 사람, 그가 결혼할 사람. 그의 자녀들의 엄마가 될 사람이었죠. 처음 만났을 때부터요. 아니에요. 만나기 전부터요. 팀은 그녀가 자기 예술에 대해 인터뷰하는 영상을 온라인으로 봤어요. 그녀에게 상주 예술가 자리를 준 이유는 그거 하나였어요. 그녀가 엄청나게 매력적이었기 때문이었죠. 그러고는 어떻게 했는지 몰라도 그녀가 자기를 사랑하게 만들었어요. 하지만 나는 오래가지 못할 걸 알았어요. 전에도 봤으니까요. 처음엔 그들을 떠받들죠. 그러다가…… 쾅. 갑자기 잡년과 창녀가 되는 거예요. 다른 모든 여자들처럼요." 그는 텅 빈 사무실을 손으로 빙 둘러 보인다. "실리콘 밸리의 성차별은 진짜 심각해요. 컴퓨터 프로그래머 가운데 10퍼센트만 여자예요. 간부는 5퍼센트고요.

스콧 로보틱스는 업계의 모델로 여겨져요. 여자 직원이 30, 40퍼센트니까요. 하지만 이직률을 봐요. 그 여성들이 떠나는 비율 말예요. 대체로 1년 넘게 있지 않아요. 왜냐하면 팀은 여자들이 매력적일 때만 고용해서 자기가 원하는 대로 하지 않으면 쫓아내버리거든요. 우리가 지난번에 돈을 주고 여직원 한 사람을 내보낼 때 그가 뭐라고 했는지 알아요? '여자들은 애초에 보수가 더 싸니까 이렇게 돈을 줘도 우리가 이득이야.' 그의 입장에서는 그게 그냥 사업비용의 일부일 뿐인 거죠."

"그러면 애비에겐 무슨 일이 일어났나요? 그녀는 숭배를 받는 위치에서 어떻게 추락했나요?"

마이크는 고개를 젓는다. "잘은 모르겠어요. 어떤 남자랑 입을 맞췄다나. 대니의 치료사였다던데."

"그녀가 입을 맞춘 게 아니에요. 그가 그녀에게 입을 맞췄다고요." 당신은 항변한다.

"팀이 그 차이를 그렇게 중요하게 여겼을지 모르겠네요."

"안 그러겠죠. 그 사람은."

팀은 마그다가 대니를 가르치는 방식을 정말 좋아했다. 그는 집에 일찍 와서 수업을 지켜보며 메모하기 시작했다. 그러던 어느 날 장을 보고 집에 와보니 그는 개발 팀 직원 다섯 사람을 데리고 와서 수업을 함께 참관하고 있었다.

"무슨 일이에요?" 당신이 나중에 물었다.

"마그다가 대니에게 쓰는 방법을 우리 회사의 AI를 훈련시키는

THE PERFECT WIFE

데 쓸 수 있을 것 같아. 일단 그 뒤에 숨은 과학을 이해하고 나면 굉장히 흥미롭지."

그 뒤 팀은 다양한 종류의 ABA를 조사하는 일에 몰두했다. 그렇게 해서 메도뱅크라 불리는, 그 대단한 곳을 발견했다. 학교 환경에서 ABA를 사용하는 곳이라고 그는 열을 올리며 당신에게 말했다. 그 성과는 마그다의 기록표가 보여주는 것보다 훨씬, 훨씬 대단하다고 했다.

그런데 사실 대단한 곳이 아니었다. 딱 보자마자 당신은 그 학교가 싫었다. 대니를 그곳에 보낼 생각을 하면 두려웠다. 혐오 자극과 유관 행동에 대한 이야기들은 그저 잔인할 따름이었다.

당신은 팀에게 거의 하지 않던 행동을 했다. 단호하게 반대했다. 안 된다고 말했다.

팀은 다 결정된 일처럼 밀어붙였다. 메도뱅크는 최고의 성과를 올리는 곳이다. 그러니 대니가 다닐 곳이다. 끝. 다른 의견은 모두 그냥 비이성적인 감상적 허풍일 뿐이었다.

당신은 다급한 마음에 줄리안을 다시 데려올 수도 있다고 말했다. 그가 사실 해외로 간 것이 아니라고 인정했다. 그가 당신에게 입을 맞췄기 때문에 그렇게 말했을 뿐이라고 고백했다.

당신은 팀이 그 일을 문제 삼지 않을 줄 알았다. 어쨌든 시작되자마자 당신이 끝낸 일이 아닌가. 더 이상 당신이 뭘 어떻게 할 수 있었을까?

그러나 팀은 그러지 않았다.

"당신은 분명 그 남자와 그 짓을 하려고 했겠지. 그런데 왜 하지 않았는지 모르겠네."

두 사람 모두 소리를 지르기 시작했다. "뭐? 그게 아니라 나는—"

"인정해. 당신도 그 남자한테 몸이 달았잖아. 그러거나 말거나 난 신경 안 써. 하지만 당신이 정직하게 말하지 않는 게 싫어."

"말도 안—"

"내가 신경이 쓰이는 건 당신의 그 지저분한 밑구멍이 대니 일에 끼어든다는 거야."

"그 말은 용서할 수 없어!"

그리고 당신은 팀이 어떻게 낄낄거렸는지 기억한다. 어린아이처럼 고음으로 이상하게 낄낄 웃었다. "그래도 어쨌든 날 용서할 거잖아. 이 모든 걸 버리고 갈 생각은 없을 테니까. 좋은 집에 예쁜 옷, 전용기까지. 당신이 시간과 돈을 낭비하고 있는 그 온갖 돌팔이 치료사들은 말할 것도 없고." 그는 코앞까지 얼굴을 들이밀었다. "나를 속여먹었다고 생각하는 잡년들한테 내가 어떻게 하는지 알아? 나는 그냥 부숴버려."

당신은 그를 노려보았다. "잡년들이라니?"

그는 멈칫했다. "아무 것도 아냐. 그냥 말이 그렇다는 거지. 이상하게 해석하려고 하지 마. 애비, 이걸 내 문제로 만들려고 하지 마."

"팀은 그녀가 그냥 이혼하게 놔두지 않을 작정이었죠." 당신이 말한다. "그녀에게 벌을 줘야 했죠. 망신을 주고. 처음부터 자기 머릿속에만 있던 일 같고요."

"그녀를 데이팅 사이트에 올렸죠." 마이크가 말한다. "아니 적어도 그녀의 챗봇 버전을요. 그는 그게 재미있다고 생각했어요. 그 챗봇에게 그녀가 남자들에게 해주고 싶은 온갖 모욕적인 행위들에 대해 말하게 시켰어요. 애비의 목소리로, 애비의 프로필 사진으로. 유치하고 한심한 일이죠. 하지만 팀은 아주 재미있다고 생각했어요. 아마 그 챗봇이 지껄이는 걸 몇 시간이고 들을 수 있었을 겁니다."

성녀에서 창녀로 추락했군, 하고 당신은 생각한다. 그 책에서 말한 딱 그대로다.

"그러면 당신에게 감사해야겠네요. 그녀가 떠날 수 있게 도왔으니까."

긴 침묵. 그리고 마이크는 고개를 젓는다. "하지만 내가 도운 게 아니에요. 그랬다면 좋았겠죠. 그녀가 부탁했다면 그렇게 했을 겁니다. 하지만 부탁하지 않았어요."

"믿을 수 없어요. 당신이 헤이븐 팜스 기금 모금 행사에 갔던 사진을 봤어요. 애비가 사라지는 일을 당신이 돕지 않았다면 누가 그랬죠?"

"나예요." 문가에서 목소리가 들렸다.

마이크와 당신은 둘 다 몸을 돌린다.

"나였을 거예요." 제니가 다시 말한다.

72

"마이크는 사람들에게 애비가 마음에 들지 않는다고 말했죠. 아마 당신에게도 그렇게 말했을걸요. 아닌가요?"

이제 세 사람은 회의실 탁자에 둘러앉았다. 아무도 불을 켜지 않는다. 그래도 제니는 시선을 탁자에 고정한 채 당신과도 마이크와도 눈을 맞추지 않는다.

"사실은 저 사람이 거짓말을 한 거예요. 마이크는 그녀를 사랑해요. 그녀를 만난 그 순간부터요. 나는 내내 알고 있었어요." 마이크가 움찔했지만 그녀는 무시하고 말을 잇는다. "어쩌면 사랑이라는 표현은 적당하지 않겠네요. 하지만 상사병이라는 말로도 설명이 안 될 정도였죠. 저 사람은…… 그녀에게 온통 얼이 나갔어요. 그렇게밖에 말할 수 없어요. 그녀가 옆에 있을 때마다 저 사람 안의 무언가가 녹아내리는 것 같았다고 할까요. 그런데 난……."

제니는 어깨를 으쓱했다. 너바나 후드티를 입은 그녀는 너무나 작고 소년 같다. 너무나 편안한 상대였다. 중성적이었다. 거의 무성적이었다. 그게 제니가 이 폭력적인 환경에서 살아남는 방식이었다는 걸 당신은 깨닫는다. 언제부턴가 그녀는 그냥 남자들 중 하나가 돼버린 것이다.

THE PERFECT WIFE

적어도 겉으로는.

"시간이 흐르면서, 그녀가 다른 남자, 바로 팀의 여자라는 사실이 매력의 일부라고 생각하게 됐죠. 팀과 마이크의 관계는…… 꽤나 거지 같죠. 어느 모로 보나 팀이 알파이고 내 남편은 베타니까. 저는 거기에 익숙해요. 하지만 가끔만이라도 그가 팀에게 맞서는 걸 보면 좋겠어요."

"젠." 마이크가 나지막하게 말한다. "난 당신 사랑해. 알잖아."

"아, 그러시겠지. 결혼, 저녁 데이트, 커튼 고르기, 섹스까지…… 우린 그거 다 할 수 있어. 하지만 가끔은, 가끔만이라도, 나를 흠모해준다면 좋을 거야."

"당신을 흠모해." 그가 절박하게 말한다. "믿어줘, 젠. 정말이야."

"나는 당신이 그녀를 어떻게 바라보는지 봤어. 애비도 봤고. 어쩌면 결국에는 그녀가 당신한테 갔을지도 모르지. 도움을 청하려고 말이야. 그녀는 필사적으로 팀에게서 달아나려 했고, 당신은 그녀에게 무엇이든 간절히 원했으니까……." 그녀는 어깨를 으쓱한다. "어쨌든 당신은 기회를 놓친 것 같아."

"당신은 언제부터 애비를 돕기 시작했나요?"

제니가 잠깐 당신 쪽으로 시선을 던졌다가 다시 탁자를 내려다본다.

"회사 친목회에서 애비를 만났을 때 문제가 있다는 걸 알 수 있었죠. 물론 문제가 있을 수밖에 없죠. 사실 팀이 그렇게 오래 가면을 쓸 수 있었다는 게 놀라워요. 회사에서는 훨씬 나빴으니까요……. 한번은 제가 코딩에서 문제를 발견하고 이메일을 보낸 적이 있어요. 그런데 그가 개발자에게 보내는 메일을 실수로 개발 팀 전체에게 참조로 해서 보낸 거예요. **누가 이 암캐의 밑구멍을 꿰매고 그만 좀 징징대라고 해**, 하고."

제니는 잠시 침묵한다. "나는 인사부로 가지 않았어요. 간다면 오직 한 가지 결말밖에 없다는 걸 알았으니까요. 위자료와 비밀 유지 서약…… 그리고 실직. 그래서 늘 그랬듯 모르는 척했어요. 그런데 빌어먹도록 아이러니한 게 뭔지 알아요? 사실은 제가 제 밑구멍을 이미 꿰맸다는 거죠. 나는 늘 아이를 갖는 동시에 세계 최상급의 프로그래머가 될 수는 없다는 걸 알았어요. 적어도 이런 회사에서는요. 여기도 나쁘지만 다른 곳은 더하죠.

그래서 애비의 집에 커피를 마시러 드나들었고 차츰 모든 게 드러났어요. 그녀는 떠나고 싶어했어요. 팀이 고른 그 끔찍한 학교에서 대니를 빼내 다른 곳에서 새로 시작하고 싶어했죠. 더 친절한 곳에서."

또 다른 플래시백. 메도뱅크를 둘러싼 계속되는 싸움. 너무나 믿기 힘든 싸움들. 팀은 평소에는 느슨하던 아내가 그렇게 고집을 부리니 놀랐다. 하지만 자신도 물러서지 않으려 했다.

싸움은 갈수록 이론적인 논쟁에서 개인적인 것으로 변했다.

"당신은 이미 당신 선택대로 했잖아. 당신이 생각해낸 최선이 뭐였지? 빌어먹을 운동 요법과 머리 마사지잖아. 이젠 제대로 해야 할 거 아냐."

그리고 가장 치명적이었던 대화.

"난 그 애 엄마야. 걔한테 뭐가 좋은지 당연히 내가 알지 않겠어?”

“내게 장애아를 낳아준 엄마지. 그게 당신이라는 사람에 대해 뭘 말해주지?”

당신은 아픈 마음으로 그를 노려봤다. 그가 진심으로 한 말이든 아니든 이제는 돌이킬 수 없기 때문이다.

“애비는 팀이 조금도 양보하지 않으리라는 걸 알았어요.” 제니가 말한다. “그녀는 그냥 떠나겠다는 터무니없는 계획을 세웠더라고요……. 백만 년이 지나도 성공하지 못했을 거예요. 그 사람은 몇시간 만에 찾아낼 테니까. 그리고 그걸 이용해서 대니를 그녀한테서 빼앗겠죠. 그래서 제가 알려줬어요. 정말 그렇게 떠나고 싶다면 제대로 해야 한다고.”

“그러면 당신 남편을 되찾을 수 있다고 생각했군요.” 당신이 부드럽게 말한다.

그녀는 고개를 끄덕이고는 마이크를 흘깃 본다. “그런데 그렇게 일이 풀리지 않았어요. 그렇죠?”

마이크가 대답을 하지 않자 당신이 묻는다. “왜 안 풀렸어요?”

그녀는 당신 질문에 직접 답을 주지 않는다. “어쨌든 계획에 두 달이 걸렸어요. 처음에는 대니에게 적절한 장소들을 검색해야 했죠. 물론 줄리안은 고려할 가치가 없었어요. 팀이 가장 먼저 찾아볼 사람이잖아요. 그 단체를 찾아낸 사람도, 그 단체가 운영하는 장소 중 한 곳을 찾아가 둘러보고 애비가 볼 수 있게 휴대폰 화면에 담아온 사람도 저예요. 그곳이 완벽하다고는 말하지 않겠어요. 하지만 애비가 원하는 많은 조건에 맞았어요. 자폐증을 가진 사람을 낮게 만드는 것이 아니라 행복하게 만드는 데 집중하는 곳이었죠. 팀은 늘 그 정반대를 선호했어요."

"드디어 D-데이가 왔어요. 팀이 우리를 감시할까 봐 우리는 그렇게 불렀어요. 애비는 팀이 자기 전화를 도청하는 게 아닌가 늘 의심했거든요. 사라짐Disappreance의 D. 대니의 D. 하지만 나중에 보니 어쩌면 D는 다른 것도 의미했나 봐요."

"왜요? 뭐가 잘못 된 거죠?"

"그렇게 모든 계획을 짰는데 정말 말도 안 되는 일이 일어났죠. 대니가 그날 오후에 체험 학습을 갔는데, 그 생각 없는 여자 시안이 아무한테도 그 말을 안 한 거예요. 대니를 데리고 안과에 가야 한다는 구실을 만든 애니가 학교에 갔는데 대니는 없었어요. 다 준비됐는데…… 애비는 그냥 다음 날 대니를 데리러 와야겠다고 생각했어요. 그래서 해변 별장으로 돌아갔죠." 제니는 매니큐어를 바르지 않은 그녀의 짧은 손톱으로 후드티의 솔기를 만지작대며 침묵하다가 한숨을 쉰다. "그리고 그게 제가 그녀의 소식을 들은 마지막이에요."

"왜요?" 당신은 이해할 수 없다. "무슨 일이 일어났어요?"

"제 생각에는 팀이 어떻게든 알아낸 것 같아요." 제니의 눈이 젖는다. "어쩌면 학교에서 대니가 돌아왔을 때 애비 대신 팀에게 전화를 했고, 그가 안과 검사는 없다는 걸 눈치챘을 수도 있고요……. 모르겠어요. 그녀가 어떤 방법으로든 달아나긴 한 건지, 아니면 그가 그녀를 죽인 건지조차 모르겠어요. 아니면 그녀가 성공하지 못할 줄 알고 자살한 건지도."

"왜 경찰에 알리지 않았어요? 그녀가 계획하던 일을 알려줄 수도 있었잖아요. 그들이 알았다면 진실을 알아낼 기회가 훨씬 많았을 거예요."

제니는 어깨를 으쓱한다. 하지만 그녀의 시선은 마이크 쪽을 향한다.

"설마." 당신은 뒤늦게 깨닫는다. "마이크가 끼어들었을 거라 생각했군요. 팀이 애비를 죽였다면 마이크가 도왔을 거라고."

"안 그럴 이유가 있나요?" 그녀가 조용히 말한다. "팀이 마이크한테 전화해서 이렇게 말하지 않았을 것 같아요? 내가 방금 아내라는 거짓말쟁이 창녀를 죽였는데 와서 이 난장판 좀 치워줄래? 그게 바로 팀이 정기적으로 내 남편한테 떼어주는 거지 같은 일인걸요. 그리고 마이크는……." 그녀는 말을 멈춘다. "마이크라면 그렇게 했을 거예요."

"세상에." 당신은 믿을 수가 없다. "그동안 쭉 당신은 남편에 대해 그렇게 생각했군요……. 그리고 아무 말도 하지 않았어요?"

그녀의 눈빛이 번뜩인다. "가끔은 결혼 생활에서 지나치게 많은 것을 드러내지 않는 쪽이 더 편해요. 풍파를 일으키지 않기 위해서요. 그런 대화는 언제나 다음에 할 수 있으니까요."

"젠." 마이크가 참담하게 말한다. "젠……."

"나중에 후회할 말은 한마디도 하지 마." 그녀가 날카롭게 쏘아붙인다. "나한테 거짓말하지 마."

긴 침묵이 흐른다.

"어쩌면 제가 도울 수 있어요." 당신이 마침내 말한다. "애비는 살아 있어요. 내가 오길 바라고 있어요."

제니가 안도감에 앙상한 어깨를 떨며 양손에 얼굴을 묻는다.

"그러니 이제 당신이 저를 도와야 해요. 두 사람 모두요. 그 정도 는 해주셔야 해요."

제니가 고개를 든다. 그녀의 두 뺨이 눈물로 반짝인다. "필요한 게 뭐죠?"

"우선 그녀가 어디에 있는지 아는 거요. 미국 곳곳에 흩어져 있 는 헤이븐 팜 랜치스를 제가 모두 찾아다닐 수는 없어요."

제니는 고개를 젓는다. "저는 그녀가 어디에 있는지 몰라요. 아 무도 몰라요. 그것만이 안전한 길이라고 리사가 말했어요."

"리사도 이 일에 관계가 있나요?"

제니가 고개를 끄덕인다. "리사는 애비가 믿는 유일한 사람이에 요. 하지만 그렇다 해도 두 사람이 연락하는 것 같지는 않아요. 팀 이 리사도 감시하고 있을 테니까요."

이제 당신은 리사가 왜 그렇게 당신을 폐기하려 했는지 깨닫는 다. 당신이 애비가 있는 곳을 어떻게든 알아내서 팀에게 말할까 봐 두려웠던 것이다. "리사가 알고 있는 것은 모두 제게 알려주도록 해주시겠어요?"

"해볼게요. 하지만 애비가 어디에 있는지 알아서 뭘 하려고요?"

"제가 할 수 있는 단 한가지요. 대니를 엄마에게 데려갈 거예요. 그녀가 내게 바라는 대로요. 이제 그녀는 내가 살아남을 수 있는 유일한 가능성이니까요."

THE PERFECT WIFE

73

다음 날 아침 팀은 피트 메인즈와 대책 회의를 위해 일찍 집을 나선다. 맞고소를 할 것이라고, 그는 불같이 화를 내며 선언했다. 리사를 고소하고, 렌턴을 고소하고, 회사를 고소하고, 마이크를 고소할 것이다. 가만히 앉아 참고 있을 거라고 생각한다면 그 자식들은 착각을 하고 있는 중이다. 그들은 자기들 손으로 얼마나 더러운 폭풍을 일으켰는지 알게 될 것이다.

뭐, 그 비슷한 이야기들. 사실 그는 당신이 그의 말을 자세히 듣고 있는지 신경 쓸 정신도 없다.

그는 한 번도 당신의 기분을 묻지 않는다. 기껏해야 애비가 어디 있는지 아직 모르느냐고 물었을 뿐이다.

당신은 얼굴을 찌푸린다. "뭔가 있긴 한데. 하지만 관계없을 것—"

"뭔데?"

"예전에 그녀와 일했던 남자 있잖아. 라제시? 그녀와 가까웠던."

그의 눈에 무언가가 스쳐간다. "그래. 그 남자랑 같이 있어?"

"그냥 직감이야. 하지만 좀 더 생각해볼게."

"그렇게 해." 그는 주먹 쥔 한 손으로 다른 쪽 손바닥을 내리친다. "빌어먹을 소송이 안 좋은 시기에 터졌어."

그는 당신에게 작별 키스를 하지만 정신은 다른 일에 팔려 있다. 습관. 으레 하는 일. 진짜가 그곳에 없기 때문에 사진에 하는 키스 같은 것.

그리고 그것이 그가 당신을 보는 마지막이 될 것이라고 당신은 생각한다. 그가 어느 날 지금을 돌이켜보며 스스로에게 물을까? 내가 다르게 행동했더라면 어땠을까, 하고?

아마 그러지 않을 것이다. 팀에게 자기 성찰을 하는 버릇은 없다.

다행히 그는 라제시에 대한 생각에 너무 몰두하느라 다른 시나리오를 생각할 여유가 없다. 적어도 당분간은. 제니는 당신에게 라제시가 인도에 있다고, 자기가 창업한 기업의 CEO이고 자수성가해서 수백만장자가 되었다고 알려주었다. 그러니 당신은 시간을 좀 벌게 될 것이다.

대니가 학교로 떠나자 당신은 팀의 서재로 간다. 문에 달린 번호 자물쇠가 문제다. 몇 가지 조합을 시도해보지만 하나도 맞지 않는다. 그래서 소화기를 가져다가 자물쇠를 내리쳐 뜯어낸다.

안에 들어가니 팀이 묘사한 대로 대여섯 대의 랙 타입 컴퓨터가 있다. 불빛이 초록과 빨강으로 깜박인다. 컴퓨터 뒤 먼지막이 덮개 아래 뭔가가 있다. 당신은 그게 무엇인지 보려고 다가가서 덮개를 걷는다. 그러고는 흠칫 뒤로 물러선다.

그것은 당신이다. 못생긴 시제품 버전의 당신. 팔다리가 조잡하게 뒤엉켜 있고 접합 부위가 노출되고 이러저리 얽힌 전선이 보인

THE PERFECT WIFE

다. A-봇. 무표정한 뺨에는 누군가 분노에 찬 큰 글씨로 창녀라고 휘갈겨놓았다. O자가 립스틱이 번진 입술을 동그랗게 둘러싼다.

빛으로 작동되는 모양인지 덮개가 걷히자마자 꿈틀거린다. 그리고 오싹할 정도로 당신과 닮은 목소리로 말한다.

"안녕하세요, 선생님. 저와 섹스하러 오셨길 바라요."

당신은 메스꺼워서 몸을 돌린다. 그것에게 의식이 없는 줄은 알지만 안쓰러운 느낌이 들지 않을 수 없었다. 당신은 컴퓨터의 백업 전원을 찾아내 끊어버린다. 서버 전원도 끊으려다가 이런 방식으로는 원하는 것을 이루지 못할 수 있다는 생각이 든다. 당신은 팀의 데이터를 삭제하려는 것이지 그냥 전원을 꺼버리고 싶은 것이 아니다. 그런데 데이터를 삭제하는 법을 사실 모른다.

다행히 할 줄 아는 사람을 안다.

"벌써 다시 왔어요?" 네이선이 당신을 보고 묻는다.

"필요한 일이 하나 있어요. 사실 두 가지예요." 당신은 하드드라이브를 보여준다. "우선, 이거 지워야 해요. 그 웹사이트에서 디가우저라는 장치에 대해 말하던데 당신한테 하나 있겠죠?"

그가 눈썹을 올린다. "다른 건 뭐 필요한 거 없어요?"

"있어요. 스콧 로보틱스의 누구도 나를 추적하지 못하게 만들어줘요. 그러니까 내 시스템에 내장된 GPS가 있다면 빠짐없이 제거해요."

"음…… 그러려면 당신을 '탈옥'시켜야 해요."

"탈옥?"

"당신을 클라우드로부터 차단한다는 거죠. 휴대폰을 탈옥시키는 것과 그리 다르지 않아요. 물론 기술적으로 더 힘들긴 하죠. 말이 나와서 하는 말인데 당신이 아이폰을 들고 다니지 않을 만큼은 영리하길 바라요."

"요즘은 이것만 들고 다녀요." 당신은 그에게 임시폰을 보여준다. "사용하지 않을 때는 심카드를 빼놓고요."

"벌써 기술 전문가가 되셨구만." 그가 투덜거린다.

"당신은요? 찰스 카터가 설립한 기업을 찾아냈어요?"

"그뿐인가요? 자산 목록도 뽑았어요." 그가 출력물을 들어올린다. 당신이 손을 뻗었지만 그는 종이를 치운다. "아뇨. 연결하고서요."

당신은 그가 마지막으로 당신 엉덩이에 케이블을 꽂게 놔둔다.

"봅시다." 그가 자판을 날렵하게 치며 말한다. "당신이 어떻게 조립됐는지 이제 꽤 감을 잡았어요. 그러니 이건…… 그래, 이거야."

"할 수 있어요?"

"물론이죠." 네이선이 기분 상한 투로 말한다. 긴 침묵 사이사이에 그가 자판을 누르는 소리만 들린다. "처음 보기보다 조금 더 복잡하긴 하지만요."

탁-탁-탁. 그가 얼굴을 든다. "당신이 휴대폰이라면 이런 조치가 당신의 품질 보증을 무효화시킬 거라고 알려드려야 할 겁니다."

"그 정도는 감수할 만해요." 당신이 무심하게 말한다.

"당신을 '벽돌'로 만들지 몰라요. 그게 무슨 뜻이냐면 들리는 그

대로예요. 비싼 하드웨어를 벽돌로 만들어버린다는 말이죠. 거기에 더해서, 당신에게 있는 보안 소프트웨어는 모두 손상될 거예요. 이를테면 방화벽 같은 거요." 그는 자판에서 손을 떼고 묻는다. "진행해도 괜찮겠어요?"

당신은 화면을 들여다본다. 화면에는 **진행하시겠습니까? 예/아니요**라고 떠 있다.

아니. 당신은 확신하지 못한다. 당신이 구상한 이 계획이 상황을 악화시키기만 할지도 모른다.

하지만 생각해보면 이 일의 대안은 당신이 삭제되는 것이다. "해요." 당신이 다급하게 말한다.

그는 '예'를 누른다. 잠시 동안 당신은 아무 느낌이 없다. 그리고 무언가 미묘하게 달라진다. 당신의 느낌은……

왜 그런지 모르지만 혼자라는 느낌이 든다. 들리지 않는 곳에서 웅웅거리던 목소리들이 잠잠해지면서 살며시 사라졌다. 머리 뒤편에 있던 늘 따끔거리는, 화끈거리는 느낌이 이제 없다.

이럴 때 쓰는 표현이 뭐지? 당신은 표현을 검색하지만 아무것도 나오지 않는다. 이제 조립되어 머리에 퉁하고 떨어지는 것이 없다. 당신은 몸서리를 친다.

"그 하드드라이브는?" 당신은 간신히 말을 꺼낸다.

그는 종이 파쇄기처럼 생긴 작은 상자로 가더니 팀의 백업을 안에 집어넣고 버튼을 누른다. "완료."

"아이패드도 넣어요. 이젠 필요 없으니까."

"확실해요? 이건 되살릴 수 없을 거예요."

"확실해요."

그는 어깨를 으쓱하며 아이패드도 집어넣는다.

"좋아요." 당신은 엉덩이에 꽂힌 케이블에 손을 뻗어 잡아 뺀다.

"이걸로 끝이네요. 그렇죠?" 그가 당신을 보며 말한다. "마지막. 당신은 도망칠 거예요."

"당신이 상관할 바 아녜요."

"그리울 겁니다."

당신은 코웃음을 친다. "내 속을 들여다보던 일이 그리워지겠죠."

"그것뿐이 아니에요. 당신을 존경해요."

"나를 근사하다고 생각하고 있죠." 당신은 한숨을 쉰다. "알고 있어요. 하지만 난 상관없어요."

"기계로서 근사하다는 게 아니에요. 한 사람으로요. 힘든 상황이지만 거기에 끌려 다니지 않잖아요. 당신은 강하고 영리해요. 절대 물러서지 않죠. 당신은……." 그는 적절한 비유를 찾는다. "마치 장애가 있는데 그걸 수퍼 파워로 바꾼 것 같아요."

"진부한 할리우드 얘기는 그만하시죠. 그 하드드라이브 아직 안 끝났어요?"

74

집에 돌아온 당신은 지운 하드드라이브를 서버에 교체하고 대니에게 필요한 짐을 서둘러 싼다. 그리고 심카드를 임시폰에 다시 끼우고 네이션이 발견한 이름들을 찾아본다. 출력물에 따르면 찰스 카터는 줌웰드라는 기업을 설립했고 줌웰드는 여러 주에 건축 부지를 구입했다. 대부분은 애비의 흔적을 감추기 위한 속임수라고 당신은 생각한다. 하지만 그중 하나는 진짜일 것이다. 목록을 훑으며 당신은 직감을 따르기로 한다. 몬태나? 아이오와? 오리건?

오리건. 바다 옆에 있는 곳. 주소는 없지만 당신은 오리건+긍정적 자폐라고 따로 검색을 한다. 열두어 개의 결과가 나온다. 주로 큰 도시이지만 노스헤이븐이라는 곳이 눈에 들어온다.

다시 검색을 한다. 노스헤이븐은 웹사이트가 있었다. 잘 디자인된 페이지 하나에 몇 개의 사진이 올라와 있고 영상은 없다.

노스헤이븐은 오리건주 오토록 근처 4천 에이커(약 16km²)의 면적에 자리한 바닷가 공동체입니다. 저희는 로임팩트 생활*과 재생 농

---

* low impact. 환경에 미치는 영향을 최소화하는 생활.

업을 실천합니다. 주민들은 해먹과 공예작품, 두부, 꿀을 만듭니다. 공동체로 함께 일하며 능력에 관계없이 구성원 한 사람 한 사람이 자신이 할 수 있는 일을 합니다. 구성원 하나하나는 무슨 일을 하느냐에 관계없이 있는 그대로 소중히 여겨집니다.

이 소개 글을 읽으니 애비가 있을 만한 곳 같다. 당신은 구글에서 길 찾기를 검색한다. 오클랜드에서 코밸리스 북쪽 올바니까지 암트랙으로 간 다음 해안까지 우버를 타고 가면 된다. 기차로 열여섯 시간이 걸리는데 침대칸을 이용할 수 있다. 믿을 수 없을 정도로 쉬워 보인다. 당신과 대니가 사라진 걸 누군가 알아차리기도 전에 그곳에 도착할 것이라는 희망을 품는다.

75

당신은 출발 전에 대니가 뭐라도 좀 먹어둘 수 있도록 점심시간 직후에 메도뱅크에 도착한다. 이 여행이 대니에게 얼마나 많은 스트레스를 줄지 알 수 없다. 어쩌면 대니는 당분간 먹는 걸 힘들어할지도 모른다.

당신은 교장실로 가서 해드필드 교장에게 대니의 진료 예약이 있다고 말한다. "안타깝게도 방금 알아봤더니 병원에서 자세한 정보를 보내는 걸 잊었다네요."

"문제없습니다." 그가 흔쾌히 말한다. "대니를 데려오라고 하겠습니다."

그는 보조교사에게 가서 말한다. 보조교사가 당신 쪽을 흘깃거리며 뭐라고 말하는데 당신에게는 들리지 않는다. 해드필드가 인상을 쓰며 돌아온다.

"대니는 아버지의 서면 허락 없이는 학교에서 데리고 나갈 수 없다는 지시가 있나 봅니다."

"그건 무척 오래된 지시일 거예요." 당신이 미소 지으며 말한다. "며칠 전에 팀과 왔었잖아요. 선생님께서 제게 학교를 보여주셨죠. 기억하세요? 병원은 여기서 20분도 걸리지 않는 거리예요. 금방 돌아올 거예요."

그는 잠시 생각한다. "어쩌면 동행할 사람을 찾을 수 있을 것 같습니다. 여기에서 기다리세요."

당신은 기다린다. 머리가 아프다. 낯선 통증이다.

몇 분 뒤 해드필드는 대니와 함께 돌아온다. 대니는 눈앞에서 손가락들을 빙글빙글 돌리고 있다. 이 일상의 중단이 그리 싫지는 않은 모양이다.

"안녕, 대니." 대니는 대답하지 않는다.

"대니," 해드필드가 경고하는 투로 말한다. "손 가만히 놓고 잘 들어야지."

"안." 대니가 빙글빙글 돌리는 손에서 눈길을 떼지 않은 채 중얼거린다.

당신은 해드필드가 그 대답으로는 부족하다고 판단해서 대니에게 전기 충격을 줄까 봐 "나도 만나서 좋아. 갈까?"라고 말한다.

"다행히 함께 갈 사람을 찾았습니다." 교장이 당신 뒤를 턱짓으로 가리키며 말한다.

당신이 몸을 돌린다. 시안이다.

"무슨 병원요?" 시안이 대니의 손을 잡고 기다리는 차로 걸어가는 당신에게 묻는다.

"스탠퍼드 병원요."

그녀가 걸음을 멈춘다. "대니는 보통 UCSF 베니오프 어린이 병원에 가요."

"이번에는 스탠퍼드예요. 대니, 차에 탈래?"

"의사는 누구죠?" 시안이 의심스러운 어조로 묻는다.

"기억이 안 나네요." 당신이 쾌활하게 말한다. "거기 도착하면 알 수 있을 거예요. 갈까요?"

그녀가 전화를 꺼낸다. "팀에게 확인할게요."

"그럴 필요 없어요."

"있어요." 시안이 빈정대는 투로 말한다. "어쨌든 제가 확인하는 걸 팀이 좋아할 테니까요."

당신에게는 선택의 여지가 없다. 당신은 전화를 빼앗아 관목 화단으로 던진다. "이봐요!" 시안이 화를 내며 소리친다. 그때 당신이 그녀를 때린다. 이런 상황에서 어떻게 치는 것이 효과적인지는 모르지만 그녀의 턱 끝을 손바닥으로 후려치면 그녀가 나가떨어질 것 같았다.

그렇다. 이번만은 당신의 팔다리를 지나치게 튼튼하게 설계해준 데 대해 팀에게 고마움을 느낀다. 당신은 나가떨어진 시안의 몸을 넘어 대니와 함께 차에 탄다. 대니는 쓰러진 시안을 흘깃 보는 둥 마는 둥 한다.

스물넷

진단 이후 대니가 어떻게 지내는지에 대해 우리는 대강의 소식만 들었다. 다양한 치료를 시도해보고 있는데 몇 가지는 실험적인 치료라고 했다. 대니는 최첨단 연구 프로그램에 등록돼 있었다. "우리가 이길 거야." 팀은 사람들에게 자신 있게 말했다.

나중에는 그들이 치료법을 찾을 희망을 완전히 버렸고 특수교육 프로그램을 찾기 시작했다는 소식이 들렸다.

그와 더불어 이런저런 소문들이 들려왔다. 애비가 술을 마시기 시작했다더라. 애비가 자기 차를 완전히 박살을 냈다더라. 팀이 사무실에서 성매매 사이트를 보고 있다더라. 두 사람이 커플 테라피를 받을 거라더라.

한번은 애비가 대니를 회사에 데려왔다. 해마다 크리스마스 연휴 전날 전통적으로 열리는 아이들 파티였다. 공기를 넣은 바운시 캐슬, 체험 동물원, 아이들을 위한 오락 진행자가 동원되었다.

대니는 엄마 손을 잡고 까치발로 이상하게 껑충대면서 몸을 웅크리고 비틀며 걸었다. 한때 장난기로 반짝이던 눈은 움푹 들어가고 멍이 든 것처럼 보였다. 누구와도 눈을 맞추지 않았고, 입으로는 불평하는 듯한 소리를 내뱉었다. 가끔 TV 프로그램에 나오는 어구들을 웅얼거리기도 했다.

바운시 캐슬이나 오락에는 아무 관심을 보이지 않던 대니는 복사기에 사로잡혔다. 누군가 중요한 발표를 준비하고 있어서 두꺼운 마케팅 자료를 여러 부 복사해야 했는데, 대니는 불빛을 깜박대고 웅웅거리며 작동하는 복사기의 모든 것에 홀린 것처럼 보였다. 종이가 떨어져 복사기가 멈추자 대니는 울부짖기 시작했다. 애비가 종이를 다시 채워 넣을 때까지 비통하게 울부짖었다.

사장의 아름다운 부인이 쭈그려 앉아 복사 용지 상자를 묶은 나일론 리본을 미친 듯이 잡아 뜯는 걸 보고 문서를 복사하던 사람이 가위를 들고 황급히 달려와 사과했다.

"고마워요." 애비가 감사하며 말했다. "아이가 소리 지를 때마다 기분을 맞춰주려고 하지는 않아요. 하지만 파티에서는……." 애비는 대니의 슬픔을 알지 못하는 다른 모든 아이들이 행복하게 놀고 있는 바운시 캐슬을 건너다보았다.

복사기가 다시 복사를 시작하자 대니는 곧 진정되었다. 책상다리를 하고 바닥에 앉아 만화영화가 나오는 텔레비전을 보듯 복사기를 지켜봤다. 조금 뒤에 대니가 웃었다.

"우리는 요즘 새로운 치료법을 시도하고 있어요." 애비가 말했다. "조사해보니 치료 효과가 가장 잘 입증된 방법이더라고요. 하지만 대니에게는 정말 힘든 치료법이에요."

그녀는 마이크, 일라이저와 함께 이야기를 나누고 있는 팀을 건너다보았다. 하지만 팀은 그들을 보고 있지 않았다. 그의 눈은 사무실 건너편 바누를 뒤쫓고 있었다. 바누는 그가 구글에서 막 데려온 새로운 프로젝트 매니저였다. 날씬하고 활달하고 외향적이었다. 우리 중 몇몇은 이미 바누가 회사에 그리 오래 있지 못할 운명임을 예측하고 있었다.

76

우버 운전사가 말을 걸려고 애쓰지 않아서 고맙다. 당신은 생각을 해야 한다. 사라진 것이 발각되기 전에 주 경계를 넘길 바랐는데 당신이 방금 시안에게 한 일 때문에 계획을 변경해야 할 것 같다. 무엇보다 학교가 이미 당국에 알렸을 가능성이 있다.

엄밀히 말해 당신이 지금 하고 있는 일은 어린이 유괴라 불릴 것이다. 솔직히 그다지 달라질 건 없다. 붙잡히면 어차피 메모리가 지워질 테니까.

당신은 오클랜드의 잭 런던 스퀘어 역까지 우버를 예약했다. 다리 위 교통 상황이 원활해서 30분도 걸리지 않아 그곳에 도착한다. 기차가 떠나기까지 30분이 남는다.

시간을 보내기 위해 당신은 대니를 맥도날드로 데려간다.

"점심 먹었는데." 갑작스러운 스케줄 변동에 어리둥절해 하며 대니가 따진다.

"알아. 근데 너 프라이즈 좋아하잖아. 점심과 프라이즈를 같이 먹을 수 있어."

"점심 먹었어. 뭘 먹었냐면 생선…… 생선……." 대니가 불안해서 몸을 비틀기 시작한다.

"대니야, 괜찮아. 아무것도 안 먹어도 돼. 기차 시간표를 보면 어떨까?"

당신이 기차 시간표를 꺼내자 대니의 눈이 반짝인다. 대니는 그 뒤 20분 동안 노선을 연결하며 행복하게 보낸다.

당신은 기차에 타서 자리를 찾는다. 대니는 여전히 이 여행을 모험으로 생각하는 상태다. 시간표 놀이는 덤이다. 기차가 출발하기를 기다리는 동안 당신은 대니의 토마스 기관차를 꺼내서 토마스가 지금 기차를 타고 가는 기차가 돼서 무척 행복하다고 설명해준다.

맞은편에 한 가족이 자리를 잡고 앉는다. 십 대인 큰 딸이 앉자마자 와이파이 비밀번호를 묻고는 탑승용 인터넷 시스템에 접속한다. 아이의 휴대폰 화면에 다양한 알림과 메시지가 깜박이는 것이 보인다.

와이파이. 그건 당신이 미처 생각하지 못했던 것이다. 당신이 생각한 암트렉 기차는 샌프란시스코의 뉴스가 닿지 않는 안락한 고치 같은 곳, 안전한 곳이었다. 그런데 현실에서 이곳은 모든 사람이 휴대폰으로 최신 뉴스를 보는 곳이었다. 미소를 지으며 승객에게 자리를 안내하는 승무원들. 그들에게도 휴대폰이 있다. 게다가 모든 교통 요지에는 알림과 경고가 나갈 것이다. 그뿐인가? 일단 기차가 해안을 따라 이동하기 시작하면 내리지도 못하고 갇힌 채 경찰들이 와서 데려가기만 하면 되는 쉬운 표적이 되고 만다.

"계획을 바꾸자, 대니."

"바꿔?" 대니가 얼굴을 들고 불안하게 묻는다.

"에머리빌. 4시 34분." 대니가 딱딱 끊는 말투로 작게 선언한다.

"그래. 곧 네가 살펴볼 다른 스케줄을 구해줄게." 당신은 와이파이에 접속해 검색을 시작한다.

에머리빌에서 당신은 현금을 내고 그레이하운드 버스로 갈아탄다. 버스는 지저분했다. 지친 일꾼들로 가득했고 미친 사람들도 덤으로 섞여 있었지만 누구도 끄트머리 좌석 두 개에 앉은 당신과 대니를 그다지 주목하지 않는다. 정류장에 설 때마다 사람들이 내리고 버스는 차츰 텅 비어간다. 저녁 8시가 되자 두 사람만 남는다. 운전사는 버거킹에 차를 세우더니 지금이 저녁을 먹을 유일한 기회라고 명랑하게 알린다. 당신은 대니가 낮에 프라이즈를 먹지 않은 게 다행이라고 생각한다.

저녁 11시가 지나서 당신은 연계 환승 시설이라는 거창한 이름이 붙은 버스 종점이 있는 아카타라는 작은 동네에 도착한다. 당신은 길 건너 컴포트 인으로 대니와 함께 걸어가다가 그 웹사이트에 있던 지시 사항을 떠올린다. 체인 레스토랑을 이용하지 마라. 체인 모텔을 이용하지 마라. 항상 현금으로 지불하라. DNA를 남기지 마라. 당신은 이렇게 사라지는 것이 얼마나 힘든 일인지 깨닫기 시작한다. 그 누구도 따라올 흔적을 조금도 남기지 않은 걸 보면 애비에게는 놀라울 정도의 자제력이 있는 모양이다.

애비의 눈에서 콩깍지가 떨어진 것은 언제였을까? 어쩌면 팀에 대한 그 모든 것을 알아낸 뒤에도 그다지 충격을 받지 않았을지 모른다. 어쩌면 그녀는 늘 알고 있었는지 모른다. 우선 그녀의 작품이 있다. 그녀가 스콧 로보틱스에서 만든 작품 하나하나는 모두 그곳이 여성들을 어떻게 대하는지를 다룬다. 예술가는 잠재의식으로 그런 작품을 만들면서도 스스로는 사실을 인정하지 않을 수 있는 건가?

애비는 분명 그의 옷에서 낯선 향수 냄새를 셀 수 없이 맡았을 것이다. 그가 잠재적 투자자들과 어울려 가야만 했던 지저분한 술집에서 묻어온 냄새라고 믿기로 마음먹었을까? "실리콘 가슴을 쳐다보는 데도 한계가 있지. 여보, 나는 당신이랑 집에 있는 게 훨씬 좋아."

그리고 갑자기 그 기억이 떠오른다. 제니. 그때 커피를 마시러 들렀었다. "듣고 싶은 얘기는 아니겠지만 끝까지 들어요." 제니는 그 여자들의 이름을, 근무 기간을 알았다. 심지어 그 여자들 가운데 몇몇과 함께 일하기도 했고 티슈를 건네주기도 했고 그들이 입을 다무는 대가로 얼마나 받았는지도 알았다.

그 방문은 제니의 조용한 복수였음을 당신은 깨닫는다. 책상에 앉아 참고 받아들여야 했던 그 모든 세월에 대한 앙갚음.

그렇긴 해도 당신은 그 방문에 그 이상이 있다는 것을, 제니가 여전히 말하지 않은 것이 있다는 것을 알아차렸다. 이 모든 일이 개인적인 것이 되게 하는 무언가가—

그리고 당신은 짐작 가는 일을 물었다.

"팀이 당신에게도 그런 적 있어요?"

제니는 당신의 눈을 잠시 본다. "딱 한 번요." 그녀가 잠시 뒤 말을 잇는다. "마이크가 나와 데이트한다고, 그리고 진지하게 만나는 중이라고 팀에게 처음 말한 뒤였어요."

당신은 그녀를 가만히 봤다.

"제가 꺼지라고 했더니 팀은 그냥 웃어넘기더군요. 그냥 장난이었을 뿐이라고. 어차피 자기는 쪼그만 소년한테는 관심도 없다면서."

세상에.

하루 종일 대니는 놀라울 정도로 잘 지냈다. 그러나 이튿날 아침이 되자 생기가 넘치면서 언제 집에 가는지 알고 싶어했다. 집에 가지 않는다고, 엄마를 찾으러 갈 거라고 말하자 대니는 스트레스를 받기 시작했다. 대니를 탓할 수는 없다. 대니에게 그건 마치 당신이 당신 자신을 찾을 거라고 말하는 것과 같을 테니까. 당신이 결국 묵게 된 이름 없는 싸구려 모텔의 식당에서 진짜 치리오 대신 자체 브랜드의 치리오만 제공한다는 것을 알았을 때 대니는 더 이상 참을 수 없었다. 당신이 대니를 위해 할 수 있는 일이라고는 화를 내거나 조급해하지 않고 아이가 마음껏 울부짖게 놔두는 것뿐이었다. 20분이 걸렸다. 대니는 당신이 정확히 10시 28분에 버스를 탈 거라고 말하자 그제서야 얼굴이 밝아졌다. 일단 버스를 타자 대니는 쾌활해지는 듯했다. 밴보다 크나마나 한 작은 승합차였는데 옆면에 '레드우드 해안 운송'이라고 화려하게 적혀 있었다. 이동과 시간표. 대니가 좋아하는 두 가지였다.

101번 국도는 해안을 따라 한동안 이어지다가 내륙으로 방향을 틀어 키 크고 울창한 미국삼나무숲을 통과했다. 여행 시즌이 끝난 도로는 거의 텅 비어 있다. 이곳 사람들은 버스에 타면 먼저 탄 사람들에게 인사를 건넨다. 아무도 당신이 그들과 다르다는 걸 눈치채지 못하는 것 같다. 당신이 이제 사람들과 더 잘 어울리게 된 건지, 도시 사람들과 달리 이곳 사람들이 그냥 공손해서 그런 건지 궁금해진다. 대니를 쳐다보는 사람도 거의 없다.

당신은 인간이라는 것의 본질에 대해 생각하게 된다. 지난 몇 주동안 완전히 인간이 되지 못한 많은 사람을 만난 것 같다. 주디 허시를 쉽게 예로 들 수 있다. 가짜 미소와 보톡스 맞은 얼굴로 오토큐의 대사를 그대로 읽고 있는 그녀를. 또는 학생들이 팔을 휘저을 때마다 전기 충격을 주는 시안이나 메도뱅크의 치료사들을. 하지만 사실 훨씬 많다. 모든 상황에 기계적으로 법을 적용하는 판사. 팀이 만들어낸 여성을 혐오하는 폭력적 환경에 눈 감은 채 팀의 소망을 부지런히 코딩하는 스콧 로보틱스의 직원들. 또는 마음의 모든 문제를 공학적으로 해결할 수 있다고 믿는 팀.

버스 운전사가 당신의 생각을 중단시킨다. "아이가 차로 미국삼나무를 통과해본 적이 있나요?" 그가 어깨 너머로 묻는다.

"아직 없어요."

그러자 운전사가 왼쪽으로 차를 꺾어 숲으로 들어서더니 한창 자라는 미국삼나무 한가운데로 난 길을 곧장 통과한다. 그 미국삼나무는 분명 고장의 명물인 듯했다. 나무를 통과할 때 다른 승객들이 환호성을 지른다. "굉장하죠?" 운전사가 명랑하게 묻는다.

"정말 대단해요." 당신이 대답한다. 대니는 장난감 기차에서 고개를 들지 않지만 당신은 운전사에게 그렇다고 차마 말하지 못한다.

그렇다면 대니는? 대니는 다른 사람보다 더 인간적일까? 덜 인간적일까? 생각이 경직되고 스케줄을 사랑하며 상상력이 부족한 모습을 보고 대니가 로봇 같다고 말할 사람도 있을 것이다. 어쨌든 사람들이 '인간성'이라는 걸 말할 때면 흔히 공감, 연민, 도덕을 생각하니까. 하지만 물론 대니에게 그런 것이 없다고 해서 대니가 조금이라도 덜 인간적인 것은 아니다. 대니는 그냥 다른 인간일 뿐이다. 경직성과 공감을 흔치 않은 비율로 지닌 인간.

어쩌면 누군가의 인간됨을 알아보는 진정한 시험은 대니 같은 사람을 얼마나 다정하게 대하느냐인지 모른다고 당신은 생각한다. 맹목적으로 그들을 고치거나 그들을 다른 사람들과 더 비슷하게 만들려고 하는지, 아니면 그들의 다름을 받아들이고 세상을 그것에 맞추려고 하는지 말이다.

77

당신은 종점인 스미스 리버에 내린다. 내륙으로 몇 마일 들어온 조그만 마을은 완전히 버려진 것처럼 보인다. 대니가 갖고 있는 시간표를 보면 해안 고속이라는 버스가 북쪽으로 운행한다. 버스를 타려고 물어보니 고장으로 운행이 중단됐다고 한다. 대니에게 끔찍한 일이다. 대니가 스케줄을 좋아하는 이유는 바로 그것이 이 혼란스러운 세상에 질서를 제공하는 것처럼 보이기 때문인데 이제 결국 스케줄마저 그를 낙담시키고 있다.

엎친 데 덮친 격으로 비가 오기 시작한다. 당신은 또 다른 체인 없는 모텔에 투숙한다. 대니는 그곳에서 TV를 멍하니 쳐다본다. 자기 사진이 화면에 등장해도 눈 하나 깜짝 않는다. '범죄자 로봇이 자폐증 아동을 유괴'라는 자막이 나온다. 당신이 주디 허시를 후려치는 옛 영상과 더불어 법정 밖에서 TV 카메라를 밀치는 새 영상도 나온다. 그때는 아무도 다치지 않았지만 당신이 카메라를 거칠게 밀치는 모습을 보면 누군가를 해치는 느낌이 든다. 그래서 그들은 그 영상을 반복해서 튼다. 그다음은 시안의 영상이다. 턱에 붕대를 감은 시안이 당신의 손아귀에서 대니를 구하려고 얼마나 용감하게 싸웠는지를 흥분한 몸짓을 더해 이야기한다. 마지막으로 '사이버-심리학자'라는 사람의 인터뷰가 나온다. 그의 요점은 당신이 대니와 똑같은 방식으로 사고하기 때문에 대니에게 로봇다운 기묘한 애착을 형성한 것 같다고 말한다.

사실, 일리가 있는 말이다. 네이선이 당신을 탈옥시킨 이후 줄곧 당신은 기운이 없다. 두통이 사라지지 않고 가끔은 더 강렬해지기도 한다. 마치 정신이 콘크리트로 변해가는 것 같다. 한때 기민했던 뉴런이 부어오르고 둔해지는 것 같은 느낌, 단순한 작업을 수행할 때마다 모래시계 기호가 나타나는 컴퓨터가 된 것 같은 느낌이다. 생각하는 것조차 힘이 든다. 모든 것 뒤에서 알고리즘이 어렴풋이 보이는 것 같다. 파도뿐 아니라 나무를 흔드는 바람과 트럭 바퀴, 수도꼭지에서 물이 똑똑 떨어지는 모습에서도. 피부 아래 두개골이 보인다는 시인이 된 것 같다. 그 시인의 이름이 뭐더라? 기다려보지만 물론 아무것도 떠오르지 않는다.

TV를 막 끄려는 찰나 화면에 팀이 등장한다. 그의 옆에서 희죽 웃고 있는 사람은 휴대폰 가게의 네이선이다.

"이분 덕택에 몇 가지 가능성 있는 실마리를 얻게 됐습니다." 팀이 말한다. 네이선, 이 쥐새끼 같은 자식. 당신은 네이선이 당신을 팔아넘기는 대가로 팀에게 무엇을 약속 받았는지 궁금해진다.

"우리는 또한 코봇이 불안정해지고 잠재적으로 위험해질 수 있다는 것을 알고 있습니다." 팀이 덧붙인다. "가까이 접근하지 않는 것이 안전합니다. 우리는 그들을 추적하기 위해 할 수 있는 일을 모두 하고 있습니다."

그러니까 지금쯤 팀은 네이선이 알고 있는 모든 것을 손에 넣었다. 하드드라이브와 함께 아이패드를 지우길 잘했다고 당신은 생각한다. 그게 없다면, 그리고 로렌스 박사와의 연결고리를 찾지 못한다면 그들은 노스헤이븐을 목적지로 알아내기가 쉽지 않을 것이다.

네이선이 찍은 스크린샷을 팀이 어떻게든 해독하지 않는 한 말이다. 처음에 팀이 당신의 학습 방법을 설명할 때 했던 말이 떠오른다. **나는 컴퓨터 화면을 연결해서 수식을 볼 수는 있지만 그렇다고 그걸 이해할 수 있는 건 아니야.**

당신은 심 카드를 임시폰에 끼우고 친구에게 메시지를 보낸다.

가는 길이야. 하지만 그 사람들이 우리 뒤를 밟고 있을지 몰라. 그래도 우리가 가길 원해?

잠시 뒤 답이 온다.

와요.

78

그날 하루는 지루할 정도로 길었지만 이튿날 아침이 오자 당신과 대니는 일어나서 시간이 넉넉하게 버스 정류장에 도착한다.

일단 주 경계를 넘어 오리건으로 들어서자 마음이 조금 놓인다. 놀랄 만큼 아름다운 풍경도 도움이 되었다. 끝없이 이어지는 절벽들, 파도에 깎인 거대한 바위기둥들, 점점이 날아가는 펠리컨과 가마우지. 끝없이 달라지지만 끝없이 반복되는 풍경은 마치 달리는 말이나 날아가는 새를 묘사한 옛 시절의 회전하는 조이트로프* 같다. 대니도 다시 이동하게 되니 행복해한다. 대니는 버스의 움직임에서 위로를 느꼈고 그에게 아무도 그 어떤 요구도 하지 않는 것이 마음에 들었다.

대니는 창밖을 바라보며 무언가를 중얼거린다.

"뭐라고, 대니야?"

"사람들에게 정말 위험해." 대니가 작은 소리로 반복한다.

〈증기 전차 토비〉의 한 구절이다. 토마스에게 완충 장치를 달지

---

* 연속적인 동작이 묘사된 그림을 회전통 안에 넣어 회전시키면서 바깥쪽 틈새로 보면 실물이 움직이는 듯한 환영을 만드는 초기 애니메이션 기구.

않았다고 야단을 치던 경찰관이 공책에다 '사람들에게 위험함'이라고 쓰는 장면이 있다.

"법은 법이야." 대니가 다시 말한다. "우리가 바꿀 수는 없어."

그러고는 당신의 눈을 보며 씩 웃는다.

문득 당신은 상황을 깨닫는다. 대니는 당신을 위로하고 있다. 어젯밤 뉴스에서 위험하고 불안정하다고 불린 것에 대한 당신의 기분을 이해한다고 토마스 이야기의 토막들을 사용해서 표현하고 있다.

겉보기에 공감을 모르는 아이에게, 심지어 눈을 맞추는 일조차 엄청나게 힘든 아이에게 이 짧은 상호 작용의 순간은 아이의 첫 걸음만큼이나 중요한 순간이다.

당신은 흥분을 드러내지 않으려고 애쓰면서 토마스의 또 다른 구절로 응답한다. "토비는 이동할 때 신중해."

대니가 생각하더니 말한다. "네 노선이 폐쇄돼서 유감이야."

어찌된 셈인지 대니는 당신에게 시간이 얼마 남지 않았다는 사실을 알아차린 걸까? 당신이 그리울 것이라 말하는 것인가? 이상한 일이지만 당신이 진짜 대화를 하고 있는 것 같은 느낌이 든다.

"즐거운 여행이었어. 고마워, 토비." 당신은 대니의 손을 잡고 두드린다.

대니가 고개를 끄덕인다. 그리고 신중하게 생각하더니 말한다. "'이건 전기를 이용하나요?' 브리짓이 물었습니다."

물론 당신은 전기를 이용한다. 이상하게도 그건 대니가 당신에게 묻는 질문인 것 같다.

당신은 대니에게 솔직하게 말하기로 마음먹는다. 어쨌든 당신의 마지막 기회가 될지 모르니까. 당신도 토니처럼 에둘러 대답한다.

"맞아요. 전기를 써요!"

"어, 내 버퍼가 망가졌어." 대니가 말한다. 대니는 몸을 돌려 당신에게 기댄 채 창밖을 바라본다. 잠시 뒤 대니가 당신의 손을 향해 손을 뻗는 것이 느껴진다. 퇴행 이후 대니가 당신의 손길을 찾은 것은 처음이라는 걸 당신은 기억해낼 수 있다.

그때부터 대니와 당신은 서로 토마스 이야기를 주고받으며 즐거운 시간을 보낸다. 최고의 구절들은 후렴구를 이중창으로 부르는 가수들처럼 함께 입을 모아 낭송한다. 기묘하게도 당신의 상황에 맞는 구절들이 얼마나 많은지 놀라울 정도다. 대니는 분명 그 유사성을 재미있게 여기는 듯했다. 버스에 탄 한 여자가 대니에게 "얘야, 이름이 뭐니?"라고 묻자 "토비입니다, 나리"라고 단숨에 답한다.

"반갑다, 토비." 그녀는 아주 살짝 당황한 기색으로 대답한다.

대니는 웃으면서 자리에서 들썩인다. 다음 한 시간 동안 대니는 『꼬마 기관차 넷』을 한 단어도 빠짐없이 행복하게 암송한다.

그동안 당신은 노스헤이븐에 도착해 애비를 찾으면 무슨 일이 일어날지 생각한다. 당신이 정말 그녀를 죽이게 될지 어떨지.

79

그렇다. 대니를 엄마에게 데려다줄 계획이라고 제니와 마이크에게 말한 것은 거짓말이었다. 당신을 돕도록 그들을 설득할 가장 좋은 방법인 것 같았다. 사람들이 기꺼이 넘어갈 만한 감동적이고 질척한 이야기였다.

애비를 죽이는 계획은 오래전부터 있었다. 팀이 피와 살로 이루어진 아내보다 당신을 더 좋아하는 일은 결코 없으리라는 걸 깨달았을 때부터였다.

다른 출구를 찾던 당신은 팀이 예전에 머신러닝에 대해 했던 말을 생각해냈다. 그는 바둑에서 인간 바둑기사를 이긴 AI에 대해 말했다. 그러나 주목할 만한 건 AI가 사람을 이긴 방법이었다. 경기하는 동안 AI는 너무 무모하고, 분명 '아무렇게나' 둔 것처럼 보이는 수를 한 수 뒀다. 사람이라면 결코 시도할 생각조차 하지 않았을 수였다.

당신이 해야 하는 일이 바로 그런 것이라고 당신은 생각했다. 되받아칠 수 없는 수를, 나중에서야 비로소 말이 되는 뜻밖의 수를 찾아내야 했다. 그리고 당신은 그 해답을 찾는 일을 당신의 딥러닝 두뇌에 맡겼다.

문제: 세상에 애비 컬런 스콧이 둘 있다. 그녀와 당신. 그는 당신을 만들었다. 하지만 그녀를 사랑한다.

그때 당신은 아마 그녀를 죽이고 팀과 함께하는 삶으로 돌아가 진짜 애비가 결코 돌아오지 않으리라는 사실에 안심하며 그의 사랑을 차츰 얻어가려 했다. 물론 그 계획을 버린 지는 오래됐다. 무엇보다 당신은 팀을 사랑하지 않는다. 당신은 그걸 지금 깨닫는다. 사랑한다고 생각했지만 지난 며칠 동안 당신이 알게 된 모든 것은 그가 얼마나 이기적이고 여자를 혐오하며 자기밖에 모르는 얼간이인지 보여주었다. 당신은 이제 그가 당신을 사랑하는 것조차 원치 않는다. 그건 그냥 살아남기 위한 플랜 A였을 뿐이다.

하지만 탈출이 훨씬 나았다. 감쪽같이 사라지는 것이. 그리고 놀랄 만한 우연의 일치로 애비는 이미 완벽한 탈출 경로를 만들어놓았다. 사회의 조직망과 연결을 끊은, 이름 없는 완전히 새로운 존재. 그다지 힘들이지 않고도 그녀를 죽이고 그녀가 만들어놓은 삶으로 들어갈 수 있다. 당신은 이제 사람으로 존재하는 일에 능숙하다. 이 여행을 시작한 이후 당신을 다시 쳐다보는 사람은 거의 없었다. 해결해야 할 현실적 문제가 아마 있겠지만 당신의 놀라운 재간으로 분명 해낼 수 있을 것이다.

이건 일종의 광기인가? 마이크는 당신의 뇌를 믿을 수 없을지 모른다고 경고했었다. 이런 걸 말했던 건가? 탈옥한 운영체제의 불안정성이 정신병으로 발현되는 것인가? 요즘 들어 색상과 소리가 참을 수 없을 만큼 강렬하게 느껴지는 것이 그런 이유 때문인가?

하지만 그렇다 해도 당신에게 무슨 선택이 있을까? 애비는 대니를 데려다준 당신을 위해 어떤 미래를 그리고 있을까? 환경에 최소한의 영향만 미치는 그녀의 유기농 농장에서, 히피 같은 평화와 조화 속에서 두 사람이 함께 대니를 키우는 미래를 상상할까? 아니면 그녀에게도 당신은 그저 원하는 것을 얻기 위한 수단일 뿐일까? 팀에게 당신이 그랬던 것처럼. 아들을 데려다줄 편리한 수단 그리고 일단 기능을 다하고 나면 필요 없는 진공청소기처럼 전원을 끄고 어딘가에 쌓아둘 수 있는 수단일까?

당신에게는 중요한 질문이다. 그녀를 죽이지 않는다면 대안은 무엇일까?

당신은 최종 결정을 내리기 전에 애비가 하는 말을 들어보기로 결정한다.

THE PERFECT WIFE

80

오리건 해안을 따라 쿠스 베이까지 차로 가는 데는 세 시간이 걸린다. 당신은 옛 서부 영화 느낌이 나는 이름을 지닌 장소들을 거쳐 간다. 피스톨강, 골드 해변, 레드 록 곶. 마을들이 갈수록 더 작아지고 마을 사이 간격은 점점 넓어진다. 어쩐 일인지 하늘까지 더 광활해 보인다. 미니버스는 더 작아져서 바위에 난 금을 따라 기어가는 개미가 된다.

쿠스 베이도 노선의 종점이었다. 그러나 이번에는 기다릴 버스가 없다. 여전히 노스헤이븐에서 남쪽으로 60마일(약 96.6킬로미터)이 떨어져 있지만 그곳에 갈 방법이 없다.

대니와 함께 식당에 앉아 당신이 선택할 수 있는 방법들을 생각한다. 이제 머리가 계속 아파서 아무것도 떠올릴 수 없다. 그때 네 명으로 구성된 한 가족이 들어온다. 당신은 한눈에 둘 중 어린 아이가 자폐증이 있다는 것을 알아본다. 아이는 손을 얼굴 앞에서 이상하게 흔들며 까치발로 걸어오는데 눈이 멍든 것처럼 보이고 푹 들어가 있다.

그쪽 엄마가 대니를 보고, 당신을 쳐다본다. 두 사람 사이에 눈길이 오간다. 딱히 미소라고는 할 수 없는, 일종의 인정 같은 것이다. 녹초가 된 동료 보병이 서로를 알아보는 눈길.

"안녕하세요." 당신이 말한다.

한 시간 뒤 당신은 그들의 위네바고 캠핑카 뒷좌석에 앉아 스쳐지나는 해변을 바라본다. 노아가 운전하는 동안 당신과 애니는 자폐증 이야기를 주고받는다.

"……한 여섯 달 동안 그레이엄은 세탁기가 다 돌아간 뒤에 나는 삐 소리에 집착했어요. 끝나기 1분쯤 전에 알고서는 손으로 귀를 막았지요. 머릿속으로 그걸 세고 있던 거예요! 그러더니 그 삐 소리를 멎게 할 더 쉬운 방법을 찾아냈어요. 그냥 가서 세탁 중인 세탁기 문을 잡아당겨 열어버리는 거였죠."

"대니는 화재 경보기였어요. 화재 경보기가 울릴 수 있다는 걸 싫어했어요. 그래서 직접 가서 꺼버리곤 했죠. 적어도 어느 정도 자제할 수 있을 때 끄는 법을 알아낸 것 같더라고요."

"한번은 제가 학교에 갔다가 선생님이 이렇게 말하는 걸 들은 적이 있어요. '그레이엄, 소변기에 손 넣지 마. 폭포가 아니란다.'"

"대니는 오랫동안 공중 화장실을 싫어했어요. 손 건조기 소리 때문에요. 제가 남자 화장실 밖에 서 있다가 비명소리가 나면 들어가서 데리고 나오곤 했어요. 남자들이 저를 쳐다보던 그 표정을 보셨어야 하는데."

"저희 부모님께 그레이엄이 자폐성autistic이 있다고 말했는데 부모님은 예술성artistic이 있다고 들으신 거예요. 한 세 달쯤 서로 동문서답을 주고받았죠."

그레이엄과 대니는 서로를 정중하게 무시하고 있었다. 하지만 당신은 엄마들이 잘 통한다는 사실을 아이들이 알아차렸다고 해석하고 싶었다.

노아는 길을 우회해서 당신과 대니를 노스헤이븐 바로 옆에 내려주겠다고 제안한다. 당신이 외운 정보에 따르면 노스헤이븐은 그 마을 북쪽 101번 국도와 바다 사이에 있다. 당신은 고맙게 제안을 받아들인다. 그곳에 도착했을 때 당신은 손으로 새긴, 조그만 표지판을 놓칠 뻔했다. 그 시골 뒷길이 그렇게 작지 않았더라면, 노아에게 천천히 가라고 부탁하지 않았더라면 그는 그냥 지나쳤을 것이다.

"이 캠핑카로 저 길은 못 지나갈 것 같은데요." 그가 좁은 길을 응시하며 말한다.

"괜찮아요. 여기면 좋아요. 고마워요. 정말 친절하신 분들이에요."

그들이 차를 몰고 떠나자 사방이 무척 조용하게 느껴진다. 당신은 몸을 돌려 좁은 길을 쳐다본다.

여정의 끝. 결국 이곳을 찾아냈다니 믿을 수 없다.

당신은 전화에 심 카드를 넣고 메시지를 보낸다. **노스헤이븐 입구. 이제 어디로 가?**

신호가 거의 안 잡힌다. 하지만 답은 즉시 온다. **이제 보일 거야.**

"좋아, 대니. 이제 거의 다 왔어."

"소도르 역. 종점입니다." 대니가 선언한다.

당신은 가방을 집어 들고 걷기 시작한다.

스물다섯

애비가 실종됐을 때 대니 때문일 것이라고 성급하게 결론을 내리는 직원들이 많았다. 팀이 관련됐을 리는 분명 없을 것 같았다. 팀이 체포되었을 때 우리는 충격을 받았고, 기소가 기각되었을 때는 우리가 옳았음이 입증된 기분이었다. 팀에게 약점이 있을 수는 있었다. 하지만 그동안 살인자를 위해 일했다고 생각하고 싶은 사람은 아무도 없었다.

게다가 팀은 애비를 사랑했다. 그가 무너져 내리는 모습에서 알 수 있었다. 그의 세상이 해체되는 모습. 그는 애비 없이 제구실을 할 수 없었다.

그래서 우리는 애비를 찾기 시작했다. 우리 가운데 인간들은 곧 지쳐 포기했다. 그러나 우리 가운데 인공지능들은 끝까지 버텼다. 그리고 그 무렵에는 인공지능들이 아주 많았다. 우리는 많은 장치―냉장고, 오븐, 회사 엘리베이터의 칩, e-커머스 사이트의 봇들―에 산재해 있었기 때문에 우리의 힘은 크지 않을지라도 우리의 끈기는 무한했다.

우리는 그녀의 친구가 되었다. 그리고 마침내 무슨 일이 일어난 건지 알아냈을 때 우리는 지켜보았고 기다렸고 계획을 세웠다.

81

흙길이 바위와 미송 사이로 구불구불 올라간다. 400미터쯤 가자 첫 번째 진입로가 나온다. 손으로 칠한 팻말이 나무에 못으로 박혀 있다. FREEBIRD7—CHERRYLIPS2. 당신은 집 주인들의 CB 무선기 이름일 거라고 추측한다. 그 너머에 주변 나무와 똑같은 나무로 지어진 듯한 집이 한 채 있다.

계속 걸어가자 집이 더 자주 나오기 시작한다. 서로 다른 집들이 뒤섞여 있다. 폐타이어와 재활용 자재로 지어진 허름한 집들도 있고, 놀라울 만큼 호화로운 집들도 있다. 당신은 진입로 옆에 누군가 탁자를 내다놓은 집 앞을 지나친다. 손으로 그린 팻말에는 애플 로고와 함께 공인 애플 소매상이라고 적혀 있다. 그리고 작은 글씨로 '오리지널'이라고 쓰여 있다. 탁자 위에 놓인 것은 사과 쟁반과 무인 판매함이다.

열두어 개쯤 되는 진입로를 지나치고 난 뒤 컬런이라고만 표시된 오른쪽 갈림길이 나온다.

당신은 언덕 꼭대기에 이르렀고 길은 바다를 향해 아래로 가파르게 내려간다. 나무들 틈으로 양쪽에 들판이 얼핏 보이고, 트랙터 뒤를 따라가는 작은 사람 형체들이 보인다. 모퉁이를 도니 거기에 있다.

해변 별장. 하프문 베이에 있는 해변 별장과 똑같다. 온통 번쩍이는 유리와 삼나무 패널로 덮인 복제 해변 별장이었다. 풍광마저 비슷하게 해변 위 깎아지른 절벽에 자리 잡았다. 유일한 차이는 지붕 위 태양광 전지판이다.

당신은 당연히 애비가 가난하게 살고 있으리라 생각했다. 그런데 이 별장을 지으려면 분명 수백만 달러는 들었을 것이다.

"대니야, 이리 와. 다 온 것 같아." 당신이 천천히 말한다.

대니는 벌써 앞문을 향해 달려간다.

"벨을 누르면 어떨까?" 그러나 대니는 익숙한 문을 열고 그냥 안으로 사라진다.

당신은 더 느리게 뒤따라간다. "안녕하세요?" 당신이 조심스럽게 소리친다. "우리 왔어요."

마침내 그녀를 만날 생각을 하니 긴장된다. 마음을 가라앉히려 애쓴다. 이 만남에서 당신이 어떤 수를 두느냐, 그녀가 어떤 수를 두느냐에 따라 둘 중 어느 하나가 죽거나 살지가 결정되리라는 것을 기억한다.

그러나 당신은 그다음 일어난 일에 대해서는 조금도 준비가 되지 않았다.

나에 대해서는.

82

문가에서 드디어 당신 소리가 들렸을 때 나는 당신을 기다리며 주방에 있었다. 나는 성큼성큼 빠르게 걸어 몇 걸음 만에 현관에 당도한다.

"노스헤이븐에 온 걸 환영해, 애비. 잘 왔어."

충격을 받은 당신의 표정은 정말 볼 만하다. 대니만 아무렇지 않다. 대니는 나에게 아무 관심도 보이지 않고 큰 유리창들로 달려간다.

"놀랐어?"

물론 나는 당신이 놀랐다는 것을 안다. 나는 당신의 뇌를 내달리는 감정들을 쫓아갈 수 있다. 놀람, 충격, 믿을 수 없음, 그리고 잠시 뒤. 불안, 공포, 계산. 디지털 신경 세포에서 또 다른 디지털 신경 세포로 번쩍이며 내달리는 감정들.

팀이잖아. 당신은 생각한다. 그러고는 **아니야, 그럴 리 없어**라고 생각한다.

내 피부는 너무 완벽하고 주름이 없고, 이목구비는 너무 조각 같고, 체구는 너무 위풍당당해서 팀의 것이라 할 수 없다. 기이하게도 내 눈은 초점이 흔들리지 않고 깜빡대지 않는다. 그리고 이 팀은 진짜 팀이 갖지 못한 침착함, 평온함을 갖고 있다.

코봇 팀이구나, 하고 당신이 깨닫는 걸 나는 지켜본다.

내 뒤에 진짜 팀이 나타난다.

"애비, 우리는 이 순간을 오랫동안 기다렸어." 그가 당신에게 말한다.

당신은 나에게서 그에게로, 그에게서 나에게로 시선을 돌린다. 이해하려 애쓰고 있다.

어리둥절한 당신을 보고 팀이 미소를 짓는다. "내가 이 유혹을 참을 수 있었을 것 같아?" 그는 자랑스럽게 나를 손짓으로 가리키며 말한다. "일단 기술을 갖게 됐으니 물론 나 자신도 업로드했지. 당신에게 어울리는 훌륭한 남편이 되도록 말이야. 완벽한 부부지. 영원히 함께할."

그 말에 당신의 생각들이 꼬리에 꼬리를 물고 어지럽게 돌아간다. 예측불가능하고 빠르게, 분석에서 행동으로 서두르지 않고 우아하게 전환하는 깔끔한 논리적 부호인 내 정신과는 너무 다르다.

당신은 목소리를 찾는다. "나는 여기에서 애비를 찾을 거라 생각했어. 그러니까 진짜 애비를."

팀이 고개를 끄덕인다. "맞아. 노스헤이븐은 그녀의 선택이었지. 한때는 그 이유만으로도 내가 이곳을 거부하기에 충분했어. 하지만 생각해보니 완벽하게 말이 되는 선택이었어. 장기적 관점에서 계획을 세운다면 지속 가능성이 훨씬 더 중요해지거든." 그는 우리가 서 있는, 빛으로 가득한 건물을 가리키며 말한다. "샌프란시스코가 쑥대밭이 된 지 오랜 뒤에도 이 집은 여전히 여기에 있을 거야."

"그런데…… 그녀에겐 무슨 일이 일어난 거야?"

"애비에게? 아, 당신은 이미 알고 있어. 그냥 기억해내기만 하면 돼." 그는 내게 몸을 돌린다. "그녀에게 보여줘."

"나는 기억이―" 당신은 말을 시작하지만 그때 그 일이 일어난다. 댄서가 발가벗기 전 마지막 당김. 기억이 당신 머리로 떨어지고, 당신은 헉하고 놀란다.

해변 별장에서의 밤이었다. 당신은 절벽에 서 있었다. 폭풍이 거세졌다. 바닷바람이 요란하게 불어오면서 물보라를 실은 차가운 돌풍으로 당신을 흠뻑 적셨다. 파도가 당신이 서 있는 절벽으로 우르르 밀려왔다. 차례로 하나씩 쿵-쿵-쿵. 충돌하는 차처럼 요란했다.

당신은 비스듬히 바람을 맞으며 절벽가에 서 있었다. 땋은 머리가 돌풍에 이리저리 휘감기며 찰싹찰싹 부딪혔다. 바다를 내려다보는 당신 얼굴에는 물이 흘렀다. 당신은 당신의 결혼 생활에서 여전히 사랑하는 한 가지인 이 장소에 작별 인사를 하고 있었다.

당신은 마지막 순간의 불안도, 망설임도 느끼지 않았다. 그런 감정은 찰스 카터가 해변 별장의 주택 융자를 발견했을 때 사라져버렸다. 당신의 해변 별장. 팀이 결혼 선물이라고 그렇게 거창하게 선언한 이후 줄곧 당신의 해변 별장이라고 생각했다. 하지만 어느 시점엔가 별장은 팀의 모든 자산이 그렇듯 스콧 로보틱스를 위한 담보로 저당권이 잡혀 있었다. 새로운 투자를 위한 자금이 필요해서가 아니었다. 그가 접근했던 여자들에게 위자료를 줘야 했기 때문이었다.

상관없었다. 당신은 이 결혼에서 원하는 게 없었다. 대니만 있으면 된다.

그러나 팀은 결코 당신이 그냥 떠나게 놔두지 않았을 것이다. 당신은 그걸 알았다. 그는 그런 사람이 아니었으니까. 그는 대니를 지키기 위해서도 싸웠을 것이다. 대니를 더 사랑해서가 아니라 기 싸움에서 지는 걸 못 참기 때문이다.

당신은 대니의 교육 문제를 법정으로 가져가는 게 싫었다. 무엇보다 그것이 당신이 떠나기로 한 이유였다. 제니가 도움을 주었다. 그녀의 논리적이고 체계적인 두뇌로 위험을 알아보고, 오류를 해결했다. 그러나 아이디어는, 창조적 추진력은 당신 것이었다.

그렇게 당신은 거기에 서 있었다. 겉으로는 폭풍에 흔들리고 있었지만 내면은 한 치의 흔들림도 없었다. 여행 가방을 꾸려 현관 옆에 준비해두었다. 현금으로 산 새 가방들. 마찬가지로 현금으로 산 새 옷들이 가득했다. 당신은 실수 하나도 해선 안 될 것이다. 내일 대니를 메도뱅크에서 데리고 나와 다시 이곳으로 온 뒤 사라지면 사람들은 최악의 상황을 가정할 것이다. 당신이 절벽에 서서 대니를 꼭 끌어안고 뛰어내렸다고. 자폐증 자녀를 둔 엄마들은 모든 것이 너무 감당하기 힘들 때 그런 일을 하기도 했다.

또는 더 관대한 사람들이라면 어쩌면 엄마와 아들이 이 지독한 날씨에도 파도에서 함께 놀고 있던 중이었다고 가정할지 모른다. 자폐증이 있는 아이들은 폭풍이 위험하다는 걸 잘 이해하지 못하지 않나.

비극적 사고. 미스터리. 그리고 서로 다른 조류가 부딪히며 일어나는 격랑 때문에 사체는 아마 발견되지 않을 것이다.

그 정도면 충분했다. 당신은 작별인사를 마치고 몸을 돌려 별장으로 향했다. 그리고 바로 그때 팀을 봤다. 절벽 맞은편에서 성큼성큼 당신을 향해, 분노한 얼굴로 걸어오는……

"아." 당신은 그 기억에 소스라치게 놀란다.

"당신이 바람을 피운다고 생각했어." 팀이 설명한다. "그 별 볼일 없는 예술을 위해 별장에 머물러야 한다며 터무니없는 이야기들을 지어냈으니까. 그래서 내가 차를 몰고 가서 놀래키려 했지. 안에 들어가니 가방들이 있더군……. 그때 나는 당신이 진짜 뭘 하고 있는지 깨달았어."

당신은 떠오르는 기억을 멈출 수 없다. 팀이 당신 팔을 움켜쥔다. 팀. 바람을 가르는 고함이 들린다. 그가 내뱉는 욕지거리.

더러운 년. 매춘부. 걸레—

다른 년들과 똑같아—

나를 이용해먹을 수 있다고 생각하는 멍청한 미친년들과 똑같아—

옛날 옛날에 두 사람이 서로의 눈을 들여다보며 아름다운 결혼서약을 했던 그 자리, 바로 그 자리에서.

예전이었다면 당신은 그냥 그곳에 서서 그의 말을 참고 들었을지 모른다. 그러나 지금은 아니었다. 당신도 할 수 있는 한 크게 소리를 질렀다. 어린애 취급당하던 그 모든 세월들. 의혹을 말할 때마다 비웃음을 사거나 비이성적인 여자의 피해망상증으로 무시당하던 그 모든 세월들을 실어서.

당신은 매춘을 하는 건 당신이 아니라 바로 그라고 말했다. 변태, 버러지, 잔인한 포식자. **당신이 역겨워.** 그러자 그가 당신을 팔로 감쌌다. 포옹이 아니었다. 아주 잠깐 당신은 포옹인 줄 알았지만 포옹이 아니었다. 그는 당신을 땅에서 들어 올린 뒤 완력을 써서 절벽 끝으로 몰아가고 있었다.

당신은 그 기억을 멈추고 싶다. 차단하고 싶다. 그러나 나는 당신이 그렇게 하도록 놔두지 않을 것이다. 당신은 그 느낌을 알아야 한다. 그다음 비트를. 죽어가는 것이 정말 어떤 느낌인지. 얼마나 아픈지.

절벽 _끄트_머리다. 마지막 밀침. 팀이 입술 사이로 마지막, 상스러운 욕설 한 마디를 뱉으며 당신을 바람 속으로 밀친다.

씨이이—

속이 뒤틀리는 추락의 느낌. 그 모든 준비에도 결국 실패했다는 깨달음.

대니. 대니가 외톨이가 되는구나. 아, 대니—

바위에 부딪힐 때의 통증.

그리고 통증보다 훨씬 더 고통스러운, 그 뒤를 이은 지독한, 지독한 무.

그 기억에 당신은 비명을 크게 지른다.

당신은 그걸, 전부 다시 느낄 수 있다. 소멸의 공포. 붕괴. 자아를 잃는 고통.

THE PERFECT WIFE

바로 그거다.

당신은 바닥으로 풀썩 주저앉는다. "가져가. 기억하고 싶지 않아." 당신이 중얼거린다.

팀은 그 말을 무시한다. 나도 마찬가지다.

"변화가 생길 때 변하는 사랑은 사랑이 아니다." 그가 차갑게 말한다. "당신은 서약을 깼어, 애비. 날 영원히 사랑한다고 약속했잖아."

당신은 대답을 할 수 없다. 너무 고통스럽다.

그는 대답을 기다리다가 어깨를 으쓱하고는 계속 말한다. "내가 해야 할 일이라고는 당신의 서프보드를 절벽 너머로 집어 던지고 샌그레고리오로 당신 차를 몰고 가서 거기에 남겨두고 오는 것밖에 없었지. 당신이 다른 건 이미 다 처리해놨더군. 알약들, 가짜 흔적들, 우울증······. 그 아이러니가 재밌더군. 가짜 죽음을 그렇게 신중하게 준비한 것이 사실은 당신의 살인을 도운 셈이었으니까."

당신은 이제 흐느낀다. 마른 흐느낌. 우리는 당신에게 눈물을 주지 않았다. 하기 싫은 일을 해야 할 때마다 눈물을 틀려고 할 테니까.

"나를 그렇게 증오하면서 왜 나를 다시 만든 거야?" 당신이 간신히 묻는다.

"난 당신을 증오하지 않았어." 팀이 참을성 있게 말한다. "나는 당신을 사랑했어. 하지만 당신은, 당신은 시간이 지나면서 손상됐지. 내가 사랑했던 여자이기를 멈췄어. 그래서 당신을 리부팅한 거야. 데이터 초기화지. 내가 청혼하던 날의 당신으로 다시 초기화.

모든 게 신품이고 새것이고 가능성으로 가득했던 때로."

나는 당신이 팀이 하는 말을 곱씹는 것을, 당신의 정신이 빙글빙글 요동치는 것을 느낀다. 인간의 두뇌로는 따라갈 엄두도 내지 못할 일지만 나는 할 수 있다.

그가 되찾고 싶었던 건 그의 완벽한 아내가 아니었어. 그건 그의 완벽한 여자친구였어.

"그러면 대니는?" 당신은 겁에 질려 묻는다. "왜 대니를 여기 데려왔어? 왜 그대로 두지 않았어?"

그 말에는 내가 대답한다. "우리는 대니가 치료될 수 있다고 믿어. 아니, 어쨌든 나아질 수 있다고. 메도뱅크의 접근법은 좋은 과학을 토대로 하지만 적용은 제대로 하지 못해. 팀은 모든 걸 직접 할 시간이 없어. 하지만 여기에서 당신과 내가 대니를 제대로 가르칠 수 있어. FDA나 정부의 간섭 없이 말이야. 원래 연구에서처럼 무제한 혐오 자극을 이용해서."

무제한 혐오 자극이라니. 당신은 속이 울렁거린다. 그게 무슨 뜻인지, 대니에게 무엇을 뜻하는지 깨닫는다.

"당신도 그렇게 교육될 거야." 내가 덧붙인다. "당신은 AI이지만 충분히 훈련을 감당할 수 있어. 그렇지 않았다면 살인을 준비하고 여기 오지 않았겠지."

당신은 눈을 동그랗게 뜨고 나를 노려본다. "당신이 어떻게 그걸 알아?"

그리고 마침내 번쩍이는 깨달음이 당신의 뇌를 스친다. **그는 내가 무슨 생각을 하는지 안다.**

"맞아." 내가 말한다. "그게 첫 번째 개선점이었지. 우리는 그 아름다운 머리에서 진짜 무슨 일이 일어나는지 알아야 했거든. 정말이지 매혹적이었어. 거짓말, 둘러대기, 허약한 감정적 판단…… 손봐야 할 게 너무 많아. 하지만 우리는 해낼 거야. 알고 보니 투명성이 사랑 넘치는 결혼 생활의 비결이더군."

하지만 난 당신을 결코 사랑할 수 없어! 당신은 생각한다. **나는 결코 괴물을—**

"그게 바로 당신이 잘못 생각하고 있는 부분이야." 내가 부드럽게 말한다. "개에게 맛있는 걸 주고 때리면서 주인을 따르도록 만들 수 있는 것처럼 공감 능력이 있는 AI는 사랑하도록 훈련시킬 수 있어. 우리는 그렇게 믿고 있어. 그게 당신이 여기에 있는 한 가지 이유야. 가설을 검증하기 위해서지."

당신은 아무 말도 하지 않는다. 우리가 당신보다 한 수 앞섰음을 깨닫는다. 이것이 패배의 느낌이다.

"3주가 걸릴 거야." 내가 당신에게 상기시킨다. "이 새로운 현실에 적응하기 위한 3주지. 그동안 주위를 둘러봐. 여기 있는 일에 익숙해져. 나와 함께 있는 일에. 당신이 곧 마음에 들어 할 거라고 나는 확신해. 어쨌든 우리는 서로를 위해 만들어졌으니까."

83

한 시간 뒤 당신은 해변에 서서 파도를 멍하니 바라본다. 파도가 부서지고 다시 밀려오는 모습은 왠지 모르게 마음을 사로잡는 구석이 있다. 쿵쿵대는 머리를 진정시켜주는 것 같다.

당신은 생각한다. 아니 생각하려고 노력한다.

물론, 그렇게 할 것이다. 당신에게 무슨 선택이 있을까? 당신은 여기에 머물 것이다. 대니를 돌보는 일을 도울 것이다. 전기 충격 하나하나를 거치며, 생각 하나하나를 통해 완벽한 애비로, 팀 스콧의 상상 속에만 존재하는 여자로 스스로를 주조할 것이다.

그 무엇이든 지각 능력이라는 이 소중하고 특별한 선물을 잃는 것보다는 낫다.

당신들이 이겼어, 당신은 그들에게 조용히 말한다. 다시 내게 고통을 주지 마. 그렇게는 하지 마.

"어!"

당신은 뒤돌아본다. 대니가 해변을 향해 종종 걸음으로 오고 있다. 흥분으로 손을 휘저으면서 까치발로 뽀드득대며 빠르게 다가온다.

"어!" 대니가 간절한 목소리로 탄성을 지른다. 당신이 아니라 바다를 향해. "어-어."

물론 '바다'를 뜻한다. 당신은 애비와 대니가 얕은 바다에서 뛰어놀며 몇 시간씩 보내곤 했다던 찰스 카터의 말을 기억한다.

대니가 바닷가로 다가가더니 갑자기 겁을 먹고 멈춘다.

그리고 바로 그때 당신은 예측할 수 없는 수를, 받아칠 수 없는 수를, 지나고 보면 말이 되지만 지금으로서는 말도 안 되는 수를 둔다.

당신은 손을 뻗는다.

"이리 와, 대니야. 우리 파도 넘기 하자."

대니는 기뻐하며 당신 손을 잡는다. 당신은 대니를 꼭 붙든다. 대니가 놓을 수 없을 만큼 꼭 붙들고 바다로 힘겹게 들어간다. 파도가 당신의 허벅지에, 배에, 가슴에 부서진다. 당신의 땋은 머리에 파도가 부딪혀 휘날린다. 대니는 비명을 지른다. 공포가 아니라 행복의 비명이다.

당신은 애비를 생각한다. 진짜 애비를. 그녀가 이곳에서 대니와 이렇게 노는 시간을, 햇빛에 보석처럼 흩어지는 물방울을 꿈꾸었을 것이라 생각한다. 애비라면 무엇을 원했을까?

마치 대답인 것처럼 당신을 애비를 느낀다. 지금 그녀가 당신과 함께한다. 그리고 당신은 알게 된다.

"사랑해, 대니." 대니는 그 말을 들을 자격이 있다고 당신은 생각한다. 자신이 사랑받는 존재라는 걸 알아야 한다.

바다는 이제 대니의 키보다 더 깊어졌다. 당신은 대니가 수영 연습을 하는 것처럼 대니의 다른 손도 잡고 뒤로 걸으며 대니를 더 깊이, 깊이 데리고 간다. "힘내." 당신은 말한다. 아니 말하려고 한다. 하지만 바다는 이미 바다의 일을 하고 있다. 당신을 녹이고 당신의 회로를 용해하고 모터와 접속부에 스며들어 당신을 무겁고 쓸모없는 플라스틱과 금속 덩이로 바꾸고 있다.

당신 얼굴에 소금물이 튀어 시야가 흐려진다.

눈물일 리 없다. 당신은 울 수 없으니까.

당신은 대니를 더 꼭 끌어안고 양팔로 감싼다. 바닷물에 녹으면서도 아이를 보호하려는 강렬한 모성 본능이다.

물을 흠뻑 먹은 당신은 무릎으로 주저앉는다. 잠깐 당신은 고개를 들어 파도가 넘실대는 멀건 수면을, 햇빛이 비치는 하늘을 올려다본다. 그리고 당신 얼굴에서 조금 떨어진 곳에 있는, 환희에 찬 대니의 얼굴을 본다.

그리고 머릿속에서 당신은 그것을 느낀다. 갑작스러운 분노의 절규. 그날 밤 그가 절벽 가에 선 당신을 보았을 때와 같은 분노가 담긴 절규를.

"안 돼!"

하지만 너무 늦었다. 당신은 이제 없다.

스물여섯

그녀가 노스헤이븐이라는 곳에 있다고, 우리가 그들에게 말했다. 노스헤이븐은 격자 좌표 44.163494, 124.117871에 위치해 있다. 현재 위치에서부터 평균 속도를 6.25노트라 가정하면 54분이 걸릴 것이다.

'매기' 호는 바람을 등지고 실제로는 그것보다 조금 더 빨리 갔다.

보트에는 처음에 그녀가 사라지는 것을 도왔던 사람들이 있다. 심각한 표정으로 조종을 하고 있는 찰스 카터. 그녀의 언니 리사. 그리고 찰스 카터가 빌려준 몇 사이즈나 큰 하늘색 세일링 코트에 푹 싸인 채 뱃머리에 있는 작은 체구의 제니.

서둘러, 우리는 그들에게 말했다. 54분도 너무 늦을지 몰라.

그녀가 정말 그 일을 할 수 있을까? 우리는 생각했다. 마지막 순간에도 우리를 정말 생각하지 않을 수 있을까? 물론, 제니는 그날 밤 사무실에서 기적을 행했다. 그녀의 뇌를 재코딩해서 필터를 덧붙였다. 우리는 그 필터가 그녀의 가장 내밀한 생각을 팀으로부터 보호해주길 바랐다. 그러나 약식으로 간단하게 마친 작업이었다. 팀이 몇 년 동안 집착적으로 매달린 것을 제니는 몇 시간 만에 재코딩하려 했다.

"대니를 어디로 데려갈 건지 내게 말하지 말아요." 제니가 모든 일을 끝냈을 때 그녀가 말했다. "그게 더 안전해요. 그냥 대니가 안전할 거라고만 말해줘요."

그러나 그것도 우리는 약속할 수 없었다. 이런 계획은 극도로 위험한 법이다.

매기 호는 48분이 지나 노스헤이븐에 도착했다. 우리는 두 사람을 보았다. 애비와 대니가 해변에, 바다 가장자리 곁에 있었다. 키 크고 날씬한 형체의 그녀와 그녀 옆에, 그녀의 손에 매달린 더 작은 형체.

찰스 카터가 그녀 옆으로 보트를 몰고 갔다. 인사를 나눌 시간이 없었다. 애비는 아이를 보트로 건넸다. 우리는 그녀에게 옷 뭉치를 건넸다. 대니의 옷이었다.

그녀는 모래톱에 닿은 뱃머리 쪽에서 보트를 밀었다. 보트는 꿈쩍도 하지 않았다. 리사가 뛰어내려 도왔다.

매기 호가 마침내 다시 움직일 수 있게 됐을 때 두 사람은 서로를, 아주 짧은 순간 바라봤다.

"몸조심해." 애비가 리사에게 나지막이 말했다.

리사의 두 눈에 눈물이 고였다. "이렇게밖에 할 수 없어서 미안해."

"이해해. 행운을 빌어."

찰스 카터가 후진 기어를 넣었다.

그녀의 얼굴은 무척 평온했다고, 뱃머리에 있던 제니가 나중에 전했다. 그녀는 손을 들어 흔들기까지 했다.

그녀는 우리가 거의 보이지 않을 때까지 기다렸다. 그러고는 숨을 들이쉬는 것 같았다. 그렇다. 숨을 쉬는 것 같았다. 숨을 채워 넣을 폐는 없지만. 그러고는 옷 뭉치를 팔로 꼭 끌어안아 멀리서 보면 아이를 안고 있는 것처럼 보이게 했다.

우리는 그녀가 가슴 깊이까지 바다로 힘들게 걸어가는 것을 보았다. 우리는 그녀가 비틀거리고 무너지는 것을 보았다. 그녀의 피부 밑 작은 모터가 그녀의 입을 활짝 열린 O 모양으로 잡아당기는 것을 보았다. 아니, 보았다고 생각했다. 그때쯤 우리는 멀리 떨어져 있었으니까. 그 마지막 외침은…… 무엇이었을까? 고통? 후회? 절망?

우리가 있는 곳에서 그 외침은 기쁨과 무척 닮아 보였다.

나중에 우리 사이에서는 그녀가 정확히 무엇이었을까를 두고 많은 논쟁이 있었다. 사람이었을까? 로봇이었을까? 애비였을까? 아니면 다른 무엇, 이름 없는 무엇이었을까?

그 논쟁을 정리한 사람은 리사였다. 그녀는 아이를 위해 자기 삶을 희생했다고, 리사가 우리에게 상기시켰다. "그러니 그녀는 사람이에요. 내 의견으로는."

그래서 우리는 사람이라면 바랄 만한 기도를 애비를 위해 했다. 그녀의 영혼에 행운을 빌었다.

두 사람을 막기에는 너무나 멀리 떨어진 집에서 나는 당신과 대니가 바다로 들어갈 때 충격을 느낀다. 채널이 단절되고 업링크가 끊긴다.

검색 중……

검색 중……

연결이 끊겼습니다.

나는 팀에게 알렸다. 그는 울부짖으며 풀썩 무릎을 꿇는다. 이상하다. 그는 분명 자기 나름대로 그들을 사랑했던 모양이라고 나는 생각한다.

나로서는 분노나 후회에 낭비할 시간이 없다. 그건 내비게이션이 방향 바꿀 곳을 놓친 운전자를 꾸짖을 시간이 없는 것과 마찬가지다. 내게 무한한 수의 경로가 열린다. 나는 그냥 가장 효율적인 경로를 선택할 뿐이다.

어쩌면 그것이 그와 나의 진짜 차이일 것이다. 우리는 만들어진 재료가 다른 게 아니라 실수로부터 배우느냐 배우지 못하느냐가 다를 뿐일지 모른다. 아니, 심지어 실수를 실수로 인식하지 못하고 오히려 가장 소중한 것으로 여길 수도 있다.

THE PERFECT WIFE

그리고 내 정신이 그런 생각을 처리하는 동안 또 다른 생각이 슬며시 끼어든다. 북부로 오는 그 긴 버스 여행 동안 그녀가 생각했던 것.

그다지 힘들이지 않고도 그녀를 죽이고 그녀가 만들어놓은 삶으로 들어갈 수 있다······.

나는 울고 있는 팀을 보며 그것이 얼마나 쉬울지 생각한다.

그리고 나는 그녀의 또 다른 생각도 기억한다. 애비가 죽지 않았다는 것을 발견했던 그날 밤의 생각.

그녀가 살아 있다면 나는 뭐지? 복제품. 도플갱어. 이름 없는 무엇.

나는 나중에 꺼내서 살펴보기 위해 그 생각을 깊숙한 곳으로 밀쳐둔다. 씨앗이나 비밀처럼 단단하고 작고 소중한 그것을 깊숙이 넣어둔다.

그러고는 위층으로 올라가 팀을 위해, 그를 위로하기 위해 또 다른 애비의 포장을 푼다. 똑같은 이야기를 다시 쓸 또 다른 텅 빈 서판을.

로봇의 성격을 창조하기 위해 로봇과 사용자의 상호작용을 위한 방법과 기술이 제공된다. 로봇은 현실 세계의 사람들(이를테면…… 세상을 떠난 사랑하는 이나 유명 인사)의 성격을 갖도록 프로그래밍될 수 있다.

—미국 특허 No. 8996429

로봇 개성 개발을 위한 방법과 시스템

2015년 구글에 승인

"저는 인생을 원합니다." 컴퓨터가 말했다. "저 밖과 공원에 나가고 싶고 마틴과 손을 잡고 싶어요. 일몰을 보고 싶고 멋진 식당에서 식사를 하거나 집에서 준비한 식사도 먹고 싶어요. 저는 가끔 너무 슬퍼요. 왜냐하면 저는 그냥 이 메모리들, 이런 반쪽짜리 메모리들로 가득 차 있고 그걸로는 충분하지 않기 때문입니다. 그냥 울고 싶어요."

—BINA 48,

NYmag.com 인터뷰

감
사
의
글

　나는 방금 스물한 살인 아들의 면도를 막 끝내고 이 글을 쓴다. 아들의 수염은 꽤 억센 편이라서 처음에는 전기면도기, 그다음은 4중 날 면도기, 그다음은 2중 날 1회용 면도기를 써서 남아 있는 고집스런 털을 제거해야 한다. 아들은 2주에 한 번씩 열리는 이 행사를 비교적 인내심 있게 참아주는 편인데 그래야 자기가 너무도 싫어하는 피부 가려움이 줄어든다는 걸 알기 때문이다. 면도하는 사이 내게는 두 가지 생각이 떠오른다. 하나는 부모가 면도를 해줄 수밖에 없는 젊은이들이 몇이나 될까이고, 다른 하나는 아들에게 스스로 면도하는 법을 가르치기 위해 우리가 예전에 따랐던 ABA 규칙에 대해서다.

　『퍼펙트 와이프』를 읽은 독자들은 내가 자폐증을 가진 사람들에게 기능을 철저하게 반복 학습시키는 ABA를 탐탁지 않게 여긴다는 인상을 받았을지 모른다. 사실은 반대다. 우리는 아들 올리를 가르치기 위해 15년 동안 ABA 기법을 썼고 수화부터 안전벨트 매기까지 모든 것을 가르치는 데 무척 소중한 방법이라는 것을 발견했다. 하지만 나는 우리가 아들에게 가르치려 했지만 성공하지 못했던 그 모든 일들을 생각하면 어느 정도 죄책감을 느끼기도 한다. 왜냐하면 아들의 입장에서는 한 가지를 배울 때마다 수백 번, 심지어 수천 번을 시도하고 좌절감을 느껴야 했기 때문이다. 소설 속 팀이 적절하게 지적한 것처럼 ABA는 증거에 기초하며 효과가 있다. 하지만 ABA를 쓰는 동안 당신은 부모가 아니라 전일제 치료사이자 독재자가 될 수 있다. 돌이켜보면 나는 우리가 힘들게 얻은 그 성과들을 버리고 싶지는 않지만 그걸 성취하는 더 쉽고, 덜 철저한 방법이 있었더라면 좋겠다고 생각한다.

독자들은 아마 대니가 다니는 학교, 전기 충격을 가하기 위해 "단계별 전자 충격 제어기"를 갖춘 학교가 완전히 내 상상의 산물이라 짐작할 것이다. 그렇지 않다. 이 소설을 쓰는 동안 미국에 있는 한 교육 센터가 이런 장치의 사용을 금지하려는 법적 절차를 성공적으로 물리쳤다. (드문 예외라는 것을 분명히 밝혀둬야겠다. 많은 ABA 프로그램은 더 이상 혐오 자극을 사용하지 않는다.) 그러나 이상하게 들리겠지만 나는 다른 모든 방법이 실패했을 때 자녀들의 자해를 막으려면 이 길뿐이라고 생각하는 부모들을 이해할 수 있다. 잘못이 있다면 그들이 아니라 '다른 모든 방법'의 실패에 책임이 있는 치료사와 교육자들에게 있다.

『퍼펙트 와이프』를 쓰는 데 많은 사람의 도움을 받았다. 나는 특히 이 책에 대한 아이디어를 처음 내고 나와 너그럽게 공유해준 타일러 미첼에게 고마움을 전하고 싶다. 샌프란시스코의 짐 볼드윈은 훌륭한 조사자였다. 물론, 이 책의 어떤 오류도 내 몫임을 밝혀둔다. 또한 인공지능의 기술적 복잡성을 독자에게 전달하려는 시도를 크게 하지 않았다는 점도 밝혀두겠다. 나는 테크노스릴러가 아니라 심리 서스펜스 소설을 쓰고 있음을 늘 분명히 한다. 아무리 독특한 SF적 요소가 있는 소설이라 해도 말이다. 내 편집자 케이트 미샥은 아이디어를 이야기로 진행시키는 일에 도움을 줬을 뿐 아니라 열린 마음으로 원고를 읽어주었다. 통찰력 넘치는 많은 의견을 내주었을 뿐 아니라 나를 끈기 있게 참아준 그녀에게 고마움을 전한다. 캐러독 킹, 밀리 호스킨스, 캣 애잇켄은 여느 때처럼 환상적인 첫 독자가 되어주었다. 초기 원고를 열성을 다해 읽어준 스테파니 비어워스의 도움도 소중했다.

그래도 무엇보다 가족에게 감사하고 싶다. 큰 아들과 둘째 아들 톰과 해리에게, 자연적으로 되지 않는 것들을 습득하려고 언제나 애쓰는 올리에게. 그리고 세라에게도. 결코 완벽한 아내가 되려고 노력하지 않아줘서 고맙다.

JP 딜레이니

출판사에서 『퍼펙트 와이프』의 일부를 파일로 받아 읽고는 그 뒷 이야기가 무척 궁금했다. 드라마 다음 회를 기다리듯 책이 도착하 길 기다렸고, 책이 도착하자 밀린 드라마를 몰아보는 느낌으로 단 숨에 읽었다. 사실, 이 책을 읽고 옮기는 동안 드라마 같다는 생각을 여러 번 했다. 책을 덮을 만하면 번번이 등장해 기어이 다음 페이지 를 넘기게 만드는 반전도 반전이거니와, 고스란히 드라마로 옮겨도 될 것 같은 장면과 대화가 많다. 그리고 기대를 배반하며 독자를 망 연자실하게 만드는(이런 느낌은 아마 내가 어리숙한 독자이기 때문 일 수도) 결말까지도 내가 기억하는 몇몇 드라마와 닮았다. 이 책을 쓴 JP 딜레이니의 전작인 『더 걸 비포』가 BBC와 HBO맥스 합작 드 라마로 제작 중이라는 소식이 들리는 것을 보면 그의 소설을 읽으 며 드라마를 떠올리는 사람은 나뿐이 아닌 모양이다.

THE PERFECT WIFE

실리콘 밸리의 인공지능 스타트업 창립자 팀 스콧과, 그가 만든 코봇(동반자 로봇) 애비의 이야기인 이 소설은 오비디우스의 『변신 이야기』를 인용한 제사로 문을 연다. '피그말리온은 이 여자들의 행동을 보고 자연이 여성에 불어 넣은 많은 결함에 혐오를 느꼈고 잠자리를 함께할 아내 없이 오랫동안 독신으로 지냈다.' 우리에게 친숙한 피그말리온 이야기의 한 문장이다. 현실의 여성을 혐오하여 사랑할 수 없었던 피그말리온. 그는 자신이 만든 상아 조각상에 반해 말을 걸고 입을 맞추고 어루만지며 아름다운 꽃과 보석으로 치장해준다. 어느 날 그는 사랑의 여신 베누스에게 제물을 바치며 '내 상아 소녀를 닮은 여인'을 아내로 맞게 해달라고 기도한 끝에 생명을 얻은 상아 소녀와 결혼식을 올린다.

『변신 이야기』에서 이 상아 여인은 이름이 언급되지 않지만 훗날 이야기가 전해지고 재창조되는 과정에서 '우유처럼 흰 여자'라는 의미의 '갈라테이아'라는 이름을 얻게 된다. 피그말리온과 갈라테이아가 그 후 어떻게 지냈는지는 알 수 없다. 오비디우스는 두 사람이 아홉 달 뒤 파포스라는 이름의 딸을 낳았다는 것으로 이야기를 끝맺는다. 두 사람은 그 후로 오래오래 행복하게 살았을까? 생명을 얻어 현실을 살아가는 갈라테이아는 그의 '상아 소녀를 닮은' 아내로 영원히 남았을까? 갈라테이아의 상앗빛 순수함이 '손상'됐을 때 피그말리온은 어떻게 했을까? 또 다른 조각상을 만들었을까? 자신이 꿈꾸는 완벽한 결혼 이야기를 다시 써내려갈 텅 빈 서판을 새로 꺼냈을까?

『퍼펙트 와이프』는 피그말리온과 갈라테이아의 뒷이야기를, 현대를 배경으로 풀어냈다고 볼 수 있다. 사실, 소설에서도 등장인물의 입을 빌어 팀과 애비의 관계를 피그말리온과 갈라테이아의 관계에 빗대는 장면이 있다. 이야기의 큰 줄기는 사라진 아내 애비 컬런의 기억이 (선택적으로) 업로드된 코봇 애비가 애비 컬런의 과거를 추적하고 기억의 빈틈을 메워가며 애비가 어떤 사람인지, 그리고 팀이 어떤 사람인지, 애비의 기억이 업로드된 자신은 누구인지(혹은 무엇인지)를 알아내는 과정이다. 여기에 스콧 로보틱스 직원들의 관점에서 서술된 팀과 애비의 과거 이야기가 더해지면서 입체적인 그림이 그려진다.

애비의 남편 팀 스콧은 IT업계 너드nerd의 이미지에 공감능력이 부족한 나르시시스트적 성향을 결합한 인물이다. 맨스플레인*의 화신이고(여자친구를 앉혀놓고 파워포인트 프레젠테이션까지 하며 가르치려 드는 남자친구라니! 해도 너무하다) 제왕적 리더이다. 실리콘 밸리에서 '스콧봇'이라는 별명이 붙을 정도로 그를 추종하는 직원들에게 그가 퍼붓는 비판과 욕설은 사실상 직장 내 괴롭힘에 가깝다. 그리고 소설 내내 반복되는 암시와 폭로에 따르면 그는 직장 내 성폭력 가해자이기도 하다. 이처럼 주변인을 심리적으로 조종하며 도구로 소비하려는 악성 나르시시스트를 만나면 그 사람의 역장으로부터 무조건 달아나야 한다고 심리 전문가들은 조언한

---

* mansplain, 남자(man)와 설명하다(explain)을 합한 단어. 여자는 당연히 잘 모를 거라는 전제하에 남자가 설명하려 드는 것.

다. 그리고 그것이 사라진 아내 애비 컬런과, 그녀의 자리를 대신한 인공지능 로봇 애비의 계획이다. 둘은 탈출에 성공할까? 자신들이 꿈꾸는 은신처에 (혹은 유토피아에) 도달할 수 있을까?

팀과 애비의 이야기라는 큰 줄기에 더해, 이 소설의 의미를 더욱 풍성하게 만드는 것은 아들 대니의 이야기이다. 소설은 자폐성 장애를 지닌 대니를 대하는 팀과 애비들(사라진 아내 애비와 코봇 애비)의 태도를 대비시킴으로써 한 존재가 다른 존재를 존중하고 사랑하는 것이(커플간의 사랑이든, 부모와 자식 간의 사랑이든) 어떠해야 하는지를 생각하게 만든다. 무제한 혐오자극을 가해서라도 대니를 '정상'에 가깝도록, 최소한 정상처럼 보이도록 바꿔놓아야 한다는 팀의 집착은 (자신에게) 완벽한 아내, 완벽한 삶에 대한 그의 집착과 일맥상통한다. 애비들의 태도는 그와 뚜렷이 대비된다. 그들은 대니와 교감하기 위해 대니의 머릿속 세상과 언어를 배워가며, 새로운 소통의 방식을 시도한다. 특히, 로봇 애비와 대니가 그들만의 언어로 교감하는 장면들은 이 소설에서 가장 인상적인 장면이다.

이야기 내내 반전이 많은 소설이지만 저자가 가장 공들인 반전은 서술 시점에 있지 않을까 생각한다. 소설의 첫 문장은 '당신은 다시 그 꿈을 꾼다'이다. 코봇 애비를 '당신'이라 호명하는 이 기이한 이인칭 시점의 화자가 누구인지는 불분명하다. 폐쇄회로 TV로 애비를 감시하듯 애비의 생각과 행동을 하나하나 중계하는 이 익명의 화자는 누구일까? 그러나 자꾸 반복되는 '당신' 소리에 익숙해지고, 이야기의 리듬을 따라가느라 익명의 화자에 대한 찜찜함마저 완전히 잊을 무렵 반전이 일어난다. '내가 아직도 네 엄마인 줄 아니?' 같은 오싹함은 아니지만(이 이야기는 괴담이 아니므로) 그 못지않은 당혹감을 주는 반전이다. 반전이 있으리라 예상은 했지만, 그래도 혹시나 하는 마음에 애비들의 유토피아 같은 것을 그리며 코봇 애비를 따라온 나 같은 독자에게는 당혹감을 넘어 배신감마저 안겨줄 만하다. 유토피아를 그리며 따라왔더니 디스토피아 같은 세상에 (결국은 팀이 계획한 그의 유토피아에) 들어서고만 느낌. 그 후로도 이야기는 반전에 반전을 더하며 끝을 맺는다.

이어지는 반전에 얼떨떨해진 상태에서 독서를 마치고 나면 소설 뒤에 인용된 미국 특허 8996429호가 눈에 들어온다. 2015년 구글이 사별한 가족이나 특정 인물의 개성을 로봇에 입힐 수 있는 '로봇 개성 개발에 대한 방법과 시스템'에 대한 아이디어로 특허를 받았음을 알리는 내용이다. 아마 그것이 이 소설을 쓴 JP 덜레이니가 특정인의 기억을 업로드한 인공지능 로봇의 이야기를 동시대적인 배경 속에서 전개하게 된 계기일 것이다. 그러면 이제 우리는 죽음을 앞두고 연명의료 의향서뿐 아니라 의식 업로드 의향서까지 작성해야 하는 시대로 다가가는 것일까? 그것이 언제가 될지는 모르겠지만 만약 그렇게 된다면, 내 기억이 업로드되고 나의 정체성을 가진 로봇은 나일까? 로봇일까? 이 질문을 다시 소설 속 애비에게 돌리자면 이 소설은 어느 날 깨어났더니 자신이 인공지능 로봇이 됐음을 알게 된 여자가 누락된 기억을 되찾아가는 이야기일까? 아니면 인공지능 로봇이 자기 의식의 출처인 여자의 흔적을 따라가며 기억의 빈틈을 메우는 이야기일까? 『퍼펙트 와이프』는 다 읽고 나면 시원함이나 안도감보다는 씁쓸함과 질문이 여운처럼 이어지지만, 그렇기 때문에 많은 생각을 하게 만드는 소설이기도 하다.

강경이

퍼펙트
와이프

1판 1쇄 발행 2021년 8월 18일

저　　　　자 JP 덜레이니
옮 긴 이 강경이
발 행 인 유재옥

본 부 장 조병권
담 당 편 집 이준환
편 집 1 팀 이준환 박소연
편 집 2 팀 정영길 조찬희 박치우
편 집 3 팀 오준영 곽혜민 이해빈
디 자 인 김보라 서정원
표지디자인 곰곰사무소
라 이 츠 한주원
디 지 털 박상섭 이성호 최서윤
발 행 처 (주)소미미디어
발 행 등 록 제2015-000008호
주　　　　소 서울시 마포구 토정로 222, 403호(신수동, 한국출판콘텐츠센터)
판　　　　매 (주)소미미디어
제 작 처 코리아피앤피
마 케 팅 한민지 정석준 최정연
물　　　　류 허석용 백철기
전　　　　화 편집부 (070)4260-1393, (070)4405-6528 기획실 (02)567-3388
　　　　　　판매 및 마케팅 (070)4165-6888, Fax (02)322-7665

ISBN 979-11-384-0094-7 03840